Solothurn trägt Schwarz

W0362024

Christof Gasser, geboren 1960 in Solothurn, war als Betriebswirtschafter lange in leitender Funktion in der Uhrenindustrie tätig und arbeitete zwölf Jahre in Asien. Heute ist er selbstständig und unterrichtet nebenamtlich als Dozent an der Fachhochschule Nordwestschweiz. Vor einem Jahr entschloss er sich, seinen Jugendtraum zu verwirklichen, und hat seinen ersten Roman «Solothurn trägt Schwarz» geschrieben. Christof Gasser lebt mit seiner Frau in der Nähe von Solothurn, Schweiz.

Dieses Buch ist ein Roman. Handlungen und Personen sind frei erfunden. Ähnlichkeiten mit lebenden oder toten Personen sind nicht gewollt und rein zufällig.

CHRISTOF GASSER

Solothurn trägt Schwarz

KRIMINALROMAN

emons:

Bibliografische Information der Deutschen Nationalbibliothek
Die Deutsche Nationalbibliothek verzeichnet diese Publikation in der Deutschen Nationalbibliografie; detaillierte bibliografische Daten sind im Internet über http://dnb.d-nb.de abrufbar.

MIX
Papier aus verantwortungsvollen Quellen
FSC® C083411

© Emons Verlag GmbH
Alle Rechte vorbehalten
Umschlagmotiv: © mauritius images/Alamy
Umschlaggestaltung: Nina Schäfer, nach einem Konzept von Leonardo Magrelli und Nina Schäfer
Gestaltung Innenteil: César Satz & Grafik GmbH, Köln
Lektorat: Irène Kost, Biel/Bienne (CH)
Druck und Bindung: CPI – Clausen & Bosse, Leck
Printed in Germany 2018
ISBN 978-3-95451-783-1
6. Auflage

Unser Newsletter informiert Sie regelmässig über Neues von emons:
Kostenlos bestellen unter
www.emons-verlag.de

Dieser Roman wurde vermittelt durch die Agentur Editio Dialog, Dr. Michael Wenzel, Lille, Frankreich (www.editio-dialog.com).

Für meine Mutter,
sie lehrte mich die Liebe zu Büchern;
und für meinen Vater,
er lehrte mich die Liebe zu Geschichten.

Wer mit Ungeheuern kämpft, mag zusehn,
dass er nicht dabei zum Ungeheuer wird.
Und wenn du lange in einen Abgrund blickst,
blickt der Abgrund auch in dich hinein.

Friedrich Nietzsche,
«Jenseits von Gut und Böse»

In der griechischen Mythologie verkörpert Nemesis die Göttin des gerechten Zorns oder der ausgleichenden Gerechtigkeit. Oft vereinfacht als Rachegöttin dargestellt, symbolisiert sie die Kraft des Gleichmasses und bestraft die menschliche Selbstüberschätzung und Arroganz (Hybris). Sie tritt in Erscheinung, wenn das göttliche Recht und die Sittlichkeit (Themis) missachtet werden.

Prolog

Recherswil bei Solothurn

Als die ersten Strahlen der Morgensonne in sein Gesicht schienen, wusste Luca, dass es der schönste Tag in seinem Leben sein würde. Mit einem stillen Jauchzer schlug er seine blaue Bettdecke mit dem Aufdruck seines Lieblingshelden Spiderman zurück, hüpfte mit einem Satz aus dem Bett und streifte sich hastig die Kleider vom Vortag über. Es war noch früh, erst sieben Uhr. Seine Eltern waren sicher noch nicht wach. Leise schlich er vor ihre Schlafzimmertür und horchte. Er konnte seine Mutter hören. Sie kicherte und zwischendurch seufzte sie tief. Auch der Vater lachte und keuchte laut.

Eigentlich könnte er reingehen und sie bitten, aufzustehen. Sie waren ja wach. Aber etwas an dem, was er hörte, hielt ihn zurück. Vielleicht spielten sie dieses komische Spiel, bei dem die Grossen im Bett allein sein wollten.

Er ging hinunter ins Wohnzimmer. Ihm war langweilig. Ausgerechnet heute, an seinem achten Geburtstag, spielten seine Eltern dieses doofe Spiel. Er hatte so lange gewartet und wollte endlich sein Geschenk, sein eigenes ganz neues Velo mit den vierundzwanzig Gängen. Sein altes Rad hatte nur zwölf, und er hatte es gebraucht von seinem Cousin Sven gekriegt, weil der zu gross dafür geworden war.

Kurz entschlossen ging Luca in die Garage. Er wusste, dass es dort sein musste. Die Eltern wollten ihn überraschen, aber er hatte es schon lange gesehen, versteckt unter einer Plane hinter dem Gestell, wo sein Vater die Winterpneus, Schneeketten, Kindersitze und andere Dinge aufbewahrte.

In der Mitte des Abstellraumes, unter einer durchsichtigen Plastikfolie, stand es vor ihm, sein neues Velo. Der Rahmen in Spiderman-Blau leuchtete durch die klare Hülle. Eigentlich hatte er es sich nur ansehen wollen. Aber als er es so sah, gab es für Luca kein Halten mehr. Die Plastikhülle liess sich leicht abstreifen.

Mit glänzenden Augen inspizierte er das Velo. Er fuhr mit seinen Händen über den glänzenden blauen Lack und strich über das Leder des rot-schwarzen Sattels. Er prüfte die Bremsen und die Luft in den Reifen, wie es ihm sein Vater gezeigt hatte.

Schliesslich stieg er auf. Es passte. Der Händler hatte alles schon eingestellt. Er musste es unbedingt sofort ausprobieren. In der Garage war zu wenig Platz. Er drückte auf den elektrischen Toröffner und schob das Rad auf den Vorplatz. Dort stand der schwarze 3er BMW des Vaters hinter dem roten Mini seiner Mutter. Kein Platz mehr für eine Proberunde. Vorsichtig lenkte er sich und das Velo an den beiden Fahrzeugen vorbei.

Keine Menschenseele war auf dem Quartiersträsschen zu sehen. Nur ein paar Autos waren am Rand abgestellt. Luca überlegte. Seine Eltern hatten ihm verboten, ausserhalb des Grundstücks allein zu fahren. Aber was konnte schon passieren, wenn er vorsichtig war und vorne nicht auf die grosse Strasse rausfuhr? Er schaute zum Zimmer seiner Eltern hinauf. Die Jalousien waren immer noch unten. Er setzte sich auf den Sattel, stiess sich mit den Füssen ab und trat in die Pedale. Nach einigen Umdrehungen übersetzte er in einen höheren Gang. Er rollte, und es war nichts im Vergleich zu Svens altem Velo.

Behutsam fuhr er die ersten Meter zum oberen Ende des Strässchens, das in einer Sackgasse endete. Dann wendete er. Er hatte es im Griff. Der Weg zurück war lang genug, um alle Gänge auszuprobieren, bevor er bei der Einmündung in die Hauptstrasse anhalten musste. Er fuhr an und wurde rasch immer schneller. Er schaltete höher. Mit jedem Gang gewann er an Geschwindigkeit. Als er am Elternhaus vorbeirauschte, hatte er etwa die Hälfte der Strecke hinter sich und ein Drittel aller Gänge durchgeschaltet. Er war euphorisch. Es war, als würde er fliegen. Wie Spiderman, der sich an seinen Spinnfäden durch die Häuserschluchten der grossen Stadt hangelte. Seine Freunde würden staunen, wenn er ihnen an der Geburtstagsfeier am Nachmittag sein Spider-Bike vorführte. Er fuhr immer schneller und schaltete höher und höher.

Luca wusste, dass man bei diesen Übersetzungen beim Gangwechsel immer treten musste. Der höchste Gang schaltete sich etwas hart, und er hielt kurz inne. Die blockierende Kette lenkte ihn ab, sodass er nach unten blickte und vergass, rechtzeitig zu bremsen. Er sah den blauen VW Polo nicht, der auf ihn zuraste. Ein trockener, blecherner Knall zerriss die Stille des Sonntagmorgens. Luca wurde über das Autodach geschleudert. Niemand hörte das hässliche Knacken, als sein Kopf auf dem Randstein aufschlug.

EINS

Ein Jahr später, Wien

Das Steak war perfekt auf den Punkt gegrillt gewesen und eines der besten, das Petar je gegessen hatte. Ganz zu schweigen vom Château Mouton Rothschild Réserve, den sie dazu getrunken hatten. Der Abend und das Essen im Dachrestaurant des «Do&Co Hotels» waren stimmig mit dem, was sie den Tag hindurch zusammen besprochen hatten. Darko hatte ihm die Nachricht von Slavko überbracht, der sich äusserst zufrieden mit den Fortschritten zeigte, die Petar in der Schweiz erzielt hatte. Er gab ihm freie Hand und die notwendigen Mittel, damit sie die Expansionsziele der Organisation bis Ende Jahr erreichen konnten. Das war ein Grund zum Feiern.

Das musste er allerdings alleine, ein Stockwerk tiefer, in der «Onyx Bar», begleitet von einigen Gin Tonic und der spektakulären Aussicht auf den Stephansdom und den Platz davor. Darko war bereits auf der Rückreise nach Belgrad.

Die angestaubte imperiale Eleganz der Donaustadt war Petar immer eine Reise nach Wien wert. Aber Drinks waren Drinks, und schöne Städte hatte er schon viele gesehen. Auch die zugegebenermassen ausnehmend hübschen und kontaktfreudigen Kellnerinnen liessen ihn kalt. Schliesslich hatten ihn schon Heerscharen von schönen Frauen beglückt, willige und weniger willige. Heute Abend suchte er den speziellen Kick.

Die Bardame reichte ihm seinen vierten Gin Tonic, und als er sich mit dem vollen Glas in der Hand umdrehte, sah er sie allein an einem Tisch für zwei.

Flammend rote schulterlange Haare umspielten ein blasses Gesicht. Ein dezent aufgetragenes Rouge hob hohe Wangenknochen hervor. Der volle Mund mit sinnlichen Lippen war halb geöffnet, und ein smaragdgrünes Augenpaar zog ihn direkt in seinen Bann. Das unaufdringliche Rot des Kleides passte hervorragend zur Haarfarbe, den Augen und dem blassen Teint. Ihre

Figur war zierlich. Das Dekolleté verhiess keine üppige, dafür eine perfekt geformte Weiblichkeit.

Als wäre sein Blick eine Aufforderung, schlug sie die Beine übereinander. Das Kleid rutschte dabei hoch, sodass er die Strumpfhalter sehen konnte, die die fein gemusterten weissen Nylonstrümpfe über den schlanken Beinen strafften. Sie drehte einen Zigarettenhalter aus Elfenbein zwischen ihren Fingern und lächelte ihn erwartungsvoll an. Petar war sich zunächst nicht sicher, ob sie tatsächlich ihn fixierte. Er war nicht, was man gemeinhin als schönen Mann bezeichnete. Seine scharf geschnittenen Gesichtszüge waren von einigen Narben aus lange vergangenen Abenteuern gezeichnet, die ihm eine verwegene Ausstrahlung gaben. Mit zwei raschen Blicken nach links und rechts vergewisserte er sich, dass ihre Aufmerksamkeit ausschliesslich ihm galt. Da ihr Lächeln strahlender wurde, ging er zu ihr hin und bot ihr Feuer.

«Vielen Dank, das ist sehr nett von Ihnen. Ich fürchte, ich habe mein Feuerzeug vergessen.» Sie hatte einen leichten Akzent, den er als ungarisch vermischt mit wienerisch einschätzte. In Verbindung mit dem Klang ihrer Stimme verlieh er ihr einen unwiderstehlichen Sex-Appeal.

Auf seine Frage, ob sie alleine hier sei, schenkte sie ihm ein strahlendes Lächeln, das zwei Reihen makellos weisser Zähne freigab, und fragte, warum er das wissen wolle.

«Eine schöne Frau wie Sie, alleine an diesem Ort. Das ist aussergewöhnlich.»

Die Anmache war nicht originell, Petar hatte keine Übung in solchen Dingen. In der Regel nahm er sich, was er brauchte, ohne zu fragen. Ihr schien es nichts auszumachen.

«Ach wissen Sie, mein Mann ist verreist, und ich musste mal wieder raus, bevor mir zu Hause die Decke auf den Kopf fällt.»

Sie stellte sich als Cara Andrazy vor und erzählte ihm, dass sie gebürtige Ungarin sei und ihr Mann Österreicher. Leider sei dieser oft geschäftlich unterwegs. Normalerweise fahre sie bei diesen Gelegenheiten nach Budapest, um Freunde zu treffen. Dieses Mal sei dies nicht möglich, da sie morgen einen wichtigen geschäftlichen Termin in St. Pölten habe. Sie arbeite zum Zeitvertreib als Immobilienmaklerin.

Begleitet von einer Flasche Dom Pérignon ging das Gespräch zu den verschiedenen Spielarten des Wiener Nachtlebens über. Als die Flasche leer war, flüsterte Cara ihm ins Ohr, welche Spiele sie besonders mochte.

Im Taxi zu seinem Hotel am Parkring gab sie ihm ungeniert einen praktischen Ausblick auf das, was ihn erwartete.

Im Hotel angekommen, war er so erregt, dass er die Schlüsselkarte dreimal in den Schlitz stecken musste, bevor sich die Zimmertür endlich öffnen liess. Drinnen stiess sie ihn rücklings auf das Bett, zog ihren Rock hoch und setzte sich auf ihn. Der Anblick dessen, was sie unter ihrem Kleid trug, liess die Kadenz seines Blutdrucks rapide ansteigen. Als sie sich küssten, wurde sein Atem schwer. Er versuchte, mit einer Hand den Reissverschluss am Rücken ihres Kleides zu öffnen, bis sie sie wegstiess und auf das Laken drückte. Als er es mit der anderen versuchte, wurde auch diese mit festem Druck auf das Bett gepresst. Er war überrascht, welche Kraft die schmale Frau entwickelte. Während sie seinen Hals küsste, fixierte sie ihn mit dem Druck ihrer Arme und Beine auf der Matratze. Mit der Kraft von Schraubstöcken pressten ihre Schenkel seine Beine zusammen. Sie hielt inne. Ihre Augen verharrten nur wenige Zentimeter über seinem Gesicht.

«Gefällt dir das Spiel?»

«Bis jetzt bist du die Aktive», stiess er hervor.

«Das ist der Sinn der Sache», gurrte sie ihm ins Ohr. Sie lockerte ihren Griff und wies ihn an, zum Kopfende des Bettes hochzurutschen. Dabei versuchte er, sie abzuwerfen. Sofort erhöhte sie den Druck ihrer Schenkel, sodass er augenblicklich abbrach.

«Warte», sagte sie und legte mit einer Hand seine Arme über seinen Kopf, während sie mit der anderen in ihre grosse Handtasche griff, die sie neben sich auf das Bett gelegt hatte. Ein Paar samtbezogene Handschellen kam zum Vorschein. Bevor er reagieren konnte, hatte sie ihm die Fesseln angelegt und am Bettgestell befestigt.

«So», sagte sie aufatmend, «jetzt kann das Spiel richtig beginnen.»

Er keuchte vor Erregung. Sie öffnete seinen Hosenbund und streifte seine Hose und Unterhose bis zu den Knien hinunter. Er stöhnte und schloss seine Augen, während sie ihren Unterleib an seinem rieb. So sah er nicht, wie sie nochmals in ihre Tasche griff und eine lange, dünne Nadel hervorzog.

Er riss die Augen auf, als er den Schmerz spürte. Es war, als würde glühende Kohle über ihm ausgeschüttet. Er wollte schreien, brachte jedoch keinen Ton hervor. Reflexartig versuchte er erneut, die Frau abzuwerfen. Eine neue Welle des Schmerzes lähmte ihn. Er lag nur da, seine Augen weit aufgerissen, den Mund offen wie ein Fisch, der nach Luft schnappte. Wie durch eine rote Wolke nahm er Caras Gesicht dicht über seinem wahr.

«Stich in die Niere. Nicht tödlich, doch qualvoll. Liebst du das Spiel immer noch?» Ihre Stimme klang zärtlich, ihr Blick war kalt.

Sie stand auf und zog einen gefalteten Schutzüberzug aus Plastik aus ihrer Tasche. Sie schlüpfte hinein und stülpte die Kapuze über ihre Haare. Dann legte sie einen Mundschutz an, sodass nur noch ihre Augen erkennbar waren. Schliesslich streifte sie blaue Schuhschoner über ihre Füsse und Latexhandschuhe über ihre Hände.

«Ich geniesse es. Weisst du, was das ist, Petar?» Sie hatte ein weiteres Utensil aus ihrer Tasche gezogen. Es war ein etwa dreissig Zentimeter langer und schmaler Pfahl aus Edelstahl mit einer gehärteten, extrem scharfen Spitze. Er wollte schreien. Wieder war es ein stummer Schrei, der nur in seinen aufgerissenen Augen zu lesen war. Er spürte, sah und hörte nur brüllenden Schmerz. Sie setzte den Pfahl auf der Brust über seinem Herzen an, dann schloss sie die Augen und murmelte einige Worte, als ob sie ein Gebet sprechen würde.

Und dann stiess sie den Stahl durch seinen Leib.

ZWEI

Eine Woche später, Solothurn

Lötscher schwankte, als er aus der Bar an die frische Luft trat. Er lehnte sich an eine Hauswand. Die kühle Steinmauer in seinem Rücken vertrieb den Alkoholnebel etwas. Mit beiden Händen stützte er sich an einem schräg stehenden Eckpfeiler ab.

Warum zum Teufel hatte er nur so viel in sich hineingeschüttet? Und warum war die blöde Kuh nicht gekommen? Schliesslich hatte sie das Treffen vorgeschlagen und ihm die Story seiner Karriere angeboten.

Er hätte heute Abend etwas Besseres vorgehabt, als sich in diesem Provinznest zu betrinken. Die neue Praktikantin auf der Redaktion, wie hiess sie noch gleich? Susanna, Sanna oder so. Er nannte sie immer nur Susi. Auf jeden Fall war sie ein heisser Feger und ganz scharf darauf, alles vom grossen Enthüllungsjournalisten Walter H. Lötscher zu lernen. Es hätte ein schöner Abend in Zürich werden können. Ein gutes Essen im «Bindella» beim Fraumünster, und später hätte man weitergesehen. Scheisse! Nach dem Anruf aus Solothurn hatte er die süsse Susi sausen lassen.

Die Atmosphäre war noch feucht von den Regenfällen der vergangenen Tage, und der nahe Fluss schickte die ersten Nebelschwaden durch die Gassen der unteren Altstadt. Es war ruhig. Nur aus der Bar waren die gedämpften Gespräche der Gäste und zwischendurch lautes Gelächter zu vernehmen. Die frische Luft tat ihm gut. Er versuchte sich zu erinnern, wie er am schnellsten zurück zum Hotel kam, das nicht so weit weg sein konnte. Es lag auch direkt am Fluss, bei der grossen Brücke. Er stakste die Gasse hinab und steuerte auf einen wuchtigen mittelalterlichen Bau zu, der wie eine Festung am Ufer der Aare lag. Das musste dieses Landhaus sein, das man ihm an der Rezeption beschrieben hatte, als er nach dem Weg gefragt hatte. In alten Zeiten war es der Umschlagplatz der Aareschiffer, welche die Solothurner

Patrizier und die Ambassadoren der französischen Krone, die bis zur Französischen Revolution in Solothurn residierten, mit landwirtschaftlichen Gütern, vor allem mit Wein aus den Rebbergen des Bieler-, Neuenburger- und Genfersees, versorgten. Heute beherbergte es ein Kongress- und Tagungszentrum.

Sein Hotel lag auf der gegenüberliegenden Seite des Flusses, also musste er nach links über die kleinere, verkehrsfreie Brücke. Seine Gedanken waren wieder klarer, und er fühlte sich sicherer auf den Füssen. Im Schatten des Landhauses parkierte ein weisser Transporter mit laufendem Motor. Was für ein Idiot, dachte Lötscher, als er bei dem Fahrzeug war. Es war nicht so kalt, dass man ein Auto mit laufendem Motor heizen musste. Plötzlich verspürte er Lust auf eine Zigarette. Er tastete seine Jacketttaschen ab und fand ein halb volles Päckchen. Allerdings suchte er vergeblich nach seinem Feuerzeug. Das Fenster auf der Fahrerseite des Transporters war eine Handbreit heruntergelassen. Weisse Rauchschwaden quollen heraus. Lötscher konnte die Person am Steuer nicht erkennen. Der Mensch musste wirklich frieren. Das Gesicht war fast komplett unter der Kapuze einer dunklen Jacke verborgen. Lötscher klopfte an die Scheibe. Langsam wandte die Person hinter dem Steuer den Kopf. Lötscher konnte im schwachen Lichtschein der Strassenlampe das Gesicht sehen. Den Arm, der sich plötzlich um seinen Hals schlang, aber nicht. Er spürte nur noch das weiche Tuch mit dem scharfen, süsslich-penetranten Geruch, der sich seinen Weg durch seine Atemkanäle bahnte und wie ein grauer Schleier sein Bewusstsein einhüllte.

***

«Dominik!»

Dornach öffnete die Augen. Auf dem schmalen Grat zwischen Schlafen und Wachen verhallte die helle Frauenstimme, die seinen Namen rief. Er horchte in die Stille seines Hauses, bevor er sich im Bett aufrichtete.

Es dauerte eine Weile, bis er klar denken konnte und realisierte, dass er nicht alleine war. Er sah zu der Frau, die neben ihm schlief. Bea lag nackt und halb zugedeckt auf der Seite und hatte ihm den Rücken zugewandt. Das fahle Mondlicht, das durch die Vorhänge schimmerte, wurde von ihrem blonden Haar reflektiert. Die dünne Bettdecke schmiegte sich eng an die sanft geschwungene Kurve ihrer Hüfte. Das Tattoo auf ihrer rechten Schulter war nur schwach zu erkennen, aber Dornach wusste, was es darstellte. Es war eine Rose, um deren Stiel sich eine Schlange zwischen den Dornen nach oben wand. Darunter stand in geschwungener Schrift «Love Poison». Er beugte sich über sie und zog die Bettdecke vorsichtig über ihre Schultern.

Bea war, wie er, bei der Polizei: Sie jedoch war in Biel stationiert. Sektionsleiterin Fahndung in der Regionalabteilung Seeland-Jura der Berner Kantonspolizei. Dornach hatte sie vor etwa einem Jahr kennengelernt, als sie gemeinsam einen Fall bearbeiteten, und sich von ihrer Energie und Durchsetzungskraft beeindrucken lassen. Interesse und Sympathie waren gegenseitig gewesen. Seither pflegten sie eine lockere Beziehung. Bea war zu ehrgeizig, um sich auf mehr einzulassen, was auch ihm entgegenkam. Heute war ihre letzte gemeinsame Nacht. Um die Mittagszeit würde ihr Flieger in Richtung USA abheben, wo sie an einem sechsmonatigen Lehrgang beim FBI teilnehmen sollte. Danach hatte sie sich für ein Praktikum bei der amerikanischen Bundespolizei angemeldet, das von drüben noch zu bestätigen war. Wenn es klappte, würde sie für längere Zeit dortbleiben. Beide wussten, dass ihre Beziehung, wenn man sie als solche bezeichnen wollte, das nicht überleben konnte. Dafür waren sie beide nicht gemacht.

Dornach suchte keine feste Bindung. Pia, seine achtzehnjährige Tochter, die bei ihm wohnte, reagierte empfindlich auf seine flüchtigen Frauenbekanntschaften. Deshalb blieben seine Freundinnen in der Regel auch nicht bis zum Morgen bei ihm. Diese Nacht bildete eine Ausnahme.

Die Vibration seines Handys riss ihn aus seinen Gedanken. Er schaute auf das Display: vier Uhr drei – Alarmzentrale. Er drückte rasch den Antwortknopf, bevor Bea erwachte.

«Dornach.»

«Dominik? Einsatz.» Die Stimme von Rita Gubser, der diensthabenden Beamtin, klang wach und klar.

«Was ist los?» Er hatte sich von Bea weggedreht und sprach so leise wie möglich.

«Schwerverletzter. Männlich. Fundort Aareufer am Ritterquai gegenüber dem Tennisplatz Schützenmatt.»

«Ich bin nicht auf Pikett.»

«Sorry, Dominik, ich weiss, aber Staatsanwältin Casagrande ist vor Ort und hat nach dir gefragt. – Sag mal, warum flüsterst du eigentlich?»

Dornach stand auf und schlich aus dem Schlafzimmer. «Immer dienstlich bleiben, Gefreiter Gubser. – Was ist denn los?»

«Scheint eine schöne Sauerei zu sein. Die Staatsanwältin bezweifelt, dass es sich um einen Suizidversuch oder einen Unfall handelt. Deshalb –»

«Bin schon unterwegs.»

Fünf Minuten später steuerte er seinen Volvo XC60 vom Grundstück der Villa Dornach auf den Grafenfelsweg hinaus in Richtung Stadt. Er fuhr ohne Blaulicht über die Untere Steingrubenstrasse in die Werkhofstrasse, vorbei am Schanzmühle-Komplex, wo das Polizeikommando untergebracht war. Als er auf den Baseltorkreisel zusteuerte, dachte er an Bea, die wohl noch immer in seinem Bett schlief. Er hatte ihr einen Zettel hinterlassen. Sie würde nicht glücklich sein, aber er setzte darauf, dass sie verstand.

Dornach konzentrierte sich auf das, was vor ihm lag. Wenn die Stellvertretende Leitende Staatsanwältin Angela Casagrande sich zu solch unchristlicher Zeit zu einem Tatort rufen liess und überdies verlangte, dass der Chefermittler der Kantonspolizei dabei sein sollte, musste ein triftiger Grund vorliegen. Abgesehen davon, dass der Zeitpunkt unglücklich war, störte ihn das nicht sonderlich. Er arbeitete gern mit Casagrande zusammen, was er in Bezug auf ihren Chef, Martin Hofmann, nicht behaupten konnte. Diese Antipathie war gegenseitig.

Casagrande war erst knapp ein Jahr als Stellvertretende Leitende Staatsanwältin für Wirtschaftsdelikte und Organisierte Kriminalität bei der Solothurner Staatsanwaltschaft und bereits zur Anwärterin für den Posten als Leitende Staatsanwältin für die Abteilung Solothurn avanciert. Amtsinhaber Hofmann strebte seine Berufung als Bundesanwalt an und war deshalb häufig in der Bundeshauptstadt absorbiert. Sein potenzieller Nachfolger näherte sich bereits dem Rentenalter. Eine weitere Anwärterin wollte aus familiären Gründen ihr Pensum reduzieren und kam daher nicht mehr in Frage. So war Angela Casagrande mit ihren unbestrittenen Kompetenzen in den Startlöchern. Dornach und seine Kollegen bezeichneten diesen Umstand, milde ausgedrückt, als aussergewöhnlich.

Der Wechsel wurde von allen Seiten, insbesondere von den Ermittlern der Kriminalabteilung, die häufig mit Casagrande zu tun hatten, begrüsst. Im Gegensatz zu Hofmann, der glaubte, sich in jedes Ermittlungsdetail einmischen zu müssen, und dabei mit Rückfragen und der knausrigen Freigabe von Mitteln die Abläufe verlangsamte, galt Casagrande als gute und fachlich versierte Zuhörerin, die die Arbeit der Ermittler schätzte und ihnen entsprechenden Handlungsspielraum liess. Leider konnte auch sie nicht immer, wie sie wollte. Vor allem in Fällen, wo es Lorbeeren zu holen gab, stellte sich ihr Chef gerne in den Vordergrund. Aber Hofmann war nicht einer, der für einen Tatort mitten in der Nacht aus dem Bett stieg, und darüber war Dornach alles andere als unglücklich. In der Schanzmühle hoffte man derweil auf eine baldige Mutation im Franziskanerhof, dem Amtssitz der Solothurner Staatsanwaltschaft.

Als er beim Regio-Energie-Gebäude vor der Rötibrücke in die Werkstrasse einbog und den Ritterquai entlangfuhr, hatte der Weichzeichner des Nebels die Umrisse der Gebäude, Bäume und der Brücke ineinander verschwimmen lassen. Die Stunde der Dämmerung und der Dämonen, dachte er. Die passende Zeit für einen Fund. Er fuhr der Aare entlang unter der Brücke hindurch, bis er das Blaulicht der Streifenwagen und der Ambulanz sah. Nachdem er seinen Wagen bei der Absperrung parkiert hatte, begrüsste er den jungen uniformierten Polizisten, der dort auf ihn wartete. Christian Lorer war etwas mehr als ein Jahr beim Korps und hatte sich bei Kollegen und Vorgesetzten bereits einen guten Ruf verschafft.

«Die Staatsanwältin hat schon nach dir gefragt, Dominik.» Christian zeigte zur Ambulanz.

«Wie sieht es aus?»

«Nicht gut. Blutige Angelegenheit, schwer verletzter Mann, etwa Mitte fünfzig.»

Dornach ging auf das Ambulanzfahrzeug zu, wo die Rettungssanitäter gerade eine Bahre verluden. Darauf lag, unter den Rettungsdecken nur schwer erkennbar, eine Person, neben der ein Sanitäter einen Infusionsbeutel hochhielt. Die Staatsanwältin war im Gespräch mit dem Notarzt. Casagrande war Ende dreissig und nur knapp einen halben Kopf kleiner als Dornach. Ihr schulterlanges schwarzes Haar hatte sie nach hinten zu einem Pferdeschwanz gerafft. Die Tochter eines kalabrischen Vaters und einer florentinischen Mutter war eine herbe, durchaus attraktive Erscheinung. Zwei Kerben um die Mundwinkel und die ausgeprägte Kinnpartie machten jedem, der es sehen wollte, klar, dass mit dieser Frau im Zweifelsfall nicht zu spassen war. Die dunkelbraunen, fast schwarzen Augen strahlten Humor und Wärme aus, aber Dornach wusste, dass Casagrande ein schlafender Vulkan war, und hoffte, dass er ihr nie Anlass zu einem Ausbruch geben würde. Sie trug einen dunklen Mantel und darunter offensichtlich ein Kleid, denn anstelle ihres üblichen Hosenanzugs ragten schlanke, dunkel bestrumpfte Beine hervor. Ihre Füsse steckten in hochhackigen, teuer aussehenden Schuhen. Dornach bezweifelte, dass Casagrande sich um vier Uhr morgens so für einen Tatort zurechtmachte, und schloss daraus, dass sie noch nicht ins Bett gekommen war, doch er hütete sich davor, sie vor allen Leuten darauf anzusprechen.

«Danke für den Weckanruf», begrüsste Dornach sie, als sie sich zu ihm wandte.

«Dir auch einen guten Morgen, Dominik. Ich wollte nur nicht, dass du etwas verpasst.»

«Hatte eh schlecht geträumt. Wie geht es ihm?» Er nickte zur Bahre hinüber.

«Kritisch», antwortete der Notarzt. «Er ist stark unterkühlt, hat einige Zeit halb im Wasser gelegen und viel Blut verloren. Beide Arme wurden ihm unterhalb des Ellenbogens abgetrennt, vermutlich mit einer Amputationssäge.»

Der Notarzt demonstrierte die Stelle etwas oberhalb des Handgelenks an seinem eigenen Arm.

«Ist er vernehmungsfähig?»

«Wohl kaum, für einige Zeit. Ausserdem wird es schwierig werden, mit ihm zu sprechen.»

«Wie meinen Sie das?»

«Na ja, er hat keine Zunge mehr.»

«Hat man ihm die Zunge herausgeschnitten?» Dornach verzog das Gesicht zu einer schmerzhaften Grimasse.

«Herausgerissen trifft es besser. Wir sollten jetzt fahren.» Er stieg ein.

«Wohin bringen Sie ihn? Ins Bürgerspital?»

Der Arzt bejahte und schloss die Tür. Dornach blickte dem sich entfernenden Blaulicht nach.

«Gibt es eine Identität?», fragte er Casagrande, als er mit ihr zur Fundstelle an der Böschung des Flusses ging.

«Kein Portemonnaie und kein Handy. Aber Mike hat in einer der Manteltaschen einen Presseausweis gefunden. Er lautet auf Walter H. Lötscher, Journalist beim ‹N.T.›, unserem liebsten Boulevardblatt.»

«Was? Ein Journalist vom ‹Neuen Tag›?» Dornach stiess einen leisen Pfiff aus. «Was zum Teufel hatte der hier zu tun?»

«Ja, mein lieber Dominik. Jetzt weisst du, warum du am frühen Morgen hier bist. Es wäre gut, das so rasch wie möglich herauszufinden. Das wird Schlagzeilen geben.»

Sie blieben oben an der Böschung stehen, um nicht auf der weichen Erde herumzutrampeln und damit der Spurensicherung unnötig die Arbeit zu erschweren. Angesichts ihres Schuhwerks war das Casagrande nur recht.

«Schönen guten Morgen. Dominik, was machst du denn hier?» Dornachs Stellvertreter Michael «Mike» Lüthi hievte sich die Böschung hoch und versuchte dabei, nicht mit seinen Halbschuhen auf dem feuchten Terrain auszurutschen.

«Die Staatsanwältin fand, dass ich bei solch prominenter Kundschaft unbedingt dabei sein sollte.»

Lüthi grinste. «Na ja, wenn die Medien davon Wind bekommen, wird das auf jeden Fall heiss. Ein national bekannter Reporter wird in Solothurn überfallen und schwer verstümmelt. Wir können uns schon mal auf etwas gefasst machen.»

«Habt ihr sonst noch etwas gefunden?» Casagrande fröstelte. Sie vergrub die Hände tief in ihrer Manteltasche. Der Nebel war dichter geworden. Bei Tagesanbruch würde die ganze Stadt in einer wabernden Wolke schwimmen, bevor die erstarkende Frühlingssonne sie hoffentlich im Verlauf des Morgens auflöste.

Lüthi schüttelte den Kopf. «Nichts. Was wir ziemlich sicher sagen können, ist, dass der Fundort nicht der Tatort ist. Es gibt zu wenig Blut.»

«Er lag ja halb im Fluss», warf Casagrande ein.

«Seine Arme aber nicht.»

«Wer hat den Mann gefunden?», fragte Dornach.

«Ein junges Pärchen, vor etwa anderthalb Stunden.»

Dornach ging einen Schritt näher an die Böschung heran. Dort, wo man Lötscher gefunden hatte, wuchsen Hasel- und Weidensträucher direkt am Wasser. Um einen Körper zu sehen, der halb im Fluss lag, hätte man in die Hocke gehen müssen. Stehend war die Sicht auf das Wasser vom Buschwerk verdeckt.

«Wie konnten die beiden Zeugen den Körper sehen, wenn sie nur vorbeispaziert sind?»

«Von der Sitzbank da.» Lüthi zeigte auf die Bank, die neben dem Gehweg etwa zwei Meter versetzt vom Fundort über der Böschung stand. Dornach setzte sich auf die Bank und blickte auf den Fluss hinunter.

«Was haben die beiden hier gemacht?»

«Du weisst schon. Zwei Teenager halt, auf dem Heimweg. Der Abschiedskuss ist wohl etwas intensiv ausgefallen», sagte Lüthi.

«Verstehe, sind sie noch hier?»

«Nein, ich habe ihre Aussagen und Personalien aufgenommen. Eine Patrouille hat sie nach Hause gefahren. Sorry, Dominik, wenn ich gewusst hätte, dass du noch mit ihnen reden willst, hätte ich –»

«Schon gut.» Dornach stand auf. Es war zu kalt zum Sitzen. «Also, ein Reporter wird überfallen. Die Arme werden ihm amputiert.» Er blickte sich um. «Wie kam er hierher?»

«Der oder die Täter werden ihn nicht einfach hierhergetragen haben. Das wäre zu riskant, trotz der späten Stunde», sagte Casagrande.

Dornach nickte. «Denke ich auch. Haben die Kriminaltechniker Reifenspuren entdeckt?»

«Die KT ist noch dran. Ist ein Stück Arbeit in der Dunkelheit …» Lüthi machte eine Kopfbewegung in Richtung Rötibrücke.

«Die sollen nicht zu weit suchen. Der oder die Täter werden nicht ein Fahrzeug an der Brücke vorne abstellen und den Mann bis hierher schleppen.»

«Schon klar, Chef. Aber sicher ist sicher. Bis zum Rapport haben wir vielleicht ein paar Resultate.»

Dornach nickte wieder. «Gut, wir besprechen das um halb neun. Wie sieht es mit den amputierten Körperteilen aus?»

Lüthi schüttelte den Kopf. «Nichts. Kann natürlich sein, dass sie in die Aare geworfen wurden. Wir suchen das Ufer flussabwärts ab. Die Spezialisten berechnen gerade, bis wohin schwimmende Körperteile aufgrund der Strömungsgeschwindigkeit getrieben sein könnten. Eine Gruppe sucht bereits das diesseitige Flussufer ab, so gut es geht. Sobald das Licht besser wird, setzen wir Taucher ein. Wahrscheinlich fischen wir die Gliedmassen aus dem Rechen des Kraftwerks Flumenthal, wenn sie nicht vorher von den Welsen gefressen werden.»

Mittlerweile war die feuchte Kälte auch durch Dornachs dünnen Mantel gedrungen. «Mike, kannst du herausfinden, warum Lötscher hier war? Ob er kurz vorher mit jemandem Kontakt hatte und so weiter?»

Lüthi nickte und blickte auf die Uhr. Es war fast halb sechs.

Dornach blickte Casagrande hoffnungsvoll an. «Übernimmst du die Leitung der Untersuchung?»

«Denke schon, vorläufig», sagte sie.

«Die erste gute Nachricht an diesem Morgen.»

«Bemüh dich nicht, Dominik, so unwiderstehlich bist du auch nicht. Aber ich bin pünktlich um halb neun in der Schanzmühle. Denkst du, dass wir bis Mittag etwas für die Fütterung der Medien haben?»

«Für eine Info-PK vielleicht. – Kaffee?»

«Oh ja!»

«Du bist eingeladen. Die Kaffeebar im Bahnhof hat jetzt offen. Fährst du mit mir?»

«Gerne. Ich habe meinen Wagen zu Hause gelassen, wegen Restalkohol. Eine Patrouille hat mich hergefahren.»

«Restalkohol? Bei welchen Ausschweifungen wurden Sie denn unterbrochen, Frau Staatsanwältin?»

Sie zwinkerte ihm zu. «Keine Chance, Dornach.»

Auf dem Weg zum Bahnhof summte sein Handy. Es war über Bluetooth mit der Freisprechanlage seines Wagens verbunden. Das Display am Armaturenbrett kündigte eine eingehende SMS von Bea an.

«Bea?», fragte Casagrande und schaute Dornach mit hochgezogenen Augenbrauen an.

Dornach warf ihr einen kurzen Blick zu. «Kollegin bei der Kapo Bern. Dienstlich.»

«Aha, um diese Zeit.» Casagrande sah zum Fenster hinaus. «Das sind eifrige Leute, dort bei der Berner Kantonspolizei.» Ein Schmunzeln konnte sie sich nicht verkneifen.

***

Dornach war enttäuscht, als er nach Hause kam und feststellte, dass Bea schon weg war. Er hatte gehofft, noch einen zärtlichen Moment mit ihr verbringen zu können. Das Bett war leer, ebenso das Bad, in dem ein Hauch von Parfüm in der Luft hing, das aber nicht Bea gehörte. Pia, deren Zimmer auch an das Badezimmer angrenzte, schien bereits aufgestanden zu sein. Er traf sie in der Küche an. Sie stand an der Theke vor einem Glas Orangensaft. Er streckte ihr einen Papiersack mit frischen Croissants hin.

«Gipfeli! Mega, Paps.» Sie biss in ein Croissant und gab ihrem Vater mit vollem Mund einen schmatzenden Kuss auf die Wange. Er verzog das Gesicht und wischte sich die feuchte Stelle schnell ab.

«Guten Morgen, Pia.» Als Vergeltung für den nassen Kuss verstrubbelte er ihr Haar.

«Mann, Paps, meine Frisur», rief sie und strich sich ihre kurzen kastanienbraunen Haare wieder in die gewünschte Façon, die sie unmöglich ohne Zuhilfenahme einer ganzen Tube Haargel Extra Strong hatte zustande bringen können.

«Ach, das ist eine Frisur?» Er füllte frische Bohnen in die Kaffeemaschine. «Willst du auch einen Kaffee?», fragte er, nachdem er ihre herausgestreckte Zunge mit einem Grinsen und hochgezogenen Augenbrauen zur Kenntnis genommen hatte.

«Nein danke, ich habe meinen Saft.» Pia hob ihr Glas. Er nahm zwei Eier aus dem Kühlschrank und legte sie in den Eierkocher. Das entlockte ihr ein Grinsen.

«Zwei Eier, Paps?»

«Ich habe Hunger. Ich bin schon seit vier Uhr auf. Musste an einen Tatort.»

«Schon klar. Ich dachte nur, du müsstest verlorene Proteine ersetzen.»

Dornach drehte sich um und sah sie fragend an.

«Ich meine ja nur, wegen der Blondine im Bad vorhin.»

«Welche Blondine?», fragte er so unschuldig wie möglich und merkte gleich, dass das keine gute Idee war. Das spöttische Lächeln auf Pias Gesicht wurde breiter.

«Hallo? Paps! Eine Frau! Weisst du, lange Haare, in deinem T-Shirt, roter Stringtanga! Sexy! Hübscher Ar…»

«Ist gut.» Er hob die Hand. «Du hast Bea angetroffen? Wann?»

«Vor etwa einer halben Stunde. He, das war voll peinlich. Ich komme aus der Dusche, und da steht so eine halb nackte Tussi vor mir. Hat mir einen schönen Schreck eingejagt. Und wir beide – noch so nackt.»

Nun grinste Dornach. «Warum? Hat sie etwas an dir gesehen, von dem du noch nichts wusstest? – Und …», er machte einen Schritt mit erhobenem Zeigefinger auf seine Tochter zu, «… das mit der Tussi habe ich nicht gehört. Sie heisst –»

«Bea, sorry.» Pia schob seinen Finger aus ihrem Gesicht. «Das war voll daneben. Wir stehen uns gegenüber. So erschrocken, wie sie mich anstarrte, muss sie sicher gedacht haben, ich sei eine andere, mit der du woanders im Haus im Bett warst oder so.»

«Jetzt mach mal halblang. Wofür hältst du mich eigentlich?» Dornach wusste nicht so recht, ob ihre Offenheit ihn empören oder amüsieren sollte. «Ausserdem weiss sie, dass ich eine achtzehnjährige Tochter habe.»

«Ja, ja, ich darf nicht so über meinen Vater denken. Aber du bist schliesslich auch nur ein Kerl.»

«Sag mal, geht's noch? Und was meinst du mit nur?» Er wollte noch mal ihre Haare zerzausen, aber diesmal gelang es ihr, unter seiner Hand wegzutauchen. «Habt ihr zusammen gesprochen?», fragte er.

«Hm, na ja. Nach dem ersten Schreck war sie recht cool. Hat mir das Handtuch gereicht und sich vorgestellt. Sie hat gemeint, ich sei voll schön und so.» Stolz lächelnd hob Pia den Kopf.

Dornach betrachtete seine Tochter. Zu ihrem achtzehnten Geburtstag vor einigen Wochen hatte sie sich die Haare kurz schneiden lassen. Mit ihrer von der Mutter vererbten hochgewachsenen, schlanken, bereits ansehnlich kurvigen Figur und den grossen braunen Augen mauserte sie sich zu einer Schönheit. Dornach war sicher, dass es an der Kantonsschule eine lange Liste von Jungs geben musste, die um die Gunst von Pia Zenklusen warben.

Das bereitete ihm bisweilen ein wenig Sorgen. Aber seine Tochter hatte nicht nur das sprühende Temperament ihrer Mutter Laure Zenklusen geerbt, sondern auch das abwägende Naturell ihres Vaters, und er vertraute darauf, dass sie die richtigen Entscheidungen traf. Es war schon früh Pias Wunsch gewesen, bei ihrem Vater zu wohnen und in Solothurn zur Schule zu gehen. Sie fand, dass sie sich besser und spannungsfreier mit ihm austauschen konnte als mit ihrer Mutter, die als Oberärztin im Kantonsspital von Sion arbeitete. Ausserdem hatte sie Mühe mit Laures neuem Lebenspartner, der nach ihren Aussagen unter einem noch grösseren Kontrollzwang litt als die Mutter selber. Dornach fand, dass seine Ex-Geliebte aus Studienzeiten gar streng mit ihrer Tochter umging, obwohl sie die Volljährigkeit erreicht hatte. Das mochte daran liegen, dass Mutter und Tochter sich nicht nur äusserlich, sondern auch charakterlich sehr ähnlich waren. Dornach hütete sich, diesen Umstand gegenüber Laure anzusprechen. Er erinnerte sich nur zu gut an eine dahingehende Auseinandersetzung mit ihr, die damit endete, dass Laure ihm in aller Öffentlichkeit beinahe ein Glas Rotwein ins Gesicht geschüttet hatte. Damit war für ihn jede weitere Diskussion mit ihr über den Charakter der gemeinsamen Tochter tabu.

«Wollte Bea nicht zum Frühstück bleiben?»

«Ich hab's ihr angeboten, aber sie meinte, sie müsse zum Dienst und sie würde dich anrufen. Hat sie?»

«Ja, sie hat mir eine SMS geschickt, aber ich konnte noch nicht mit ihr sprechen.»

«Sie sagte, sie würde heute für längere Zeit verreisen. So etwas wie eine Weiterbildung mit Praktikum oder so.»

Dornach nickte. «Stimmt. Sie geht für mindestens sechs Monate in die Staaten. Zum FBI.»

«Krass! Wie du vor ein paar Jahren.»

Dornach brummte etwas Zustimmendes und trank einen Schluck Kaffee. Pia stand auf und umfasste ihren Vater von hinten mit den Armen.

«Ich misch mich da nicht ein. Schönen Tag, Paps.»

«So früh?»

«Ja, ich muss noch meinen Vortrag vorbereiten. Du weisst schon: Der Islam und sein Einfluss auf die westliche Gesellschaft.»

«Spannendes Thema, viel Glück!»

Als sie sich in der Garderobe ihre Freitag-Tasche umhängte, kündigte ihr Handy mit Vogelgezwitscher eine eingehende SMS an. Sie kam noch mal in die Küche.

«Du-hu, Paps?», sagte sie in dem Ton, den sie immer anschlug, wenn sie ihren Vater einseifen wollte. Dann wusste er jeweils, dass es hart sein würde, Nein zu sagen. «Was ich noch sagen wollte: Es wird heute spät bei mir.»

«Was heisst spät?»

«Manu hat mir gerade eine SMS geschrieben und fragt, ob ich heute Abend mit ihr zur Eröffnung vom ‹Extasy› komme.»

«Extasy? Wenn es so ist, wie es tönt, hält sich meine Begeisterung in Grenzen.»

«Du verstehst das falsch. Das ist der neue Super-Club in der Weststadt. Die bringen einen Megasound. Heute ist der offizielle Opening-Gig. Manu hat von einem Freund zwei VIP-Tickets bekommen. Stell dir vor, die haben dafür extra DJ Roca engagiert, meine Lieblings-DJane.»

Manuela Bürki war Pias beste Freundin. Sie übernachtete oft bei Pia, wenn die beiden Party machten. Sonst wohnte sie bei ihrer Mutter, einer Ärztin, in Etziken, im Äusseren Wasseramt. Es war umständlich für Manu, spät in der Nacht oder gar frühmorgens mit einem Nachtbus dorthin zu kommen, ganz zu schweigen von den Kosten für eine Taxifahrt.

«Sag mal, heute ist Donnerstag, und morgen ist Schule. Können die ihre Eröffnungen nicht am Wochenende machen?»

«Das ist was anderes, Paps. Der Gig heute ist speziell, verstehst du? *By invitation only.*»

«Wie kommt Manuela an VIP-Tickets zur Eröffnung eines Nachtclubs?» Dornach versuchte, so wenig argwöhnisch wie möglich zu klingen.

«Jetzt spiel nicht den Polizisten, Paps. Sie kennt halt so einen von den Typen, die dort arbeiten. Scheint okay zu sein und ist verknallt in Manu. Er hat die Tickets besorgt.»

«Ich spiele nicht den Polizisten, ich bin einer. Du weisst, was ich davon halte.»

«Dominik Dornach, jetzt werd nicht spiessig.» Sie baute sich vor ihrem Vater auf. «Das ist ja nicht das erste Mal, dass ich ausgehe, und du weisst, wie ich es halte. Ausserdem haben wir morgen erst um halb elf Unterricht. Keine schwierigen Fächer, keine Klausur und keinen Vortrag. Also, sei kein Spielverderber. Schliesslich bin ich jetzt volljährig.»

Dornach seufzte. Sie hatte recht. Trotz ihrer Offenheit war Pia vorsichtig und liess sich nicht leichtsinnig auf Abenteuer ein. Widerstrebend lenkte er ein.

«Und gehst noch zur Schule», ergänzte er ihren Satz. «Um Mitternacht pünktlich seid ihr zurück. Ich nehme an, Manuela übernachtet auch hier.»

«Denke schon. Aber Paps, Mitternacht? Das fängt ja erst um elf Uhr richtig an. Halb zwei, okay?»

«Oh nein, meine Liebe! Um spätestens ein Uhr seid ihr beide im Bett. Und zwar hier.»

Nun fuhr Pia ihr schwerstes Kaliber auf: Schmollmund, Umarmung und Bettelton: «Bitte, bitte, liebster Dominik – Halb zwei. Okay?» Dornach blieb nichts anderes, als resigniert zu nicken.

«Mega! Merci, Paps!» Pia drückte ihm einen schmatzenden

Kuss auf die Wange und machte sich auf den Weg zur Tür, bevor er es sich womöglich noch anders überlegte.

«Einen Moment noch, junge Dame.»

«Was denn noch?» Sie fürchtete schon, er würde seine Zustimmung zurücknehmen.

«Halb zwei! Und ihr beide nehmt ein Taxi. Ihr steigt mir in keine fremden Autos ein. Kapiert?» Er drückte ihr eine Fünfzigernote in die Hand. «Die ist für das Taxi, nicht für Drinks. Und ich will keine faulen Ausreden hören, verstanden?»

Pia schaute ihm tief in die Augen, küsste ihn noch einmal auf die Wange. «Alles verstanden und kapiert, Herr Kriminalkommissar. Tschüss!»

***

Kurz vor halb neun betrat Dornach den Rapportraum in der Schanzmühle. Angela Casagrande sass bereits dort, telefonierte und nippte an einem Becher Automatenkaffee. Sie hatte sich umgezogen, nachdem er sie bei ihrer Altstadtwohnung am Friedhofplatz abgesetzt hatte. Anstelle des Kleides trug sie einen dunkelgrauen Hosenanzug, der ihre Figur betonte, und eine weisse Bluse. Das Gespräch schien privat zu sein. Ein verträumtes Lächeln umspielte ihre Lippen. Dornach hörte nur so etwas wie «Ja, ich dich auch». Sie blickte hoch und bemerkte ihn. «Du, ich muss Schluss machen», sagte sie hastig. «Ich rufe dich zurück.»

«Störe ich?», fragte er leichthin, als sie ihr Handy in ihrer Tasche verstaut hatte, und setzte sich neben sie.

«Nein, nein, das war nur ... Das war meine Mutter. Sie wollte wissen, ob ich am Sonntag zum Essen komme.»

Er vermutete, dass Angela mit diesem Gesprächspartner stärkere Gefühle teilte als die Zuneigung einer erwachsenen Tochter zu ihrer Mutter. Und dass sie mit ihren italienischen Eltern Deutsch sprach, konnte sie ihm nicht weismachen. Hatte sie sich nach ihrer verpatzten letzten Beziehung etwa wieder verliebt? Es reizte ihn, mehr darüber zu erfahren. Aber jetzt war weder die Zeit noch der richtige Ort dazu. Er wechselte das Thema. «Warum trinkst du dieses unmögliche Automatengebräu, wenn wir hier eine funkelnagelneue Kapselmaschine haben?» Er wies mit einer Bewegung des Kinns in die Ecke des Raumes hinüber, wo auf einer Anrichte eine grosse Nespresso-Maschine stand.

Casagrande verzog den Mund. «Das Monsterdings da drüben kann mich nicht leiden. Jedes Mal, wenn ich nur in seine Nähe komme und es anschaue, fängt es an zu zischen und zu dampfen.» Sie hielt den Pappbecher hoch. «Ausserdem ist der nicht so schlecht. Besser als im Franziskanerhof.»

Dornach konnte sich nicht vorstellen, dass es woanders schlechteren Automatenkaffee geben konnte als bei ihnen.

«Warum bist du nicht bei mir im Büro vorbeigekommen? Ich hätte dir gerne eine kultivierte Tasse angeboten.»

Sie lachte. «Schon gut, Dominik. Ich schaue mir dein Spielzeug ein anderes Mal an. Ich werde den hier wohl überleben.» Sie nahm einen Schluck und verzog das Gesicht. «Hoffentlich», murmelte sie.

Dornach grinste. Er selber hatte sich eine klassische Bezzera-Zweikreis-Espressomaschine angeschafft, die er, wie den dazugehörenden Kaffee, aus der eigenen Tasche bezahlte. Er fand, dass man gewisse Dinge im Leben nur entschleunigt geniessen sollte.

Casagrande musterte ihn. «Sag mal, du siehst im Gegensatz zu mir noch etwas zerknittert aus. Ist dein Rasierer kaputt?»

Er hatte zu Hause rasch geduscht und die Kleider gewechselt und trug jetzt einen anthrazitfarbenen Roy-Robson-Anzug ohne Krawatte. Fürs Rasieren war keine Zeit mehr gewesen.

Er rieb sich das Kinn. «Musste noch telefonieren.»

«Verstehe.» Angelas Mund verzog sich zu einem spitzen Lächeln. «Lass mich raten: dienstliches Gespräch mit einer gewissen Berner Kollegin, nicht wahr?»

Bevor Dornach antworten konnte, kamen Mike Lüthi und Maja Hartmann mit zusammengesteckten Köpfen herein. Lüthi flüsterte Maja etwas ins Ohr. Sie lachte. Als sie ihren Chef und die Staatsanwältin bemerkten, gingen die beiden erschrocken auseinander und grüssten verlegen. Sie versuchten immer noch geheim zu halten, dass sie ein Liebespaar waren. Sie wussten nicht, dass Dornach es wusste. Er hatte zufälligerweise eines Abends beobachtet, wie sie eng umschlungen das Gebäude verliessen.

Im Korps wurde es nicht gerne gesehen, wenn sich die Mitglieder eines Teams ineinander verliebten. Dornach war da anderer Meinung.

Rolf Gubler, von allen nur Google genannt, stiess hinzu, setzte sich nach einem knappen Morgengruss an seinen Platz und verschwand sofort wieder hinter seinem Notebook. Google war selten ohne seinen geliebten Rechner zu sehen, was seine Kollegen zur scherzhaften Behauptung veranlasste, er hätte einen Pakt mit der Maschine. Sie würde auf ewig crashen, wenn er sich jemals nach einer Frau umdrehen sollte. Google war der einzige Mensch, den Dornach kannte, der gleichzeitig ein Papier lesen und im Internet surfen konnte. Dafür war er auch ein gewiefter Hacker und ein hervorragender Analytiker.

Karin Jäggi trug einen grossen Sack mit Weggli und Gipfeli herein, die sie auf zwei Brotkörbe verteilte und auf dem Besprechungstisch platzierte. Für die wenigen Gesundheitsbewussten, in der Regel waren es die Frauen, stellte sie eine Schale mit Äpfeln hin. Karin war Ermittlungsassistentin und das jüngste Mitglied in Dornachs Team. Ihr Vater, Urs Jäggi, war der Chef der Kriminalabteilung und Dornachs Vorgesetzter. Als seine Tochter unbedingt zur Kriminalpolizei wechseln wollte, verhalf er ihr zu der Stelle. Insgeheim hoffte Jäggi, dass die Arbeit sie von ihrem Vorhaben abschrecken würde. Zuvor hatte er Dornach in einem vertraulichen Gespräch gebeten, er möge doch seine Tochter entmutigen. Dornach war alles andere als erfreut, denn er hatte keine Lust, Kindermädchen für eine verwöhnte Funktionärstochter zu spielen. Aber die schüchtern wirkende junge Frau, die viele wegen ihrer blauen Augen, den dunkelblonden Haaren und dem puppenhaft wirkenden Gesicht für naiv und unbedarft hielten, gab sich keinen Illusionen über den Beruf eines Kriminalpolizisten hin. Sie war sich für keine noch so pingelige Kontrollarbeit, umständlichen Papierkram, Telefonate oder Überstunden zu schade. Dank ihrem, zum Leidwesen des Vaters, abgebrochenen Jurastudium brachte sie es fertig, innert kurzer Zeit langfädige und komplexe Dokumente durchzuarbeiten, die notwendigen Informationen herauszufiltern und zusammenzufassen.

Dornach merkte, dass Karin Jäggi das Zeug zu einer guten

Ermittlerin hatte. Ausserdem verfügte sie trotz ihres zurückhaltenden Wesens über eine gesunde Portion Selbstbewusstsein, gepaart mit Fröhlichkeit und charmantem Durchsetzungsvermögen. Die Kleine, wie sie in der Abteilung liebevoll genannt wurde, hatte auch Haare auf den Zähnen. Einmal hatte ihr ein frisch promovierter Kollege ins Gesicht gesagt, dass Frauen einfach nicht die Eier hätten, diesen Beruf richtig auszuüben. Karin hatte ihn nur angesehen und kühl erwidert, dass Frauen dafür Gott sei Dank den Vorteil hätten, nicht ständig mit ihren primären Geschlechtsteilen denken zu müssen, woraufhin sich der junge Mann unter allgemeinem Gelächter seiner Kameraden zurückzog. Im nächsten Jahr würde sie die notwendigen Kripo-Ausbildungskurse absolvieren und bis dahin zur Einführung in Dornachs Team bleiben.

Die Mediensprecherin Yvonne Gerber und Christian Lorer betraten den Raum gleichzeitig. Yvonne setzte sich neben Dornach. Christian nahm neben Karin Platz, die er freundlich, wenn auch etwas zurückhaltend grüsste. Täuschte sich Dornach oder nahmen Karins Wangen tatsächlich eine rötliche Färbung an, als sich Christian ihr zuwandte? Christian war bei Kollegen und Vorgesetzten sehr beliebt. Dass Karin eine Schwäche für den blonden, gut aussehenden Hünen entwickelte, war nachvollziehbar.

Kripo-Chef Urs Jäggi und der Chef der Kriminaltechnik, Sebastian «Sebi» Tschanz, kamen als Letzte. Jäggi war bei solchen Rapporten nicht prinzipiell dabei, sondern liess sich in der Regel von seinen Bereichsleitern informieren. Die Medien würden sich wie die Hyänen auf diesen Fall stürzen, und Jäggi würde wohl oder übel zusammen mit dem Polizeikommandanten an vorderster Front Rede und Antwort stehen müssen. Dornach war froh, dass er diese Rolle anderen überlassen konnte.

Nach der Begrüssung bat er Mike Lüthi, anzufangen. Dieser drückte auf die Fernbedienung des digitalen Projektors, worauf das Porträtbild eines Mannes auf der grossen Leinwand erschien.

«Walter Heinrich Lötscher, geboren 1958, Schweizer, ledig, wohnhaft in Wetzikon, Kanton Zürich, Journalist beim ‹Neuen Tag›. Er hat in der Vergangenheit einige grossartig aufgemachte

Artikel über das organisierte Verbrechen in der Schweiz veröffentlicht. Vor zwei Jahren flog dank seiner Reportage ein Pu…», er räusperte sich mit einem entschuldigenden Blick zu Jäggi, «… ähm … ein Bordell auf, in dem vor allem junge Frauen aus dem Balkan und anderen osteuropäischen Ländern beschäftigt wurden.»

Auf der Projektionsfläche erschien ein weiteres Bild des Journalisten. Er lag blutverschmiert und verstümmelt an der Uferböschung am Ritterquai. Lüthi schilderte die Umstände des Fundes und Art und Ausmass der Verletzungen.

«Wie ist sein Zustand gegenwärtig?», erkundigte sich Jäggi.

«Kritisch, aber stabil. Aufgrund des hohen Blutverlustes hat er Bluttransfusionen erhalten und wurde in einen künstlichen Tiefschlaf versetzt. Das heisst, er ist nicht vernehmungsfähig und wird es auch für einige Zeit nicht sein.»

«Wissen wir etwas mehr über den Tathergang?», fragte Casagrande.

«Irgendwie wurde er dorthin gebracht.» Dornach stand auf und trat an die grosse Projektionswand. «Mitten in der Woche und um diese Uhrzeit ist bei uns nicht viel los.»

«Wir haben Fahrzeugspuren gesichert, die wir noch auswerten», warf Tschanz ein, was Dornach mit einem Kopfnicken quittierte.

Google hob die Hand. «Lötscher war hier für Recherchen.» Er blickte ausnahmsweise von seinem Notebook auf und schien erstaunt zu bemerken, dass aller Augen fragend auf ihn gerichtet waren. «Was ist? Ich habe die Redaktion in Zürich angerufen.»

Dornach nickte. «Also, was weisst du mehr als wir?»

Google heftete seine Augen wieder an den Bildschirm seines Notebooks. «Der Chefredaktor meinte, er wüsste nicht, worum es bei der Reportage ging. Lötscher scheint da eigen zu sein. Er informiert erst über die Story, wenn er sie fertig hat.»

«Etwas ungewöhnlich, meint ihr nicht?» Maja kaute an einem Apfel.

«Es scheint, dass Lötscher das vollste Vertrauen seines Chefs genoss und immer Top-Storys lieferte. Dafür verfügte er über einen grosszügigen Spesenvorschuss. Der Chefredaktor bezeichnet Lötscher als Auflagengoldmine.» Google blickte in die Runde. «Wenn ihr mich fragt, Serge Mumenthaler, so heisst der Chefredaktor, mochte Lötscher nicht sehr.»

«Wie kommst du darauf?», fragte Dornach.

«Er fragte mich, wie lange Lötscher im Spital bleiben müsse und wann er seine Geschichte abliefern werde. Kein Wort von Sorge und Betroffenheit. Als ich ihm gesagt habe, dass Lötscher wohl für eine sehr, sehr lange Zeit ausfallen würde, hat er geflucht wie ein Wald voller Affen.»

«Nicht sehr empathische Leute, die Fahnenhalter der Pressefreiheit beim ‹N.T.›», bemerkte Maja lakonisch.

«Mist zu schreiben, der wenig mit Wahrheit, aber viel mit einer hohen Auflage zu tun hat, stumpft eben ab», warf Mike Lüthi ein.

«Könnte auch sein, dass Lötscher einfach ein Arschloch ist», sagte Google grinsend. Er räusperte sich, als er Jäggis tadelnden Blick bemerkte. «Ich meine, er war wohl ein wenig angenehmer Arbeitskollege.»

Dornach beauftragte Google, sich noch mal an den Chefredaktor zu hängen. Er konnte sich nicht vorstellen, dass dort niemand eine Ahnung hatte, was Lötscher wirklich vorhatte. War er mit seinen früheren Reportagen jemandem auf die Füsse getreten, der sich jetzt an ihm rächte? Oder war er jetzt an etwas dran, das jemandem nicht passte? Vielleicht im Zusammenhang mit den organisierten Banden, gegen die er in der Vergangenheit schon recherchiert hatte?

Es klopfte und eine uniformierte Polizistin kam mit einem Zettel herein, den sie Dornach reichte.

«Okay», sagte er, nachdem er die Nachricht kurz überflogen hatte. «Das ist wenigstens etwas. Unser Herr Lötscher hat gestern Nachmittag um vier Uhr im ‹Ramada› für eine Nacht eingecheckt. – Maja und Karin, ihr geht hin und seht euch dort mal um.»

Bevor er die Sitzung schloss, hatte Urs Jäggi noch einen Einwand. «Wir dürfen das private Umfeld von Lötscher nicht ausser Acht lassen. Die Zürcher Kollegen sollen uns da helfen.»

«Stimmt», pflichtete ihm Dornach bei. «Ich zweifle zwar daran, dass ein Angehöriger, eine Freundin, eine Geliebte oder wer auch immer sich die Mühe macht, ihn nach Solothurn zu verfolgen, nur um ihn hier auf so riskante und spektakuläre Weise aus dem Weg zu räumen. Aber klar, wir bitten die Zürcher Kollegen um Amtshilfe.»

«Ich mache das über die Staatsanwaltschaft», bot Casagrande an.

Yvonne Gerber meldete sich zu Wort. «Was sagen wir den Medien? Wir wissen ja noch nichts.»

«Dann sagen wir eben genau das. Gut für dich, Yvonne?»

«Schon gut, Dominik. Ich komme klar. Sorgt einfach dafür, dass ich euren Infos nicht nachrennen muss.»

Dornach grinste. «Keine Angst. Wir sagen es dir, bevor du es aus der Zeitung erfährst.»

Yvonne Gerber rauschte aus dem Raum.

«Was war denn das jetzt?», fragte Casagrande überrascht.

«Keine Ahnung. Yvonne ist etwas empfindlich in letzter Zeit.» Dornach vermutete, dass sie ihm immer noch übel nahm, dass er sie einmal hatte sitzen lassen, obwohl sie verabredet waren.

Dornach wollte den Raum ebenfalls verlassen, als Jäggi ihn zurückhielt.

«Dominik, hast du noch eine Minute? Da ist noch ein Punkt, den wir besprechen müssen.»

DREI

Das Mädchen schien etwas verloren im Bett auf der Intensivstation des Bürgerspitals. Kabel und Drähte verbanden es mit den Maschinen und Geräten, die seine Lebenszeichen und Körperfunktionen aufzeichneten und kontrollierten. Hinter der Glasscheibe, die die Patientin von den Besuchern abschirmte, standen drei Personen und beobachteten das zarte Wesen.

Dr. Nadja Bürki legte die Hand auf die Schulter der weinenden Mutter. «Ich versichere Ihnen, Frau Galatay, dass wir unser Möglichstes tun, Ihrer Tochter zu helfen. Aber im Moment bleibt uns nichts anderes übrig, als abzuwarten», versuchte sie die Mutter zu trösten, deren sanftes Gesicht von Schmerz und Trauer gezeichnet war.

Nayla Galatay litt am Laurell-Eriksson-Syndrom, einer Stoffwechselkrankheit, die vor allem Leber und Lungen angreift und die bei ihr derart fortgeschritten war, dass die Leber nicht mehr mitmachte. Nayla brauchte dringend ein neues Organ. Wie sollte Dr. Bürki einer Mutter erklären, dass ihre Tochter auf der Warteliste von Swisstransplant stand und dass es Wochen, wenn nicht Monate dauern konnte, bis sich eine geeignete Spenderleber finden liess.

Idil Galatay wurde von Weinkrämpfen geschüttelt. Der Vater stand reglos daneben, auch seine Augen füllten sich mit Tränen. Emir Galatay hatte seine Tochter vor zwei Tagen in die Notaufnahme gebracht, nachdem sie zu Hause kollabiert war, und war seither nicht von Naylas Seite gewichen.

Als die Eltern erfuhren, wie lange die Wartezeit für eine Spenderleber dauerte, hatte Emir Galatay sein Checkheft gezückt und der Ärztin einen Check über hunderttausend Franken ausstellen wollen, in der Hoffnung, die Operation zu beschleunigen. Das war für ihn, als Besitzer von Imperial Döner, einer der bekanntesten türkischen Imbissketten der Nordwestschweiz, kein Problem. Die Ärztin konnte ihm nur schwer klarmachen, dass es nichts nützte.

Die Situation ging auch Bürki sehr nahe, denn die Tochter der Galatays war nur knapp zwei Jahre jünger als ihre eigene Tochter Manuela. Sie selber würde auch alle Hebel in Bewegung setzen, um ihrem Kind zu helfen. Was sie dabei als Ärztin am meisten frustrierte, war die Tatsache, dass mehr Spenderlebern zur Verfügung stehen würden, wenn alle, die könnten, sich als Spender registrieren liessen. Aus diesem Grund engagierte sie sich innerhalb der Ärztegesellschaft für die Einführung der Widerspruchslösung, die es ermöglichen sollte, dass jeder Mensch grundsätzlich als Organspender zur Verfügung stand, ausser er lehnt explizit ab.

Jetzt aber musste sie Nayla Galatay helfen, koste es, was es wolle. Sie verabschiedete sich von den Eltern mit dem Versprechen, sich zu melden, sobald sich eine neue Situation ergab. Sie hatte eine Idee.

Unterwegs zu ihrem nächsten Patienten klingelte ihr Handy. Es war ihre Tochter Manuela.

«Hoi, Spatz. Was ist?»

«Hast du einen Moment, Mami?», flötete es heiter aus dem Apparat.

«Ja, aber nur kurz. Ich muss gleich weiter. Ein Patient wartet.»

«Ich wollte dir nur sagen, dass ich heute Abend bei Pia übernachte.»

Bürki runzelte die Stirn. «Bei Pia? Schon wieder? Du warst doch erst letztes Wochenende …»

«Für Pia ist das überhaupt kein Problem. Und ihr Daddy ist auch cool damit. Du weisst, die haben ja so ein riesiges Haus. Pia hat da praktisch ihre eigene Wohnung.»

Bürki kannte die Villa Dornach in Solothurn, den Familiensitz der angesehenen Industriellenfamilie Dornach. Nachdem sich der einzige Sohn, Dominik, für eine Juristenkarriere entschieden hatte und später zur Polizei ging, verkauften die Eltern ihr Unternehmen für einen sehr hohen Preis an einen internationalen Konzern. Sie zogen sich auf ihren Landsitz in Andalusien zurück und überliessen die Villa ihrem Sohn Dominik und ihrer Enkeltochter Pia.

Bürki war kürzlich einmal dort gewesen, zusammen mit ihrer Tochter, an der Feier zu Pias achtzehntem Geburtstag. Viele der Gäste waren aus der Walliser Verwandtschaft von Pias Mutter. Bürki hatte sich lange mit Laure Zenklusen unterhalten und versucht, sie in Bezug auf die Widerspruchslösung auf ihre Seite zu ziehen. Sie musste aber schnell begreifen, dass ihre Ansichten weit divergierten. Pias Mutter war bei diesem Thema, untypisch für ihre Zunft, sehr zurückhaltend.

Den Vater hingegen fand Bürki interessant. Gerne hätte sie das angeregte Gespräch mit ihm ausgedehnt und den attraktiven Single näher kennengelernt. Aber es wäre aufgefallen, wenn sie den Gastgeber zu sehr in Beschlag genommen hätte. Sie sehnte sich danach, wieder einen Mann zur Seite zu haben. Vielleicht konnte sie die häufigen Übernachtungen ihrer Tochter in seinem Haus als Vorwand benutzen, sich erkenntlich zu zeigen. Die Idee gefiel ihr.

«Bist du sicher, dass Herr Dornach nichts dagegen hat, wenn du schon wieder in seinem Haus übernachtest?»

«Ganz sicher, Mami, glaub mir, Dominik ist ganz cool. Ausserdem, wo könnte ich sicherer sein als beim Chef der Kriminalpolizei.»

«Du nennst ihn Dominik?» Nadja spürte einen eifersüchtigen Stich.

«Ich sage dir doch, der ist total cool. Und überhaupt: Er ist fast nie zu Hause. Sie haben eine Haushälterin, die fast zur Familie gehört. Noch wenn wir es wollten, könnten wir ihn nicht stören.»

«Also gut, Spatz. Von mir aus. Aber bleibt nicht zu lange aus. Du hast morgen Schule, vergiss das nicht.»

«Versprochen, Mami.» Am anderen Ende kreuzte Manuela die Finger und zwinkerte Pia, die neben ihr stand, zu.

«Hör mal, noch etwas», schob Bürki nach, bevor Manuela aufhängte. «Wenn du Herrn Dornach siehst, sag ihm, dass ich mich für deine Übernachtungen in seinem Haus revanchieren möchte und ihn zum Nachtessen einlade. Ich rufe ihn dann mal an.»

«Mach ich, wenn ich ihn sehe. Und ich sage es Pia, okay?»

Bürki lächelte zufrieden in sich hinein. «Ich muss weiter, Spatz. Mach's gut, grüsse mir Pia und Dom... ähm ... Herrn Dornach. Und melde dich mal.» Sie hängte auf. Jetzt hatte sie dringend einen Anruf zu erledigen.

***

Manuela zog in Siegerpose die Faust ein. Pia schüttelte den Kopf.

«Mann, Manu, wenn ich meinen Paps so anschwindeln würde wie du deine Mutter, das würde ich keine zwei Wochen überstehen, und dann wäre ich für einige Zeit gegroundet.»

«*No worries*, Schatz. Die ist so beschäftigt, dass sie das morgen wieder vergessen hat. Übrigens, schönen Gruss, und du sollst Dominik ausrichten, dass sie ihn zum Nachtessen einlädt.»

Pia runzelte die Stirn. «Deine Mutter lädt meinen Paps zum Nachtessen ein? Wozu?»

«Weiss nicht! Als Revanche für meine Übernachtungen, keine Ahnung. Egal, vielleicht ist sie in deinen Daddy verknallt. Sie hat ein paarmal von ihm gesprochen. Könnte ich auch verstehen. Dominik ist schon irgendwie sexy. Mindestens für alte Frauen.»

Pia prustete los. «Da soll sich deine Mutter mal hinten anstellen. Weisst du, wie viele Tussis was von meinem Paps möchten? Stell dir vor, was ich heute Morgen erlebt habe ...»

Die Freundinnen steckten die Köpfe zusammen, während sie zur nächsten Unterrichtsstunde gingen. Sie waren die Letzten, und in dem Moment, als sie den Klassenraum betraten, lachten beide laut auf.

BRIEFE AN VLADA – FRÜHLING

Geliebte Vlada!
Das Gras ist feucht und kühl von der Nacht. Wie kleine Diamanten glänzen die Tautropfen auf den grünen Halmen, die meine Füsse kitzeln und meine Haut streicheln, als würden Ameisen in Seidenschuhen auf mir krabbeln. Die Sonne schickt ihre goldenen Strahlen. Ich lasse mich fallen, und der feuchte Boden fängt mich auf. Er ist weich, wie der Teppich in der Moschee. Die Kühle der Nacht spielt mit der Wärme der Frühlingssonne. Ich schliesse die Augen. Wärme und Kälte fliessen in wechselnden Farben von Gelb, Grün, Blau, Rosa und Weiss ineinander. Ich höre ein anderes Kind lachen. Es klingt so hell wie die Glocken in der Kapelle der Christen. Wie das Lachen der kleinen Fee in dem Märchen von dem fernen Land, das du mir immer erzählt hast. Weisst du noch, Vlada? Dem Land, wo die Engel wohnen. Engelland. Du hast mir erzählt, dass mich die Engel zu dir geschickt haben. Ich bin dein Engel, denn mein Lachen klingt wie die Glöcklein des Himmels im Frühling, wenn die Sonne scheint. Ich blinzle in die Sonne. Dann schaue ich durch die Tautropfen auf den Halmen hindurch in den Himmel. Sie blinken und funkeln wie Edelsteine in tausend Farben. Die Glöcklein tönen heller, und ich höre deine Stimme, die singt und meinen Namen ruft: «Moj anđele, mein Engel! Wo bist du?» Ich richte mich auf und jauchze in die Sonne. Ein helles goldenes Licht kommt auf mich zu. Dein Gesicht beugt sich über mich und lächelt – heller als die Sonne oder der volle silberne Mond in der Nacht und alle Sterne.

In meinem Traum hast du viel gelacht, majka, meine Mutter.

Im Frühling, bevor die Wölfe kamen.

VIER

Jäggi hielt Dornach ein Papier unter die Nase. «Bevor ich loslege und es vergesse: Du solltest endlich deine Anmeldung für die Erneuerung deines Scharfschützen-Brevets machen, Dominik. Die rufen ständig mich an, weil sie dich nie erreichen können.»

Dornach kannte das Formular. Ein Exemplar lag irgendwo zuunterst in seinem Pendenzenstapel. Er hatte sich ursprünglich anmelden wollen, weil ihn das Schiessen aus weiter Distanz interessierte. Er galt als sehr guter Schütze und wollte sein scharfes Auge weiter dafür trainieren.

«Ich fülle den Wisch nachher gleich aus», versprach er. «Du willst mich sicher nicht nur deswegen sprechen.»

«Du kriegst Verstärkung, Dominik.»

«Ah ja. Wozu? Ich habe keine angefordert.»

«Ich habe das arrangiert», sagte Jäggi. «Ein Major Cranach.»

«Ein Major?» Dornach lachte trocken. «Steht es so schlimm um uns, dass wir jetzt einen ausgewachsenen Major zur Verstärkung kriegen? Wobei soll er uns denn helfen? Akten abstauben?»

Jäggi ignorierte den Sarkasmus. «Nein, Dominik. Major Cranach ist keiner von uns, sondern vom österreichischen Bundesinnenministerium.»

«Von den Österreichern? Das ist ein Witz, oder, Urs? Was sollen wir mit einem österreichischen Polizeimajor?»

«Folgendes: Du erinnerst dich an die Sitzung mit den beiden Menschen von der Bundeskriminalpolizei vor zwei Wochen, nicht wahr?»

Dornach nickte. «Die BKP zeigte sich besorgt wegen der Balkan-Banden, die sich hier festsetzen wollen. Das war im Zusammenhang mit den zwei Frauenleichen, die in Grenchen und Trimbach aus der Aare gezogen wurden.»

«Richtig! Wir sind uns einig, dass es sich um Milieutote handeln muss. Soweit wir feststellen konnten, waren beide Frauen bosnischer Herkunft.»

«Und beide minderjährig oder knapp aus dem Schutzalter.»

«Genau, und die BKP hat Hinweise erhalten, dass sich eine bosnisch-serbische Organisation in der Region ausbreitet, Drogen, Prostitution und was sonst noch dazugehört. Zuerst hatte man angenommen, dass sie sich im Raum Zürich festsetzen. Offensichtlich versprechen sie sich mehr Handlungsfreiheit, wenn sie ihr Hauptquartier in unserer Region aufschlagen.»

«Ist das ein Kompliment oder eine Herausforderung?»

«Für uns wohl eher Letzteres», seufzte Jäggi.

«Was wissen wir über die Organisation?»

«Nur, dass es Serben sind, die bis vor Kurzem in der Schweiz wenig aktiv waren. Die Organisation hat auch einen Namen. So etwas wie Wolf oder Wölfe. Die Österreicher wissen mehr.»

«Warum die Österreicher?»

«Weil die Bande sich vom Balkan aus zuerst dort festgesetzt hat. Die sind oder vielmehr waren dort seit mehr als zehn Jahren im Geschäft. Nach einigen Scharmützeln mit ihnen hat das österreichische Bundeskriminalamt die Ausbreitung der Bande einigermassen unter Kontrolle gebracht. Es ist ihnen daraufhin mehrere Male gelungen, einige hochrangige Leute zu verhaften, denen der Prozess gemacht wird. Deshalb ergreifen die Wölfe die Flucht nach vorn und breiten sich weiter nach Westen aus.»

«Und deshalb kommt dieser Major Cranach zu uns?»

«Genau, weil wir das hier verhindern wollen. Major Cranach ist einer der besten Kenner der Organisation. Eigentlich gehört er zur Sondereinheit EKO Cobra, ist aber jetzt dem BK zugeteilt. Chavan von der BKP sagte mir, dass Cranach bereits erfolgreich die Kollegen in Deutschland und Italien bei der Bekämpfung des organisierten Verbrechens unterstützt hat. Ausserdem berät er die Operationen zwei und vier von Europol in Den Haag.»

«O2 und O4 sind zuständig für organisierte Kriminalität und Terrorismusbekämpfung. Als ich letzten Monat bei Interpol in Lyon war, hatten wir eine Präsentation darüber. Wann kommt denn dieser Major Cranach?»

«Er nimmt gegenwärtig noch an einer Polizeikonferenz in Sevilla teil und trifft morgen via Genf in Solothurn ein. Du wirst ihn betreuen, Dominik. Die genauen Daten und ein Dossier über Cranach kriegst du noch. Sieh es dir an, ich hatte leider noch keine Zeit dazu. Seine Ausrüstung ist übrigens schon eingetroffen, mit Diplomatenkurier.»

Dornach seufzte. «Super! Vielen Dank, Urs, dass ich Babysitter spielen darf.»

«Du bist mein bester Mann, Dominik. Cranach scheint einer der profiliertesten Polizisten Österreichs zu sein, wenn nicht sogar in Europa. Ich will einen guten Eindruck bei unserem österreichischen Kollegen hinterlassen. Die BKP kann und will sich in diesem Stadium nicht zu sehr in den Fall involvieren. Sie denken, wir sollten das hinkriegen. Und das denke ich auch.»

Dornach nickte. Wenn es sich erweisen sollte, dass das internationale organisierte Verbrechen beim Fall Lötscher die Hände im Spiel hatte, konnten ein zusätzlicher denkender Kopf und helfende Hände nicht schaden.

«Da ist noch was, Dominik», sagte Jäggi, bevor er sich zum Gehen wandte, «die BKP hat darauf hingewiesen, dass wir den Einsatz von Major Cranach nicht an die grosse Glocke hängen sollen. Es scheint, dass er dank der Fahndungserfolge der letzten Monate auf der Abschussliste der serbischen Mafia steht. Chavan sagte mir, dass er bereits massiv bedroht wurde.»

Dornach verdrehte die Augen. «Verstehe. Babysitter und Leibwächter.»

«Das dürfte nicht nötig sein. Wir sollen einfach diskret sein.»

Dornach war skeptisch, ob das im Zweifelsfall nützte. Immerhin war Cranach Elitepolizist. «Geht klar, Urs. Ich kümmere mich um den Gast. Wo soll er wohnen?»

«Ich habe ein Zimmer im ‹Ramada› reservieren lassen.»

Dornach dachte kurz nach. «Vielleicht habe ich eine bessere Idee.»

Er machte sich an seiner Kaffeemaschine zu schaffen. Wenn er schon nicht aus dem Büro kam, konnte er sich wenigstens eine gepflegte Tasse Espresso gönnen. Es war zwar bald elf Uhr, aber er brauchte nicht das Koffein, es ging ihm um die Zeremonie der Zubereitung. Die vertrauten Handgriffe beim Mahlen der Arabicabohnen, deren samtiges Duftaroma nach bitterer Schokolade, das den Raum erfüllte, und die beinahe rituellen Handlungen an der Maschine erlaubten es ihm, sich auf die Fragen zu konzentrieren, die der neue Fall aufgab. Es blieb nicht viel Zeit. Noch war es ruhig in der Öffentlichkeit. Im Blätterwald der Medien war noch kein Rauschen zu vernehmen ausser einer schwachen Brise, die rasch zu einem tosenden Sturm anwachsen konnte, wenn die Ermittlungen nicht schnell Resultate zutage förderten. Jeder Tag ohne greifbaren Erfolg würde den Druck unerbittlich aufbauen.

Sein Blick fiel auf das dicke Dossier über die Ausbreitung organisierter Banden in der Nordwestschweiz. Daneben lag die Informationsmappe über Cranach. Obwohl der leuchtend rote Stempel mit dem Wort VERTRAULICH auf dem Aktendeckel jeden Aussenstehenden magisch angezogen hätte, im dicken Wälzer zu blättern, hielt sich seine Begeisterung in Grenzen.

In den letzten Monaten hatte es Anzeichen für eine verstärkte Aktivität von internationalen Banden in der Region Solothurn gegeben. Die Zusammenarbeit und der Austausch zwischen den zuständigen Polizeikorps von Bern, Solothurn, Aargau und beider Basel wurden intensiviert, und die BKP koordinierte das Zusammenspiel der Kantone. Dornach hatte selber viele der Schlüsselinformationen zusammengetragen und mit den Kollegen abgeglichen. Er nahm nicht an, dass er aus der Akte viel Neues erfahren würde, und mochte jetzt nicht darin lesen. Das konnte er am Abend zu Hause tun.

Auf der Werkhofstrasse unter ihm herrschte reger Verkehr. Trotz der neuen Westtangente war die alte Zentrumsumfahrung immer noch stark frequentiert. Er blickte über die Strasse hinweg auf die Bäume des gegenüberliegenden Stadtparks mit dem Kunstmuseum. Dahinter, teilweise verdeckt von den Baumkronen, konnte er die massiven Quadersteine der Schanze erkennen. Die Überreste der alten Stadtbefestigung wurden dominiert vom bulligen Riedholzturm, der, wie die ganze Anlage, Behäbigkeit, Beständigkeit und Frieden ausstrahlte. Das trutzige Bauwerk aus dem 17. Jahrhundert widerspiegelte den Charakter der Stadtbewohner, die zu schützen es einstmals bestimmt war.

Dornach konnte und wollte sich nicht vorstellen, dass internationale Mafiabanden diesen Frieden gefährden könnten. Aber er machte sich keine Illusionen. Die Schweiz war immer schon eine lukrative Spielwiese für Geschäfte, mit denen schnell, viel und vor allem illegal Geld zu machen war. Menschenhandel, Prostitution und Drogen standen dabei an oberster Stelle.

Bisher konnten er und seine Leute in Zusammenarbeit mit den Kollegen der angrenzenden Kantone diese Machenschaften einigermassen in Schach halten. Wenn es ihnen jedoch nicht gelingen sollte, die Ausweitung dieser Banden einzudämmen, wären die Folgen unabsehbar.

Dornach hatte seine Tasse geleert und klappte das Dossier zu. Vielleicht kam die österreichische Schützenhilfe doch zur richtigen Zeit. Er war gespannt darauf, diesen Major Cranach kennenzulernen.

Als er sich den dünneren grünen Hefter mit den Personalien und dem Lebenslauf des österreichischen Gastes vornehmen wollte, klingelte sein Handy. Die Nummer auf dem Display sagte ihm nichts. Als er antwortete, erklang eine resolute Frauenstimme.

«Hier ist Dr. Nadja Bürki. Dominik, Sie hatten um Rückruf gebeten. Entschuldigen Sie, dass ich mich erst jetzt melde, aber ich bin gerade in der Mattenklinik in Bern und hatte eine Vorbesprechung wegen eines äusserst heiklen Eingriffs, den ich heute noch durchführen muss.»

Dornach hatte versucht, die Ärztin zu erreichen, nachdem er von der Besprechung mit Urs Jäggi zurückgekommen war, aber eine abweisende und störrische Oberschwester hatte sich quergestellt, sodass er ihr zuerst ein Verfahren wegen Behinderung der Justiz androhen musste, bevor sie sich widerstrebend bereit erklärte, die Bitte um Rückruf an die Professorin weiterzuleiten.

Er hatte Manuelas Mutter an Pias Geburtstagsparty kennengelernt, aber er wusste nicht mehr, ob sie sich auf das Du geeinigt hatten oder nur auf eine halb förmliche Vornamensanrede. Dornach hatte sich damals in ihrer Gegenwart nicht so richtig wohlgefühlt. Er fand, dass sie etwas Unstetiges, Hungriges hatte.

«Nadja! Vielen Dank für Ihren Rückruf. Sie müssen sich nicht entschuldigen.»

«Geht es um die Einladung?», fragte Bürki.

Darauf war er nicht vorbereitet. «Einladung? Ich verstehe nicht, was Sie meinen.»

«Mir ist eingefallen, wie grosszügig Sie Manuela immer wieder in Ihrem Haus aufnehmen und sie bei Pia übernachten lassen.»

«Aber das ist doch kein Problem. Ich bin froh, dass sich die beiden Mädchen so gut verstehen.»

«Trotzdem wollte ich mich erkenntlich zeigen und Sie zum Abendessen einladen.» Sie zögerte und sagte kokett: «Der Haken ist nur, ich mag eine ganz gute Chirurgin sein, meine Kochkünste dagegen sind eher mässig.»

Dornach überlegte fieberhaft, wie er wieder aus dieser Rolle herauskommen konnte, und versuchte das Gespräch in weniger trügerische Gefilde zu lenken.

«Das ist sehr nett von Ihnen, Nadja. Aber ich glaube nicht, dass –»

«Also, abgemacht! Morgen Abend, acht Uhr im Restaurant ‹Salzhaus› am Landhausquai. Ich freue mich, ehrlich.» Und nach einer kurzen Pause sagte sie: «Also, was ist denn jetzt der dienstliche Grund Ihres Anrufs?»

In seiner Überrumpelung war er direkt erleichtert, endlich auf den armen Walter Lötscher zu sprechen zu kommen. Leider konnte ihm die Ärztin nichts Neues erzählen. Auf Dornachs Frage, wann er denn nach ihrer Einschätzung vernehmungsfähig sein könnte, meinte Nadja Bürki lapidar, dass das aufgrund der Verletzungen, insbesondere der herausgeschnittenen Zunge, ohnehin schwer, wenn nicht unmöglich sein dürfte.

«Alles klar. Ich melde mich … und nicht vergessen: morgen Abend, acht Uhr im ‹Salzhaus›. Ich reserviere auf meinen Namen. Ich muss jetzt leider weiter. Bis morgen. Ciao.»

Bevor Dornach etwas erwidern konnte, hatte sie aufgehängt. Er hatte ein ungutes Gefühl und nahm sich vor, Pia eingehend zu Manuelas Mutter zu befragen. Vorerst gab es Wichtigeres. Er wollte gerade zu Google hinübergehen, als das Telefon wieder klingelte. Die Nummer auf dem Display kannte er.

«Angie?»

Casagrande störte es nicht, wenn Dornach sie im vertrauten Kreis mit ihrem Kosenamen ansprach.

«Ich wollte nur fragen, ob du keinen Hunger hast? Ich habe Kohldampf.»

Dornach blickte auf die Uhr – bald Viertel nach zwölf. Es hatte keinen Zweck, zu versuchen, jetzt bei Google reinzuschauen. «Ja, dann wollen wir mal dafür sorgen, dass die wichtigste Staatsanwältin des Kantons nicht vom Fleisch fällt. Wo willst du hin?»

«Von vom Fleisch fallen kann keine Rede sein. Meine Hose spannt sich ganz schön um die Hüfte, und das war letzte Woche noch nicht so. Wie wäre es mit der Terrasse vom ‹Ramada›, jetzt, wo es draussen endlich warm wird?»

Bevor er das Büro verliess, setzte er eine SMS an Google ab, er solle ihn nach seiner Mittagspause zurückrufen.

Die Bise wehte sanft von Osten her die Aare herauf, als die beiden die Kreuzackerbrücke überquerten. Die Sonne war endlich stark genug, hatte die Morgennebel vertrieben und die Luft angenehm gewärmt. Überall waren die Menschen draussen, um Licht und Wärme zu tanken und den Wintermief endlich auszulüften.

Casagrande hatte ihr Handy am Ohr und sprach mit Hofmann, der wieder einmal in Bern war und die unschöne Gewohnheit hatte, sie immer um die Mittagszeit anzurufen. Dornach schätzte den Umstand, dass Hofmann weg war, sonst hätte er Casagrande zu sich ins Büro gebeten und ihn damit um das gemeinsame Mittagessen gebracht.

«Was wollte denn unser allseits geschätzter Leitender Staatsanwalt von dir?», fragte er, nachdem sie das Gespräch beendet hatte.

«Ich habe ihn über unseren verstümmelten Journalisten informiert.»

«Und?»

«Er will, dass wir den Fall möglichst rasch an die Zürcher Kollegen abschieben.»

«Was? Spinnt der? Wieso denn das?»

Casagrande lehnte sich an das Brückengeländer und hielt den Kopf in die Mittagssonne.

«Du kennst ihn doch, Dominik. Das ist ein heikler Fall. Bei

seinen Ambitionen fürchtet er, dass er bei den vielen medialen Fettnäpfchen keine Lorbeeren ernten kann. Er meint, Lötscher sei aus Zürich und dass der Angriff mit seiner Arbeit dort zu tun haben muss. Dass es hier in Solothurn passiert ist, sei reiner Zufall.»

«Das mag ja sein, trotzdem gibt es Regelungen. Die Tat ist bei uns passiert und fällt damit in unsere Zuständigkeit. Egal, ob er Zürcher, Aargauer oder Tessiner oder was weiss ich woher ist.»

Casagrande hakte sich bei ihm unter, als sie weitergingen. «Das habe ich ihm gesagt, und er weiss es auch. Aber du kennst ihn ja besser als ich: Hofmann ist an vorderster Front, wenn es darum geht, das Lob, insbesondere dasjenige der Medien, einzuheimsen. Das Arbeiten delegiert er lieber an andere ... am liebsten an mich.»

«Das tut mir leid.»

«Was?»

«Dir zu sagen, dass ich froh bin, dass Hofmann ein fauler Kerl ist und ich diesen Fall mit dir bearbeiten darf. Da kommen wir wenigstens irgendwohin.»

«Ja, aber ich komme nirgendwohin.» In ihrer Antwort schwang Frustration mit. «Hast du eine Ahnung, wie viele Akten sich bei mir stapeln?»

«Wahrscheinlich sind es dieselben wie bei mir. Also ich kann damit leben.»

«Schön, dass es so wenig braucht, um dich glücklich zu machen.» Sie zählte an einer Hand ab. «Da sind die beiden toten Frauen in Trimbach und in Grenchen. Dann die organisierten Banden. Es soll sich eine neue Organisation bei uns breitmachen, Drogen, Prostitution und andere nette Dinge, kriminell und steuerfrei.»

«Ich weiss gar nicht, was du hast, Angie. Hofmann traut dir zu, dass du die Fälle lösen kannst. Ausserdem wirst du vom besten Polizeiteam weit und breit unterstützt.»

«Ja, vielen Dank auch ... Und irgendwo hängt mein Antrag, den Vierundzwanzig-Stunden-Tag um zwölf weitere verlängern zu dürfen. Wo bleibt mein Privatleben, verdammt noch mal.»

«Wie heisst er?»

«Wer?»

«Dein Privatleben, mit dem du heute Morgen so innig telefoniert hast?»

Einen Moment war sie sprachlos. Dann boxte sie ihn in den Arm. «Dominik Dornach, mein Privatleben geht dich so viel an wie mich deine Freundinnen. Also, bleib auf deiner Seite des Zauns. Ausserdem weiss ich nicht, wovon du sprichst.»

Er hob beide Hände und machte einen Schritt zur Seite. «Ich mache mir nur Sorgen um dich.»

«Vielen Dank, dafür habe ich meinen Vater.»

Inzwischen waren sie bei der Schänzli-Terrasse des «Ramada» angekommen. Die Tische unter den Sonnenschirmen waren fast alle besetzt. Auf dem gegenüberliegenden Aareufer thronte die St.-Ursen-Kathedrale im Sonnenlicht leuchtend weiss über den Giebeln und Türmen der Altstadt. Im Hintergrund lag der bewaldete Gebirgswall der ersten Jurakette im noch schüchternen Frühlingsgrün, das sich in starkem Kontrast zum fast dunkelblauen rein gewaschenen Himmel abhob. Das Kurhaus auf dem Gipfelkamm des Weissensteins, wo vereinzelte Schneeflecken noch der Sonne trotzten, schien zum Greifen nahe.

Sie sahen sich suchend um, bis jemand Dornachs Namen rief. Als er in die Richtung blickte, bemerkte er Maja und Karin, die ihnen zuwinkten und auf zwei freie Plätze an ihrem Tisch deuteten. Die beiden sassen am äusseren Rand der Terrasse.

«Ihr beide scheint euch ja den schönsten Platz auf der Terrasse verdient zu haben», sagte Dornach lachend.

Er setzte sich zu Karin, während Angela neben Maja Platz nahm. Sofort war eine Kellnerin zur Stelle, die ihnen die Speisekarten aushändigte.

«Erzählt mal», forderte er sie auf, nachdem sie bestellt hatten und die Bedienung sich entfernt hatte.

Maja nahm einen Schluck von ihrem Eistee. «Lötscher hat gestern etwa um Viertel nach vier für eine Nacht eingecheckt. Zimmer 307. Er hatte am Morgen telefonisch reserviert.»

«Habt ihr euch umgesehen?»

«Ja, nichts Besonderes. Das Zimmer ist aufgeräumt und das

Bett unbenutzt. In seiner Reisetasche waren nur die üblichen Utensilien für eine Nacht.»

Dornach überlegte. «Die Spurensicherung soll sich das Zimmer trotzdem vornehmen. Hast du –»

«Die KT ist bereits verständigt. Das Zimmer ist versiegelt.»

Die Kellnerin brachte das Essen. Casagrande bekam einen gemischten Salat und Dornach eine Baguette mit Geflügelcurry. Maja und Karin hatten sich Clubsandwiches mit einer grossen Portion Pommes frites bestellt.

«Mmh, Pommes!» Blitzschnell stibitzte Angela eine goldgelbe Kartoffelspalte von Majas Teller, die ihr grinsend zunickte. Als sich Dornach auch eine Fritte schnappen wollte, klopfte Maja ihm mit der Gabel auf die Finger. «Untersteh dich!»

«Na hör mal», erwiderte er mit gespielter Irritation, «ich bin hier nicht derjenige, der sich um seine Figur sorgt.»

«Ich etwa?» Die sportliche Maja blickte an sich herunter. Dornach schüttelte den Kopf und schielte vielsagend zu Casagrande hinüber, die ihm prompt einen finsteren Blick zuwarf. Karin, die nicht so richtig wusste, was sie von diesem Abtausch halten sollte, bemühte sich um Gutwetter. «Hier, Dominik, du kannst von meinen nehmen.»

«Wir haben noch was», nahm Maja den Faden wieder auf. Sie nickte Karin zu, die sich etwas verlegen räusperte.

«Ich habe mit dem Empfangschef gesprochen. Er hatte gestern Dienst und den … Dings… Lötscher selber eingecheckt.»

Sie machte eine Pause, als ob sie sich vergewissern wollte, dass ihr alle folgten. Dornach blickte sie gespannt von der Seite an.

«Also, auf meine Frage, ob er etwas Besonderes bemerkt hätte, ob Lötscher mit jemandem gesprochen hatte oder so, sagte er, dass er eine Frau getroffen hat … also der Lötscher, nicht der Empfangschef.»

«Eine Frau? Wo?» Der Ausruf kam von Casagrande und Dornach gleichzeitig.

«In der Lobby.»

«Wann?»

«Gestern Abend, etwa um fünf.»

«Beschreibung?» Dornach hatte sein Besteck abgelegt. Angela

hatte ihren Salat immer noch nicht angerührt und knabberte dafür wieder an einer von Majas Fritten.

Karin zog einen Notizblock hervor. «Also, weiblich, so in den Dreissigern, rote Haare und grüne Augen. Und sie war Ausländerin.»

«Sagt wer?»

«Der Empfangschef.»

«Und wie kommt er drauf?»

«Herr Dombrowski, so heisst der Zeuge, ist Deutscher. Er lebt schon lange in der Schweiz. Er sagt, die Frau sprach Deutsch, doch er ist sich sicher, dass sie nicht Schweizerdeutsch sprach. Sie hatte einen Akzent. Er meinte, sie könnte Ungarin oder Tschechin sein. Er meinte, sie hätte gesprochen wie Lilo Pulver.» Karin zuckte die Achseln. «Ich kenne die nicht. Muss irgend so eine berühmte Schauspielerin in den fünfziger Jahren gewesen sein, die mal eine Ungarin in einer Liebesschnulze gespielt hat.»

«‹Ich denke oft an Piroschka› mit Liselotte Pulver», sagte Dornach. «Du bist wirklich zu jung, um die zu kennen. – Und dieser Empfangsmensch …»

«Dombrowski», antworteten Maja und Karin wie aus einem Mund.

«Genau! Er soll in die Schanzmühle kommen, damit wir ein Phantombild machen können.»

«Ist schon veranlasst, Dominik. Er kommt um drei, wenn seine Schicht zu Ende ist», erwiderte Karin.

«Hat er mitbekommen, worüber die beiden sprachen?»

«Leider nein. Sie waren zu weit weg. Ihm fiel der Akzent der Frau nur auf, als sie sich bei ihm nach einem Stadtplan und Zugverbindungen erkundigte. Sie und Lötscher schienen kurz vorher in eine heftige Diskussion verwickelt gewesen zu sein.»

«Streit?»

«Hm! Auf jeden Fall heftig. Wie gesagt: Der Zeuge konnte nicht verstehen, was gesprochen wurde.»

«Immerhin», sagte Dornach. «Wenn wir das rausfinden, könnte es uns der Sache näher bringen.»

«Hat Google noch nichts? Du hast ihn doch auf Lötschers Käseblatt angesetzt», wandte Maja ein.

«Ich gehe nachher bei ihm vorbei. Ihr beide kümmert euch um das Phantombild. Ich brauche es bis heute Abend.»

Maja und Karin machten sich auf den Weg. Dornach und Casagrande bestellten noch einen Espresso. Er wollte von ihr wissen, was sie von der österreichischen Amtshilfe wusste.

«Hofmann hat was erwähnt. Er soll früher Offizier der Spezialeinheit gewesen sein. Hoffentlich schicken die uns keinen keulenschwingenden Rambo.»

FÜNF

In Rolf Gublers Büro sassen Mike Lüthi und Sebi Tschanz und kauten Sandwiches, als Dornach hereinkam. Google telefonierte. Als er Dornach sah, nuschelte er etwas in den Hörer und legte auf. Dornach wollte von ihm wissen, warum er ihn nicht zurückgerufen hatte.

Immer noch etwas irritiert antwortete Google: «Wollte ich soeben tun.»

Dornach beschloss, nicht weiter darauf herumzureiten. «Wo stehen wir?»

Lüthi fühlte sich angesprochen. «Die Befragungen der Anwohnerschaft Ritterquai und Schützenmatt haben bisher nichts ergeben. Wir sind noch dran.»

«Was Neues vom Tatort? Was ist mit der Reifenspur?»

«Leider ist die Spur nicht vollständig», antwortete Tschanz. «Immerhin konnten wir drei Viertel des Profils sicherstellen.»

«Und?»

«Und? Noch nichts. Wir sind noch dran, Reifentyp und Hersteller herauszufinden. Wenn wir Glück haben, können wir morgen etwas dazu sagen.»

«Morgen? Komm jetzt, Sebi! Was ist denn los mit euch? Seid ihr überlastet?»

Tschanz winkte ab. «Schon gut, Dominik. Wir sputen uns. Aber …», und jetzt leuchteten Tschanz' Augen triumphierend auf, «… es kommt noch besser. Am Rand der Böschung liegt ein Findling als Wegzierde. Dort konnten wir weisse Lackspuren und orange Plexiglassplitter, wahrscheinlich von einem Autoblinker und einem Scheinwerfer, sicherstellen. Vermutlich hat der Fahrer beim Einparkieren auf dem Trottoir den Stein gestreift. Vielleicht war er unter Stress, hatte es eilig … und ratsch.» Er grinste. «Wenn ihr euch also geduldet, können wir euch bald Wagentyp, Marke und Baujahr servieren.»

«Sehr gut», erwiderte Dornach anerkennend. «Ich gedulde mich bis sehr bald heute Abend.» Er setzte sich auf eine Schreibtischkante und fuhr sich mit dem Handrücken über das unrasierte Kinn. «Was hat Lötscher gestern Abend zwischen siebzehn Uhr und heute Morgen, als er gefunden wurde, gemacht? Hat er sich mit jemandem getroffen oder treffen wollen?»

«Haben Maja und die Kleine im Hotel nichts rausgefunden?», fragte Lüthi.

Dornach berichtete, was man von Dombrowski wusste.

«Mike, ich glaube, wir sollten einen öffentlichen Zeugenaufruf machen. Wir brauchen alle Informationen von Leuten, die Lötscher alleine oder mit anderen gesehen haben könnten. Kannst du das arrangieren?»

Lüthi nickte und Dornach fuhr fort. «Sprechen wir noch mal über das Motiv. Warum kommt ein Zürcher Journalist hierher und lässt sich die Hände abhacken und die Zunge herausschneiden?» Er blickte in die Runde. «Ideen?»

Lüthi liess als Erster seinen Gedanken freien Lauf. «Es muss etwas mit seiner Arbeit zu tun haben. Vielleicht war er hinter einer Story her und ist dabei jemandem in die Quere gekommen. Wäre nicht das erste Mal.»

«Abrechnung oder Abschreckung?»

«Beides?», fragte Lüthi.

«Sollten wir zumindest in Betracht ziehen», räumte Dornach nachdenklich ein.

«Warum nicht eine Beziehungstat?» Google sah seine Kollegen erwartungsvoll an.

«Etwas krass, meinst du nicht, Google?», erwiderte Tschanz trocken.

«Warum nicht? Vielleicht hatte er eine Freundin, die eifersüchtig war, weil er seine Hände nicht von anderen Frauen lassen konnte. Oder seine Zunge nicht von …»

«Schon gut, Google, keine Details.» Lüthi klopfte seinem Kollegen auf die Schulter.

Dieser fuhr unbeirrt weiter. «Oder ein eifersüchtiger Ehemann. Vielleicht wollte er ihm nicht nur Zunge und Hände abschneiden, sondern auch den S–»

«Es reicht, Google, wir haben's verstanden», klemmte Dornach ab. «Aber du hast nicht unrecht. Es ist zwar etwas extensiv, aber wir sollten eine Beziehungstat nicht ausschliessen, obwohl ich zur Mafiatheorie neige. Ich habe noch nie gehört, dass einem Opfer aus Eifersucht Hände oder Zunge abgeschnitten wurden.» Er tippte Google auf die Schulter. «Angela ist mit der Zürcher Staatsanwaltschaft in Kontakt. Du koordinierst dich mit den Kollegen. Klemmt euch hinter Lötschers Umfeld. Familie, Freunde, Freundinnen, du weisst schon.»

Er wandte sich wieder an Tschanz und Lüthi. «Irgendeine Spur von Handy, Computer oder so was?»

«Die Taucher suchen die Aare vom Tatort abwärts ab. Die Hoffnung, dass die was finden ...» Tschanz zuckte die Schultern. «Nach dem Sauwetter der letzten Tage ist das Wasser noch recht trüb.»

«Konntest du was Neues aus der Redaktion erfahren, Google?»

«Nichts, Lötschers Chef besteht auf dem, was er heute Morgen gesagt hat. Das Beste, was er bieten kann, ist der Zugangslink zu ihrem Archiv mit allen Artikeln, die Lötscher für das Blatt geschrieben hat. Alles andere, Notizen und Entwürfe, können nur auf seinem persönlichen Rechner sein. Er meinte noch, dass Lötscher angedeutet habe, er wolle einen Informanten treffen. Aber er hatte keine Ahnung, wer das sein könnte. Das ist alles.»

Dornach dachte nach. Sie hatten etwas übersehen. «Wo ist sein Rechner? Wenn er sich mit jemandem treffen wollte, würde er ihn mitnehmen, oder nicht?» Er gab sich die Antwort gleich selber. «Vielleicht, vielleicht auch nicht. Wenn nicht, hat er ihn im Hotel gelassen. – Verdammt!» Dornach schoss auf und stürmte zur Tür. «Wir sehen uns später», rief er, als er schon halb im Korridor war, und eilte zu Majas Büro. Vor ihrer Tür blieb er stehen und atmete einmal durch, klopfte und ging hinein. Maja sass hinter ihrem Computer und blickte hoch. Ein hagerer Mann von etwa fünfzig Jahren stand hinter ihr. Das musste wohl der Zeuge Dombrowski sein. Maja war erstaunt, als Dornach sie bat herauszukommen.

«Habt ihr im Hotel nach Lötschers PC gesucht?», fragte Dornach.

«Im Zimmer war nichts. Ich habe überall nachgeschaut. Ausser seiner kleinen Reisetasche war da nichts. Die Schränke waren leer.»

«Und im Zimmersafe?»

Dornach wertete es als kein gutes Zeichen, dass sich Majas Augen weiteten und sie sich mit der Hand auf die Stirn schlug.

«Verdammt!», brach es aus ihr. «Dominik, verdammt, verdammt! Daran habe ich nicht gedacht. Ich … es tut mir leid. Ich …»

«Schon gut, schon gut, Maja.» Er schluckte seinen Ärger hinunter. «Hast du das Zimmer versiegelt?»

Maja nickte nur.

«Gut. Dann geh einfach noch mal hin und schau nach. Jetzt gleich.»

«Aber Dombrowski –»

«Lass Karin das machen. Die kriegt das hin.»

«Gut. Verflucht! Ich hätte daran denken müssen.»

Dornach hob beschwichtigend die Hände. «Maja, ich habe auch nicht gleich daran gedacht. Geh einfach schnell hin.»

Karin kam mit einer Flasche Cola daher, die sie für Dombrowski aus dem Automaten gezogen hatte. Maja erklärte ihrer verdutzten Kollegin rasch, was sie zu tun hatte, und stürmte los.

***

Maja machte sich bittere Vorwürfe. Auf ihre Anweisung hatte Karin am Vormittag die Angestellten befragt, während sie selbst sich im Zimmer 307 umgesehen hatte. Das hatte weniger als fünf Minuten gedauert. Keine Sekunde hatte sie an den Safe gedacht.

Bei ihrem Marschtempo benötigte sie von der Schanzmühle zum «Ramada» zu Fuss knapp zehn Minuten, wenn sie den Weg entlang der Schanze und dann über die Chantierwiese nahm. Sie hätte fahren können. Aber bis sie die Bereitschaft informiert, einen Wagen gefasst, in den Verkehr eingefädelt und schliesslich beim Hotel einen Parkplatz gefunden hätte, wäre mehr Zeit verstrichen.

Ihr Versagen nagte an ihrem Stolz. Es spielte keine Rolle, dass andere gute Polizisten auch Fehler machten.

Sie war Dornach dankbar, dass er sie vorhin nicht gleich im Korridor vor allen Leuten zur Schnecke gemacht hatte, obwohl er allen Grund dazu gehabt hätte. Der Ausdruck in seinem Gesicht war Strafe genug. Warum musste sie ausgerechnet ihn enttäuschen?

Als sie auf das Zimmer 307 zuging, spürte sie, dass etwas nicht stimmte. Sie hatte am Vormittag selber den Siegelstreifen mit dem Logo der Kantonspolizei an Tür und Rahmen befestigt. Jetzt hing ein Ende der Haftetikette lose herab. Die Zimmertür war geschlossen. Maja stiess einen leisen Fluch aus. Ein Kribbeln stieg ihren Nacken hoch. Vorsichtig presste sie ein Ohr an die Tür und horchte. Nichts! Kein Geräusch drang durch das Holz … oder doch? Ein leichtes Klacken, als ob eine Schranktür ins Schloss fiel. Maja hielt den Atem an. Das Kribbeln verstärkte sich. Sie zog ihre Waffe, während sie behutsam die Schlüsselkarte in den Schlitz steckte und langsam die Klinke herunterdrückte. Vorsichtig stiess sie die Tür auf und trat mit der Heckler & Koch im Anschlag ins Zimmer. Sie wandte sich nach links. Das Bad war leer. Alles schien so, wie sie es am Vormittag zurückgelassen hatte. Kein Hinweis darauf, dass inzwischen jemand hier drin gewesen sein könnte. Hatte sie das Siegel nicht korrekt befestigt? Dieser Gedanke half nicht, ihr momentanes Selbstwertgefühl zu heben. Mit einem resignierten Seufzer steckte sie die Pistole zurück in das Holster und machte sich daran, den Schrank zu öffnen. Kein Safe zu sehen. Gab es etwa gar keinen im Zimmer? Das konnte sie sich nicht vorstellen. Mittlerweile gehörten die kleinen Stahlboxen zur Standardausstattung in Geschäftshotels.

Immerhin war es tröstlich, dass sie das Teil heute Morgen nicht einfach so offen übersehen hatte. Sie setzte sich auf die Bettkante und blickte in den geöffneten Wandschrank. Auf der Hutablage lagen ein Ersatzkissen und eine Wolldecke. Darunter war eine Akku-Taschenlampe an einer Halterung befestigt. Daneben hingen nackte Kleiderbügel aufgereiht an einer Kleiderstange. Darunter zwei Schubladenstöcke mit je vier Schubladen. Ihr Blick wanderte weiter zur Arbeitsecke des Zimmers. Der Schreibtisch verfügte lediglich über eine schmale Schublade in der Mitte. Daneben stand eine kleine Kommode. Sie erinnerte sich, dass sie darin die Minibar gesehen hatte. Sie öffnete die Tür der Kommode, hinter der sich ein Kühlschrank befand, der mit allem gefüllt war, was eine gut bestückte Zimmerbar enthalten sollte. In einem kleinen Regal neben dem Kühlschrank befanden sich Gläser, Korkenzieher, ein Korb mit Knabbereien und die Preisliste, deren Durchsicht sie sich schenkte. Kein Computer, Notebook oder Tablet. Sie liess ihre Augen noch einmal durch das Zimmer schweifen. Alles sah nicht nur unbenutzt, sondern auch sehr neu aus.

Ihr Blick fiel erneut auf den offenen Wandschrank mit den beiden Schubladenstöcken. Die waren irgendwie asymmetrisch. Der linke Stock schien kleiner zu sein als der rechte. Sie trat an das Möbel heran und zog links die oberste Schublade fast ohne Widerstand heraus. Sie gab ihr einen leichten Schubs, sodass sie zurückglitt. Dann wollte sie die rechte oberste Lade öffnen. Sie klemmte. Maja zerrte daran, bis sie nachgab, aber nicht so wie erwartet. Die vier Schubladen waren nur Dekoration. In Wirklichkeit war es eine Schwingtür. Dahinter verbarg sich der Zimmersafe. Maja ging vor dem Möbel in die Hocke und sah sich die geräumige Stahlbox an.

«Da bist du ja, du Scheissding», murmelte sie.

Die Box war verriegelt. Normalerweise blieb ein Safe beim Zimmerbezug offen. Der Gast selber verriegelte ihn mit einem eigenen Code. Das konnte heissen, dass Lötscher den Safe am Vortag benutzt hatte, bevor er das Hotel verliess.

Als Maja sich aufrichten wollte, um den Concierge anzurufen, war das Kribbeln in ihrem Nacken wieder da. Den Schatten hinter ihr nahm sie nur den Bruchteil einer Sekunde später wahr – zu spät. Sie war noch halb in der Hocke und damit im Nachteil. Den Stoss gegen ihren Hinterkopf spürte sie als dumpfen Schock, der Sterne vor ihren Augen tanzen liess. Sie fiel vornüber und sah die Kante des Schubladenstocks auf sich zukommen. Weisse Sterne explodierten in ihrem Kopf, bevor sie in einem schwarzen Loch versank.

***

Dornach hatte den Hörer in der Hand, um Casagrande anzurufen, als Karin in Tränen aufgelöst hereinstürmte und schluchzend in einen Stuhl sank.

«Maja, sie wurde überfallen. Sie ist …»

Dornach ging neben Karin in die Hocke. Nach einiger Zeit gelang es ihm, sie so weit zu beruhigen, dass sie schildern konnte, was passiert war.

Unter Tränen berichtete Karin, dass Maja schwer verletzt aus einer Kopfwunde blutend in Lötschers Hotelzimmer aufgefunden worden war. Sie machte sich dabei bittere Vorwürfe, dass sie ihre Kollegin nicht begleitet hatte.

Dornach liess ihren Tränen für einen Moment freien Lauf und dachte nach. War Maja an Lötschers Angreifer geraten? Er spürte, wie sich in einem Winkel seines Bewusstseins Gewissensbisse einnisteten. Hätte er Maja nicht alleine hinschicken dürfen? Sie war eine erfahrene Beamtin, eine seiner besten. Sie konnte Gefahren abschätzen und wusste sich zu wehren. Bei den Nahkampftrainings, die sie mit den «Falk»-Leuten absolvierte, war sie diejenige, die regelmässig mit der höchsten Punktzahl abschnitt.

Dornach versuchte Karin zu trösten. Bei der Polizei wurde das Team zur Familie. Wenn ein Kollege im Dienst verletzt oder gar getötet wurde, ging das sehr nahe. Er schlug vor, sofort zu Maja ins Spital zu fahren.

«Hast du Mike informiert?», fragte er, als sie zu seinem Wagen gingen.

«Christian hat ihn angerufen. Er sollte schon auf dem Weg ins Spital sein.»

Als Dornach mit Karin in den Warteraum der Intensivstation kam, tigerte Lüthi bereits vor einem der Zimmer herum.

«Wie geht es Maja? Ist sie da drin?» Dornach zeigte auf die Zimmertür.

«Ich weiss es nicht. Die wollen mir nichts sagen. Ich habe gefragt, ob ich sie wenigstens sehen kann. Christian sagte nur, sie sei bewusstlos gewesen.»

Er wischte sich mit beiden Händen über die Augen, die auch gerötet waren.

«Mann, Dominik, was ist denn passiert? Ich verstehe es nicht. Wo ist Maja reingeraten?»

«Ich habe sie hingeschickt, Mike.»

Dornach schilderte ihm kurz die Angelegenheit mit dem vergessenen Notebook, woraufhin Maja sofort losgestürmt war.

«Ich mache mir auch Vorwürfe, dass ich sie alleine habe ziehen lassen», fügte er hinzu.

«Mach dir keinen Kopf, Dominik. Maja ist Maja. Sie hätte niemals akzeptiert, dass man einen Kollegen dazu verknurrte, ihren Fehler auszubügeln.»

Eine hochgewachsene Frau trat zu ihnen. Sie trug ein weisses T-Shirt über einer gleichfarbigen Baumwollhose. Der taillierte Arztkittel war offen. Ihr schulterlanges rötlich braunes Haar war lediglich mit einem schwarzen Gummiband zu einem Pferdeschwanz zusammengefasst. Das Make-up war sehr dezent und brachte vor allem ihre Augen zur Geltung. Im Dienst legte Nadja Bürki offenbar keinen Wert auf Bling-Bling.

«Dominik! Was machen Sie denn hier? Ist etwas mit Manuela?» Sie war so erstaunt, ihn anzutreffen, dass sie von seinen Kollegen keine Notiz nahm.

Dornach stellte die Ärztin den anderen vor und schilderte kurz, was geschehen war. Sie wirkte erleichtert.

«Ich dachte für einen Moment, es wäre etwas mit Pia oder Manuela passiert.»

Dornach fand das eigenartig. Weshalb sollte sie aus seiner Präsenz darauf schliessen, dass den Kindern etwas passiert sein könnte?

Inzwischen war eine Schwester dazugekommen und händigte Bürki eine Krankenakte aus. Sie blätterte das dünne Dossier durch.

«Wo ist die Patientin Hartmann jetzt?», fragte sie die Schwester.

«Im CT.»

«Ach, Maja ist gar nicht auf der Station? Warum sagen Sie das nicht gleich? Sie haben gesagt, sie liege hier», fuhr Lüthi die Schwester aufgebracht an.

Ehe die beiden aufeinander losgingen, schlug Bürki vor, dass sie in der Cafeteria warten sollten. Sie würde sich persönlich nach Frau Hartmann erkundigen und sie rufen lassen, wenn man Näheres wusste.

Die drei Polizisten machten sich auf den Weg nach unten. Im Vorbeigehen legte Bürki ihre Hand auf Dornachs Unterarm. «Kann ich Sie kurz sprechen, Dominik? Unter vier Augen?»

***

Dornachs Bedarf an Kaffee für diesen Tag war gedeckt. Die Spitalatmosphäre schlug ihm auf Magen und Gemüt. Er brauchte frische Luft. Bürki schlug vor, einen Spaziergang im Garten zwischen dem neuen und dem alten Gebäudetrakt zu machen. In der Cafeteria kaufte sie Mineralwasser für beide, bevor sie ins Freie gingen.

«Es tut mir leid, dass ich noch nicht mehr weiss. Ich komme gerade von einer Operation und wusste nicht, dass es eine Kollegin von Ihnen ist.»

«Schon in Ordnung.» Dornach schüttelte leicht den Kopf. «Meine Leute sind sehr aufgebracht. Die junge Kollegin macht sich Vorwürfe, weil sie Frau Hartmann nicht begleitet hatte. Und Mike Lüthi, mein Stellvertreter, hat ein … ähm … sehr gutes Arbeitsverhältnis zu ihr.» Für einen Moment sah er vor seinem geistigen Auge die verstörte Maja vor sich, als sie sich ins Hotel aufmachte.

Sie hatten sich auf eine Bank am Ententeich gesetzt, eine kleine Oase der Erholung für Personal und Patienten. Ausser Bürki und Dornach war niemand draussen.

Zwei Enten schwammen auf dem Wasser und machten den Eindruck, als wären sie zufrieden mit sich, der Welt und dem Nahrungsangebot des Tümpels. Sie nahmen keine Notiz von den zwei Menschen, die ihnen zusahen. Die Sonne versank hinter dem Dachgiebel des alten Traktes, und die länger werdenden Schatten kündigten die Abenddämmerung an.

Dornach bemühte sich um gebührenden Abstand zwischen ihm und der Frau neben sich. Bürki rutschte etwas nach vorne auf die Sitzkante, sodass ihr Knie sein Bein knapp nicht berührte. Er wollte es zuerst zurückziehen, beschloss aber, vorerst zu verharren. Sie wollte ihm etwas mitteilen. Eine gewisse Vertraulichkeit konnte da hilfreich sein.

«Dominik.» Bürkis Augen suchten seine. «Glauben Sie, der Angriff auf Ihre Kollegin hängt mit dem Fall von heute Morgen zusammen?» Sie klang betroffener, als sie sein sollte.

«Ich kann Ihnen natürlich keine Einzelheiten zu einer laufenden Ermittlung geben, aber sagen wir mal so: Wir können die Möglichkeit eines Zusammenhangs nicht ausschliessen.»

Er fragte sich, weshalb sie ihm wohl diese Frage stellte, und sah ihr eingehend in die Augen, bis sie ihren Blick von seinem löste und ihre Aufmerksamkeit scheinbar den tauchenden Wasservögeln schenkte.

Die kleine Parkanlage lag inzwischen vollständig im Schatten. Bürki begann zu frösteln. Dornach stand auf, froh, wieder körperliche Distanz zu schaffen.

Bisher hatte sie keine Anstalten gemacht, ihr Thema anzusprechen.

«Was wollten Sie denn mit mir besprechen?»

Bürki blickte ihn ertappt an. «Ach, das war nur … Ich weiss nicht, ob das jetzt angesichts Ihres Falles überhaupt von Wichtigkeit ist. Es hat auch nichts damit zu tun. Es ist eher … also, eher privat.»

«Privat?»

«Na ja. Also nicht privat … intim oder so. Es ist halt etwas, das mich betrifft, und Manuela hat mir geraten, ich soll Sie einfach mal fragen, weil Sie so ein Superpolizist sein sollen.» Ein verlegenes Lächeln umspielte ihre Lippen. «Also der ‹Superpolizist› kommt von Manuela. Sie scheinen ihr Eindruck zu machen.»

«Aha.» Er wollte sich lieber nicht ausmalen, welche schillernden Storys Pia ihrer Freundin über ihn erzählte. «Wie kann ich Ihnen denn helfen?» Er merkte, dass sie etwas bedrückte. «Sagen Sie einfach, was Ihnen auf dem Herzen liegt. Wenn ich etwas tun kann, helfe ich gerne.»

Sie presste die Lippen zusammen. «Ich glaube, jemand will mich …», sie stockte, «ich werde bedroht.»

«Bedroht?» Dornach beugte sich zu ihr vor, als ob er nicht richtig verstanden hätte. «Wie werden Sie bedroht?»

«Ich habe vor drei Tagen einen Brief erhalten. Darin werde ich auf das Übelste beschimpft ...» Sie schluckte leer. «Der Schreiber bezeichnete mich als ... ähm ... nun ja, als Schlampe und ... Schlachterhure, und ich soll lieber ...» Sie sah Dornach an, und ihre Augen füllten sich mit Tränen. «Ich kann es nicht sagen.»

«Versuchen Sie es.» Dornach erwiderte ihren Blick aufmerksam. «Keine Angst. Es ist besser, wenn Sie es aussprechen können. Und bei mir ist es am richtigen Platz.»

Sie atmete noch einmal tief durch und blickte zu Boden. «Er schreibt, ich soll ... also, ich soll mich lieber ... vögeln lassen als Leute aufschnippeln.» Sie lächelte ihn verlegen und verkrampft an. Es kostete sie Anstrengung, die Tränen zurückzuhalten.

«Wie haben Sie den Brief erhalten?»

«Er war in der Hauspost.»

«Kam er von extern oder mit der internen Post?»

«Extern. Es war eine abgestempelte Briefmarke auf dem Couvert.»

«Haben Sie ihn noch?»

Sie schüttelte den Kopf. «Ich habe alles zerrissen und fortgeworfen.» Und als Dornach sie fragend ansah, sagte sie: «Die Papierkörbe werden täglich geleert. Entschuldigung.»

«Schade. Wie war der Brief geschrieben? Von Hand oder mit dem Computer oder wie?»

«Mit dem Computer. Ausgedruckt, wahrscheinlich auf einem ganz normalen Drucker, auf normales weisses Papier, wie es überall verwendet wird.»

«Nadja, haben Sie eine Ahnung, wer Ihnen solche Briefe schreiben könnte und aus welchem Grund?»

«Ich habe nicht die geringste Ahnung, Dominik.» Sie zögerte einen Moment, bevor sie mit leiserer Stimme weiterfuhr. «Es gab noch einen zweiten Brief.»

«Einen zweiten Brief? Wann?»

«Gestern Morgen, wieder in der Post.»

«Was stand drin? Haben Sie den auch ...?»

«Nein, Manuela meinte, ich solle ihn Ihnen zeigen. Deshalb habe ich ihn behalten.»

Sie griff in die rechte Gesässtasche ihrer Hose und zog einen gefalteten länglichen weissen Briefumschlag heraus.

Aus der linken Tasche seines Jacketts zog Dornach ein paar Latexhandschuhe und streifte sie über. Er nahm den weissen und ordinären Umschlag und betrachtete ihn eingehend. Die Adresse war in Standardschrift Helvetica oder Arial geschrieben.

PERSÖNLICH
Frau Prof. Dr. Nadja Bürki
Chefärztin Chirurgie
Bürgerspital Solothurn
4500 Solothurn

«Und diesen Umschlag haben Sie ungeöffnet erhalten?»

Nadja nickte. Dornach öffnete das Couvert und zog ein weisses A4-Blatt hervor. So wie beim Umschlag handelte es sich beim Papier um handelsübliche Ware, wie sie in Privathaushalten und Betrieben, sogar bei der Polizei, verwendet wurde. Der Text war im gleichen Font wie die Adresse gedruckt. Dornach hielt das Blatt so gut es ging gegen das Licht. Die Buchstaben trugen leicht auf.

«Vermutlich Tintenstrahldrucker», sagte er und begann zu lesen.

Bürki, du Metzgerschlampe!
Die Zeit deiner Schlachtereien wird bald vorbei sein. Bald wirst du in deinem eigenen Blut ersaufen. Und deiner Brut wird es gleich ergehen. Der Tag wird kommen.

Die Vehemenz der Worte war besorgniserregend. Nicht nur Nadja, sondern auch ihre Tochter Manuela wurde indirekt bedroht.

«Haben Sie früher schon einmal Drohbriefe erhalten?»

«Nein, nie. Ich kann mir das Ganze nicht erklären.» Sie fuhr sich mit der Hand über die Augen, bevor sie fortfuhr: «Klar, es gibt immer wieder Patienten, die nicht zufrieden sind und meinen, sich beschweren zu müssen.» Sie sah ihn fast flehend an.

«Aber ich versichere Ihnen: Mir ist nie ein Fehler unterlaufen, bei dem ein Patient zu Schaden gekommen wäre.»

«Es ist gut, dass Sie mir das gezeigt haben, Nadja. Das sollten wir nicht einfach ignorieren.»

Bürkis Augen weiteten sich.

«Was soll ich denn tun? Und der Kerl … oder die Person, er … er will auch Manuela … Das ist so furchtbar.»

«Wir brauchen nicht gleich das Schlimmste zu befürchten», versuchte er sie zu beschwichtigen, «trotzdem sollten wir der Sache nachgehen. Ich kümmere mich darum.» Er merkte, wie sie aufatmete. «Nadja, das ist jetzt wichtig: Hatten Sie in der letzten Zeit den Eindruck, jemand sei Ihnen gefolgt oder man hätte Sie beobachtet?»

«Mir ist nichts Besonderes aufgefallen.»

«Und Manuela?»

«Sie hat mir nichts gesagt.»

«Hat sie den zweiten Brief gelesen?»

«Ja.»

«Und?»

Bürki schnaubte. «Sie hat laut herausgelacht. Dann hat sie gemeint, die perverse Sau – also das hat sie gesagt – der töne genauso primitiv wie Kemal aus ihrer Parallelklasse. – Und sie meinte, wenn der Brief nicht an mich adressiert gewesen wäre, sondern an sie, hätte er gut von diesem Kemal kommen können.»

«Ach ja?» Inzwischen waren sie im Vorraum der Cafeteria angelangt. Dort waren zwei Bartische mit Hockern für Raucher aufgestellt. Dornach setzte sich halb auf einen der Hocker und liess ein Bein baumeln.

«Wie kommt Manuela auf diesen Kemal?»

Nadja zuckte die Achseln. «Sie sagte, dass er sich an sie ranmachen wollte und sie ihn hätte abblitzen lassen. Sie meinte, dieser Kemal sei einer der attraktivsten Jungs in der Schule und halte sich für unwiderstehlich. Deshalb würde er alles anspringen, was eine Spalte anstelle eines Zipfels hätte und bei drei nicht auf den Bäumen wäre.» Sie lächelte entschuldigend. «Wieder Manuelas Worte.»

«Kein Problem. Ich habe auch so ein Exemplar zu Hause.» Er

fuhr sich über das Kinn. «Wir werden uns diesen Kemal näher ansehen. Vielleicht will er ja über Sie an Manuela ran. Weiss Pia darüber Bescheid?»

«Keine Ahnung, ob Manuela ihr etwas über die Briefe gesagt hat. Aber Pia wird Kemal auch kennen.»

«Ist es in Ordnung, wenn ich mit ihr darüber spreche, vielleicht später auch mit Manuela?»

Bürki willigte ein, dann atmete sie stockend auf. «Ich fühle mich schon sicherer.»

Sie sagte das mit einem eindeutigen Augenaufschlag. Dornach räusperte sich. Er wollte sich vom Glatteis fernhalten und erläuterte ihr ein paar Verhaltensregeln. «Leider kann ich Ihnen im Moment keinen Personenschutz zukommen lassen, dafür ist die Sachlage noch zu dünn, aber ich werde die Sicherheitsabteilung anweisen, regelmässig eine Patrouille vor Ihrem Haus nach dem Rechten sehen zu lassen. Das kann schon abschreckend wirken», schloss er.

Sie schien ehrlich erleichtert. «Danke, Dominik.» Sie sah auf ihre Uhr. «Ich glaube, wir können jetzt nachsehen, wie es Frau Hartmann geht.»

Als sie sich zum Gehen wandten, hielt ihn Bürki am Arm zurück. «Dominik?»

«Ja?»

«Es bleibt doch bei unserer Verabredung morgen, nicht?»

Er lächelte sie nur an. Sie nahm es als ein Ja.

***

Auf der Intensivstation trafen sie Mike und Karin im Gespräch mit einem jungen, etwas nervösen Arzt an, dessen hageres Gesicht fast zur Hälfte von einer grossen Hornbrille verdeckt wurde. Dornach bemerkte Mikes bestürzten Gesichtsausdruck. Karin kämpfte wieder mit den Tränen.

Der behandelnde Arzt hiess Dr. Kummer und hatte ihnen mitgeteilt, dass Maja in ein künstliches Koma versetzt werden musste. Sie hatte eine Schädelbasisfraktur erlitten. Ein chirurgischer Eingriff verhinderte die Anschwellung des Gehirns und eine Gehirnblutung.

«Wie lange wird sie im Koma bleiben?», fragte Dornach.

«Das kann ich Ihnen leider noch nicht sagen. Bestenfalls ein bis zwei Tage. Schlimmstenfalls sogar Wochen. Vor allem der zweite Schlag hat einige Nervenzentren stark beeinträchtigt. Frau Hartmann ist momentan gelähmt.»

Lüthi sog scharf die Luft ein, und Karin entfuhr ein dumpfer Aufschrei.

«Gelähmt? Ist das … definitiv … ich meine, für immer?» Auch Dornach fühlte sich einen Moment, als ob ihm der Boden unter den Füssen weggezogen würde.

Bürki versuchte zu beruhigen. «Es ist zu früh, zum jetzigen Zeitpunkt eine feste Prognose zu machen. Frau Hartmanns Körper steht unter Schock und hat alle nicht lebensnotwendigen Systeme abgeschaltet. Gegenwärtig sollten wir davon ausgehen, dass sie früher oder später ihre normalen Körperfunktionen wieder zurückerhält. Das hängt natürlich stark von ihrer Konstitution ab.» Sie sah Lüthi an. «So wie ich verstanden habe, ist sie eine äusserst fitte und energische Person.»

Lüthi nickte. «Diese Charakterisierung trifft auf Maja zu», sagte er erstaunlich nüchtern.

«Gut», fuhr Bürki fort. «Wir müssen die nächsten vierundzwanzig Stunden abwarten. Dann sehen wir weiter.»

«Können … können wir zu ihr?», fragte Karin mit tränenerstickter Stimme.

Lüthi sah sie dankbar an. Er war froh darum, dass Karin auch seinen Gefühlen Ausdruck verlieh. Bürki nickte, nachdem sie einen kurzen Blick mit Kummer gewechselt hatte. «Ich denke, es ist vertretbar, dass Sie sie kurz sehen.»

Majas Anblick wirkte verstörend auf Dornach. Vor seinem geistigen Auge versuchte er den Anblick der scheinbar leblosen Person, die er in diesem weissen Bett wie aufgebahrt liegen sah, zu verdrängen mit dem Bild der Maja, die er kannte. Maja, die Starke, die Unbezwingbare. Die Polizistin, die es leicht mit einer Überzahl von Gegnern aufnehmen und sie im Nahkampf alle zu Boden zwingen konnte. Niedergestreckt durch einen feigen Schlag auf den Kopf.

Nach dem Besuch bei Maja verabschiedete sich Dornach von Nadja Bürki.

«Ich habe noch eine dringende Operation an einer jungen Frau in Bern. Aber ich freue mich auf morgen», sagte Bürki leise zu Dornach und klopfte mit der flachen Hand zweimal sanft auf seine Brust.

«Ja … äh … ich mich auch», antwortete er überrumpelt.

Lüthi, der noch einen Moment länger bei Maja geblieben war, trat zu ihnen, und Dornach zeigte ihm den Drohbrief.

«Ganz schön happig», meinte Lüthi lakonisch.

Karin hatte ihr Gespräch am Handy inzwischen beendet. Lüthi hielt ihr das Schreiben vor die Augen, damit sie es ohne es anzufassen lesen konnte. Dornach informierte die beiden über den Verdacht, den Bürkis Tochter betreffend diesen Kemal geäussert hatte, und wies Karin an, den Schüler am nächsten Morgen zu befragen.

«Wie heisst er mit Nachnamen?», erkundigte sie sich.

Dornach versprach, ihr das noch an diesem Abend durchzugeben.

«Du gehst aber nicht allein zu diesem Kerl», fügte er hinzu. «Nimm Christian mit.»

Ein breites Lächeln erhellte Karins Gesicht. Bevor sie ging, sah sie Dornach an.

«Chef?»

«Ja?»

«Danke.»

«Danke wofür?»

Sie schaute verlegen auf ihre Hände.

«Es tut mir leid, dass ich vorhin so geheult habe. Ich weiss, das war nicht sehr professionell. Und jetzt vertraust du mir trotzdem eine Mission an. Das finde ich nicht selbstverständlich.»

Dornach nickte. «Empathie ist eine Eigenschaft, die wir an keiner Polizeischule lernen können. Die hast du heute gezeigt. Den Rest kannst du eh.»

Karin wusste nicht gleich, was sie dazu sagen sollte, also hob sie nur grüssend die Hand. «Ja … ähm … danke! Ich muss jetzt. Bis morgen.»

Dornach und Lüthi hoben grüssend die Hand.

«Guter *Pep-Talk*, Chef», sagte Lüthi und stiess Dornach mit dem Ellenbogen leicht an. «Aber es stimmt, sie macht es wirklich gut, die Kleine.»

«Pass auf, Mike! Die Kleine lernt und wächst schnell.»

SECHS

Dornach traf Pia im Fernsehzimmer an. Der Raum war kleiner als das Wohnzimmer, aber gross genug für eine gemütliche Sofaecke, wo man kuscheln und sich von Filmen oder Musik berieseln lassen konnte. Der «Grand Salon», das geräumigere Wohnzimmer der Villa Dornach, mit der Bibliothek und dem offenen Cheminée, wo auch Gäste empfangen wurden, galt als fernsehfreie Zone.

Pia stocherte in einem Teller mit Lasagne. Über den Bildschirm flackerte «Europe's Next Topmodel», eine Castingshow, die sie sich gerne ansah. Soweit Dornach von ihren früheren Kommentaren darüber wusste, war ein berühmtes internationales Fotomodel auf der Suche nach Nachwuchsmodellen. Er gab seiner Tochter einen flüchtigen Kuss auf die Stirn, den sie erwiderte, indem sie die Lippen kurz in seine Richtung schürzte.

«Ich dachte, du wärst mit Manuela an diesem Gig im neuen Club.»

«Noch zu früh», sagte Pia kauend, «Manu kommt erst um zehn.»

Sie stellte den Teller hin und trank einen Schluck Eistee, den Frau Reinhard jeden Tag frisch für sie ansetzte. Während Pia trank, schnappte er sich mit ihrer Gabel ein Stück Lasagne von ihrem Teller und setzte sich neben sie.

«He, nimm dir selber was.»

«Hast du denn etwas übrig gelassen?», fragte er kauend und kniff sie liebevoll in den Bauch. Seit sie regelmässig joggte und Badminton spielte, entwickelte Pia einen bemerkenswerten Appetit. Trotzdem schaffte sie es, ihre schlanke und langgliedrige Figur zu erhalten.

«Pahaps, lass das. Du brauchst mir nicht einzureden, dass ich dick werde.» Verstohlen tastete sie sich selber den Bauch ab. «In der Küche hat es noch genug. Frau Reinhard hat für ein ganzes Regiment gekocht.»

Eine fast volle Gratinform Lasagne stand noch warm auf der

Anrichte. Dornach nahm einen Teller und schöpfte sich eine grosszügige Portion. Er merkte erst jetzt, wie gross sein Hunger war. Seit dem Lunch hatte er nichts mehr gegessen. Im Vinidor fand er eine angebrochene Flasche Walliser Syrah. Mit einem Glas Rotwein und dem Teller mit dampfender Lasagne setzte er sich wieder zu seiner Tochter.

Einige Minuten assen beide schweigend vor dem Fernseher und sahen zu, wie sich die Model-Kandidatinnen abkämpften, um rechtzeitig und möglichst vorteilhaft an einer weiteren Entscheidungsshow zu erscheinen, in der wieder einige unter ihnen ausscheiden sollten.

«Spannend?», fragte Dornach.

«Geht so», antwortete Pia. «Die zicken nur heute. Die Model-Mutti macht ein Theater mit ihren Mädels, dabei ist eh klar, welche gewinnt.»

«Das wäre doch etwas für dich», provozierte er Pia im Wissen, wie sie darauf reagieren würde. Sie enttäuschte ihn nicht.

«Sicher nicht! Die ziehen nur eine Show ab. Wenn ich Model werden wollte, würde ich zu Elite gehen.»

Dornach sah sie fragend an. «Was oder wer ist Elite?»

«Na, die Model-Agentur. Die machen die Stars.» Ihre Augen bekamen einen schwärmerischen Glanz. «Wie die Ronja Furrer oder die Julia Saner und die alle. Das sind die echten Topmodels.»

Dornach kannte keine der Frauen.

«Aha! … Du willst aber nicht wirklich Model werden?», hakte er nun doch etwas besorgt nach.

Sie setzte sich auf, nahm ein Kissen in die Hand und sah ihn bedrohlich an.

«Findest du, ich bin nicht gut genug dafür? Denkst du etwa, ich bin fett oder hässlich?»

Er legte seine Stirn in Falten, so als ob er wirklich nachdenken müsste. Sie holte mit dem Kissen aus.

«Jetzt pass aber auf, was du sagst!»

«Halt, ich esse noch. Und ausserdem sage ich ab sofort nichts mehr ohne Anwalt, meine Schöne. Ich mach dabei eh nur Zweiter.»

«Wollte ich dir auch geraten haben.»

Sie legte das Kissen wieder hin. Dann lehnte sie sich an ihn. Ein untrügliches Zeichen, dass sie etwas von ihm wollte. Und die Zeichen täuschten nie.

«Du-hu, Pa-haps?»

«Ja-hah?»

«Müssen wir wirklich schon um halb zwei zurück sein? Die Party ist erst um drei fertig, und bis dann geht's so richtig ab. Ausserdem nehmen wir ja ein Taxi.»

«Pia, heute Morgen hatten wir doch besprochen, dass ...»

Weiter kam er nicht. Sie vergrub ihr Gesicht in seiner Brust und bettelte. «Bitte, bitte, bitte, Paps. Du kannst uns doch vertrauen.»

Dornach war erstaunt über den verzweifelt flehenden Blick, den seine Tochter aufsetzen konnte. Wenn sie nicht Model werden wollte, hätte sie auf jeden Fall Chancen als Schauspielerin. Er überlegte und seufzte. Irgendwie verstand er sie. Sie war achtzehn, und er musste mal loslassen.

«Also gut, ihr könnt bleiben bis halb drei. Aber ihr nehmt wirklich das Taxi nach Hause. Hast du die Nummer von Willi?»

Willi war ein Taxifahrer, dem Dornach einst aus der Patsche geholfen hatte. Seither war er praktisch Tag und Nacht für ihn erreichbar. Pia nahm häufig seine Dienste in Anspruch, wenn sie nach einer Party sicher nach Hause kommen wollte. Wenn Willi nicht selber fuhr, war sein Lebenspartner Freddy zur Stelle.

Pia stiess einen stillen Jauchzer aus und umarmte ihren Vater.

«Ich hätte da aber noch eine Bedingung», sagte Dornach.

«Was für eine Bedingung?», fragte sie vorsichtig.

«Ich brauche eine Information von dir.»

«Eine Information? Dürft ihr denn einfach so als Gegenleistung Leute aushorchen?»

«Inoffizielle Informanten schon.»

«He, die kriegen aber Geld dafür. Was kriege ich?»

Dornach stupste sie mit dem Zeigefinger auf die Nase.

«Pass mal auf: Du hast gerade Ausgang bis drei Uhr erhalten, inklusive Taxifahrt nach Hause, wofür ich dir das Geld heute Morgen schon gegeben habe. Das sollte für eine Auskunft reichen.»

«Okay, was willst du wissen?», seufzte sie.

«Ihr habt doch an der Schule einen gewissen Kemal.»

Pia runzelte die Stirn. «Wir haben zwei. Du meinst wohl Arschloch-Kemal.»

Dornach schmunzelte über ihre direkte Art. Ganz ihre Mutter.

«Ich habe leider keine nähere Beschreibung seiner Anatomie. Wer steht denn noch zur Auswahl?»

«Kemal Zuberbühler, Mutter Türkin, Vater Schweizer. Netter Kerl, ein bisschen *nerdy*, aber sehr hilfsbereit, vor allem in Mathi.» Sie trank einen Schluck Wein aus seinem Glas. «Und der zweite ist Kemal Özdal oder eben Arschloch-Kemal.»

«Wie hat sich der junge Mann denn diesen schmeichelhaften Spitznamen verdient?»

Pia trank einen weiteren Schluck Wein und verschränkte die Arme. «Der Idiot meint, weil er gut aussieht, kann er sich bei den Mädchen alles herausnehmen. Du solltest den mal montags in der Pause erleben. Dann hockt er mit seiner Clique von auserlesenen Schmalspur-Aufreissern zusammen und gibt mit seinen Eroberungen vom Wochenende an.» Sie schnaubte. «Stell dir vor, der macht Fotos und Filmchen auf seinem iPhone, während er mit den Frauen …» Sie unterbrach ihre Tirade und fing an, das Kissen mit Fausthieben zu traktieren. «Ich verstehe nicht, dass diese Chicks das zulassen …»

«Lass mal das Kissen in Ruhe. Willst du mir sagen, dass sich Mädchen von diesem Kemal beim Sex filmen lassen?»

Pia nickte und presste das malträtierte Kissen mit verschränkten Armen an die Brust.

«Stellt er die Filme etwa ins Netz?»

«Keine Ahnung! Ich glaube schon. Ich habe mir das selber nicht angeschaut. Das ist ja voll eklig. Manu meinte, sie hätte schon einen Clip mit Svenja gesehen.»

«Wo?»

«Wahrscheinlich auf irgend so einer Gratis-Pornoseite. Ausserdem hat er das Filmchen per MMS an seine Kumpel verschickt. Da war ganz schön was los …»

Dornach wusste, dass Sexting zu einem wachsenden Problem an Schulen wurde. In Solothurn war ihm die Problematik bisher noch nicht untergekommen.

«Wie alt ist denn diese Svenja? Geht sie in deine Klasse? Wusste sie das … hat sie was dagegen unternommen, diesen Kemal angezeigt oder so?»

Pia stiess einen verächtlichen Laut aus. «Das ist der doch scheissegal. Svenja ist so eine richtige Tussi, weisst du? Die denkt sicher, dass sie mit solchen Clips gross rauskommt.»

«Und du?», fragte er. «Hat er auch versucht, dich …?»

Pia schüttelte den Kopf. «Noch nicht. Der soll nur kommen. Ich werde ihm …»

«Du wirst es mir sagen, wenn er sich dir nähert, und ich kümmere mich darum. Verstanden?»

Pia schaute ihren Vater an und lächelte böse. «Genau, der weiss nicht, dass du ein hohes Tier bei der Kripo bist. Das wird lustig.» Nachdenklich fügte sie hinzu: «Bei Manu hat er es schon versucht.»

«Und?»

«Hat auf Granit gebissen. Sie hat ihn abblitzen lassen, und wie. Er ist beinahe ausgerastet.»

«Ausgerastet, wie?»

«Na ja, sie hat ihm gesagt, er könne vergessen, dass sie sich mit ihm und seiner Truppe von Weicheiern abgeben würde. Um sie zu beeindrucken, brauche er schon einen grösseren Schw… ähm … du weisst schon. Und dann ist er auf sie losgegangen. Hat sie Schlampe und Hurentochter genannt, und er würde sie …» Pia räusperte sich. «Ich erspare dir die Details. Manu hat ihm zurückgegeben, ihr Handy gezückt und gefilmt, wie er wütete. Sie hat ihm gedroht, sie würde das Video über ihre Kontakte verteilen, wenn er nicht sofort verschwinde. Da hat er den Schwanz eingezogen.»

Sie lächelte ihren Vater spitzbübisch an. «Passt irgendwie. Aber bevor er sich davonmachte, sagte er noch, dass sie und ihre Alte noch ihr Fett wegkriegen würden.»

Dornachs Ausdruck wurde sorgenvoller, je länger er seiner Tochter zuhörte. «Wann ist das passiert?»

«Vor etwa einer Woche.»

«Und wann hattest du vor, mir das zu erzählen?»

Sie sah ihren Vater an wie eine Mutter ihr Kleinkind, das gerade seine Milch verschüttet hat.

«Paps, wenn ich dir von allen Querelen an unserer Schule erzählen würde, könnten wir über nichts anderes mehr reden. Dafür gibt es unter den Typen bei uns einfach zu viele Idioten.»

Er beschloss, Pia einzuweihen. «Hat dir Manuela jemals erzählt, dass sie oder ihre Mutter Drohbriefe erhalten?»

«Drohbriefe? Nein, sie hat nie so was gesagt.»

Er erzählte seiner Tochter von dem anonymen Brief an Manuelas Mutter. Sie überlegte kurz, dann sagte sie: «Ich weiss nicht; Kemal ist ein Riesendepp, aber ich kann mir nicht vorstellen, dass er anonyme Drohbriefe in der Weltgeschichte herumschickt.»

«Warum denkst du das?»

Pia stützte ihr Kinn auf das Kopfkissen. «Weil er zu hohl ist dafür. Der kann höchstens kurz mal ausrasten und vielleicht noch dreinschlagen. Aber Briefe schreiben? Nein, ich glaube nicht, dass Kemal sich so viel Mühe machen würde. Passt nicht zu ihm, meine ich.»

Dornach hatte Pia aufmerksam zugehört. «In Ordnung. Wir werden uns morgen trotzdem etwas eingehender mit diesem Kemal Özdal befassen.» Er nahm Pias Kinn zwischen Daumen und Zeigefinger und drehte ihren Kopf zu sich. «Pia, tu mir einen Gefallen», sagte er eindringlich.

«Okeeh.»

«Mir ist nicht ganz wohl bei dem Gedanken, dass du und Manu nachher alleine loszieht. Hätte ich vorher davon gewusst, hätte ich es nicht erlaubt.»

Pia wollte etwas entgegnen, aber Dornach hob die Hände. «Schon gut, schon gut. Ich habe zugestimmt, und du hältst dich an unsere Vereinbarung.»

«Mach dir keine Sorgen, Paps. Du kennst mich ja. Ich werde auch ein Auge auf Manu haben. Die ist etwas kontaktfreudiger als ich.»

«Ich weiss jetzt gerade nicht, ob mich das beruhigt.»

Er wusste, dass seine Tochter anspruchsvoll war, wenn es um Freundschaften und Beziehungen ging. Sie würde sich nicht von irgendeinem Kerl abschleppen lassen, geschweige denn sich selber einem an den Hals werfen. «Wenn euch etwas Komisches auffällt oder euch jemand zu lange beobachtet oder verfolgt, will ich, dass du mich sofort anrufst. Ist das klar?»

Pia setzte sich auf, machte einen steifen Rücken und legte ihre Hand in Anspielung an einen militärischen Gruss an die Stirn und sagte stramm mit tiefer Stimme: *«Yes, Sir, understood, Sir!»*

«Das ist kein Witz, Pia. Ich habe ein ungutes Gefühl.»

«Ich rufe dich an, wenn was ist. Versprochen.» Sie schaute auf ihre Uhr.

«Ups! Schon zwanzig vor zehn. Ich muss mich frisch machen. Manu kommt gleich.» Sie stand auf und ging nach oben.

Dornach rief Karin an und gab ihr die Informationen zu Kemal Özdal und die Sexting-Geschichte weiter. Dann sprach er mit Mike Lüthi, der nach dem Besuch im Spital ins Büro zurückgekehrt war, um der KT Druck zu machen. Dornach wollte den Bericht zum Schützenmatt-Tatort und über die Untersuchung des Zimmers 307 noch an diesem Abend durchsehen.

Lüthi hatte überdies interessante Neuigkeiten. Eine Rezeptionistin des «Ramada» hatte eine Anzeige gemacht, weil ihr Spind heute Abend aufgebrochen war, als sie um achtzehn Uhr zum Dienst kam. Jemand hatte eine ihrer Uniformen gestohlen. Dazu kam die Aussage eines Küchengehilfen, der gesehen haben wollte, wie sich eine rothaarige Frau etwa um sechzehn Uhr schnell vom Hotel entfernt hatte. Sie trug eine Hoteluniform. Die Beschreibung passte auf die Person, die am Vorabend mit Lötscher gesprochen hatte.

Inzwischen hatte sich Pia umgezogen. Sie trug ein dunkelrotes, enges Kleid, das knapp eine Handbreit über dem Knie endete. Die Farbe der Strümpfe, Schuhe und des Lippenstifts waren auf das Kleid abgestimmt. Darüber trug sie eine kurze schwarze Lederjacke, die ihr Laure zum letzten Geburtstag geschenkt hatte. Sie hatte ein dezentes Make-up aufgelegt. Genau wie ihre Mutter, als er sie vor nicht ganz zwanzig Jahren kennengelernt hatte, ging es ihm durch den Kopf.

Er hatte beinahe vergessen, Pia zu sagen, dass sie ab morgen einen Gast im Stöckli haben würden, und holte das gleich nach. Als Stöckli wurde das Apartment seiner Eltern im Anbau des Haupthauses bezeichnet, das allerdings die meiste Zeit leer stand, da seine Eltern in der Regel nur im Sommer ihre Finca bei Málaga verliessen, um ein paar Wochen in Solothurn zu verbringen.

«Solange mir dieser Major Cranach nicht halb nackt im Bad begegnet, wenn ich gerade aus der Dusche steige, sehe ich kein Problem», kommentierte Pia nonchalant die Ankündigung ihres Vaters. Ihr Handy zwitscherte.

«Das ist Manu, sie wartet im Taxi draussen. Bis später, Paps.»

Sie hauchte ihm eine Kusshand zu und verschwand durch die Tür.

Dornach ging in sein Arbeitszimmer, um zu sehen, ob der Bericht der KT eingetroffen war.

***

Angela Casagrande spürte, dass sie seit bald zwei Tagen keine Nacht durchgeschlafen hatte. Sie hatte Besuch. Ines war im Bad, und sie nutzte die Minuten alleine zum Aktenstudium. Sie hatte es sich auf ihrem breiten Ledersofa so bequem wie möglich gemacht und versuchte, alte Pendenzen aufzuarbeiten, damit sie sich am nächsten Morgen dem Fall Lötscher zuwenden konnte. Die Medien machten Druck, und es war Zeit, ihnen etwas zum Frass vorzuwerfen, nachdem es Yvonne Gerber am Vormittag gelungen war, sie vorerst abzuwiegeln. Angela räkelte sich in ihrem Seidenkimono, den Ines ihr von ihrer letzten Japanreise mitgebracht hatte, und hatte Mühe, sich auf die Papiere zu konzentrieren. Die Buchstaben begannen vor ihren Augen zu tanzen. Es war, als hüpften sie weg und fügten sich weiter unten neu in den Text ein, sodass sie mehrere Male dieselbe Passage las, ohne wirklich ihren Sinn aufzunehmen. Ein gutes Essen und Ines' zärtliche Aufmerksamkeit hatten sie schläfrig gemacht. Sie trank einen Schluck Rotwein. Der Ripasso war im Glas etwas zu warm geworden, aber er schmeckte ihr immer noch. Bevor sie vollends in den Schlaf driftete, klingelte ihr Handy.

«Dominik, ich wollte mich gerade für meinen Schönheitsschlaf hinlegen. Wenn's nicht hilft, mache ich dich verantwortlich.»

«Den hast du doch nicht nötig, Angie. Willst du uns alle von der Arbeit ablenken?»

«Heuchler.»

«Entschuldige die späte Störung, aber ich bin vorher nicht dazu gekommen, dich anzurufen.» Er berichtete ihr, wie es Maja ging.

Angela war über den Vorfall am Nachmittag bereits von Mike Lüthi rasch ins Bild gesetzt worden, hatte aber keine Gelegenheit mehr gehabt, sich bei Dornach über den Zustand der Ermittlerin zu erkundigen.

«Bist du in Zürich weitergekommen?», fragte Dornach.

«Ich konnte Regina Flint von der Staatsanwaltschaft IV noch nicht erreichen. Sie war den ganzen Tag auf dem Gericht. Sie wird sich bestimmt melden, sobald sie kann. Hast du die Berichte von der KT?»

«Sind gerade weg per E-Mail.»

Prompt sah sie die Eingangsanzeige auf ihrem Bildschirm. «Ist gekommen, danke, Dominik. Regina wird sicher sofort loslegen, und wie ich sie kenne, können wir das offizielle Gesuch nachreichen.»

«Unbürokratisch, aber korrekt wie immer, die Frau Flint», sagte Dornach. Er erzählte ihr noch von den Drohbriefen an Nadja Bürki und von den vermuteten Sexting-Fällen.

«So eine Schweinerei», rief Angela. «Ich leite die Information an den zuständigen Kollegen weiter. Karin soll mir das Befragungsprotokoll von diesem Kemal sofort schicken.»

In diesem Moment kam Ines aus dem Bad. Sie hatte ein grosses Badetuch um ihren Körper gewickelt und setzte sich neben Angela.

«Alles klar», sagte Dornach, «und jetzt überlasse ich dich deinem wohlverdienten Schönheitsschlaf.»

«Gute Nacht, Dominik», erwiderte Angela und beendete das Gespräch. Sie lächelte Ines an, die aus ihrem Glas trank.

«War das dein Dominik?», fragte diese mit einem leicht spöttischen Zug um ihren Mund.

«Das ist nicht mein Dominik. Ich arbeite einfach sehr gern mit ihm.»

«Ja, ja, schon klar, mein Schatz. So wie du von ihm sprichst, könnte man meinen, ihr seid verheiratet.»

«Oh, nein danke. Dominik Dornach ist ein hervorragender Arbeitskollege, als Lover wäre er mir zu anstrengend.»

«Ist er so gut?»

«Quatsch.» Sie versetzte Ines einen Klaps auf die nackte Schulter. «Da gibt's einfach zu viel Konkurrenz. Ausserdem will ich unser Arbeitsverhältnis nicht mit einer intimen Beziehung vergiften.»

«Nicht mal ein klitzekleiner One-Night-Stand?», stichelte Ines. «So wie der aussieht, könnte auch ich meine Neigungen glatt für ein paar Stunden vergessen.»

«Untersteh dich.» Angela nahm ihr das Weinglas weg und trank es leer. «Du hast zu viel davon intus. Wann musst du morgen los?»

«Früh! Ich muss um zehn in Kloten sein. Der Flug nach London geht gegen Mittag. Gegen Sonntagabend bin ich zurück.»

Ines Degonda war Bündnerin, aus Silvaplana. Die Fünfunddreissigjährige arbeitete seit zwei Jahren als Juristin in einer grossen Zürcher Anwaltskanzlei, die sich auf Mergers & Acquisitions spezialisiert hatte. Aus finanziellen Erwägungen, aber auch weil sie Zürich als Wohnort nicht sonderlich mochte, wohnte sie in der Solothurner Altstadt und pendelte. Sie und Angela hatten sich bei einem Vortrag des Solothurnischen Anwaltsverbandes kennengelernt. Angela hatte damals eine unschöne Trennung von ihrem damaligen langjährigen Partner hinter sich und wollte für einige Zeit nichts mehr von Männern wissen. Die quirlige Engadinerin, die im Gegensatz zu Angela nur auf Frauen stand, hatte ihr eine neue Welt der Zärtlichkeit und der Gefühle eröffnet, die Angela bei sich nicht für möglich gehalten hätte. Sie waren seit knapp einem Monat zusammen, und es gab keine Anzeichen, dass die Beziehung nicht andauern könnte. Angela streckte sich wieder und gähnte.

«Vergiss es», sagte Ines mit einem vielsagenden Lächeln. «Es wird noch nicht geschlafen, ich habe nämlich Hunger.»

«Was, hast du noch nicht genug gegessen?» Angela war immer noch satt vom Essen, das Ines vom Chinesen mitgebracht hatte.

«Wer spricht denn von Essen, du Dummchen», sagte Ines zärtlich und begann, den Gürtel von Angelas Kimono zu lösen.

***

Kühni fror. Er stand schon fast seit einer halben Stunde im Schatten eines Hauseingangs gegenüber dem «Extasy-Club» und bereute, dass er nicht daran gedacht hatte, eine wärmere Jacke mitzunehmen.

Immer mehr ausgelassene junge Menschen strömten heran. Einige schienen bereits mit genügend Bier, Wodka und anderen Substanzen vorgeglüht zu haben, damit sie sich in der richtigen Stimmung in die Party stürzen konnten. Es waren schöne Menschen, vor allem die jungen Frauen, und es kamen immer mehr. Je länger Kühni hinsah, desto mehr vergass er die feuchte Kälte, die sich langsam in seine Knochen frass. Seine Sinne richteten sich auf das, was sich vor ihm abspielte. Er bewunderte ihre Leichtfüssigkeit, und ihr Lachen klang kristallklar in seinen Ohren. Es waren ihre Haare, die ihn am meisten faszinierten. Viele der Mädchen trugen sie lang, sehr lang, fast bis unter die Schulterblätter. Wie die Engel. Was hätte er jetzt darum gegeben, wenn er sie hätte berühren dürfen. Nur ganz kurz und nur die Haare, die seidenweichen Strähnen durch seine Finger gleiten lassen und daran riechen. Nur kurz den süssen Engelsduft aufnehmen. Er konnte seinen Blick nicht abwenden. Wie sie angezogen waren: lange Beine in hautengen Jeans, die die Rundungen der wippenden Hüften betonten. Sie hatten die Leichtigkeit von Elfen.

Kühni spürte das Kribbeln in seinem Unterleib, das er im Gefängnis so vermisst hatte, als er die Medikamente schlucken musste, die jede der himmlischen Empfindungen absterben liessen. Seit über zwei Wochen hatte er sie nicht mehr genommen. Er zitterte. Nicht vor Kälte. Es kam von innen, von der Mitte seines Körpers.

Ein Mädchen mit langem schwarzen Lockenhaar ging an ihm vorüber. Es trug einen gelb-schwarz karierten Minirock und schwarze lange Kniestrümpfe, die knapp unterhalb des Rocksaumes endeten. Seine Augen fixierten den hellen Hautstreifen seiner Schenkel zwischen Saum und Strumpfborde. Er wich zurück in den Schatten des Hauseingangs. Das Mädchen blieb nur wenige Meter vor ihm stehen. Es sah sich kurz um, aber bemerkte ihn nicht. Dann bückte es sich, ohne in die Hocke zu gehen, und zurrte einen Schuhbändel seiner Stiefeletten fest. Was Kühni im Licht der Strassenlampe sah, nahm ihm beinahe den Atem. Eine heisse Welle stieg in ihm auf, und er presste sich gegen die Hauswand. Schweiss brach aus all seinen Poren. Das war der Engel, auf den er, während der langen Jahre im Gefängnis, gewartet hatte. Er konnte sich nur unter Aufbringung aller antherapierten Selbstdisziplin dazu bringen, das Mädchen nicht von hinten zu packen. Doch jetzt durfte er seinen Auftrag nicht vergessen. Wie lange würde er das aushalten? Die schwarzhaarige Frau richtete sich auf und überquerte die Strasse, ohne zu ahnen, was sie angerichtet hatte. Sie winkte einem jungen Mann zu, der vor dem Clubeingang auf sie wartete.

Kühni beobachtete, wie sich die beiden mit einem leidenschaftlichen Kuss begrüssten, und hatte plötzlich das Gefühl, als ob sein Bauchraum mit Eiswasser geflutet wurde. Die Engelsbilder verzerrten sich zu Fratzen, und er spürte nur Hass, eiskalten Hass. Alles Huren! Huren und Schlampen, die sich jedem an den Hals warfen und ihn verspotteten. Er würde sie … Nein. Krampfhaft schloss er die Augen und schluckte leer. Dann schüttelte er heftig den Kopf. Es war nicht die richtige Zeit. Noch nicht.

Er sah auf das Display des Handys, das er heute Morgen zusammen mit einer Notiz in seinem Briefkasten gefunden hatte. Es war ein einfaches Modell, kein Smartphone. Er öffnete die Bildergalerie und betrachtete das einzige abgespeicherte Bild. Ein Lächeln umspielte seine Lippen. Er hatte das Foto vor zwei Stunden per MMS zusammen mit der Anweisung erhalten, sich um zweiundzwanzig Uhr hier einzufinden. Er solle das Foto in seiner Bildergalerie speichern und die Nachricht löschen, sobald er sie gelesen habe.

Das Display zeigte zweiundzwanzig Uhr zwanzig. Sein Lächeln erstarrte. Er trat aus dem Schatten und blickte sich hektisch um. Er war abgelenkt gewesen. Hatte er sie womöglich verpasst? Panik stieg in ihm hoch. Was tun, wenn weitere Anweisungen kamen und er sie nicht befolgen konnte, weil er unaufmerksam gewesen war? Er spürte, wie sich der Schweiss über seinen Brauen sammelte. Ein Taxi hielt am Strassenrand auf der Höhe seines Standortes. Zwei junge Frauen stiegen aus. Die eine war gross mit kurzen dunklen Haaren. Das weinrote, fast knielange Kleid betonte ihre Schlankheit. In der Hand hielt sie eine schwarze Lederjacke.

Ihre Begleiterin war kleiner mit hellbraunen schulterlangen Haaren und einem runden, hübschen Gesicht. Sie trug einen knappen schwarzen Jupe mit dunklen Strümpfen. Sie lachte, als ob ihre Freundin ihr gerade etwas Lustiges erzählt hätte. Kühni atmete auf, als er die beiden Gesichter der Frauen sah. Da war sie! Die beiden schwatzten, während die Grössere das Taxi bezahlte. Dann drehten sie ihm den Rücken zu, und die Brünette machte ein Selfie. Kühni trat einen Schritt aus dem Schatten hervor. Im selben Moment wandte sich die Kurzhaarige um und sah ihm direkt in die Augen. Sie hatte einen wachen, intelligenten, aber misstrauischen Blick. Er stand da wie gelähmt. Für zwei Sekunden hielten sich ihre beiden Blicke gefangen. Das Handy blitzte ein zweites Mal. Das löste den Bann. Die Kurzhaarige fasste ihre Freundin am Arm und überquerte mit ihr die Strasse.

Mit zitternden Händen tippte Kühni eine Kurzwahl in sein Handy. Als sich sein Gesprächspartner meldete, musste er sich zweimal räuspern, bevor er sagen konnte: «Sie ist da!» Er sah zum Eingang hinüber, während er Anweisungen entgegennahm. Die Kurzhaarige im roten Kleid hatte sich noch mal umgedreht und starrte wieder zu ihm herüber.

***

«Hast du den Typen gesehen?»

Manuela hörte nicht zu. Pia hatte sich bei ihr untergehakt, während sie dem Türsteher ihre zwei VIP-Karten entgegenhielt. Sie verstaute die Karten sorgfältig in ihrer Handtasche. Im Korridor stand ein weiterer Türsteher im Massanzug und mit Funkstöpsel im Ohr. Manuela hauchte ihm drei Küsse auf die Wangen und flüsterte etwas in sein Ohr. Der Mann war deutlich älter als Manu. Er trug seine Haare militärisch kurz. Pia schätzte ihn auf Mitte zwanzig. Er war ihr nicht sympathisch, so wie er sie anzüglich musterte, als Manu sie vorstellte. Es war lärmig, und Pia konnte den Namen nicht verstehen. Sie beschloss, auf Distanz zu bleiben, und nickte ihm zu, ohne die Hand zu geben.

«Wer war das?», fragte Pia, als sie weitergingen.

«Das war Dragan, der Chef der Security», antwortete Manu leichthin und winkte einem anderen Anzugmenschen zu, der den Gruss mit einer lässigen Handbewegung erwiderte.

«Und woher kennst du den?» Pia war eher besorgt als erstaunt darüber, dass ihre beste Freundin Männer kannte, die aussahen wie Bodyguards aus einem zweitklassigen Gangsterfilm.

«Ach, ich war kürzlich mit Jos auf einer Party, wo Dragan auch dabei war. Wir haben gequatscht. – Cooler Kerl, wenn auch etwas verklemmt.» Ehe Pia eine Anschlussfrage stellen konnte, wechselte Manu das Thema. «Welchen Typen hätte ich sehen sollen?»

Pia zeigte mit dem Daumen hinter sich.

«Na den vorhin, als wir aus dem Taxi gestiegen sind. Er lungerte im Hauseingang gegenüber herum.»

Manu zuckte mit den Schultern. «Na und, was ist mit dem?»

«Der hat uns so komisch angesehen, als ob er uns gleich anfallen wollte. Als ich wieder hinsah, hat er in sein Handy gesprochen.» Pia schauderte. «Irgendwie *creepy*.»

«Wahrscheinlich ein Spanner, der sich an unseren Miniröcken aufgeilen will. Komm, wir gehen da rüber.»

Manuela nahm Pia bei der Hand. Der Raum, den sie betraten, war wie das Innere eines Würfels mit einer Seitenlänge von etwa vierzig Metern und bestand aus drei Ebenen: Im Erdgeschoss war eine grosse Tanzfläche, umgeben von Bartischen, wo man in kleinen Gruppen herumstehen und tanzen konnte. An einer Stirnseite befand sich ein langer Bartresen. Auf der gegenüberliegenden Seite stand die Bühne für die Liveband. Die zweite Ebene war eine breite Galerie, die von vier Säulen gestützt wurde und um den ganzen Raum herumführte. Von dort konnte man die ganze Tanzfläche sehen. Über zwei breite Treppenfluchten gelangte man von der zweiten zur dritten Ebene. Die Stufen waren mit roten Läufern ausgelegt und die Zugänge mit einer roten Kordel versperrt. Daneben stand ein Messingschild, das mit grossen Lettern informierte, dass es sich um den Zugang zu einer RESTRICTED AREA – VIP ONLY handelte, bewacht von finster dreinblickenden, wandelnden Kleiderschränken mit Massanzug und Knopf im Ohr. Der Ausdruck in ihren Gesichtern machte klar, dass sie sich weder durch wippende Hinterteile noch durch tiefe Dekolletés oder Mascara-Wimpernklimpern beeindrucken liessen.

Manuela ging direkt auf den Gorilla neben einem der VIP-Aufgänge zu, sagte cool «Hi!» und hielt ihm die roten VIP-Karten vor die Nase. Nach einem kurzen, eingehend prüfenden Blick auf die Karten nickte der Türsteher. Er löste die Kordel und machte eine einladende Handbewegung: «Willkommen.» Seine Stimme klang guttural. Osteuropäer, dachte Pia.

Im Gegensatz zu den unteren Ebenen ging es im VIP-Bereich dezenter zu. Das war Pia zwar recht, trotzdem fühlte sie sich hier oben unbehaglich. Das lag vor allem am Publikum. Ein Grossteil waren Mitschüler und Mitschülerinnen, die aus dem «Kuchen» kamen, der feinen Solothurner Gesellschaft, zu der sie zwar wegen ihrer Grosseltern irgendwie gehörte, von der sie sich aber, wie ihr Vater, etwas distanzierte. Mit vielen war sie eher bekannt als befreundet. Es waren auch ältere Jahrgänge da, sehr viel ältere. Vor allem Männer, die sich, im Gegensatz zum jungen Publikum, meistens alleine oder in kleinen Gruppen mit Champagner oder härteren Drinks in den Sesseln fläzten. Ihre Hauptbeschäftigung schien darin zu bestehen, die vorbeigehenden Mädchen anzustieren. Pia kam sich ausgestellt vor. Ein dicker Mittfünfziger, dessen Bierbauch bedrohlich über seinen Gürtel hinaushing, grinste sie augenzwinkernd an. Als Antwort bedachte sie ihn mit einem bösen, hoffentlich entmutigenden Blick und drückte Manuelas Hand.

«Müssen wir hier oben sein?», raunte sie ihr ins Ohr. Immerhin war die Musik im VIP-Bereich etwas gedämpft, sodass man nicht dauernd brüllen musste.

Manuela drehte sich zu ihr um. «Warum? Ist doch megacool hier.»

«Findest du? Hast du gesehen, wie uns diese alten Glüschteler mit ihren Blicken ausziehen? Das brauche ich wirklich nicht.»

Pia nickte zum fetten Bierbauch hinüber, der es prompt bemerkte und sich angespornt fühlte, sein Glas in ihre Richtung zu erheben. Schnell drehte sie sich wieder zu Manuela um.

«Lass uns nach unten gehen.»

«Spinnst du? Hier oben sind alle Drinks gratis.»

Manuela zeigte auf die gegenüberliegende Seite. «Hey, da drüben sind Cony, Dani und Susa. Komm schon, wir setzen uns zu ihnen.»

Sie gingen um die Galerie herum zu einer Sitzgruppe, wo es sich ihre drei Schulfreundinnen bequem gemacht hatten und ihnen frenetisch zuwinkten. Wenigstens kamen sie weit genug weg von den ekligen alten Typen, dachte Pia.

Nicht weit von ihnen entfernt erkannte Pia die schwarze Lockenmähne von Ayse. Sie trug einen gelb-schwarz karierten Minirock, der so kurz war, dass er diese Bezeichnung fast nicht mehr verdiente. Ihre Beine steckten in schwarzen Strümpfen, die kurz über dem Knie endeten. Pia, die sich für gewöhnlich nicht als prüde einschätzte, wäre die Schamesröte ins Gesicht gestiegen, wenn sie so hätte herumlaufen müssen. Der Secondo-Türkin Ayse Özdal schien das nichts auszumachen. Sie sass oder lag halb in einem der bequemen Fauteuils und knutschte ungeniert mit einem Jungen, den Pia nicht kannte. Ayse hatte ein Bein über seinen Oberschenkel gelegt. Eine Hand des Typen schob den Saum ihres Minirocks hoch, sofern das noch möglich war. Bald würde nicht mehr viel von Ayses intimer Anatomie der Phantasie überlassen bleiben.

Pia schaute weg und bemühte sich, der Unterhaltung ihrer Freundinnen zu folgen, während sie hoffte, dass sich keiner von Ayses Brüdern Zutritt zum VIP-Bereich verschaffen konnte. Arschloch-Kemal würde Amok laufen, wenn er seine Schwester so sähe. Die Eltern Özdal waren sehr religiös und traditionell orientiert. Pia war Ayse einige Male an Schulfesten begegnet und hatte sich mit ihr unterhalten. Das lebenslustige Mädchen fühlte sich durch ihre Familie eingeschränkt. Pia fürchtete, dass ihr Benehmen als Provokation oder Ausbruchsversuch gedacht war, und hoffte für Ayse, dass sie es nicht eines Tages bereuen müsste.

Mittlerweile war die Party in vollem Gange, und die Rhythmen von DJ Roca übertönten nun auch die Gespräche auf der VIP-Ebene. Unvermittelt erleuchteten Spots die vier Ecken des Raumes. Was Pia nun sah und vorhin im schummrigen Licht des Clubs gar nicht erkennen konnte, verschlug ihr beinahe die Sprache. In jeder Ecke des grossen Raumes stand jeweils eine gläserne Säule, die im Durchmesser so breit war, dass eine erwachsene Person mit ausgestreckten Armen darin stehen konnte. Die Säulen reichten von der Decke durch die zwei Ebenen hindurch bis zur Tanzebene im Erdgeschoss. In der Doppelverglasung der Säulenwände befand sich eine Substanz, die in Intervallen in den Farben Gold, Silber, Bronze und Rot leuchtete. In den Glasröhren glitten hydraulische Platten nach unten. Frauen mit Fotomodelmassen und mit nichts als einem knappen Stringtanga bekleidet, standen auf den Plattformen und bewegten sich zum Sound der DJane. Sie glitten langsam nach unten und hielten jeweils zwischen zwei Ebenen für einen Moment inne. Pia schielte zu den älteren Herren hinüber, von denen einige vergessen hatten, den Mund zu schliessen. Sogar Ayse und ihr Gespiele hatten das gegenseitige Ertasten ihrer Intimbereiche vorübergehend unterbrochen und sahen dem Spektakel zu. Pias Kameradinnen kommentierten die Tänzerinnen kichernd hinter vorgehaltener Hand. Manu tippte ihr auf die Schulter.

«Na, was sagst du? Hoffentlich zeigen die uns auch ein paar Kerle im gleichen Tenue.»

«Von mir aus darf es auch etwas weniger sein», entgegnete Pia trocken. Lachend prosteten sie sich zu.

SIEBEN

Belgrad

Slavko beendete das Telefongespräch und trat an das Panoramafenster. In der Ferne, im Tal in östlicher Richtung, sah er die Lichter von Belgrad. Vor ihm lag das Mündungsgebiet der Save in die Donau, deren Strom sich wie eine grosse blaue Schlange durch die Stadt wand, bevor sie sich zum Eisernen Tor an der Grenze zu Rumänien und weiter nach Osten aufmachte, um sich später in einem weiten Delta zwischen der Ukraine und Rumänien ins Schwarze Meer zu ergiessen.

Das Wasser im beleuchteten Schwimmbecken unter ihm schimmerte hellblau in der Dunkelheit. Sein Blick blieb auf der Gestalt haften, die sich nur schemenhaft von der glitzernden Wasseroberfläche abhob. Sie durchpflügte das Becken mit gleichmässigen Brustzügen. Die Wellen reflektierten das Licht der sechs Unterwasser-Scheinwerfer und brachten die Schatten über dem Wasser zum Tanzen. Die Reflexion spiegelte sich in Slavkos Gesicht und maskierte die tiefen Furchen, die sich auf seiner Stirn eingegraben hatten.

Obwohl es im Gegenlicht nicht zu sehen war, wusste er, dass die Frau im Wasser nackt war. Evgenija trug nie einen Badeanzug, wenn sie in seinem Pool schwamm. Sie liebte es, wenn das Wasser die intimsten Stellen ihres Körpers streichelte. Zu dieser Jahreszeit war es auf dem Dedinje, dem vornehmen Wohngebiet von Belgrad, nachts noch immer recht kühl. Deshalb hatte er den Pool für sie auf über fünfundzwanzig Grad heizen lassen. Evgenija wollte jedes Mal unbedingt schwimmen, wenn sie ihn besuchte. Und er liebte es, ihr dabei zuzusehen. Die Leibwächter, die sonst über das ganze Grundstück patrouillierten, erhielten jeweils Befehl, sich nach unten zur Mauer zurückzuziehen. Evgenija fühlte sich nicht wohl, wenn diese waffen- und testosteronstrotzenden Kerle in ihrer Nähe herumlungerten, und Slavko wollte nicht, dass sich die Bauerntölpel vom Anblick einer nackten Frau ablenken liessen. Jetzt, da vieles schiefging, galt es, doppelt wachsam zu sein.

Mit einem Anflug von Trauer betrachtete er die Schönheit im erleuchteten Schwimmbecken. Es war das letzte Mal für sie. Vor einer Stunde hatte ihm Darko die Aufnahmen der Kamera gezeigt, die er heimlich in ihrem von Slavko bezahlten Apartment im Stadtbezirk Starigrad installiert hatte. Er war äusserlich ruhig geblieben, als er sich ansehen musste, wie sie sich schamlos mit einem jungen Kellner aus irgendeinem Belgrader Nachtclub im Bett wälzte. Die Kamera zeichnete Audio auf, und er konnte ihre Lustschreie hören, von denen jeder einzelne ihn mitten ins Herz traf. Sofern Slavko, der Wolf, überhaupt zu einer Gefühlsregung fähig war, hatte er Zuneigung zu dieser Frau empfunden. Sie war liebevoll und zärtlich zu ihm gewesen und hatte ihm das Gefühl gegeben, der wichtigste Mensch für sie zu sein. Jetzt hatte sie ihn mit einem dahergelaufenen Kerl betrogen. Das hatte ein Ende, noch heute Nacht. Er wollte sie nur noch ein letztes Mal sehen. Dann würde sich Darko um sie kümmern. Der Kellner lag bereits mit einer Kugel im Kopf in einem Strassengraben.

Als es an der Tür klopfte, riss er sich vom Anblick der schwimmenden Venus los. Darko kam herein, ohne auf seine Aufforderung zu warten. Jeder andere von Slavkos Hofstaat hätte demütig vor der Tür auf das herrische *uđi!* gewartet, bevor er sich ins Allerheiligste gewagt hätte. Das galt nicht für Slavkos langjährigen Gefährten und engsten Freund, den er liebte wie einen Bruder. Im Krieg hatte ihm Darko das Leben gerettet. Als die Bosnier seine Milizgruppe umzingelt und ihn mit zwei Gewehrkugeln am Bein verwundet hatten, trug Darko ihn auf seinen Schultern kilometerweit durch die feindlichen Linien. Seitdem verband sie eine unverbrüchliche brüderliche Freundschaft. Darko war sein Gefährte der ersten Stunde gewesen, als sie 1992 begonnen hatten, Sarajevo vom muslimischen Ungeziefer zu säubern.

«Du hast mich gerufen, *gazda*?»

Obwohl sie sehr vertraut miteinander umgingen, sprach Darko ihn oft als Herrn an. Damit wollte er seine Loyalität und seinen Respekt manifestieren. Gerade in unsicheren Zeiten wie jetzt, wenn er spürte, dass sein Chef unruhig und gereizt war, wollte er ihm zeigen, dass er auf seiner Seite war. Slavko lohnte es Darko mit hundertprozentigem Vertrauen. Seine Nummer zwei war der Einzige, der in alle Geheimnisse der Organisation eingeweiht war.

Petar war es noch gewesen.

Nachdem die österreichische Polizei der Organisation so viel Schaden zugefügt hatte, dass dort an eine Expansion nicht mehr zu denken war, war es Petar gewesen, der für ihn die Erweiterung nach Westen in die Schweiz vorangetrieben hatte. Österreichs westlicher Nachbar sollte seine neue Basis werden. Der Beginn war vielversprechend gewesen, und es hätte nicht besser laufen können. Bis zu jenem Tag vor einer Woche, als ihn eine Nachricht erreichte, die sein Herz bluten liess. Petar war tot. Jemand hatte ihn in seinem Wiener Hotel regelrecht abgeschlachtet. Petar war schon der Dritte. Slavko war klar geworden, dass jemand ihn und seine Leute jagte. Aber wer? Die Russen? Die Türken? Oder etwa die Albaner? Bisher hatten sie keine Hinweise gefunden.

Mit dem Tod Petars war das Projekt in der Schweiz gefährdet. Die Organisation dort war ohne Kopf. Ausgerechnet jetzt, wo es auch noch den anderen Verrat gab.

«Hast du etwas?», fragte Slavko.

Darko zuckte mit den Schultern. «Nicht viel, vielleicht etwas.»

«Und?»

«Es war eine Frau.»

«Eine Frau?» Slavko sog scharf die Luft ein. «Wie kommst du darauf?»

«Ein Verbindungsmann ist an Kopien der Überwachungsvideos des Hotels in Wien herangekommen und hat sie uns übergeben.»

Slavko sagte nichts. Darko fuhr fort: «Kameras sind nur im Empfangsbereich und in den Aufzügen installiert. Keine in den Korridoren und in den Zimmern. Man sieht, wie beide das Hotel betreten. Sie muss gewusst haben, wo sich die Kameras befanden. Sie hatte den Kopf immer so weggedreht, dass man nichts anderes sehen konnte als ihre roten Haare.»

Er reichte Slavko ein Papier. Es war der Schwarz-Weiss-Ausdruck eines Screenshots des Security-Videos. Der Kopf der

Frau war vergrössert. Man sah nichts ausser den Haaren und ihrer Nasenspitze.

«Hast du einen Namen?», fragte Slavko.

«Nein, die Frau war im Hotel nicht als Gast registriert.»

Er legte einen weiteren Screenshot vor Slavko hin. Er zeigte die beiden im Lift. Die Frau war von hinten zu sehen, sie drückte Petar gegen die Wand der Kabine. Sie hatte ein Bein angewinkelt und ihren Unterleib an seinen gepresst. Von Petar waren nur die Hände zu sehen, die ihre Schenkel umfassten und ihren Rock über die Strumpfborde hinaufschoben.

«Bist du sicher, dass sie ihn umgebracht hat?»

«Ganz sicher wissen wir es nicht. Sie war die Letzte, die mit ihm zusammen war.»

Slavko presste die Lippen zusammen. Die Kieferknochen in seinem kantigen Gesicht mahlten. Darko spürte die Anstrengung, die es seinen Dienstherrn kostete, die Beherrschung zu behalten. Slavko zerknüllte beide Bilder und warf sie in eine Ecke des Zimmers.

«Ich werde sofort in die Schweiz fliegen und nach dem Rechten sehen.»

Darko starrte Slavko mit aufgerissenen Augen an.

«Slavko, das ist zu gefährlich. Die Österreicher, die UNO und Europol liegen auf der Lauer und warten nur darauf, dass du Serbien verlässt, damit sie zuschlagen können.»

«Dann wirst du sie eben ablenken, Bruder.» Er packte Darko an beiden Schultern. «Beschäftige sie. Die rechnen nicht damit, dass ich abhaue.»

Er lachte hart und zeigte nach draussen ins Dunkel zur Grundstücksmauer, wo die Wachen mit den Maschinenpistolen standen.

«Da draussen liegen sie auf der Lauer und beobachten dieses Haus. Sie denken, dass sie mich wie eine Maus in der Falle haben. Die werden sich wundern.» Er ballte die Fäuste in Richtung der Aussenwelt. «Slavko Vukovic, der grosse Wolf, lässt sich nicht einfach so fangen.» Er liess die Faust sinken und wandte sich um.

«Was macht unser Problemfall bei der österreichischen Bundespolizei?»

Darko war froh, eine gute Nachricht zu überbringen. «Wir

haben die Spur in Spanien wieder aufgenommen. Es kann jederzeit losgehen. Wir warten auf dein Zeichen, *gazda*.»

«Haltet euch bereit! Heute noch oder morgen! Ich entscheide das, sobald wir in der Schweiz angekommen sind. Das wird sie beschäftigen.»

Darko war fast schon zur Tür hinaus, als Slavko ihm nachrief: «Da ist noch etwas.»

Darko drehte sich um und blickte Slavko fragend an.

«Wir haben noch ein anderes Problem dort drüben. Unsere Vermittlerin macht Schwierigkeiten.»

«Was für Schwierigkeiten?»

Darko konnte erkennen, dass Slavko kochte. «Sie hat uns verraten und liefert nicht. Wir müssen ihr einen Denkzettel verpassen. Sprich mit Josip und gib ihm die nötigen Anweisungen. Es soll schmerzhaft werden. Sie soll es spüren, und ihre Familie soll es spüren. Man hintergeht den Wolf nicht.»

Slavko blickte auf den Pool hinunter. Evgenija schwamm nicht mehr. Sie lehnte mit dem Rücken am Beckenrand und räkelte sich im Wasser. Er erahnte jedes Detail ihres perfekten Körpers und ihrer vollen Brüste, die sich im schwappenden Wasser hoben und senkten. Slavko fuhr sich mit der Zunge über die Lippen.

«Und Darko, ich will Evgenija jetzt sehen.»

BRIEFE AN VLADA – SOMMER

Geliebte Vlada!
Der See glitzert. Die weissen Felsen des Berges erheben sich über dem dunklen, fast schwarzen Wald und dem Blau des Wassers. Wir liegen auf einer Decke und halten unsere Hände in die Sonne. Du erzählst mir von tata. Von seinem dunklen Haar, seinen braunen Augen und seinem lachenden stoppeligen Gesicht, das deine Wangen kratzte, wenn du dich an ihn schmiegtest. Die Sonne scheint durch die Haut zwischen meinen achtjährigen Fingern und lässt sie golden und rosa leuchten. Ich spreize sie, so weit ich kann, und du singst mein Lieblingslied vom Engel und der Glocke. Zwischen meinen Fingern hindurch sehe ich einen Schmetterling. Es ist ein grosser gelber Falter. Auf seinen Flügeln sind zwei dunkle Flecken gezeichnet. Wie Augen, tatas Augen. Ich höre dein Lied nicht mehr und stehe auf. Der Schmetterling tanzt über die Blumen der Wiese. Ich tanze hinter ihm her. Er hüpft über die Blüten, und ich hüpfe mit. Er kreist um die Halme, und ich kreise mit ihm. Manchmal kommt er mir ganz nahe. Er setzt sich fast auf meine Nase und blinzelt mit seinen Flügeln.

«Aber nein, Dummerchen. Er blinzelt nicht. Er schlägt mit dem Flügel.»

«Aber sieh doch, majka. Er schliesst und öffnet die Augen. Er blinzelt mich an.»

Schon fliegt er wieder davon, hüpft über die Blumen. Ich ihm nach. Du rufst mir etwas zu, aber ich höre dich nicht. Ich höre nur die Glöcklein und den Gesang der Engel in deinem Lied in meinen Ohren. Nun fliegt er hoch gegen den Himmel und dreht sich immer im Kreis. Ich lache und drehe und springe, so hoch ich kann. Ich nehme noch einmal einen grossen Satz, sodass ich fast bis zur Sonne hochkomme. Da höre ich deinen Schrei und spüre einen Arm, der mich packt. Dein Arm, majka. Du presst mich an deinen warmen Körper. Ich sehe dich erstaunt an. Sehe zuerst deinen erschrockenen Ausdruck und höre dann dein helles Lachen.

«Vorsicht, Lilijana, moj anđele! Der See ist tief.» Da schaue ich

hinab und blicke in den See. Er blickt zurück, dunkel und kalt. Erschrocken schaue ich zu dir auf.

«Du hast noch keine Flügel, Lilijana.»

Dann tönt die Melodie deines hellen Lachens wieder, und wir tanzen auf der Wiese.

Im Sommer, bevor die Wölfe kamen.

ACHT

Solothurn

Die Party steuerte auf ihren Höhepunkt zu. Der Sound von DJ Roca heizte die Stimmung immer mehr an. Von der Balustrade der VIP-Ebene beobachtete Pia ihre Freundinnen. Die Mädchen waren aufgestanden und tanzten an ihrem Platz zum Rhythmus von Rocas Beat. Dani und Susa hielten sich eng umschlungen. Irgendwann hatte Manu eine silberne Dose mit zehn blauen Pillen aus ihrem Täschchen gezogen und allen eine angeboten.

«Spinnst du, was ist das?», hatte Pia ihrer Freundin zugeraunt.

«Hey, komm schon! Das musst du unbedingt probieren. Das ist ganz neuer Stoff: ‹Blue X›. Fährt voll ein.»

Pia hatte eine der Pillen genommen und sie, so gut es im schummrigen Licht ging, betrachtet. Sie war dreieckig, und in der Mitte war ein X aufgeprägt.

«Woher hast du das?», fragte sie misstrauisch.

«Hat mir Jos gegeben. Der hat eine Quelle, wo er das Zeug günstig haben kann. Komm! Probier eine.» Manuela warf sich eine Pille ein und spülte sie mit einem Schluck Wodka Red Bull hinunter. Cony, Dani und Susa machten es ihr nach. Während die Mädchen sich zuprosteten, steckte Pia ihre Pille verstohlen in die Brusttasche ihres Jacketts, das sie über die Sessellehne gelegt hatte. Sie würde sie ihrem Vater geben, damit er sie im Polizeilabor analysieren konnte. Sie mochte dieses Zeug nicht. Es war ihr unheimlich. Für ihre vier Freundinnen hoffte sie, dass der Stoff wirklich in Ordnung war. Pia hatte grundsätzlich nichts gegen ein wenig Gras in guter Gesellschaft. Im Gegenteil, sie schätzte zwischendurch einen guten Joint. Mehr brauchte sie nicht.

Mittlerweile war die Stimmung förmlich am Brodeln. Pia schaute hinunter auf die Tanzfläche, wo kein Quadratzentimeter freier Boden mehr zu erkennen war. Sie musste zugeben, dass der Technobeat der DJane richtig gut abging. Auf der kleinen Empore neben der Bühne stand Roca mit Kopfhörern und drehte mit einer Hand ihre Vinylplatten, während sie mit der anderen die Mixer auf einem grossen Touchscreen betätigte. Pia kannte sie von früheren Konzerten und Partys. Obwohl die DJane mittlerweile auf die vierzig zuging und damit zu den älteren Semestern der Szene gehörte, hatte sie immer noch die Figur einer Zwanzigjährigen und zeigte sie auch. Einschlägige Medien hielten das hartnäckige Gerücht aufrecht, dass sie das eigene Geschlecht den Männern vorzog. Brancheninsider behaupteten hingegen, dass die DJane ihre Liebesspiele mit Frauen gerne auch mit dem einen oder anderen gut gebauten jungen Mann garnierte. Auf jeden Fall hat sie einen coolen Groove, dachte Pia, während ihr Blick weiterwanderte.

Etwas unterhalb der DJ-Empore fiel ihr eine andere exotische Erscheinung auf, die alleine an einem Bartischchen stand und das Geschehen im Club eher beobachtete, als sich daran zu beteiligen. Mit ihren flammend roten Haaren, die sie zu einem einfachen Pferdeschwanz zusammengebunden hatte, der ihr bis unter ihr Schulterblatt reichte, war auch sie eine Frau der Kontraste. Sie trug ein hautenges schwarzes Hosenkostüm, eine Art Overall, der ihren Körper vollständig bedeckte und doch beinahe alles offenbarte. Pia konnte nicht anders, als sie anzustarren. Der bleiche Teint ihres Gesichts mit den hohen Wangenknochen, im Kontrast zu den roten Haaren und dem schwarzen Kostüm, verliehen ihr eine feengleiche Aura.

Sie war nicht die Einzige, die sich von der Erscheinung faszinieren liess. Die DJane stieg von ihrer Empore hinab, ging zur Rothaarigen hin und flüsterte ihr etwas ins Ohr. Die Angesprochene warf lachend den Kopf zurück, und sie fingen an zu tanzen. Dabei kamen sich die beiden Frauen immer näher. Die Gerüchte über die sexuellen Vorlieben der DJane waren wohl nicht ganz unbegründet, dachte Pia, während sie die Szene etwas peinlich berührt beobachtete.

Ein lautstarker Streit und ein weiblicher Aufschrei schräg gegenüber ihrem Platz rissen sie aus ihren Gedanken. Sie sah in die Richtung, aus der der Lärm kam. Es war die Zweiercouch, wo sie vorhin Ayse mit ihrem unbekannten Lover beobachtet hatte.

«Shit!», entfuhr es ihr.

Kemal Özdal, sekundiert von zweien seiner Kumpane, stand breitbeinig mit geballten Fäusten über Ayse, die erschrocken zu ihrem Bruder hochblickte und sich die Wange rieb. Ayses unbekannter Freund hatte sich von der Couch abgerollt und sass am Boden.

«Du bist eine Schande für die ganze Familie», herrschte Kemal seine Schwester an. «Schau dich mal an, du verdammte Hure!»

«Das geht dich nichts an», schrie Ayse zurück, die sich vom ersten Schreck erholt hatte. «Ich bin volljährig. Vater und du, ihr habt mir nichts zu befehlen.»

Sie wollte aufstehen, wurde aber von ihrem Bruder zurück auf die Couch gestossen, sodass ihr Minirock hochrutschte und den Blick auf gelbe Unterwäsche freigab. Das machte Kemal nur noch wütender.

«Du verdammte Nutte! Schlampe! Du bietest dich jedem an und hast keine Ehre!» Er hob die Faust, um sie Ayse mit voller Kraft ins Gesicht zu rammen.

«Kemal! Schluss damit!» Pia ging auf die Geschwister zu und rief zu ihrer Freundin hinüber: «Manu! Hol deine Security-Gorilla-Freunde her. Das gibt gleich Mord und Totschlag hier.»

Sie ging auf Kemal los, der, überrascht von Pias Intervention, von seiner Schwester abliess.

«Was willst du hier, Zenklusen?», zischte er sie an. «Das ist eine Familienangelegenheit. Verschwinde!» Er hob die Faust wieder. Ayse war ihrem Bruder wehrlos ausgeliefert.

Mit beiden Händen stiess Pia Kemal weg und stellte sich zwischen ihn und seine Schwester. Überrascht von der Wucht des Stosses stolperte Kemal nach hinten über einen Schemel und plumpste in einen Sessel. Er hatte Mühe, wieder aufzustehen. Wahrscheinlich hatte auch er bereits einen gewissen Alkoholpegel intus.

Pia drehte sich schnell zu Ayse um und half ihr, aufzustehen und ihren Rock hinunterzuziehen.

«Verschwinde», raunte sie ihr zu. «Jetzt! Ich kümmere mich um ihn.» Ayse blickte sie erstaunt und verängstigt an. «Geh!» Pia schubste sie in Richtung Treppe. Endlich begriff Ayse und flüchtete mit ihrem Freund im Schlepptau die Stufen hinunter.

Inzwischen hatte sich Kemal wieder aufgerappelt und ging wutschnaubend und mit geballten Fäusten auf Pia los, die nicht zurückwich, sondern ihm die Stirn bot.

«Na los, du Held! Schlag mich, wenn du dich stark genug fühlst.»

Sie kamen sich so nahe, dass sich ihre Nasen fast berührten. «Was mischst du dich ein?», schnaubte er wütend.

Pia lachte ihm verächtlich ins Gesicht. «Du bist ja so stark, Kemal Özdal. Sprichst von Ehre und vögelst selber in der Weltgeschichte herum.»

«Halt deine Fresse, du dreckige Schlampe, sonst kommst du auch noch dran. Dich wollte ich schon lange mal ficken.»

«Ach ja? Und du meinst, dass ich dich einfach so ranlasse? Dafür musst du erst mal können», gab Pia mit einem verächtlichen Blick auf seine Körpermitte zurück.

Kemals Gesicht verzerrte sich zu einer wütenden Fratze und verfärbte sich dunkelrot. Innerlich war Pia in Panik. Sie konnte sich gegen den viel stärkeren und wütenden Jungen physisch nicht wehren. Hoffentlich kommen diese Security-Affen bald, dachte sie verzweifelt. Unvermittelt gab Kemal ihr eine Ohrfeige, die ihr Tränen in die Augen trieb.

«Du feiges Schwein!», rief sie und spuckte ihm ins Gesicht.

Sie versuchte noch einmal, ihn mit aller Kraft von sich zu stossen, aber diesmal war er darauf gefasst und stiess mit voller Wucht zurück, sodass sie in den Sessel fiel. Er stürzte sich auf sie.

«Du verficktes Miststück, jetzt bist du dran. Ich mache dich fertig!»

Aus seinen Mundwinkeln schäumte Speichel. Er legte beide Hände um ihren Hals und drückte zu. Pia versuchte mit Kratzen und Fusstritten seinen Griff zu lockern – vergeblich. Sie hörte eine Frau kreischen. Warum hilft mir denn keiner, dachte sie. Sie sah schon Sterne, als sich Kemals Griff abrupt lockerte. Hustend machte sie sich frei und rieb sich den Hals. Verschwommen sah sie sein Gesicht vor sich. Seine Augen quollen fast aus den Höhlen, und sein Ausdruck war schmerzverzerrt. Jetzt bemerkte Pia den Arm, der sich um seinen Hals gelegt hatte und zudrückte. Sie rappelte sich hoch. Hinter Kemals Kopf erkannte sie nur schemenhaft ein blasses Gesicht, umrahmt von roten Haaren. Der junge Türke zappelte verzweifelt im eisernen Griff der Frau, die kleiner war als er.

«Lass mich los!», röchelte er verzweifelt. Mühelos zog ihn die Rothaarige zu sich herunter, sodass sie in sein Ohr sprechen konnte.

«Das soll dich lehren, wehrlose Frauen zu schlagen. Wehe, ich erwische dich noch mal dabei.» Sie sprach mit einem eigenartigen Akzent, den Pia in ihrer Benommenheit nicht einordnen konnte.

Blitzschnell lockerte die Rothaarige ihren Würgegriff und drückte mit zwei Fingern unterhalb des Unterkieferknochens kurz, aber heftig auf Kemals Halsschlagader. Arschloch-Kemal fiel in sich zusammen wie ein hastig abgestellter, halb leerer Sack Kartoffeln und blieb reglos liegen. Die Rothaarige stand in voller Grösse vor Pia.

«Bist du in Ordnung?», fragte sie.

Pia fiel das Sprechen immer noch schwer: «J… ja», sagte sie heiser.

«Gut. Pass auf dich auf, Mädchen, du hast Mut.»

Die Rothaarige machte kehrt, eilte Richtung Treppe und war binnen Sekunden verschwunden.

«Danke», wollte Pia ihr nachrufen, aber sie hatte immer noch nicht ganz die Herrschaft über ihre Stimmbänder.

Manuela stürzte mit einem der Security-Männer auf sie zu. «Pia!», rief sie, «bist du in Ordnung?»

Sie nahm ihre Freundin in den Arm und drückte sie zurück auf die Couch. Langsam fiel Pia das Sprechen leichter.

«Ich bin okay. Warum habt ihr so lange gebraucht? Der Idiot hätte mich fast umgebracht. Wenn die Rothaarige nicht gewesen wäre …»

«Rothaarige? Welche Rothaarige?» Manuela blickte sich um.

«Ist schon weg», sagte Pia nur. «Stell dir vor, die hat Kemal ausgeknockt. Einfach so, mit zwei Fingern am Hals.» Sie demonstrierte den Handgriff an sich selber und stellte dabei fest, dass die Stellen, wo Kemal zugedrückt hatte, empfindlich schmerzten. Das würde blaue Flecken geben, von denen sie nicht wusste, wie sie sie ihrem Vater erklären sollte.

«Ich hoffe, ich treffe die mal wieder. Die muss mir das beibringen.» Sie blickte sich um. «Wo ist das Arschloch? Wie geht es ihm?» Sie sah, wie der Gorilla den Türken mühelos aufgehoben und über die Schultern geworfen hatte. Er ging auf die Treppe zu. Kemals Kumpane hatten sich aus dem Staub gemacht. «He, wo bringen sie ihn hin?», rief sie. «Der muss zum Arzt, und wir müssen die Polizei …»

«Keine Polizei!», herrschte der Gorilla zurück. «Nur Arzt!»

«Aber …»

«Lass, Pia.» Manuela legte ihr die Hand auf den Arm. «Die kümmern sich schon um ihn. – Willst du was trinken?»

«Ja, aber was Starkes.»

Der Zwischenfall hatte alle ernüchtert. Manuela schnappte von einem Kellner, der Gratisdrinks verteilte, einen Wodka Orange vom Tablett. Sie reichte das Glas Pia, die es in zwei Zügen halb leer trank und eine schmerzhafte Grimasse machte, als der Alkohol durch ihren lädierten Hals floss.

«Mann, ich habe gedacht, dass mein letztes Stündlein geschlagen hat», sagte sie und merkte, wie ihre Hände zitterten. «Wenn diese Frau nicht gewesen wäre …»

«Du hast uns einen ganz schönen Schrecken eingejagt», sagte Susa vorwurfsvoll. «Du spinnst ja, einfach so auf den Idioten loszugehen.»

«Was hätte ich denn tun sollen?», gab Pia zurück. «Zusehen, wie er Ayse halb tot schlägt?» Sie seufzte. «Ich hoffe nur, sie kann heute Nacht woanders übernachten.» Sie stand auf. «Leute, für heute habe ich genug. Ich gehe nach Hause. Manu, kommst du?»

Ihre Freundin druckste. Pia verstand und zuckte grinsend die Achseln. «Stimmt, du hast ja dein Date. Kein Problem, komm halt nach.»

«Meinst du, dass ich trotzdem bei dir …»

«Auf jeden Fall», sagte Pia bestimmt. Ihr kam ein Gedanke. «Mist, ich habe nur einen Schlüssel! – Hör mal, wir machen es so: Kurz bevor du bei mir ankommst, rufst du mich auf dem Handy an, und ich öffne dir.»

«Aber dann schläfst du vielleicht schon. Ich gehe doch lieber nach Hause …»

«Blödsinn, du fährst auf keinen Fall mehr raus nach Etziken. Klar?»

«Okay», sagte Manuela. Sie gab ihrer Freundin einen Kuss auf die Wange. Pia verabschiedete sich.

«Also Mädels, ich wünsch euch noch was! Benehmt euch.»

***

Bürkis Hände zitterten. Sie spürte, wie sich die Kälte in ihrem Bauch und ihrem Herzen ausbreitete. Gleichzeitig fühlte sie eine fiebrige Hitze in ihrem Kopf. Beides kondensierte auf ihrer Haut zu kaltem Angstschweiss. Sie lehnte sich in ihrem Stuhl zurück und schloss die Augen. Ihr Herz jagte das Blut in rasendem Puls durch ihren Körper, und ihr Atem ging stockend. Ein wachsender eiskalter Klumpen in ihrem Magen drohte ihr die Luft abzuschnüren.

Sie konnte sich nicht erinnern, wann sie zuletzt nackte, kalte Angst verspürt hatte. Sie, die sonst in jeder noch so brenzligen Situation kühl und abwägend blieb. Sogar die Scheidung von Yannick, Manuelas Vater, die damals in einen heftigen Rosenkrieg ausgeartet war, hatte sie nie so an ihre Grenzen gebracht. Aber hier und jetzt, alleine zu Hause, wurde ihr bewusst, dass sie zu lange in den Abgrund geblickt hatte, und jetzt blickte der Abgrund in sie hinein. Zu lange hatte sie sich eingebildet, sie würde damit durchkommen. Sie hatte diese Leute hingehalten und das Geld genommen, während sie insgeheim ihre eigenen Ziele weiterverfolgte. Sie wollte ja nur helfen, Leben retten. Das Mädchen, Nayla. Sie war fast so alt wie Manu und wäre gestorben, wenn sie einfach tatenlos zugesehen hätte. Darum hatte sie die Operation durchgeführt. Sie konnte das immense Leid der Eltern nicht mit ansehen. Sie hatte es mit der Gewissheit getan, es den Männern von der Organisation irgendwie erklären zu können.

Das Gespräch von vorhin am Telefon hatte diese Illusion zerstört. Diese Leute liessen weder mit sich spielen noch mit sich verhandeln. Eigeninitiative war nicht gefragt. Nötigenfalls hätte sie das Geld zurückgegeben. Als sie das erwähnte, hatte der Mann am Telefon nur gelacht. Es ging nicht um Geld. Es ging um mehr, um Respekt und Loyalität. Es ging auch um Ehre, um Vertrauen und um Treue, so paradox es für Aussenstehende tönen mochte. Diese Werte waren mit Geld nicht aufzuwiegen. Mit der Bezahlung hatte der Klient der Organisation das Vertrauen erwiesen, und diese stand mit ihrer Treue und ihrer Ehre in seiner Schuld. Bürki hatte das Ausmass dieser Verkettungen unterschätzt. Sie hatte das uralte orientalische Wertmuster, das sich dahinter verbarg, nicht verstanden. Es widersprach ihrem rationalen Geist.

Der Ersatztermin für die Operation war für den nächsten Tag angesetzt. Von ihr wurde erwartet, dass sie rechtzeitig mit einem Organ zur Stelle war. Ihr Gesprächspartner hatte ihr unmissverständlich klargemacht, was geschehen würde, wenn sie nicht lieferte.

Ihr Magen krampfte sich zusammen, wenn sie daran dachte. Sie schlug beide Arme um ihren Leib und krümmte sich. Sie spürte, wie eine heisse, bittere Flüssigkeit in ihrem Magen aufstieg. Mit einem erstickten Laut sprang sie auf, stürzte in die Wohnküche und übergab sich in das Spülbecken. Sie würgte und spuckte, bis kein Tropfen Gallensaft mehr aus ihr herauskam. Dann liess sie lange eiskaltes Wasser in ihren Mund laufen, bevor sie langsam zu Boden sank. Sie vergrub ihren Kopf in ihre Hände und schluchzte ihre unbändige Angst heraus. Zum Glück war Manu ausgegangen und übernachtete bei Pia.

Manu! Wie ein greller Blitz schoss ihr der Gedanke durch den Kopf. Sie würden ihrer Tochter etwas antun, wenn sie sich nicht an die Abmachung hielt. Was? Sie töten? Sie entführen und als Pfand behalten, bis sie ihre Forderung erfüllte? Sie schrie dumpf auf, als sie sich ausmalte, wie Männer über ihre Tochter herfielen, sie misshandelten oder vielleicht sogar vergewaltigten, nur weil ihre Mutter versagt hatte. Manu! Sie war unschuldig. Bürki konnte nicht einfach hier sitzen und das zulassen. Sie musste etwas tun. Mit grosser Kraftanstrengung richtete sie sich auf, öffnete noch einmal den Kaltwasserhahn und kühlte ihr Gesicht. Sie griff zu ihrem Handy und wählte Manuelas Nummer.

***

Die junge Frau stolperte. Wie ein glühender Eisenstab fuhr der Schmerz durch ihren Knöchel. Obwohl sie kein Geräusch machen wollte, entfuhr ihr ein halb unterdrückter Schmerzensschrei. Sie hielt den Atem an und kauerte lauschend auf dem nasskalten Waldboden. Die Nacht war voller Laute. Er musste irgendwo hinter ihr sein. Das leise Rascheln der Blätter, der Ruf eines Nachtvogels oder das Bellen eines Fuchses bedeutete Leben. Das Knacken eines Astes oder gedämpfte Schritte konnten ihr Verderben bedeuten.

Die nackte Angst und der Schrecken, denen sie vorerst mit knapper Not entronnen war, lähmten sie. Sie lauschte wieder. Nichts! Sie musste weg hier. Möglichst viel Distanz zwischen ihr und dem Mann schaffen, in dessen Auto sie vor dem Club gestiegen war und aus dem sie sich vorhin nur mit viel Glück befreien konnte. Unendlich langsam, um sich im Notfall wieder ducken und im Schatten verbergen zu können, stützte sie sich mit den Händen auf. Sie ging auf die Knie und versuchte, auf die Füsse zu kommen. Diesmal war sie vorbereitet und konnte den Schrei unterdrücken. Aber sie konnte nicht verhindern, dass die Wucht des Schmerzes sie geräuschvoll auf den waldigen Boden zurücktaumeln liess. Die Angst lähmte sie vollends. Tränen der stummen Verzweiflung flossen über ihre mascaraverschmierten Wangen. «Bitte, bitte, Gott!», flehte sie tonlos in die Nacht. «Warum ich? Lass mich nicht sterben. Nicht so. Nicht hier.»

Wieder lauschte sie in die Stille. Dort. Hinter dem Baum. Hatte sich nicht etwas bewegt? Sie konnte weder laufen noch gehen. Sie konnte nur noch kauern und hoffen. Langsam, unendlich langsam kroch sie zurück in das Unterholz. Sie wollte leben. Sie würde leben.

Sie verharrte einige Minuten in der Stille. Ihr Atem wurde ruhiger, und der Herzschlag verlangsamte sich. Hoffnung begann in ihr zu keimen. Hatte er aufgegeben? Vielleicht war er weitergefahren, und sie würde leben. Jede Minute, die ohne verräterisches Geräusch aus der Dunkelheit verstrich, liess ihre Hoffnung zu Gewissheit werden. Wie ein Verdurstender in der Wüste, der die Oase in der Ferne sehen konnte, klammerte sie sich an ihren verzweifelten Überlebenswillen. Sie wollte sich nicht von der Stelle rühren. Für sie gab es keinen sichereren Ort auf dieser Welt. Ein beinahe euphorisches Gefühl überkam sie. Leben, sie würde leben. Tränen der Erleichterung lösten sich von ihren Wimpern. Ihre Euphorie war fast wie der Pillenrausch, dem sie sich noch vor ein paar Stunden hingegeben hatte.

Zwischen dem unvermittelten Klingeln ihres Handys und dem Moment, als ein Arm von hinten ihren Hals umklammerte, vergingen nur einige Sekunden. Es war eine Gnade, dass sie keine Zeit hatte zu realisieren, dass die letzte Phase ihres Todeskampfes begonnen hatte. Die Panik kam, als er ihr die Plastikschlinge um den Hals legte und zuzog. Das Letzte, was sie fühlte, war sein heisser, saurer Atem.

NEUN

Der Schmerz befand sich oben, genau in der Mitte ihres Scheitels. Es war ein Gefühl, als ob man mit einem Hammer einen Nagel durch ihre Schädeldecke ins Gehirn treiben wollte. Im Halbschlaf glaubte Pia, das Hämmern zu hören. Jeden einzelnen verfluchten Schlag – bumm, bumm, bumm. Wie Donner auf Blitz folgte der Schmerz den Schlägen auf dem Fuss.

Langsam öffnete sie die Augen. Die Vorhänge in ihrem Zimmer waren nicht gezogen, und das Sonnenlicht traf sie direkt und ungefiltert. Feuerkugeln explodierten in ihrem Schädel, sodass sich ihre Lider gleich wieder schlossen. Sie stöhnte auf und spürte den heftigen kratzenden Schmerz in ihrem Hals. Die Erinnerung an letzte Nacht liess ihren Magen rebellieren. Kaum war sie in der Nacht zu Hause und in ihrem Zimmer angekommen, hatte sie sich Kleid und Strümpfe abgestreift und war in Unterwäsche und T-Shirt in ihr Bett gecrasht.

Sie drehte sich vom Licht weg auf die andere Seite. Nur nicht ins Bett oder auf den Boden kotzen. Das Hämmern in ihrem Kopf und in ihren Ohren wurde stärker und trieb ihr Tränen in die Augen. Sie versuchte aufzustehen, vorsichtig, ohne hastige Bewegungen. Auf unsicheren Füssen wankte sie ins Bad und erreichte es gerade noch rechtzeitig. Kaum hatte sie den Kopf über der Toilettenschüssel, schoss der Strahl aus ihrem Rachen. Sie umfasste die Schüssel und würgte, bis sie sicher war, dass nichts mehr kam. Als nur noch ein bitter-säuerlicher Geschmack in ihrem Mund zurückblieb, richtete sie sich auf und taumelte zum Waschbecken. Ihr Blick fiel auf die Tür zum Schlafzimmer ihres Vaters, mit dem sie das Bad teilte. Wenn er jetzt hereinkäme … Sie legte ein Ohr an die Tür und lauschte. Nichts. Leise drehte sie den Schlüssel. Sie hatte kein Interesse, von ihm überrascht zu werden. Dann schleppte sie sich zurück zum Waschbecken und schaute in den Spiegel. Das Wesen, das sie ansah, konnte nicht sie sein. Grünschwarze Ringe unter geröteten Augen waren die einzigen Farben in ihrem ansonsten käsigen Gesicht. Sie hob den Kopf und prüfte ihren Hals. An den Stellen, wo Kemal zugedrückt hatte, waren blau-gelb-schwarze Flecken, die sich von ihrem Kehlkopf gegen den Nacken hin abzeichneten.

«Vielen Dank, du Arsch!», fluchte sie laut in den Spiegel.

Ziemlich ratlos prüfte sie das Ausmass des Schadens und überlegte fieberhaft, wie sie die Flecken und Striemen ihrem Vater erklären sollte. Wären die Abdrücke nur rot gewesen, hätte sie sie eventuell zu Knutschflecken hinbiegen können. Die zu erklären wäre auch kein Kinderspiel, aber immer noch besser, als ihrem Polizistenvater zu gestehen, dass jemand sie gestern beinahe umgebracht hatte, nur weil sie sich ihm einfach mal so in den Weg gestellt hatte. Er würde sie für einige Zeit an die kurze Leine legen wollen, und Pia hasste diese Auseinandersetzungen.

Nachdem sie ausgiebig geduscht und sich den Partyschweiss gründlich abgewaschen hatte, versuchte sie mit Hilfe ihrer Schminkutensilien die Spuren der vergangenen Nacht bestmöglich zu kaschieren. Als sie fertig war, unterzog sie das Resultat einer kritischen Prüfung. Sie war zufrieden, als sie sah, dass ihr altes Selbst in beinahe gewohnter Frische aus dem Spiegel zurücklächelte. Nur die Striemen am Hals liessen sich nicht vollständig überdecken.

Rasch kleidete sie sich an. Die üblichen Schulklamotten: enge Jeans, T-Shirt und einen leichten Pullover mit V-Ausschnitt, den sie sich von ihrer Mutter ohne ihr Wissen geliehen hatte. Schliesslich kramte sie einen leichten Seidenschal in Frühlingsfarben aus ihrer Kommode, der zu ihrem Outfit passte. Sie wickelte ihn um den Hals und überlegte, wie sie das Teil erklären sollte, das sie sonst nur bei kälteren Temperaturen oder starkem Wind trug. Sie würde erzählen, dass sie mit Manu … – Verdammt, Manu! Wo war die eigentlich? Pia war dermassen ausgeknockt gewesen, dass sie ihre Freundin komplett vergessen hatte. Sie checkte das Display ihres Handys, das auf der Nachttischkommode lag. – Keine Nachricht. Vielleicht hatte Manu sich doch nicht mehr getraut, zu ihr zu kommen, und war nach Etziken gefahren. Oder hatte sie mit dem Typen, diesem Jos …? Pia wählte Manus Nummer und wartete. Sie atmete auf, als sie Manus fröhliche Stimme hörte. «Hallo, hallo! Hier ist die Manu.» Sie wollte sich schon melden, als sie hörte: «Ha, ha, ha, reingefallen! Kann gerade nicht reden! Aber wenn du etwas aufs Band sprichst, melde ich mich megaschnell zurück.»

Enttäuscht wollte Pia auflegen. Als der Signalton der Mailbox ertönte, meldete sie sich trotzdem: «Hoi, Manu, was machst du? Wo bist du? Keine saftigen Details bitte, aber melde dich so rasch wie möglich.»

Sie hängte ein und betrachtete sich noch einmal prüfend im Spiegel. Im Vergleich zu vor zwanzig Minuten fand sie sich einigermassen präsentabel. Die blassen Wangen röteten sich nach ein paar Klapsen mit den Handflächen. Jetzt war sie bereit.

Dornach stand mit einer Tasse Kaffee an der Küchentheke und las die Zeitung. Beim Hereinkommen trällerte sie so heiter wie möglich ein «Guete Morgä».

«Du bist schon auf?», fragte Dornach verwundert. «Bist du aus dem Bett gefallen, oder hab ich dich …»

Pia winkte ab. «Nein, nein, du hast mich nicht geweckt. Ich war einfach früher zu Hause als geplant.»

«Ach ja? Hat's euch nicht gefallen?»

Pia zuckte die Achseln. «Ging so! Mit der Zeit wurde es ätzend. Na ja, und ein paar Leute haben genervt. Da hab ich mich verzogen.»

«Kluges Kind.»

Sie nahm ihren Fruchtsaft aus dem Kühlschrank.

«Und Manu? Schläft sie noch?»

«Weiss nicht. Sie ist nicht da. Wir kamen nicht zusammen zurück», sagte sie leichthin.

Seine Augenbrauen zogen sich zusammen. Seine Tochter schien ihm etwas wortkarg. «Hattet ihr Zoff?»

«Nein! Sie hat sich total amüsiert und wollte einfach nicht so früh weg. Dann bin ich halt alleine gegangen. – Alles gut», fügte sie beschwichtigend hinzu, als sie merkte, dass seine Augenbrauen sich noch enger zusammenzogen. «Keine Sorge, wir hatten keinen Stress. Ich ging einfach, und Manu war cool damit.»

«Und sie ging alleine heim nach Etziken, um drei Uhr in der Früh?»

Der Unterton in seiner Stimme gefiel ihr nicht. Sie verschränkte die Arme und blickte ihrem Vater trotzig in die Augen. «Ja, wahrscheinlich. Ich denke schon. Sie ist alt genug … und sie hatte Geld für ein Taxi.» Mindestens hoffte sie das inständig. Und auch, dass sich ihre Freundin in diesem Jos nicht getäuscht hatte, falls sie ihn oder er sie abgeschleppt hatte.

«Hast du schon versucht, sie am Handy zu erreichen?»

Nun platzte ihr der Kragen. «Ja, stell dir vor, daran habe ich auch schon gedacht.»

Dornach liess sich von der gereizten Antwort nicht beeindrucken. Er war Schlimmeres gewohnt. Das nervte sie noch mehr.

«Und …?»

«Was, und?»

«Hast du sie erreicht?»

«Nein, ich habe ihr auf die Combox gesprochen. Ich versuche es nachher noch mal, okay?»

«Willst du Kaffee?»

Sie hielt ihm ihre Tasse hin. Dornach fand, dass es klug wäre, das Gespräch in unverfänglichere Bahnen zu lenken. «Wozu der Schal? Ist dir kalt?»

Unvermittelt griff sich Pia an den Hals. «Äh, nein, nein … Nur etwas Halsweh … und ich wollte mit dem Roller zur Schule, weil ich nachher noch in die Stadt … ähm … ich meine, mit Manu in die Stadt will … also wenn ich sie endlich mal erreiche.»

«Schön.» Er gab sich mit der Antwort zufrieden, was sie einigermassen erleichterte.

Sein Handy klingelte. Karin war mit Christian in der Kantonsschule, um Kemal Özdal zu befragen, aber sie hatten ihn nicht angetroffen. Er schaltete sie auf Lautsprecher, damit Pia mithören konnte.

«Hat Kemal Özdal denn heute Morgen Unterricht?», erkundigte sich Dornach.

«Ja, Sport. Dort ist er nicht erschienen. Ich habe mit dem Sportlehrer gesprochen. Kemal hat sich nicht entschuldigt. Zu Hause ist er auch nicht.»

Ihm war, als ob Pia bei der Erwähnung des Namens Kemal kurz zusammenzuckte.

«Vielleicht fehlt er wegen der Schlägerei gestern», fuhr Karin fort.

«Was für eine Schlägerei?»

«Christian hat mir davon erzählt», berichtete Karin. «Kurz nach Mitternacht kam es im neuen ‹Extasy-Club› im Gewerbegebiet Obach zu einem Handgemenge. Ein junger Mann hat angeblich zuerst eine junge Frau geschlagen und dann eine zweite angegriffen. Zum Glück ging eine dritte Frau dazwischen und setzte den Kerl ausser Gefecht. Die Beschreibung des jungen Mannes könnte auf Kemal passen.»

Dornach blickte scharf zu Pia, der es zusehends unbehaglicher zumute war. Sie stand auf und bedeutete ihm, dass sie sich auf den Weg machen wollte. Dornach schnippte mit dem Finger nach ihr.

«Einen Augenblick, junge Dame!» Er bedeutete ihr, sich wieder hinzusetzen.

«Hallo, was meinst du, Dominik?» Karin klang verwirrt.

«Entschuldige, Karin, ich habe mit Pia geredet. Wer hat die Alarmzentrale angerufen? War es eine der Frauen?»

«Nein, ein unbeteiligter Gast. Offenbar wollte niemand vom Management die Polizei rufen.»

«Gibt es Personenbeschreibungen?»

Pia schluckte leer, als sie die Frage hörte.

«Wir haben nur zwei. Einmal die des jungen Mannes, und sie passt auf Kemal Özdal.» Karin machte eine Pause, während Pia versuchte, dem prüfenden Blick ihres Vaters auszuweichen. «Die zweite ist eine der beiden jungen Frauen, die angegriffen wurde. Diejenige, die er laut Zeugenaussagen fast erwürgt hätte.»

Dornachs graue Augen fixierten Pias Hals. Sie versuchte es wieder mit der trotzigen Miene, aber es wollte ihr nicht gelingen. Mit einem Nicken in ihre Richtung und zwei Drehungen mit dem Zeigefinger wies er sie an, das Halstuch zu lösen. Sie unternahm erneut einen Fluchtversuch, aber der Blick ihres Vaters und sein erhobener Finger schweissten sie an ihrem Stuhl fest. Widerwillig löste sie den Schal und versuchte noch mit den Händen, die verräterischen Flecken notdürftig zu verdecken.

«Wie ist die Beschreibung der Frau?», erkundigte er sich bei Karin.

«Ziemlich gross, etwa eins achtzig, kurze dunkle Haare, sehr schlank, attraktiv. Sie trug ein dunkelrotes Minikleid, und …» Karins Stimme stockte, bevor sie weiterfuhr. «Du, Dominik, das könnte ja P–»

«Alles klar, Karin. Danke euch. Ihr könnt in der Kanti nichts mehr machen. Gib eine Fahndung nach Kemal Özdal raus. Dann geht ihr zurück in die Schanzmühle. Wir sehen uns beim Rapport.»

Dornach beendete das Gespräch und ging langsam um den Esstisch herum. Er beugte sich über Pia und stemmte beide Arme auf die Tischplatte. Dann ging er vor ihr in die Hocke und inspizierte ihren Hals.

«Was?», fragte sie genervt.

«Also», sagte er ruhig, aber mit einer Bestimmtheit, die keinen Widerspruch duldete. «Schiess mal los.»

***

Dornach war in Gedanken noch beim Streit mit Pia, als er auf den Hof des Polizeigebäudes fuhr. Nachdem sie ihm die Ereignisse der letzten Nacht geschildert hatte, war er ausser sich gewesen und hatte ihr heftige Vorwürfe gemacht. Pia hatte ihn daraufhin gefragt, was sie denn seiner Meinung nach hätte tun sollen. Ihre Augen hatten ihn angeblitzt – er wäre doch derjenige, der ihr immer sage, man müsse für diejenigen einstehen, die sich nicht wehren können. Und sie habe nichts anderes getan. Also? Er solle ihr auf der Stelle sagen, was sie hätte tun sollen. Sich abwenden? Wegschauen, wenn eine wehrlose Frau zusammengeschlagen wird?

Innerlich konnte er sie natürlich verstehen. Sie hatte genauso gehandelt, wie er es von ihr erwartet hatte. Er war nicht wütend auf sie. Nicht mehr. Aber er machte sich Sorgen. Das kleine Mädchen hatte sich zu einer selbstbewussten jungen Frau gemausert. Sie verfügte über eine grosse innere Kraft mit einem feinen Sensorium für Recht und Unrecht. Was ihr dabei im Weg stand, war ihr kompromissloses Temperament, das sie zu Aktionen verleitete, deren Gefahren und Konsequenzen sie noch nicht richtig einzuschätzen vermochte. Sie musste lernen, sich zu schützen. Dafür hatte er auch schon eine Idee. Aber der Zeitpunkt war gerade nicht günstig. Er musste warten, bis Maja wieder auf dem Damm war.

Als er das Polizeigebäude betrat, bedeutete ihm Jeanine, die Empfangsbeamtin, dass er einen Besucher hatte.

Er sah sich um. Im Empfangsbereich war niemand zu sehen. Jeanine nickte mit dem Kopf zur abgeschirmten Wartezone.

Dornach wollte nachsehen, als eine Frau heraustrat. Sie war mittelgross, sicher einen Kopf kleiner als er. Das dunkelbraune Haar hatte sie zu einem strengen Knoten zusammengebunden. Ihr Blick musterte ihn offen und intensiv. Die Augen fesselten ihn. Das intensive Blau verlieh ihrem Ausdruck etwas Strahlendes und gleichzeitig etwas Unergründliches. Der silbergraue Hosenanzug unter dem leichten hellen Trenchcoat liess einen schlanken, jedoch kräftigen und gut trainierten Körper vermuten.

«Herr Dr. Dornach?»

Ausser bei formellen Anlässen oder wenn er an der Berner Uni eine Gastvorlesung hatte, was nur noch selten vorkam, wurde Dornach nie mit seinem akademischen Titel als Jurist angesprochen. Er stand auch nicht auf seiner Visitenkarte.

«Ja, ich bin Dominik Dornach.»

Die Frau lächelte und schüttelte kurz und kräftig seine Hand.

«Das freut mich sehr. Ich bin Jana Cranach.»

Er schaute verdutzt drein. Ihr Lächeln wurde breiter. «Major Jana Cranach! Österreichisches Bundeskriminalamt. Entschuldigen S', hat man mich nicht angekündigt? Man sagte mir, ich soll nach Ihnen fragen.»

Dornach wurde bewusst, dass er sie anstarrte. Jetzt konnte er ihren sanften wienerischen Akzent heraushören.

«Sie sind …? Major Cranach! Ja … doch, doch, selbstverständlich. Entschuldigen Sie, Major, man hat mir nicht mitgeteilt … ich wusste nicht, dass …»

«… ich eine Frau Major bin?» Ihr Lachen war ansteckend.

«Offensichtlich habe ich da etwas verpasst», entgegnete er betreten. «Es tut mir leid. Man hat mir Ihre Unterlagen gegeben. Aber seit gestern war viel los bei uns, und ich …»

Sie winkte ab. «Gehen S', wissen S', das ist nicht das erste Mal, dass mir das passiert: Den Leuten wird ein Major von Cobra angekündigt. Alle erwarten jemanden vom Kaliber Rambo oder Terminator und was bekommen s'?» Sie zeigte schmunzelnd auf sich. «Mich.»

Beide lachten. Sie streckte ihm noch mal die Hand hin.

«Machen wir es einfach: Lassen S' den Major weg, dann bin ich einfach die Jana.»

«Na gut, dann sparst du dir den Doktor, und ich heisse Dominik.» Er nahm ihre Hand.

«Das geht sich aus.»

«Warten Sie ... Entschuldigung ... wartest du schon lange hier?»

«Ich bin vor etwa einer halben Stunde mit dem Zug aus Genf angekommen. Ich habe dort übernachtet, nachdem ich spät von Sevilla herg'flogen bin. Ich war dort an einer Europol-Konferenz.»

Als sie zum Lift gingen, sah sich Dornach suchend um. «Wo ist dein Gepäck?»

«Ach, den Reisekoffer konnte ich bei eurer freundlichen Empfangsdame unterstellen. Und mein Ausrüstungskoffer sollte ja schon hier sein.» Sie winkte zu Jeanine hinüber, die die Geste erwiderte.

«Hat man dich schon über das Arrangement für deine Unterkunft informiert?», fragte er, als sie auf den Lift warteten.

Sie verneinte, und Dornach erklärte ihr, dass sie während ihres Aufenthalts bei ihm und seiner Tochter einquartiert sei, was sie sehr zu erfreuen schien.

«Na dann! Vielen Dank, Dominik. Ich nehme die Einladung sehr gerne an und freu mich schon, deine reizende Tochter kennenzulernen. – So, jetzt würd ich gerne wissen, wos ihr so steht. Und ...», sie drückte seinen Arm, «denkst du, dass ich bei euch einen g'scheiten Kaffee bekommen könnt? Im Zug war er nicht so besonders.»

Dornach grinste. «Nichts leichter als das.»

***

Frustriert drückte Pia auf die Aus-Taste ihres Handys. Sie hatte mindestens schon dreimal versucht, Manuela zu erreichen, ihr blieb noch eine Stunde bis zum Unterrichtsbeginn, und sie hätte gerne vorher mit ihr geredet. Später musste sie in der Schanzmühle erscheinen, um ihre Aussage für die Anzeige zu machen.

Sie kramte in ihrer Freitag-Tasche. Wo war denn das verflixte Notizbuch? Hoffentlich hatte sie es nicht in einem ihrer seltenen Aufräumanfälle weggeworfen. Vor der Ära Smartphone trug Pia stets ein Büchlein mit allen wichtigen Telefonnummern bei sich, darunter der private Festnetzanschluss der Familie Bürki in Etziken. Als sie sich das neue Handy anschaffte, hatte sie es versäumt, diese Nummer im digitalen Telefonbuch aufzunehmen. Sie versuchte noch mal, Manus Handy anzurufen, und wieder antwortete nur diese Combox-Stimme, die sie langsam nervte. Vielleicht hatte Manu ihr Telefon abgestellt und vergessen, es wieder anzumachen. Oder der Akku war leer. Oder sie hatte es verloren. Oder weiss der Teufel.

Sie grub in den Tiefen ihrer Tasche und bekam einen schmalen Gegenstand zu fassen. Mit einem Seufzer der Erleichterung zog sie ihn ans Tageslicht. Mist! Das war der Taschenkalender vom letzten Jahr. Warum hatte sie den nicht schon lange entsorgt? Es blieb ihr nichts anderes übrig, als gröberes Geschütz aufzufahren. Sie rutschte etwas zur Seite, zog ihre Jacke aus und breitete sie neben sich auf der Bank aus. Sie nahm die Tasche und stellte sie über der Jacke auf den Kopf.

Verblüfft starrte sie auf die Ansammlung von Utensilien, die sich vor ihr ausbreitete. Sie hatte sich die Tasche erst vor drei Monaten zugelegt. Wie konnte sich in so kurzer Zeit bereits derart viel Plunder ansammeln? Eine leere Tamponschachtel, zwei Haarbürsten – zwei? – und vier Lippenstifte – kein Kommentar. Über die Herkunft der zwei Packungen Kondome, eine angebrochen, die andere ungeöffnet, musste sie nicht lange nachdenken. Wahrscheinlich hatte Manu sie bei ihr zwischengelagert und dann vergessen. Ein Schal! Sah teuer aus. Goldgelb war normalerweise nicht ihre Farbe. Neben der Produktetikette war eine kleinere angenäht: «L.Z.» – Laure Zenklusen. Das Teil gehörte ihrer Mutter. Das passte zu ihr, alles zu etikettieren. Pia biss sich auf die Lippen. Laure hatte den Schal sicher schon fieberhaft gesucht. Egal, sie hatte jetzt andere Prioritäten. Sie wollte den zerknäulten Stoff sorgfältig zusammenfalten und schüttelte ihn. Als er sich entrollte, plumpste ein Gegenstand auf die Jacke. Es war ein dünnes schwarzes Büchlein. Pia blätterte darin, und ein Seufzer der Erleichterung ging über ihre Lippen. Es war das alte Notizbuch mit den Adressen und Telefonnummern.

Die Festnetznummer der Familie Bürki war unter «M» wie Manu notiert. Hastig packte Pia ihre Utensilien zurück in die Tasche und wählte die Nummer. Die Hoffnung, dass jemand antwortete, war nicht sehr gross. Manuelas Mutter war sicher bei der Arbeit, und wenn Manu noch schlief, hörte sie das Haustelefon bestimmt nicht. Umso überraschter war sie, als nach dem dritten Rufton jemand abhob.

«Bürki!»

«Hallo, Nadja! Da ist Pia.»

«Pia? Was ist los, warum rufst du auf dem Festnetz an?»

«Ja, ich suche Manu und konnte sie auf ihrem Handy nicht erreichen.»

Pia hörte, wie Bürki auf der anderen Seite scharf die Luft einsog.

«Manu ist nicht hier. Wollte sie denn nicht bei dir übernachten?»

Daran hatte Pia nicht gedacht. Jetzt musste sie Nadja erklären, warum Manu die Nacht nicht bei ihr zu Hause verbracht hatte. Schönen Dank auch, *bitch*.

«Ja, also es ist so … Irgendwann hatten wir uns getrennt und … ähm … ich wollte früher nach Hause … und …»

«Was? Ihr seid nicht zusammen nach Hause gegangen?» Bürkis Stimme hatte einen scharfen Unterton.

«N… Nein! Das heisst, doch … also … ich meine, das hatten wir abgemacht.» Pia holte einmal tief Luft, um klar denken und sich erklären zu können. «Ich ging schon früher, weil ich genug hatte, und Manu wollte nachkommen. Aber sie ist nicht gekommen.»

«Sie ist auch nicht hier, Pia. Ich habe seit letzter Nacht mehrmals vergeblich versucht, sie zu erreichen.»

Bürkis Stimme war jetzt sorgenvoll, wenn nicht gar ängstlich. Pia dachte nach. War es möglich, dass Manu bei Jos geschlafen hatte? Sie versuchte sich zu erinnern, ob Manu ihr je seinen Nachnamen genannt oder erwähnt hatte, wo er wohnte. Sie konnte sich nicht erinnern.

«Ähm, Nadja. Ich glaube, sie hat gestern Nacht einen Freund getroffen. Es könnte sein, dass sie zu ihm gegangen ist.»

«Einen Freund? Sie hat nie einen Freund erwähnt.»

«Auch keinen, der Jos heisst oder so?»

Längeres Schweigen am anderen Ende. «Sie hat nie mit mir über ihre Jungenbekanntschaften gesprochen. Erst recht nicht jetzt, wo sie volljährig ist.»

«Wir sollten uns jetzt noch keine Sorgen machen», versuchte Pia entgegen ihrem Bauchgefühl zu beschwichtigen. «Ich versuche es weiter bei ein paar Freundinnen und halte dich auf dem Laufenden, ja?»

«Ja, bitte tu das, Pia. Ich danke dir.»

«Schon in Ordnung. Sagst du mir auch, wenn sie sich bei dir meldet? Oder besser, sie soll mich gleich anrufen.»

Sie verabschiedeten sich. Ein beklemmendes Gefühl machte sich in Pias Magengegend breit. Sie suchte das digitale Telefonbuch nach den Namen von Cony, Dani und Susa ab und fand nur Susas Nummer. Während sie ungeduldig wartete, dass die Freundin am anderen Ende antwortete, blickte sie in den Himmel, der von leichten weissen Dunstschwaden durchzogen war.

Melde dich, Manu, bitte!

***

Etwas atemlos sah sich Casagrande im Sitzungszimmer nach einem freien Platz um. Sie hasste es, spät dran zu sein. Trotzdem bereute sie es nicht. Sie hatte sich mit Ines verlustiert, bevor diese früh auf den Zug musste. In ihrem Bauch wirkten ihre Zärtlichkeiten immer noch nach. Der eigentliche Grund für ihre Verspätung aber war Hofmann, der sie kurz vorher noch zu sich gerufen hatte.

Am Kopfende des Tisches sass Dornach und redete mit einer fremden Frau. Als er sie sah, winkte er ihr zu und deutete auf den Platz neben sich, den er für sie frei gehalten hatte. Sie lächelte ihn dankbar an.

«Du bist knapp dran heute Morgen», raunte er ihr zu.

«Ja, sorry, Hofmann hat mich aufgehalten.»

«Ach so, ich dachte, dein Privatleben sei schuld.»

Als Antwort versetzte sie ihm einen leichten Rippenstoss. Er mimte eine schmerzhafte Grimasse.

«Danke auch, darf ich jetzt wenigstens erfahren, wie er heisst?»

«Sag mal! Es war wirklich Hofmann. Dann hat mich der Bundesanwalt gerettet. Das heisst vielmehr ein Anruf von ihm.»

«Und da sagen wir immer, die in Bern seien zu nichts nütze.»

Dornachs ganzes Team minus Maja war da. Yvonne Gerber sass an ihrem gewohnten Platz und unterhielt sich jetzt mit der unbekannten Frau. Urs Jäggi fehlte. Zwei Fahnder, die man dem Team als Unterstützung zugeteilt hatte, sassen bei der Türe.

Dornach stellte der Staatsanwältin Jana Cranach vor. Die beiden Frauen musterten sich. Die Österreicherin mochte auf den ersten Blick und aus Distanz zierlich wirken. Aus der Nähe spürte Casagrande eine Aura von Entschlossenheit und Kontrolle, die von der Frau ausging. Nachdem sie Casagrande einen Moment mit ihren hellen Augen fixiert hatte, reichte ihr Jana die Hand.

«Sehr angenehm, Frau … Casagrande. Entschuldigen S', ich bin mit den Gepflogenheiten in der Schweiz nicht sehr vertraut. Wie soll ich Sie ansprechen?»

«Ebenfalls sehr erfreut, Frau Cranach. Nennen Sie mich einfach Angela.»

«Danke, Angela, Jana. – Ihr seids ned kompliziert hier.»

Angela lachte.

«Das ist nur der äussere Schein, Jana. Lass dich nicht täuschen.»

Dornach eröffnete die Sitzung, und die Zwiegespräche verstummten. Zuerst brachte er die Kollegen über den Vorfall mit

Maja auf denselben Informationsstand. Dann bat er Mike, die Fakten über den Vorfall im «Ramada Hotel» zu schildern.

«Der Notruf kam von einer Hotelangestellten. Sie meldete, dass eine verletzte, bewusstlose Frau in Zimmer 307 liege. Der Telefonanschluss, von wo der Anruf kam, war in diesem Zimmer. Leider konnten wir die Anruferin bisher nicht ausfindig machen. Sie hatte ihren Namen nicht genannt und hochdeutsch gesprochen. Gemäss Aussagen des zum Zeitpunkt der Tat anwesenden Hotelpersonals wurde eine unbekannte rothaarige Frau in Hoteluniform auf der dritten Etage, wo Lötschers Zimmer liegt, und später im Keller gesehen. Aufgrund der Personenbeschreibungen gehen wir davon aus, dass es sich um dieselbe Person handelt, die am Vortag mit Walter Lötscher in der Hotellobby ein intensives Gespräch hatte. Das erhärtet nach unserem Dafürhalten den Zusammenhang zwischen dem brutalen Angriff auf Lötscher und dem, was Maja zugestossen ist.»

Er drückte auf die Fernbedienung, und das Phantombild, das aufgrund der Beschreibung von Empfangschef Dombrowski angefertigt worden war, leuchtete auf der Leinwand auf. Es zeigte ein schön geschnittenes, etwas rundes Gesicht mit grünen Augen, umrahmt von flammend roten Haaren.

«Das ist die Unbekannte, so wie sie uns ein Zeuge beschrieben hat. Wir haben sie bereits durch RIPOL und SIS laufen lassen. Bisher kein Erfolg.»

Dornach unterbrach Lüthi. «Es mag seltsam klingen, aber wäre es denkbar, dass die Rothaarige selber den Notruf getätigt hat? Wir reden von einer relativ kurzen Zeitspanne. Ich habe Maja kurz nach drei Uhr ins Hotel geschickt, um nach Lötschers Notebook zu suchen. Zu Fuss brauchte sie für die Strecke wahrscheinlich nicht mehr als zehn Minuten. Der Notruf kam bereits um fünfzehn Uhr dreiundvierzig. Es könnte eine Erklärung dafür sein, warum es uns bis jetzt nicht gelungen ist, die Anruferin zu ermitteln.»

«Möglich», sagte Lüthi, «wir haben alle weiblichen Angestellten des Hotels überprüft. Sogar jene, die gestern nicht Dienst hatten. Jede verneint kategorisch, angerufen zu haben. Fragt sich nur, weshalb unsere geheimnisvolle Rothaarige zuerst Maja überfällt und danach die Polizei alarmiert.»

«Vielleicht war es nicht ihre Absicht, Maja zu verletzen. Sie wurde von ihr überrascht und hat sich reflexartig gewehrt. Maja war vermutlich davon ausgegangen, dass das Zimmer leer war, und hat sich deshalb nicht als Polizistin zu erkennen gegeben, bevor sie es betrat. Die Rothaarige wollte mit dem Anruf sicherstellen, dass schnell Hilfe kam, weil sie sich aus naheliegenden Gründen nicht um sie kümmern konnte.»

Jana hob die Hand. «Ich hätte ein paar ergänzende Informationen zu dieser Person.» Sie zeigte auf das Phantombild. «Vor einer Woche, genauer gesagt in der Nacht vom 7. auf den 8. April, wurde in einem Zimmer des Marriott Hotels am Parkring in Wien ein Führungsmann der Organisation ‹Wolf› brutal ermordet. Die Hotelangestellten, die in dieser Nacht Dienst hatten, sagten einhellig aus, dass der Mann, der uns als Petar Beric bekannt ist, in Begleitung einer rothaarigen Frau auf sein Zimmer gegangen ist. Die Beschreibung kommt mit der Person auf dem Bild in etwa hin. Leider haben wir im Moment nicht viel mehr zu bieten. Unglücklicherweise ist die Videoüberwachung im Hotel mangelhaft. Wir vermuten, dass sie über die Kamerastandorte Bescheid wusste und sich immer so positionierte, dass man sie später nicht erkennen sollte.» Jana setzte sich wieder und fuhr fort. «Unsere Ermittlungen haben weiter ergeben, dass die beiden mit einem Taxi vom ‹Do&Co Hotel› am Stephansplatz zum ‹Marriott› gefahren sind, wo Beric unter falschem Namen residierte. Als Einzelgast.»

«Also hat er die Frau ausserhalb des Hotels getroffen und sie mit auf sein Zimmer genommen», bemerkte Dornach, «Zufallsbekanntschaft oder geplante Begegnung?»

«Wir vermuten eher Letzteres, zumindest was die Frau betrifft. Das Personal des ‹Do&Co Hotels› am Stephansplatz sagte aus, dass Beric mit einem anderen Mann dort zu Abend gegessen hatte. Die Beschreibung des anderen passt auf Darko Sekulic, die rechte Hand von Slavko Vukovic, dem Kopf der Organisation ‹Wolf›. Sekulic hat später das Lokal alleine verlassen, und Beric ist erst danach der Frau in der ‹Onyx Bar› im selben Haus begegnet.»

«Der Mord an Beric ist ein Schlag gegen die Organisation?», fragte Dornach.

«Davon können wir ausgehen», sagte Jana. «Übrigens, Petar Beric dürfte euch interessieren: Er war dreiundfünfzig Jahre alt und gehörte zur Führungsriege der Organisation ‹Wolf›, die sich bei euch ausbreiten will, nachdem wir sie bei uns, na sagen wir, a bisserl gezwickt haben.»

Jana verlieh der Aussage mit einem ironischen Lächeln Nachdruck, was ihr zusammen mit der dezenten Verwendung des österreichischen Akzents viel Sympathie einbrachte. Lüthi und Dornach wollten gleichzeitig etwas einwenden. Jana hob die Hand.

«Entschuldigts, aber dürft ich gleich noch etwas anfügen?»

Mit einer einladenden Handbewegung forderte Dornach sie auf, weiterzufahren.

«Petar Beric besass einen Schweizer Pass.»

«Was? Beric war Schweizer?» Casagrande konnte sich den spontanen Zwischenruf nicht verkneifen.

«Sagen wir Halb-Schweizer. Es scheint, dass seine Mutter Schweizerin war und der Vater bosnischer Serbe. Es kommt noch besser: Nach unseren Informationen war Beric ebenfalls ein alter Kriegskamerad von Vukovic und in der Organisation verantwortlich für die Expansion nach Westen. Mit anderen Worten, er war hier in der Schweiz stationiert. Wir vermuten, dass es beim Treffen mit Sekulic um diese Expansion ging. Ob es eines oder mehrere solcher Treffen gab, entzieht sich unserer Kenntnis.»

«Das würde erklären, warum unsere rothaarige Freundin, nennen wir sie mal Lilo», Dornach zwinkerte Karin zu, «hier ist. Sie könnte das Bindeglied zwischen dem Mord an Petar Beric in Wien und dem Anschlag auf Lötscher hier in Solothurn sein. Das spricht für eine unserer Theorien, dass Lötscher über die serbische Mafia recherchierte.»

«Was spielt Lilo für ein Spiel?», fragte Lüthi. «Sie tötet einen der Leitwölfe in Wien, und dann räumt sie einen Journalisten aus dem Weg, der über genau diese Leute Nachforschungen anstellt? Das macht doch keinen Sinn.»

«Könnte sein, dass sie die Vollstreckerin der Organisation ist. Angenommen, Beric war der Organisation lästig. Wir wissen nicht, was an diesem Treffen in Wien besprochen wurde. Vielleicht wollte er abspringen, auf eigene Rechnung agieren oder ganz einfach Informationen an Lötscher weitergeben und wurde deshalb von Lilo liquidiert. Um alle Spuren zu verwischen und der guten Ordnung halber beseitigt sie auch noch den unliebsamen Journalisten.»

«Lötscher wurde verstümmelt und nicht getötet. Glaubst du, dass Lilo das alleine getan hat?», meldete sich Tschanz.

«Wir haben keine Hinweise, ob sie alleine war oder nicht. Die Art und Weise der Verstümmelung macht Sinn. Es könnte eine Warnung der Wölfe an alle Journalisten sein, ihre Nase nicht in die Angelegenheiten der Organisation zu stecken.»

«Angenommen, Lilo ist die Liquidatorin der Organisation ‹Wolf›, wozu kontaktiert sie Lötscher, bevor sie ihn wenig später attackiert?», fragte Lüthi.

«Danke für den Steilpass, Mike. Damit komme ich zu meiner zweiten Hypothese, und die kommt der Vermutung entgegen, die ich vorhin im Zusammenhang mit Maja geäussert habe: Lilo arbeitet entweder aus eigener Motivation oder im Auftrag Dritter gegen die Wölfe. Sie räumt einen ihrer wichtigsten Exponenten, nämlich Beric, in Wien aus dem Weg. Vielleicht benutzte sie Lötscher lediglich als Informanten, um ihren nächsten Schlag vorzubereiten. Oder sie gab ihm Informationen, die der Organisation empfindlich schaden können, wenn sie veröffentlicht werden.»

«… und räumt ihn dann aus dem Weg?», fragte Google.

«In dem Fall wohl eher nicht. Der Anschlag auf Lötscher ginge auf das Konto der Organisation allein. Lilo hat damit direkt nichts zu tun.»

«Und Maja?», fragte Lüthi.

Dornach hob beide Hände. «Keine Absicht, sondern quasi ein Betriebsunfall.»

«Das ist tröstlich.» Lüthis Sarkasmus war nicht zu überhören.

«Dominik», brachte sich Casagrande ein. «Angenommen, du liegst mit deiner zweiten Hypothese richtig. Welche Motivation hätte diese Rothaarige … äh … Lilo für ihre Taten? Handelt sie allein oder im Auftrag von jemandem? Wenn ja, für wen? Die

Türken, die Albaner oder die Russen oder wen?» Sie blickte in die Runde. «Ihr wisst, was das bedeuten könnte?»

«Krieg», sagte Dornach.

«Richtig.» Casagrande warf den Kugelschreiber, den sie bisher in der Hand gehalten hatte, auf den Tisch. «Ein Bandenkrieg, hier, mitten in Solothurn.»

Im Raum herrschte eisige Stille. Keiner wagte auszusprechen, welche Auswirkungen ein blutiger Konflikt zwischen verfeindeten Verbrecherbanden mitten in einer Stadt wie Solothurn für Unbeteiligte haben konnte.

Dornach wandte sich an Jana. «Wie geht es deiner Meinung nach mit der Organisation hier in der Schweiz weiter, nachdem deren Kopf, dieser Beric, fehlt?»

«Schwer zu sagen. Eventuell gibt es eine Nummer zwei, die bereits vor Ort ist, was ich allerdings bezweifle. Ich korrigiere mich: Eine Nummer zwei, sagen wir eine Art Statthalter, gibt es wohl, aber vermutlich ohne grosse Entscheidungsgewalt.»

«Wieso das?»

«Die Organisation ‹Wolf› ist so aufgebaut, dass es in jedem Land einen Verantwortlichen gibt, einen Hilfsleitwolf sozusagen. Diese Leute sind nur Ausführende mit begrenztem Entscheidungsspielraum. Die wichtigen Entschlüsse werden nach oben delegiert, zum Wolf selber, das heisst zu Slavko Vukovic. Genau das ist seine Achillesferse, die es uns in Österreich so leicht machte, seine Organisation zu infiltrieren. Es wäre komplizierter, wenn er, wie die islamistischen Terrorgruppen, mit voneinander unabhängigen Zellen operieren würde. Vukovic funktioniert einfacher. Der Wolf hat sein Rudel fest im Griff. Petar Beric war eine Ausnahme. Er war einer von Vukovics engsten Vertrauten, ausgestattet mit umfassenden Entscheidungsvollmachten und damit gewissermassen die Nummer drei in der Organisation ‹Wolf›. Das zeigt, wie wichtig diese *Swiss Connection* für Vukovic ist.»

«Das heisst aber auch für den Moment, dass die Organisation hier faktisch führungslos ist», wandte Dornach ein.

«Richtig, oder sie wird ferngesteuert.»

«Ferngesteuert von wo?», fragte Casagrande.

«Vermutlich aus ihrem Hauptquartier heraus», erwiderte Jana.

«Ist das in Wien?»

«Nein, Slavko Vukovic hält sich weder in Österreich noch in einem anderen EU-Land auf, auch nicht in der Schweiz.» Sie reichte Mike Lüthi einen USB-Stick. Lilos Phantombild verschwand und machte einem neuen Kopf Platz. Es zeigte mit Teleobjektiv gemachte Front- und Profilaufnahmen eines dunkelhaarigen Mannes mit buschigen, zusammengewachsenen Augenbrauen, einem glatt rasierten, markanten Kinn und einer hakenförmigen Nase mit ausladenden Nasenflügeln. Der Kopf schien sehr breit, was auch an der leichten Verzerrung der Projektion liegen mochte. Der Blick aus den dunklen, beinahe schwarzen Augen war stechend. Jana fuhr fort. «Slavko Vukovic, bosnischer Serbe. Er dürfte heute fünfundsechzig Jahre alt sein.» Sie machte eine kurze Pause, bevor sie anfügte: «Der Familienname Vukovic bedeutet übrigens so viel wie ‹Sohn des Wolfs›. – Wie ich vorhin erwähnte, hält er sich zurzeit ausserhalb des Schengen-Raumes auf. Er hat ein grosses Anwesen in einem vornehmen Belgrader Stadtbezirk. Wir glauben zu wissen, dass er dort unter dem Schutz der serbischen Regierung oder zumindest von einigen ihrer Minister wohnt. Vukovic ist ein gesuchter Kriegsverbrecher. Das UN-Sondertribunal für den Krieg in Ex-Jugoslawien und der Europäische Gerichtshof für Menschenrechte haben Haftbefehle gegen ihn erlassen. Während des Bürgerkrieges in Bosnien zwischen 1992 und 1995 waren er und seine Milizen für zahlreiche grausame Verbrechen gegen die Menschlichkeit verantwortlich. Zudem wird er verdächtigt, direkt am Genozid an der muslimischen Bevölkerung beteiligt gewesen zu sein.»

Casagrande nahm den Faden auf. «Wenn ich Jana richtig verstehe, könnte das heissen, dass man mit Berics Ermordung versuchen will, Vukovic aus der Reserve zu locken.»

«So etwas in dieser Richtung denken wir uns auch», bestätigte Jana.

Dornach war skeptisch. «Schön und gut, aber wie passt der Anschlag auf Lötscher ins Bild?»

«Vielleicht ist Lötscher auf etwas gestossen, das diese Aktion ver- oder behindert hätte, und die Rothaarige sollte im Auftrag von wem auch immer gerade das verhindern. Das wäre dann Hypothese Nummer drei», schloss Jana.

«Also gut. Behalten wir das im Auge. Danke, Jana, das war sehr hilfreich.» Er nickte ihr zu, und sie revanchierte sich mit einem strahlenden Lächeln.

Darauf informierte Tschanz, dass die Taucher am frühen Morgen endlich Lötschers Handy gefunden hatten. Es wurde von der Strömung am Flussufer etwa zwei Kilometer unterhalb der Fundstelle angespült und hatte sich dort im Wurzelwerk des Ufergestrüpps verfangen.

«Wir versuchen, die SIM-Karte zu aktivieren. Wenn's klappt, haben wir heute Mittag die Liste seiner letzten Verbindungen.»

«Ich habe soeben die Verbindungsliste vom Provider erhalten», ergänzte Google. «Die haben sich diesmal Zeit gelassen, weiss der Teufel, warum. Bis Mittag habe ich sie ausgewertet.»

Lüthi wartete mit einer letzten Information zu Lötscher auf. «Aufgrund des öffentlichen Aufrufes hat sich der Geschäftsführer der ‹Gassbar› an der Schaalgasse gemeldet und ausgesagt, dass der Journalist kurz vor der Tat, ab etwa einundzwanzig Uhr bis kurz nach Mitternacht, alleine im Lokal war und viel getrunken hatte. Offensichtlich habe er auf jemanden gewartet, der aber nicht gekommen sei.»

Dornach nickte. Das war alles schön und gut, trotzdem ging es ihm nicht schnell genug. «Sputet euch, Leute. – Angela, hast du etwas von den Zürchern?»

«Staatsanwältin Flint wird Mumenthaler und die Journalisten-Kollegen von Lötscher befragen lassen. Sie will mich am Mittag zurückrufen. Die offizielle Anfrage können wir nachreichen.» Sie lächelte verschmitzt. «Regina ist mir unendlich dankbar, dass ich mich gegen eine Abschiebung des Falles nach Zürich wehre.»

Während alle den Raum verliessen, winkte Dornach Karin zu sich und erkundigte sich nach der Fahndung nach Kemal Özdal.

«Läuft», bestätigte Karin. «Zu Hause war er nicht auffindbar.»

Er wies sie an, Pias Anzeige gegen Kemal Özdal aufzunehmen, sobald die sich später bei ihr meldete.

Als Karin gegangen war, trat Jana zu ihm. «Deine Tochter? Sie wurde überfallen?»

«Pia hat –» Das Klingeln seines Handys unterbrach Dornach. Er schaute auf das Display. «Wenn man vom Teufel spricht.» Er hob ab. «Ja, Pia?»

Die Stimme am anderen Ende tönte hilflos.

«Paps, ich habe ein Problem …»

ZEHN

Die Reise war eine regelrechte Odyssee durch die Nacht. Slavko hatte sein Haus am Dedinje durch einen geheimen Tunnel verlassen, dessen Ausgang in einem Waldstück hinter dem Anwesen lag. Dort stand ein Wagen bereit, der sie in halsbrecherischer Fahrt innert sechs Stunden zum Flughafen von Podgorica in Montenegro brachte, wo ein für die Organisation stets vollgetanktes Privatflugzeug wartete, das sie nach Triest flog. Ein gecharterter Businessjet brachte sie schliesslich in die Schweiz. Zeitgleich mit Slavkos Abgang durch den Geheimtunnel hatte ein zweiter Wagen mit einem Leibwächter, der als Slavkos Doppelgänger durchging, das Anwesen durch das Haupttor in Richtung Stadtzentrum Belgrad verlassen. Damit waren die Beobachter für einige Zeit abgelenkt.

Die Cessna Citation setzte um Punkt zehn Uhr vierzig auf der Piste des Regionalflughafens Grenchen auf. Der Pilot liess den Jet vor dem kleinen Ankunftsterminal ausrollen und stellte die Turbinen ab. Sobald die Flugbegleiterin die Gangway hinuntergeklappt hatte, fuhr eine schwarze Audi-A8-Limousine vor. Zwei Männer stiegen die kurze Treppe hinab. Die Flugbegleiterin in der Uniform einer italienischen Business-Charterfluggesellschaft hatte sich neben die Gangway gestellt, um ihre Gäste zu verabschieden. In ihrem Passagiermanifest und auf der Zollanmeldung standen die Namen von zwei italienischen Geschäftsleuten, die sich mit der Direktion eines Herstellers von Luxusuhren in Grenchen treffen wollten, um Möglichkeiten zur Eröffnung neuer Vertriebskanäle in Südosteuropa zu erörtern. Der ältere der beiden Männer, dessen Gesicht von einer grossen schwarzen Sonnenbrille verdeckt wurde, würdigte die junge Frau keines Blickes und ignorierte ihren freundlichen Abschiedsgruss auf Italienisch. Der Jüngere legte seine Hand kurz auf ihre Taille und steckte ihr diskret zwei Hunderteuroscheine zu, bevor er nach seinem Kompagnon in die wartende Limousine stieg. Da sie weder Gepäck noch andere Waren mitführten und sich als Bürger eines Schengen-Landes ausweisen konnten, mussten sie weder Einreise- noch Zollkontrolle über sich ergehen lassen. Als der Wagen das Flughafengelände in Richtung Autobahn A 5 verliess, startete die Cessna bereits wieder ihre Turbinen und rollte zu ihrer Startposition, um den Rückflug zu ihrem Heimatflughafen anzutreten.

Seit sie den Flughafen verlassen hatten, telefonierte Darko. Als der Wagen den Lüsslingen-Tunnel durchquerte, hängte er ein.

«Wie ist der Stand?», fragte Slavko.

«Nach Plan», antwortete Darko.

«Was ist mit der Ärztin?»

«Stipe ist dran. Wir haben ihr ein Ultimatum gesetzt.»

Darko blickte zum Fenster hinaus. Sie hatten die Stadtgrenze Solothurns erreicht, und der Fahrer ging etwas vom Gas. Hier war die Autobahn gespickt mit Geschwindigkeitsradar.

«Wann läuft das Ultimatum ab?», fragte Slavko.

«Heute Abend muss die Lieferung erfolgen, wenn wir unsere Verpflichtung gegenüber unserem Klienten einhalten wollen.» Darko sah Slavko an. «Du weisst, dass es besser ist, wenn wir das tun.»

Slavko nickte langsam. «Viel besser, Darko, sehr viel besser!» Er wandte sich ganz zu ihm um. «Aber was ist, wenn wir heute Abend nichts kriegen?»

«Dann …», Darko hielt Slavkos Blick stand, «… dann haben wir ein Problem, Slavko.»

«Das darf nicht passieren. Wenn …», seine glühenden Augen fixierten den Gefährten, «… wenn doch, wird diese Frau und ihre Familie … und alle, die ihr lieb sind, für diesen Verrat ausgerottet. Hast du das verstanden?»

Inzwischen hatte der Wagen die Autobahn bei der Ausfahrt Solothurn-Ost verlassen und fuhr auf der Zubringerstrasse Richtung Bahnhof und Stadtzentrum. Vor der Mittagsstosszeit floss der Verkehr relativ gut, und sie kamen zügig voran. Darko nützte das erneute Schweigen, um das Thema zu wechseln. «Die Österreicherin ist hier.»

«Cranach? Hier, in dieser Stadt?»

Darko spürte beinahe physisch, wie sich jede Sehne in Slavkos Körper spannte. Jedes Mal, wenn das Gespräch auf diese Frau kam, reagierte der Wolf mit dem Abwehrreflex eines Raubtieres – bereit zum Angriff. Nachdem sie im Krieg gegen das muslimische Ungeziefer siegreich gewesen waren und viele der türkischen Hexen unschädlich gemacht hatten, war es jetzt eine Frau, die der Organisation die grössten Niederlagen zufügte.

«Ja, sie ist heute Morgen angekommen. Aus Genf.»

Inzwischen war der Audi am Bahnhof vorbeigefahren und überquerte die Rötibrücke, aber Slavko schenkte dem Ausblick auf die Altstadt und die Kuppeln der Kathedrale keine Beachtung.

«Ich will, dass sie endlich verschwindet, noch heute. Sorge dafür, Darko. Ich bezahle demjenigen, der es tut, eine Prämie von zehntausend Euro.»

Nachdem sie den Baseltorkreisel in Richtung Norden hinter sich gelassen hatten, bogen sie rechts in die St. Niklausstrasse ein, die sie zu ihrem Bestimmungsort brachte: eine Villa in unmittelbarer Nachbarschaft des Schlosses Waldegg. Die Eigentumsverhältnisse des Anwesens waren mittels Strohmännern derart verschachtelt, dass man nicht ohne Weiteres darauf kommen konnte, dass der eigentliche Besitzer von Haus und Grundstück Slavko Vukovic hiess.

«Mach dir keine Sorgen», beruhigte ihn Darko, «die Spezialisten sind in Stellung. Du musst nur das Signal geben.»

***

Jana trank einen Schluck aus der Tasse, die ihr Dornach angeboten hatte.

«Alleine für diesen Kaffee tät ich mir einen längeren Aufenthalt bei euch wünschen», sagte sie.

«Hoffentlich ist es nicht nur der Kaffee, der dich motiviert», erwiderte Dornach.

Sie lächelte verschmitzt. «Na, des müsst sich halt weisen.»

Sie gingen die Unterlagen durch, die sie mitgebracht hatte.

«Die Organisation ‹Wolf› ist seit Anfang der nuller Jahre als kriminelle Vereinigung tätig und hat sich auf Drogen-, Menschen- und Organhandel spezialisiert. Beim Menschenhandel handelt es sich vor allem um Frauen, die zum Grossteil aus den Balkanstaaten, aber auch aus anderen ehemaligen Ostblockländern oder Sowjetgebieten wie der Ukraine und Weissrussland stammen. Einige kommen sogar aus Polen und dem Baltikum.»

«Wie ist die Organisation entstanden?», fragte Dornach.

«Sie wuchs aus ehemaligen serbischen Milizgruppen, die während des Bosnienkrieges zwischen 1992 und 1995 aktiv waren.» Janas Blick verhärtete sich. «Das Vorgehen dieser Milizen war grausam. Ihr Ziel war es, die vorwiegend muslimische Bevölkerung zu demütigen, zu entwürdigen und in Angst und Schrecken zu versetzen.»

«Ich habe davon gehört.» Dornach erinnerte sich an die Berichte über Gräueltaten, vor allem an Frauen und Kindern, die damals durch die Medien gingen. «Dazu gehörten doch auch die Scharfschützen, die wahllos auf Zivilisten schossen.»

Jana nickte. «Das war nur die Spitze des Eisbergs. Während die bosnische Armee gegen die Serben kämpfte, haben die serbischen Milizen in den von ihnen kontrollierten Zonen die Frauen, Kinder sowie die nicht kampffähigen Männer zusammengetrieben. Die Männer wurden in der Regel gleich liquidiert, während Frauen und Kinder in Lager gesteckt wurden, wo sie den Serben zu Diensten stehen mussten.»

«Du meinst …»

«Die Frauen wurden missbraucht, ja. Wenn sie nicht in Soldatenbordelle gesteckt wurden, mussten sie für die Serben kochen, Wäsche waschen und putzen. Dann wurden sie auch als …», ihre Kieferknochen zuckten, «gemäss Berichten wurden die Frauen als menschliche Schutzschilde benutzt …»

Dornach schien, dass ein leichtes Schaudern durch ihren Körper ging. «Was steht in diesen Berichten?», fragte er.

Sie stand auf und trat ans Fenster. Sie schaute auf die zart spriessenden Blätter der Kastanien- und Ahornbäume. Es war, als wolle sie Leben tanken, bevor sie in die düsteren Erzählungen von Blut, Gewalt und Tod eintauchte. Sie wandte sich wieder zu Dornach um.

«Eine Frau, die das Grauen überlebte, berichtete, wie sie und einige Leidensgenossinnen von den Tschetniks, den serbischen Milizen, in einen Wald gebracht wurden. Sie trieben sie vor sich her, um eine Hütte zu stürmen, wo sich bosnische Soldaten verschanzt hatten. Eine der Frauen brach zusammen, als sie von einer Kugel in den Bauch getroffen worden war. Einer anderen vor ihr wurde der halbe Kopf weggeschossen. Die Zeugin selber hatte Glück. Sie erlitt lediglich einen Streifschuss am Arm. Als sich die Bosnier schliesslich verzweifelt ergaben und um das Leben der Frauen flehten, wurden sie von den Tschetniks wie Schiessbudenfiguren abgeschossen.»

Beide schwiegen einen Moment. Dornach spürte Wut und Ohnmacht und sah dieselben Gefühle in Janas Augen. Ein dunkler Schatten lag in ihnen. Er machte sie schön, aber auch hart – und gefährlich.

«Wie bist du an diese Berichte gekommen?», fragte er. «Sie stehen nicht direkt mit der kriminellen Aktivität der Organisation im Zusammenhang.»

«Direkt nicht.»

«Wie meinst du das?»

«Der Anführer der Miliz, die den Angriff gegen die Hütte geführt hatte …»

«Du meinst, das war …?»

Sie nickte langsam. «Slavko Vukovic, ja.»

Dornach fuhr mit der Hand über sein Gesicht, als ob er damit das gehörte Grauen wegwischen konnte.

«Es gibt weitere Berichte über die Verbrechen dieser Milizen», fuhr Jana fort. «Da waren noch die Alten und diejenigen, die in ihren Augen hässlich oder ausgelaugt waren. Sie wurden beim kleinsten Missgeschick blutig zusammengeschlagen oder einfach liquidiert.»

«Ich glaube nicht, dass ich noch mehr davon hören muss, Jana. – Aber warum haben sie das getan? Einfach so?»

«Nicht einfach so, Dominik. Das hatte System, und es war eine willkommene Gelegenheit für die Serben, einen uralten religiösen Konflikt offen auszutragen. Sie wollten den Muslimen ihre Würde nehmen. Indem sie ihre Frauen und Kinder versklavten, misshandelten und seelisch zerstörten, vernichteten sie die Lebensgrundlage der Bosnier und ihrer Gesellschaft.»

«Wie weisst du so genau darüber Bescheid?»

«Es gibt Berichte der UNPROFOR, der UNO-Schutztruppe in Bosnien und Herzegowina. Darin wird beschrieben, wie eine Milizgruppe mit dem Namen *vuk*, das heisst Wolf, ihr Unwesen getrieben hat.»

«Und ihr, ich meine eure Bundespolizei hat diese Berichte einfach so erhalten?», fragte Dornach.

Jana zögerte einen Moment. «Ich habe die Berichte bei meinem Vater gelesen.»

«Deinem Vater?»

«Ja, Oberst Carl-Helmut Cranach war damals Verbindungsoffizier bei der UNO.»

«Dein Vater war bei der Armee?»

«Ja, jetzt ist er im Ruhestand. Er hat es bis zum Brigadegeneral in unserem Bundesheer gebracht.» Jana machte eine Pause, als ob sie nachdenken müsste. «Genau genommen ist er mein Adoptivvater. Ich bin Vollwaise. Meine leiblichen Eltern stammten ursprünglich aus Slowenien, lebten aber schon lange in Österreich, bevor ich geboren wurde. Sie starben bei einem Bergunglück in Tirol, als ich acht Jahre alt war. Daraufhin kam ich in ein Kinderheim in der Wachau. Die Cranachs besuchten das Heim, als sie dort in der Nähe Urlaub machten. Sie verliebten sich sofort in mich, wie sie immer sagen.» Ein liebevolles Lächeln huschte über ihre Lippen. «Da sie selber keine Kinder bekommen konnten, beantragten sie meine Adoption. So kam ich nach Wien, wo ich zur Schule ging. Später studierte ich Jura und Politische Wissenschaften, bevor ich mich entschloss, zur Polizei zu gehen.»

Dornach musste sie verblüfft angestarrt haben. Sie lachte.

«Was? – Ansonsten bin ich eine Frau wie alle anderen.» Sie tippte sich ans Kinn. «Na, vielleicht nicht ganz. Meine Freunde sagen, ich sei ein Vielfrass. Ich mag Kaiserschmarrn und Zwetschgendatschi für mein Leben gern. Wienerschnitzel mit Kartoffelsalat ist meine Leibspeise. Also, brauchst mich gar nicht anschaun, als ob ich von einem anderen Stern käme.»

Dornach blickte an ihr hinunter und meinte trocken: «Also, nach zu viel Mehlspeisen und Wienerschnitzel siehst du nicht aus.»

Ihr Lachen war ansteckend, aber nur kurz, bevor ihre Miene wieder ernst wurde. «Diese Berichte … Darin wird Vukovic als Führer dieser Milizen genannt. Es wird auch beschrieben, wie er sich unter den gefangenen Frauen immer die jüngsten ausgesucht hat. Manche der Mädchen waren nicht älter als dreizehn oder vierzehn.» Sie stockte, als ob ihre Stimme Tritt fassen müsste. «Er wollte nur Jungfrauen. Manchmal nahm Vukovic sich in einer Nacht zwei oder drei Mädchen. Und als er mit ihnen fertig war, da hat er …» Ihr Blick wanderte zu den Bäumen im Park.

Dornach wartete, bis sie ihn wieder anblickte.

«Er hat was?», fragte er ruhig.

«Er … er hat ihnen in den Kopf geschossen. Verstehst du das, Dominik? Slavko Vukovic hat diese Mädchen, diese Kinder getötet, nachdem er sie vergewaltigt hatte. Einfach so, damit sie niemand mehr haben konnte, nachdem der Grosse Wolf sie ‹beehrt› hatte, wie er es nannte.» Sie spuckte die Worte aus.

«Ist das der Grund, weshalb …?»

«… weshalb ich zur Polizei gegangen bin?» Sie nickte. «Während des Studiums habe ich Berichte über die Ausbreitung von organisierten Banden aus den ehemaligen Balkanstaaten in Österreich gelesen. Darunter war ein Artikel über die Wölfe und ihren Führer, Slavko Vukovic. Damals waren sie in Österreich noch eine kleine Nummer. Trotzdem: Als ich den Namen las, war mir klar, dass ich zur Polizei gehen wollte, um gegen diese Leute zu kämpfen.»

«Und das ist dir sehr gut gelungen», sagte Dornach und las aus ihrer Personalakte vor. «Erste Frau beim Einsatzkommando Cobra. Mit siebenundzwanzig Jahren jüngster weiblicher Offizier der österreichischen Polizei. Mit dreissig jüngster Major …»

Jana winkte ab.

«Et cetera, et cetera, passt schon, Dominik. Ich kenn's. Aber der Wolf ist immer noch frei und macht weiter.»

«Ja», entgegnete Dornach, «und wir werden dafür sorgen, dass er es nicht mehr lange tut. Wisst ihr denn, wo er jetzt ist?»

«Wie gesagt: Wir vermuten, dass er sich in Belgrad aufhält, unter dem Schutz der serbischen Regierung. Er scheint einige Minister und Parlamentsmitglieder auf seiner Gehaltsliste zu führen. Das ist auch der Grund, weshalb er bisher nicht an das UN-Tribunal ausgeliefert wurde. Offiziell fehlen die Beweise gegen ihn.»

«Und da könnt ihr nichts machen?»

«Solange er sich in Serbien aufhält, kommen wir nicht an ihn heran. – Jetzt haben wir eine Chance.»

«Und die wäre …?»

«Der Vorfall in Wien letzten Monat. Es steht viel auf dem Spiel für Vukovic. Es kann sein, dass ihn das aus seinem Loch hervorlockt.» Jana setzte sich kerzengerade auf und legte ihre Hand auf Dornachs. «Verstehst du, Dominik? Es steht zu viel für ihn auf dem Spiel. Vielleicht kommt er sogar hierher, um nach dem Rechten zu sehen. Wenn er einmal im Schengen-Raum ist, können wir ihn –»

Es klopfte kurz an der Tür, bevor Karin zusammen mit Pia hereinkam.

«Oh, sorry», sagte Karin etwas verlegen, als sie Janas Hand auf derjenigen ihres Chefs bemerkte. «Hast du … ähm … habt ihr einen Moment? Es wäre wichtig.»

Jana zog ihre Hand weg und lehnte sich in ihrem Stuhl zurück. Dornach machte eine einladende Geste. Er stellte Pia und Jana einander vor. Die Begrüssung der beiden Frauen war kühl, was Pia betraf.

«Wir hatten dich erst für heute Nachmittag erwartet», sagte Dornach zu seiner Tochter.

«Ja sorry, Paps, aber ich mache mir wirklich grosse Sorgen um Manuela. Deshalb habe ich dich ja vorhin angerufen.»

«Ist sie immer noch nicht aufgetaucht …?»

«Nein, und ihre Mutter weiss auch nicht, wo sie steckt.»

«Hast du noch mal mit Frau Bürki gesprochen?»

«Ja, gerade eben habe ich mit ihr telefoniert. Sie ist ausser sich vor Angst. Paps, und ich bin sicher, Manuela ist etwas passiert. Ihr müsst sie suchen.»

«Ich verstehe dich ja, Pia. Aber Manuela ist erwachsen. Sie

könnte sonst wo sein und hat wahrscheinlich einfach mal vergessen, dich zu benachrichtigen. Es wäre, wenn schon, an der Mutter …»

«Paps!» Pias Augen funkelten ihn an. «Wie kannst du so etwas sagen, du kennst Manu überhaupt nicht, und ich …»

«Pia …?» Jana fasste Pia an der Schulter. «Entschuldigung, ich darf Sie doch Pia nennen?»

Pia sah ungehalten zu Jana hoch und zuckte mit den Schultern.

«Ja, ja, okay, Sie halten ja schon die Hand meines Vaters.»

Jana ignorierte den gehässigen Tonfall. «Warum glaubst du, dass deiner Freundin etwas zugestossen ist?»

«Weil sie bis jetzt noch kein Lebenszeichen von sich gegeben hat. Normalerweise ruft sie mich immer am nächsten Morgen an, wenn wir nach einem Ausgang getrennt nach Hause gehen. Sie ruft nicht an. Wenn ich sie erreichen will, kommt nur die Combox. Ihre Mutter weiss auch nicht, wo sie ist.» Sie schlug mit der flachen Hand auf den Tisch. «Das ist doch nicht normal. Wir müssen etwas tun.» Ihre Augen füllten sich mit Tränen.

Jana wandte sich an Dornach. «Also, ich weiss nicht, wie das bei euch gehandhabt wird. Sie ist zwar noch keine vierundzwanzig Stunden abgängig. Aber unter solchen Umständen würden wir der Angelegenheit erhöhte Aufmerksamkeit schenken.»

Dornach sah von Jana zu seiner Tochter, die beide ihre Augen auf ihn gerichtet hatten. Schliesslich sagte er: «In Ordnung, wir avisieren die Vermisstenfahndung.» Er nickte Karin zu und fragte dann: «Hattet ihr sonst noch was?»

Karin sah kurz zu Pia, die leicht nickte. «Also, wir haben Pias Anzeige wegen gestern Abend aufgenommen.»

«Schön», sagte Dornach, «und?»

Karin nahm eine Seite aus ihrem Dossier. «Es war diese Person, die Pia zu Hilfe kam und Kemal Özdal kampfunfähig machte.»

Sie reichte Dornach das Blatt. Er warf einen Blick drauf. Es dauerte einen Moment, bis er realisierte, was es zeigte. Dann sah er Pia an.

«Diese Frau hat mir gestern geholfen», bestätigte sie.

Dornach und Karin hatten versucht, eine noch präzisere Beschreibung von der Frau, die fortan den Codenamen Lilo trug, aus Pia herauszubekommen. Aber sie bekräftigte, dass sie halb ohnmächtig gewesen war und die Frau und deren Stimme nur verschwommen wahrgenommen hatte.

Nachdem Pia weg war, holte Casagrande Jana ab und ging mit ihr zum Franziskanerhof hinüber. Sie wollte sie Hofmann vorstellen und danach zum Lunch einladen, was Jana freudig annahm.

Dornach ging zu seiner Kaffeemaschine. «Auch einen Espresso?» Er wandte sich an Karin.

Karin hielt sich den Magen. «Nein danke, das wird zu viel für mich. Übrigens, Mike ist gleich da und Google, sobald er mit der Telefonauswertung fertig ist.»

Dornach drehte sich zu ihr um. Sie sah blass aus. «Hast du schon etwas gegessen?»

«Einen Apfel.»

«Zu ungesund.»

«Was? Der Apfel?»

«Nein, deine Lebensweise. Wie kommt es, dass du noch nichts gegessen hast?»

«Na ja, eigentlich esse ich nie so richtig Frühstück. Und heute Morgen habe ich etwas verschlafen. Dann war ich kurz bei Maja, bevor ich mit Christian diesen Kemal in der Kanti suchte. Dann kam auch schon Pia. Und jetzt …»

«… sorgen wir dafür, dass du endlich etwas in den Magen bekommst.»

«Ich weiss, Dominik. Aber Maja ist ja noch …»

Dornach schüttelte den Kopf.

«Ich weiss auch, dass Maja fehlt. Deshalb will ich nicht, dass du uns auch noch umkippst.»

Er blickte auf die Uhr. «Wir gehen rüber zum Solo-Markt was essen.»

Er bugsierte die junge Polizistin aus seinem Büro.

***

Der Leitende Staatsanwalt hatte Jana fast eine Stunde in Beschlag genommen, in der sie sich von ihm einen eingehenden Vortrag über die Arbeit und Funktionsweise der Solothurner Staatsanwaltschaft anhören musste, bis ihn Casagrande auf eine Verabredung in Bern aufmerksam machte. Die Sitzung war daraufhin rasch beendet, nachdem sich Jana noch mal mit viel Wiener Schmäh für die Gastfreundschaft bedankt hatte.

«Hast du Hunger?», fragte Casagrande, als sie aus Hofmanns Büro herauskamen, was ihr Gast eifrig bejahte. Casagrande schlug vor, zu Fuss zu gehen, damit sie Jana noch etwas von der barocken Altstadt zeigen konnte.

«Gut habe ich meine bequemen Schuhe angezogen», sagte Jana, als sie über das Kopfsteinpflaster des Franziskanerplatzes am Rathaus vorbeischlenderten.

«Du hast dich in der Schanzmühle gut bei den Kollegen eingeführt», bemerkte Casagrande.

«Wo?»

«Ah, entschuldige. Ich meinte bei den Polizeikollegen. Schanzmühle, so heisst der Gebäudekomplex, der das Polizeihauptquartier beherbergt. Auf dem Areal stand ursprünglich eine Mühle, die den angrenzenden Fabrikbetrieb mit Wasserkraft versorgte. Das alte Mühlrad existiert noch, du kannst es dir von Dominik zeigen lassen. Die Nähe zur alten Stadtbefestigung, der Schanze, gab dem Ort den Namen – Schanzmühle.»

«Verstehe, ihr seids bei der Staatsanwaltschaft auch schön untergebracht», meinte sie. Sie hatte sich vorhin das Gebäude, welches an der Nordseite einen Teil des äusseren Häuserrings der Altstadt bildete und südlich von der Franziskanerkirche begrenzt wurde, von aussen angesehen.

«Ja, der Franziskanerhof ist ein ehemaliges Kloster.»

«Interessant, die Staatsanwaltschaft im Kloster. Dabei habts ihr so viel mit Sündern zu tun.»

Als die beiden Frauen gemütlich schwatzend aus der Barfüssergasse auf den Marktplatz hinaustraten, blieben sie kurz stehen, und Jana liess sich von Casagrande den Zeitglockenturm zeigen, der mit über achthundert Jahren das älteste noch erhaltene Bauwerk der Stadt war. Sie beachteten den Mann nicht, der eingehend die Schaufensterauslage eines Parfümdiscounters betrachtete. Als sie auf der gegenüberliegenden Seite des Marktplatzes unter den Arkaden des Vigierhofes verschwanden, nahm er sein Handy, drückte auf eine einzelne Taste und begann zu sprechen.

***

Der Solo-Markt war im gleichen Gebäudekomplex wie das Polizeikommando und einige Ämter der kantonalen Verwaltung untergebracht. Er führte eine Cafeteria, die oft von Polizisten oder Mitarbeitern der Verwaltung frequentiert wurde. Dornach nahm sich einen Thunfischsalat und eine Apfelschorle, während sich Karin mit einem grossen Stück Käsewähe, einer kleinen gemischten Salatschüssel und einer Cola Light bediente. Sie fanden einen ruhigen Tisch in der hintersten Ecke am Fenster und blockierten zwei weitere Plätze für Mike Lüthi und Google. Kaum hatten sie Platz genommen, kam Lüthi und setzte sich in aufgeräumter Stimmung zu ihnen, nachdem er sich am Buffet ein Sandwich und einen Kaffee besorgt hatte.

«Wie geht es Maja?», erkundigte sich Karin. Ihr war der erleichterte Ausdruck im Gesicht ihres Kollegen nicht entgangen.

«Die Ärzte sind zuversichtlich. Die Hirnschwellung ist zurückgegangen, und sie ist so weit stabil. Es besteht Hoffnung, dass sie bald aus dem Koma erwachen wird.»

Karin strahlte und begann mit Appetit ihre Wähe zu verspeisen. Lüthis Blick verdüsterte sich.

«Dafür gibt es schlechte Nachrichten von Lötscher. Er ist vor einer Stunde gestorben. Multiorganversagen.»

«Verdammt!» Frustriert legte Dornach seine Gabel hin. «Aus ihm kriegen wir jetzt nichts mehr heraus, wie und was auch immer. Und jetzt haben wir ein Tötungsdelikt. Hast du was von Dr. Bürki gesehen oder gehört, als du dort warst?»

«Heute noch gar nicht. Man sagte mir, sie habe sich entschuldigt. Sie fühle sich nicht wohl.»

«Sie sorgt sich wohl eher um ihre Tochter», stellte Dornach richtig. «Manuela Bürki war letzte Nacht mit Pia unterwegs und ist seither nicht mehr aufgetaucht. Wir haben die Vermisstenfahndung anlaufen lassen. Die Mutter hat offenbar noch keine Anzeige gemacht. Ich rufe sie später an. – Jetzt aber Folgendes, hör zu …»

Dornach schilderte seinem Stellvertreter die Umstände des erneuten Auftauchens von Lilo. Lüthi war nicht weniger verblüfft, als Dornach es gewesen war.

«Das ist ja verrückt. Die ist im Zusammenhang mit dem Mord an Lötscher verdächtig. Dann bringt sie Maja fast um, und am Abend hilft sie Pia aus der Patsche.» Er schüttelte den Kopf. «Das versteh einer …»

Dornach nickte nachdenklich. «Lilo spielt eine Rolle in diesem Stück, wir wissen nur noch nicht, welche. Es wäre falsch, wenn wir uns auf sie als Täterin versteifen. – Was hatte sie letzte Nacht im ‹Extasy› verloren? Wieso hatte sie sich dermassen exponiert, um Pia zu helfen?»

«Pia hat dir doch erzählt, dass Lilo mit dieser DJane geredet hat. Wie hiess sie doch gleich?»

«Roca», warf Karin ein.

«Genau, DJane Roca. Vielleicht kann die uns etwas mehr verraten.»

«Stimmt. Gute Idee! Sieh zu, dass du sie ausfindig machst.»

Lüthi nickte und griff zu seinem Handy.

«Noch etwas, Mike.»

«Ja?»

«Ich will sämtliche Aufzeichnungen aller Sicherheitskameras aus diesem ‹Extasy-Club›, innen und aussen über die ganze Nacht.»

Lüthi verdrehte die Augen. «Da kann sich Google auf eine lange Nacht gefasst machen.»

«Nicht nur er», seufzte Dornach.

In diesem Moment trat Google an ihren Tisch. Er wedelte mit einem Blatt Papier. «Ihr glaubt nicht, was ich gefunden habe.»

«Einen Sechser im Lotto?», witzelte Karin.

«Fast.» Er hielt das Blatt Dornach vor die Nase.

«Was ist das?»

«Die Verbindungsliste von Lötschers Handy.»

«Okay.» Dornach warf einen Blick auf die Tabelle. «Und wo ist jetzt der Jackpot?»

«Ich habe die wichtigsten Daten gelb markiert. Schau dir vor allem die letzten vier Verbindungen an. Ich habe die Namen der Gesprächspartner dahinter notiert.»

Dornach überflog die Liste und schenkte seine Aufmerksamkeit den besagten Linien. Sein Blick blieb auf einer der markierten Stellen haften. Er stiess einen leisen Pfiff aus.

«Das gibt's doch nicht.»

***

Casagrande und Jana konnten gerade noch die letzten beiden freien Plätze auf dem Vorplatz des Salzhauses am Landhausquai ergattern. Auch heute wollten die Leute Sonne tanken, solange sie ihnen gewogen war. Der Wetterbericht stellte für die kommende Woche eine Wetterverschlechterung und erneut kühlere Temperaturen in Aussicht.

Immer noch in Sorge um die Spannkraft ihrer Beinbekleidung hatte Casagrande für sich Fisch und Gemüse bestellt, während sich Jana ein Lammcarré mit Pommes dauphine genehmigte. Dazu erlaubten sich beide, entgegen der Dienstgepflogenheiten, ein Glas Rosé Œil de Perdrix Domaine de l'Hôpital de Soleure, den Jana ganz vorzüglich fand.

Halb neidisch, halb verblüfft schaute Casagrande zu, wie Jana ihr Essen mit sichtlichem Genuss verputzte. Während sie sich danach lediglich einen Espresso gönnte, bestellte sich Jana eine Mousse au Chocolat.

«Sag mal, wo packst du das alles hin?» Casagrande war beinahe schockiert, als sie zusah, wie ihr Gegenüber geniesserisch die schaumige Schokoladencrème löffelte.

«War schon immer so bei mir», sagte Jana leichthin. «Gute Gene, die ich von meinen Eltern geerbt haben muss. Ich kann essen, was ich will, und nehm einfach nicht zu. Während der Ausbildung beim Cobra mussten sie mir Zusatzrationen geben, sonst wär ich zu leicht geworden.»

Casagrande schlürfte seufzend ihren Espresso. «Beneidenswert.

Ich muss jede Kalorie zählen, sonst rächen sich meine italienischen Gene eines Tages furchtbar.»

Ihr Geplauder wurde durch einen Anruf von Mike Lüthi unterbrochen, der Casagrande mitteilte, dass Lötscher gestorben sei. Sie antwortete, dass sie sich sofort mit Jana auf den Weg ins Spital machen würde. Sie wollte Lötscher sehen, bevor sie die Obduktion anordnete. Jana erklärte sich sofort bereit, sie zu begleiten.

«Gehen wir zu Fuss?», schlug Casagrande vor.

«Auf zum Verdauungsspaziergang!»

Als Jana ihren Trenchcoat zuknöpfte, bemerkte Casagrande, dass ein Schulterholster unter ihrem Anzug hervorlugte. «Du bist bewaffnet?»

«Sonderbewilligung, zwischen meinem Oberst und eurem Polizeikommandanten abgesprochen. Es scheint, dass es wieder mal einige Leute auf mich abgesehen haben. Das ...», sie schob ihr Jackett ein wenig zur Seite, sodass Angela die eingesteckte Waffe erkennen konnte, «... dient vor allem zur Beruhigung meiner Vorgesetzten.»

«Hoffentlich hilft's.»

Jana zuckte die Achseln. «Wenn es meinen Obersten ruhig schlafen lässt, ist's mir auch recht.»

Die beiden standen auf und gingen den Landhausquai entlang Richtung Kreuzackerbrücke. Sie waren sich der Blicke bewusst, die ihnen die Männer und einige Frauen nachschickten. Was ihrer Aufmerksamkeit entging, war der Mann in Lederjacke und Sonnenbrille, der ihnen mit Handy am Ohr beiläufig nachschaute und in sein Gerät sprach.

***

Die Wahl zwischen dem Kaffee im Solo-Markt Café und einem Espresso aus Dornachs Bezzera war bald getroffen. Als sie in seinem Büro ihre vollen Tassen vor sich hatten, begannen die Polizisten, ihre Hypothesen zum Fall auszutauschen. Dornach hatte bereits mehrere Male vergeblich versucht, Nadja Bürki auf ihrem Handy zu erreichen. Er war sich nicht im Klaren darüber, ob sie dienstlich verhindert war oder ob sie ihm bewusst auswich. Dazu hätte sie allen Grund, denn er wollte von ihr wissen, wie es kam, dass Lötscher sie am Abend des Anschlags mehrmals angerufen hatte. Es waren nur Sequenzen von wenigen Sekunden, wohl gerade so lange, bis sich ihre Combox meldete und er daraufhin aufhängte. Das war zu viel, um es als irrtümliche Verbindungen abzutun. Auch wenn es so gewesen wäre: Die Anrufe von Lötscher auf Bürkis Handy etwa eine Woche und dann noch einmal einen Tag vor Lötschers Ankunft in Solothurn dauerten zwanzig beziehungsweise fünfzehn Minuten. Gab es einen Zusammenhang zwischen dem Anschlag auf Lötscher, dem Angriff auf Maja und den Drohungen an die Ärztin? Wenn ja, welchen, und welche Rolle spielten die Protagonisten Lötscher und Bürki – und die obskure Lilo? Es war wie eine Hydra: Jeder Hinweis warf drei neue Fragen auf.

Google verteilte ausgedruckte A4-Bögen, was Lüthi offensichtlich reizte. «Was sollen wir damit, Google? Etwa jetzt lesen?»

«Das dient nur als Gedächtnisstütze. Ich führe euch durch. Das sind Lötschers letzte Kolumnen und Reportagen, die veröffentlicht wurden. Bei allen geht es nur um ein Thema.»

Dornach überflog die Texte.

«Organtransplantation?»

«Richtig, Lötscher hat sich stark mit dem Thema befasst. Es geht vor allem darum, dass es zu wenig Spender auf zu viele Empfänger gibt. In einer grossen Reportage beschäftigt er sich mit dem illegalen Organhandel, der von internationalen Mafiaorganisationen kontrolliert wird. Interessant ist eine Kolumne, die er vor etwa einem Jahr geschrieben hat. Darin steht er vehement für die Widerspruchslösung ein.»

«Was ist das, die Widerspruchslösung?», fragte Karin.

«In der Schweiz gilt die erweiterte Zustimmungslösung. Das heisst, dass eine urteilsfähige Person zu Lebzeiten ausdrücklich zustimmen muss, dass ihre Organe für eine Spende verwendet werden können. Im Todesfall, wenn vorher keine Einwilligung erfolgte, müssen die nächsten Angehörigen diese geben. Fehlt die Zustimmung, darf keine Organentnahme vorgenommen werden. Gemäss neuesten Statistiken kommen in der Schweiz knapp vierzehn Spender auf eine Million Einwohner bei einer Warteliste von knapp anderthalbtausend Empfängern. Damit weisen wir in Europa eine der niedrigsten Spenderquoten auf. Pro Jahr sterben hierzulande etwa hundert Menschen, weil sie nicht rechtzeitig ein neues Organ erhalten.»

Lüthi wollte einen weiteren ungeduldigen Einwand machen, aber Dornachs mahnender Blick hielt ihn zurück. Google fuhr fort: «Es gibt bei uns Kreise, vor allem Ärzte, die sich vehement dafür einsetzen, dass mehr Spender zur Verfügung stehen. Sie haben im Parlament lobbyiert, dass die Widerspruchslösung, wie sie in Norwegen, Finnland, Österreich und Italien besteht, auch in der Schweiz eingeführt werden soll. Diese Regelung besagt, dass eine Organentnahme auch durchgeführt werden kann, solange der Spender sich nicht ausdrücklich dagegen ausgesprochen hat.»

Lüthi war empört. «Was? Das heisst, wenn ich jetzt nicht immer einen Zettel oder einen Ausweis bei mir trage, wo draufsteht, dass ich keine Organe spenden will, werde ich ausgeschlachtet, oder was?»

Google nickte. «Etwas krass ausgedrückt, lieber Kollege Lüthi. Aber darauf läuft es in etwa hinaus.»

«Super! Da kann ich mir jetzt ‹ICH BIN KEIN ORGANSPENDER› auf die Stirn tätowieren lassen, damit es sicher alle wissen.»

«Mein lieber Mike, es wird dich beruhigen zu erfahren, dass der Nationalrat, wie vor ihm auch der Ständerat, einen entsprechenden Gesetzesvorschlag letzthin abgelehnt hatte. Damit ist das Thema politisch vorerst vom Tisch.»

«Das wäre ja noch schöner!» Lüthi wandte sich an Dornach. «Weiss die Majorin, dass sie als Österreicherin ein wandelndes Organersatzteillager ist?»

«Frag sie doch», sagte Dornach. Google legte nach. «Übrigens, Mike: Das bist du auch, wenn du nach Österreich reist und dir dort etwas passiert. Vielleicht überlegst du dir das mit dem Stirntattoo noch mal», feixte er.

«Die können mich mal! Denen geht doch jeder Respekt für die Integrität des Menschen ab.»

Karin mischte sich ein. «Ja, aber das ist doch eine gute Sache, wenn ich nach meinem Tod mit meinen Organen anderen Menschen das Leben retten kann, oder nicht?»

«Durchaus. Das Problem dabei ist, dass du im Moment der Entnahme gar nicht tot bist», erwiderte Google.

Karin starrte ihn ungläubig an. «Wie, nicht tot? Ich dachte, die Organe werden nur herausgenommen, wenn man hirntot ist?»

«Ja, das stimmt. Aber ich habe mich mal im Internet schlaugemacht. Es gibt da Webseiten von Vereinigungen von Angehörigen, die die Grausamkeit der Umstände schildern, unter denen beispielsweise ihren Kindern Organe entnommen wurden. Auch unter Ärzten und Chirurgen gibt es solche, die den Standpunkt vertreten, dass bei Hirntoten nur das Gehirn nicht mehr funktionsfähig ist. Alle anderen Organe können immer noch normal arbeiten. Ein Hirntoter kann beispielsweise noch verdauen oder schwitzen. Es gibt sogar Berichte erfolgreicher Schwangerschaften.»

«Ich ... ich dachte, wenn man hirntot ist, da funktioniert nichts mehr, und man spürt nichts.»

«Stimmt wohl nicht ganz. Seinerzeit wurde der Hirntod als Todesart in der Gesetzgebung festgelegt, damit man Organtransplantationen legal durchführen konnte. Vorher galt nur der Herztod als eigentlicher Tod. Wenn du aber herztot bist, können keine Organe entnommen werden, oder es ist zumindest viel heikler.»

Karin war vollends entgeistert. «Das ... das heisst, die Leute werden bei lebendigem Leib ausgeschlachtet?»

«So kann man es sehen – ja», stimmte Google zu.

«Das habe ich ja alles gar nicht gewusst. Bei lebendigem Leib ausgenommen. Das ist barbarisch. Ich glaube, ich annulliere meinen Spenderausweis.»

«Ich habe keinen», bemerkte Dornach, «aber ich bin vorbelastet. Laure, also Pias Mutter, ist Chirurgin und sie weigert sich aus ethischen Gründen kategorisch, Organtransplantationen vorzunehmen.»

Lüthi stiess Dornach grinsend in die Seite. «Gut zu wissen, dass nach deinem Ableben keine von deinen Herzkammern irgendwo weiterflimmert. Man müsste sich sonst um das moralische Wohlergehen der Damenwelt Sorgen machen.»

Karin verschluckte sich fast an ihrem Kaffee, während die anderen lachten.

«Schön», meinte Dornach und klatschte in die Hände, «nachdem wir das auch wissen, bleibt immer noch die Frage, was uns das alles sagt. In welchem Zusammenhang stehen diese Artikel zu dem, was Lötscher zugestossen ist?»

Google sagte: «Lötscher hat sich mit seinen Plädoyers für die Organspende nicht nur Freunde gemacht. Ich habe euch einige Onlinekommentare zu seinen Artikeln ausgedruckt.»

Dornach überflog die letzten zwei Seiten. «Ja, da sind ein paar ganz schöne drin: ‹Perverse Schweinerei – dir sollte man bei lebendigem Leib die Hände ohne Narkose abhacken, damit du keinen solchen Mist mehr schreiben kannst.› Kann man die zurückverfolgen?»

«Habe ich bereits bei den Zürcher Kollegen veranlasst. Sie versuchen, an die IP-Adressen der Absender dieser Kommentare zu kommen.»

Dornach stützte sein Kinn auf der Spitze seiner zusammengepressten Handflächen ab.

«Gehen wir mal davon aus, dass Lötscher an Recherchen zu Organspenden oder zum Organhandel war und deshalb nach Solothurn gekommen ist. Weshalb?»

«Nadja Bürki war seine Informantin», warf Karin ein.

«Durchaus möglich», meinte Dornach. «Ich weiss von Pias Mutter, dass Nadja Bürki eine vehemente Verfechterin der Organspende und auch der Widerspruchslösung ist. Laure und sie hatten vor einiger Zeit einen Disput über das Thema», fügte er ergänzend hinzu, als er die fragenden Blicke seiner Kollegen sah.

«Vielleicht hoffte er auf einen Scoop, der für mehr Organspenden sorgt, oder so was in der Art», sagte Karin.

«Ein Skandal. Irgendetwas Saftiges mit Korruption oder so», schlug Google vor. «Oder vielleicht verkaufte sie Infos gegen Geld.»

«Hm», brummte Dornach, «das ist mir zu spekulativ.»

Er blickte auf seine Uhr – halb zwei.

«Ich frage sie direkt.»

Während die anderen den Raum verliessen, griff Dornach

erneut zum Telefon und versuchte zum x-ten Mal, Nadja Bürki zu erreichen.

***

Casagrande und Jana gingen am schmiedeeisernen Tor des Palais Besenval vorbei und überquerten die Kreuzackerbrücke, auf der ein geschäftiges Hin und Her herrschte: Spaziergänger, die einfach das warme Wetter genossen, Kauflustige auf dem Weg zum nachmittäglichen Einkaufsbummel durch die Altstadt und Schüler, die vom Unterricht an den umliegenden Schulen kamen oder dorthin unterwegs waren. Die Brücke durfte nur von Fussgängern und nicht motorisierten Zweirädern benutzt werden. Eine Mutter fuhr mit ihrem Velo mit Anhänger an Casagrande und Jana vorbei. Aus dem Anhänger war vergnügtes Kinderquietschen zu hören, und zwei rotbäckige Kids winkten ihnen fröhlich zu. Offenbar genossen die Kids die Fahrt im Taxi Mama. Casagrande und Jana winkten lachend zurück. Die junge Mutter drehte den Kopf rasch zu ihren Kleinen um. «Jonas, Janina, wackelt nicht so», rief sie halb tadelnd, halb belustigt. Die Kinder lachten noch mehr, und die Mutter trat härter in die Pedale.

Plaudernd gingen die beiden Frauen an der Gewerbeschule vorbei Richtung Hauptbahnhofplatz. Vor ihnen hatte die Mutter angehalten und war abgestiegen. Offenbar hatten die Kleinen nicht aufgehört zu wackeln. «Wenn ihr nicht ruhig bleibt, geht ihr zu Fuss», drohte sie den Kleinen. Das schien die Kids nicht heftig zu beeindrucken. Sie lachten ihre Mutter nur frech an. Als Casagrande und Jana an ihnen vorübergingen, winkten sie wieder fröhlich, was die beiden Frauen erneut erwiderten. Casagrande und Jana lächelten der Mutter verständnisvoll zu, die nicht anders konnte, als mit einem halb resignierten, halb lachenden Gesicht die Achseln zu zucken und wieder aufs Velo zu steigen.

Casagrande, die im Gespräch mit Jana vertieft war, hatte nicht darauf geachtet und blickte überrascht auf, als sie die Berthastrasse überquert hatten und vor einer Baustellenabsperrung auf ihrer Trottoirseite der Hauptbahnhofstrasse standen. Sie fasste Jana an der Hand, um mit ihr die Strasse zu überqueren, wo das Trottoir bereits erneuert war. Kaum hatten sie zwei Schritte auf die Fahrbahn getan, hörten sie einen erschrockenen Aufschrei und sahen, wie die Mutter auf dem Velo heftig bremste, um nicht mit ihnen zu kollidieren. Da sie recht zügig unterwegs gewesen war, schob der Anhänger das Fahrrad bei der Vollbremsung nach vorne, direkt auf Casagrande und Jana zu. Verzweifelt riss die Frau die Lenkstange herum. Dabei verlor sie das Gleichgewicht, blieb aber auf den Füssen stehen. Der Anhänger kam mit einem heftigen Ruck zum Stehen und stellte sich quer. Zwei kindliche Aufschreie waren aus dem Inneren des Gefährts zu hören. Betroffen wandte sich Casagrande der Frau zu, während Jana sich zu den Kindern hinunterbeugte, um sie zu beruhigen. In diesem Augenblick hörte sie hinter sich einen Motor aufheulen und nahm aus den Augenwinkeln eine Bewegung wahr.

Sie drehte sich um und sah eine schwarze Kawasaki, die ebenfalls vor dem abrupt auftretenden Hindernis bremsen musste. Der Fahrer liess den Motor aufheulen, als er wieder aufs Gas drückte, und Janas innere Alarmleuchten schalteten auf Rot. Der Mann auf dem Sozius hob die Hand. Sie erkannte den Gegenstand, den er hielt, sofort als tödliche Gefahr. Blitzschnell wandte sie sich zu Casagrande und der Mutter um. Mit einem Hechtsprung bekam sie beide an der Schulter zu fassen und riss sie zu Boden, als über ihnen zwei Projektile in die Wand eines Materialwagens einschlugen. Die Mutter schrie auf und wollte wieder aufstehen.

«Unten bleiben!», herrschte Jana sie an. Gleichzeitig zog sie ihre Glock. Hinter dem Veloanhänger war sie vor dem Schützen verborgen. Aber die Mutter mit ihren Kindern und Casagrande befanden sich direkt in der Schusslinie. Jana musste den Schützen ablenken. Sie schnellte hoch und sprintete los. Nach zwei, drei Sätzen hechtete sie hinter den Materialwagen. Fast gleichzeitig hörte sie wieder zwei Projektile über ihrem Kopf einschlagen. Jana presste die Lippen zusammen. Das waren Profis. Ihr Ablenkungsmanöver schien geglückt, und die Aufmerksamkeit des Schützen galt vorerst ausschliesslich ihr. Einige Schaulustige und eine Kellnerin des Tea-Rooms stürmten auf die Strasse. Auf der anderen Strassenseite befanden sich noch mehr Passanten, die aber inzwischen realisiert hatten, was da vor sich ging, und sich flach auf den Boden warfen oder in den Läden und Hauseingängen Deckung suchten.

«Polizei! Gehen Sie in Deckung und bleiben Sie unten!», rief Jana den Menschen vor dem Tea-Room zu, die jetzt erst realisierten, dass sie eine Schusswaffe in der Hand hielt. Jana hörte hinter sich Glas klirren. Eine weitere Kugel hatte ein Schaufenster des Tea-Rooms getroffen, wo sich die Bäckerei befand. Menschen schrien. Das Motorrad brüllte wieder auf. Vorsichtig blickte Jana hinter dem Wagen hervor und sah, wie die Maschine einen Satz machte, bevor sie wieder abrupt zum Stillstand kam. Der Fahrer hatte in der Aufregung den Motor abgewürgt. Der Stillstand war so hart, dass der Fahrer die Maschine nicht mehr halten konnte und sie sich zur Seite neigte. Der Mann auf dem Soziussitz stiess sich noch rechtzeitig nach hinten ab, konnte aber nicht verhindern, dass er dabei das Gleichgewicht verlor. Der Fahrer war derweil damit beschäftigt, nicht unter der gut über zweihundert Kilo schweren Maschine begraben zu werden. Jana machte einen Satz auf die Strasse und ging mit der Waffe im Anschlag auf den immer noch mit seinem Gleichgewicht kämpfenden Soziusfahrer zu.

«*Stop! Policija! Baci pištolj!* – Waffe fallen lassen!»

Der Mann atmete heftig. «*Prokleta kurvo* – verfluchte Hure!» Er hob seine Waffe.

Jana feuerte zweimal. Das Visier seines Integralhelmes splitterte, und der Schütze wurde nach hinten auf den neuen, harten Asphalt geschleudert, wo er reglos auf dem Rücken liegen blieb. Im Fallen hatte er die Arme in die Höhe geworfen, und seine Makarow-Pistole flog im hohen Bogen unter den Bauwagen.

Jana wandte sich dem Fahrer zu, der es geschafft hatte, die Kawasaki wieder aufzurichten und den Motor anzukicken. Das Rad machte einen Satz, und Jana sprang zur Seite. Die Kawasaki fuhr an. Blieb stehen. Fuhr wieder an, bevor sie erneut stockte. Wahrscheinlich stimmte etwas mit dem Motor nicht, oder der Fahrer war einfach ein Idiot. Ohne ihn aus den Augen zu lassen, rannte Jana zum Bauwagen, der ihr Deckung geboten hatte. An einer Seitenwand waren mehrere Besenstiele befestigt. Sie riss einen der Holzstiele aus der Halterung und ging auf das Motorrad zu. Der Fahrer wollte in Richtung Bahnhof entkommen. Jana hob den Stiel wie einen Speer und schleuderte ihn zwischen die Speichen des Vorderrades. Die Kawasaki machte wieder einen Satz, diesmal um die eigene Achse. Der Fahrer wurde vorn über die Lenkstange geschleudert und knallte mit dem Rücken auf die Fahrbahn. Trotzdem gelang es ihm überraschend schnell, seine Pistole zu ziehen.

Jana brachte ihre Glock wieder in Anschlag. «*Oružje dole* – Waffe runter!»

Ein Schuss löste sich aus der Makarow. Der Kerl hatte mehr in Panik als gezielt geschossen, und Jana hörte, wie das Projektil hinter ihr in eine Hauswand einschlug. Diesmal drückte sie nur einmal ab. Der andere schrie auf und liess die Makarow fallen. Mit zwei Schritten war Jana bei ihm, kickte die Pistole weg und stellte einen Fuss auf seine verwundete Schulter. Der Mann brüllte vor Schmerzen auf. Sie blickte sich rasch um, um sich zu vergewissern, dass nicht von anderer Seite noch Gefahr drohte. Dann blickte sie auf den verletzten Mann hinunter.

«Du bist verhaftet, *šupak*!» Sie verlagerte ihr Gewicht zurück auf den anderen Fuss. Das Brüllen ging in Wimmern über. «Wer hat dich geschickt. War *Er* es?»

«*Jebi se* – Fick dich!»

Jana lächelte kalt. Sie verlagerte ihr Gewicht wieder auf die angeschossene Schulter.

«*Kurvo!*», brüllte der Mann. Jana zielte auf seine unverletzte Schulter.

«Rede!», sagte sie. «Rede, oder ich …»

«Jana!»

Casagrande ging langsam mit von sich gestreckten, leicht erhobenen Händen auf Jana zu. Jana drehte den Kopf leicht zu ihr, ohne ihren Gefangenen aus den Augen zu lassen. Casagrande war unverletzt bis auf eine Schnittwunde an der Hand und ein zerrissenes Hosenknie.

«Alles in Ordnung?», rief sie Casagrande zu.

«Ja, ein paar Schürfungen und der Schreck. Ansonsten alles gut.»

«Und die Frau und die Kinder?»

«Unverletzt!»

Zwei Bauarbeiter kamen aus dem Bauwagen heraus. Sie waren ebenfalls unversehrt. Die Projektile, die in ihr Gefährt eingeschlagen hatten, schienen, ausser dem Schrecken, keinen weiteren Schaden angerichtet zu haben. Jana fragte sie nach Stricken oder Kabeln, mit denen sie den Gefangenen fesseln konnte.

Einer der Männer ging zurück in den Wagen und kam kurz darauf mit drei Plastikschlingen zurück. Jana packte den Motorradfahrer hart an der Schulter und drehte ihn unsanft auf den Bauch, sodass er wieder vor Schmerzen brüllte.

«Vorsichtig», ermahnte sie Casagrande.

Jana ignorierte sie und packte beide Arme des Verletzten nach hinten. Das Brüllen wurde lauter.

«Jana!» Casagrande fasste sie an der Schulter. «Er hat Schmerzen.»

Jana blickte auf und sah sie an. Casagrande erschrak, als sie ihre Augen sah, und liess los.

ELF

Dank des leichten Verkehrs und unter Missachtung einiger Verkehrsregeln war Dornach innert drei Minuten vor Ort. Die Polizei hatte die östliche Vorstadt zwischen Röti- und Berthastrasse für den allgemeinen Verkehr gesperrt. Sogar die öffentlichen Busse in Richtung Zentrum und nordwestliche Stadtgebiete mussten die normale Route durch die Niklaus-Konrad-Strasse meiden und das Gebiet über die Dornacherstrasse umfahren.

Auf dem Trottoir standen oder sassen Passanten in Wolldecken gehüllt. Einige wurden von Sanitätern betreut. Andere hielten heisse Getränke, die vom Personal des «Trüssel» verteilt wurden. Dornach erkannte Doris, eine der Kellnerinnen, die Serviertabletts mit dampfenden Pappbechern herumreichte. Sie dirigierte zwei ihrer Kolleginnen hierhin und dorthin und schaute, dass alle versorgt waren. Vor dem Tea-Room unterhielt sich Christian mit zwei Passanten. Als er Dornach sah, ging er zu ihm und schilderte, was vorgefallen war.

«Wenn Major Cranach nicht so beherzt reagiert hätte, wäre es wohl schlimmer gekommen», sagte Christian nicht ohne Bewunderung. «Sie hat die beiden Angreifer glatt mit Präzisionsschüssen ausgeschaltet.»

«Wie geht es ihr und Angela?», fragte Dornach.

«Beiden geht es gut. Frau Casagrande hat eine Schnittwunde an der Hand. Major Cranach ist unverletzt. Sie sitzen im Café. Karin ist bei ihnen und nimmt ihre Aussagen auf.»

«Gut, ich bin drin. Mike kommt in ein paar Minuten nach.»

Christian nickte, und Dornach klopfte ihm auf die Schulter. Es war nicht nur eine kollegiale Geste, sondern auch ein Ausdruck der Erleichterung darüber, dass nichts Schlimmeres passiert war.

Er trat ins Tea-Room, in dem sich weitere Passanten befanden, die sich vom Schock erholten. Einige sassen schweigend da und tranken ihren Kaffee oder Tee, während andere in angeregtem Gespräch versuchten, die Ereignisse der letzten Minuten zu verarbeiten. Eine junge Angestellte wischte die Scherben der zerschossenen Schaufensterscheibe auf. An einem der Tische sass die junge Mutter mit ihren Kleinen und unterhielt sich mit einer Polizistin, während die Kinder, in der einen Hand ein Glas Limonade haltend und mit der anderen an einem Meitschibei knabbernd, ruhig und mit grossen Augen das emsige Treiben um sie herum verfolgten. Zu ihrem Glück hatte ihr kindliches Gemüt die tödliche Gefahr nicht erfassen können, der sie gerade entronnen waren. Zuhinterst in einer Ecke sassen Jana und Casagrande und sprachen mit Karin. Dornach setzte sich zu ihnen.

«Bin ich froh, dass euch nichts passiert ist. Wie geht es euch?»

«Den Umständen entsprechend sehr gut – dank Jana», antwortete Casagrande. Jana lächelte nur müde.

«Die beiden haben mir den Vorgang geschildert», sagte Karin. «Ich lasse euch jetzt alleine und mache nachher das Protokoll. Es gibt noch ein paar Passanten zu befragen.» Sie erhob sich, steckte ihren Notizblock in die Kartentasche ihrer Uniformhose und ging nach draussen.

Jana überliess es Casagrande, den Ablauf des Attentates zu schildern, und ergänzte lediglich ein paar Einzelheiten. Der Bericht wurde kurz unterbrochen, als Doris an ihren Tisch trat und fragte, ob Dornach auch etwas trinken wollte. Er bestellte sich einen Espresso.

«Danke, dass ihr euch um die Leute kümmert, Doris.»

«Keine Ursache, Dominik, das ist doch selbstverständlich», sprudelte es aus ihr heraus. «Wir sind so froh, dass nichts passiert ist, ausser dass unsere Schaufensterscheibe in die Brüche gegangen ist. Stell dir vor, die hätten auf uns geschossen. Wenn deine Kollegin …», sie zeigte auf Jana, «… wenn sie uns nicht gewarnt hätte … Für sie ist hier ab sofort immer alles gratis.»

«Für den Kaffee lohnt es sich auf jeden Fall», sagte Jana lächelnd. «Das war er», fuhr sie fort, als sich die Kellnerin wieder entfernt hatte.

«Was war er?», fragte Dornach.

«Diese beiden Killer. Das war der Wolf – Slavko Vukovic, er hat sie geschickt.» Sie verzog den Mund zu einem ironischen Lächeln. «So befremdlich es klingen mag, die Sache hat auch etwas Positives.»

«Da sind wir aber gespannt.»

«Ihr müsst wissen, dass die Organisation ‹Wolf› so funktioniert: Wenn es darum geht, kleine Leute einzuschüchtern, Händler für Schutzgeld zu bedrohen oder Prostituierte gefügig zu machen, haben die niederen Chargen freie Hand. Ich hingegen bin ein sogenanntes *High Level Target*.» Sie unterbrach sich, als sie merkte, dass die beiden anderen sie erstaunt ansahen. «Geh bitte! Ich hab mir das nicht ausg'sucht. Das heisst einfach, dass mir keiner ohne die ausdrückliche Bewilligung des Wolfes ein Haar krümmen darf. Wenn Slavko einmal den Schiessbefehl gibt, erwartet er, dass er innert kürzester Zeit ausgeführt wird.»

«Das heisst, dass jemand euch beide verfolgt hat. Wahrscheinlich, seit du hier angekommen bist», sagte Dornach nachdenklich. «Wie konnten die so rasch herauskriegen, dass du hier bist?»

Jana zuckte die Achseln. «Ich hab mich ja nicht gerade versteckt. Ich kann nicht arbeiten, wenn ich mich ständig ducken muss.» Sie trank einen Schluck von ihrem Kaffee. «Da ist noch etwas anderes, das ich mir überlegt habe: Wenn sich der Wolf auf so was wie das von vorhin einlässt, heisst das auch, dass sie nervös werden. Zumindest haben s' Angst, dass ihnen hier auch die Felle davonschwimmen, bevor sie überhaupt richtig Fuss gefasst haben.»

«Und indem der Angriff auf dich gescheitert ist, haben sie nun doppelten Grund, sich Sorgen zu machen», sagte Dornach.

«Wir uns aber auch», warf Casagrande ein, «wer sagt denn, dass sie nicht gleich noch einmal versuchen, dich aus dem Weg zu schaffen, Jana?»

Jana schüttelte den Kopf. «Glaube ich nicht. Das vorhin war ein riesiges Debakel, ein *fuck-up*, wie die Amis sagen. Ich denke, dass die Wölfe zuerst einen Moment still halten, bevor sie wieder zuschlagen.»

«Wir sollten trotzdem Vorkehrungen für deinen Schutz treffen.» Dornach war nachdenklich geworden. «Ich organisiere einen Beamten in Zivil, der dich begleitet und –»

«Das kommt überhaupt nicht in Frage. Ich kann mich selber schützen.»

«Bei dir zu Hause vielleicht, Jana. Hier bist du in einer

fremden Stadt mit vielen verborgenen Winkeln und Ecken. Wir müssen davon ausgehen, dass die anderen sich hier besser auskennen als du. Ausserdem tragen wir die Verantwortung für deinen Schutz.»

«Das mag sein, und ich find's rührend, dass ihr euch um meine Sicherheit sorgts, Dominik. Ich arbeite allein. Immerhin hab ich a bisserl eine Erfahrung und …»

«Aber …» Dornach wollte widersprechen, als sich Jana gerade aufrichtete.

«Aber nichts, Adjutant Dornach. Wenn gar nichts hilft, kann ich ja meinen Rang ins Spiel bringen, nicht wahr?», sagte sie mit einem bestimmenden Lächeln.

Dornach winkte seufzend ab. «Schon gut, Frau Major. Keine Leibgarde also?»

Jana nickte. «Genau, dafür fangen wir an, die Dreckskerle richtig zu zwicken.»

«Wie meinst du das?»

«Wir nehmen uns ihre Assets hier unter die Lupe.» Sie dachte kurz nach. «Zum Beispiel diesen Club, in dem gestern deine Tochter war. ‹Extasy› oder wie der heisst. Das könnte ein wichtiges Lokal für die Organisation sein.»

«Ich verstehe nicht ganz, wie du darauf kommst», sagte Casagrande, die sich schon Gedanken über die Beweislage machte.

«Nur so eine Idee. Die Pillen, die Pia dir gegeben hat, Dominik.»

«Du meinst dieses ‹Blue X›?»

«Ja, solche Pillen waren und sind immer noch bei uns in Österreich im Umlauf. Unsere Forensiker sind sich sicher, dass sie von den Serben kommen.»

Dornach versuchte sich zu erinnern, was Pia ihm erzählt hatte, als sie ihm die Pillen ganz beiläufig heute Morgen zugesteckt hatte. Seine Tochter dachte pragmatisch. Mehrere Sünden in das gleiche Donnerwetter zu packen war effizienter, als sich die Standpauken scheibchenweise aufzuhalsen.

«Die Pillen hatte sie von Manuela Bürki, die sie recht grosszügig unter ihren Freundinnen verteilte. Die wiederum scheint sie von ihrem Freund – diesem Jos – bekommen zu haben. Und Jos arbeitet, zumindest teilweise, im ‹Extasy›. Er könnte dort seine Quelle haben.»

«Das ist aber nicht erwiesen. Er könnte sie auch von sonst wo beziehen», wandte Casagrande ein.

Dornach nickte grimmig.

«Dann müssen wir eben herausfinden, von wo er sie hat.»

Er nahm sein Handy und wählte die Kurzwahl von Google und wies ihn an, alles über den ‹Extasy-Club› in Erfahrung zu bringen. Notfalls solle er über eigene Quellen gehen, falls bei den offiziellen Kanälen nichts herausschaute.

«Zufrieden?», fragte er Casagrande.

«Ja, bis auf deine letzte Bemerkung wegen der Quellen. Die habe ich nicht gehört.»

«Wieso, welche Quellen?»

Casagrande verdrehte die Augen.

«Fühlt ihr euch fit genug, mich ins Spital zu begleiten?», fragte er die beiden Frauen. «Wir müssen uns um Lötscher kümmern. Und ich will noch schnell bei Maja vorbeischauen.»

«Bin dabei! Wir wollten eh dorthin», sagte Casagrande.

Dornach blickte zu Jana, die blass und müde aussah. «Ich denke, du solltest dich besser etwas ausruhen. Im Spital kannst du nichts tun. Ich lasse dich mit einem Einsatzwagen nach Hause bringen und sage der Haushälterin Bescheid, dass sie dir das Apartment herrichtet.»

Jana war einverstanden. «So kann ich ein paar Telefonate mit Wien erledigen. Ich melde mich gegen Abend.» Sie legte eine Hand auf ihren Bauch und verzog leicht das Gesicht. «Entschuldigts ihr mich rasch, bitte. Diese ganze Sache und der Kaffee haben meine Verdauung angeregt.» Sie stand auf und ging zur Toilette.

«Wie findest du sie?»

Casagrandes Frage kam überraschend. «Wen? Jana?»

«Ganz schön taff», erwiderte er, als sie nickte. «Nach der Schilderung, die du und die Kollegen über das hier gemacht haben, ist sie kaltblütig vorgegangen. Sie hat eine gute Kampfausbildung.»

«Dominik, sie hat ihn einfach liquidiert.»

«Wen meinst du? Den Motorradfahrer? Der lebt ja noch.»

«Ja … nein, ich meine den Schützen, den Mitfahrer. Sie hat

ihm zwei Kugeln hintereinander in den Kopf gejagt.» Casagrande zögerte kurz, bevor sie weiterredete. «Ich meine, sie hätte ihn kampfunfähig schiessen können, wenn sie eine so gute Schützin ist. Aber sie hat ihn einfach umgebracht.»

«Es war eine ausserordentliche Situation, Angela. Und sie war unter extremer Anspannung. Es bestand höchste Gefahr, die Frau mit den Kindern, du, Jana hat einfach nur Nothilfe geleistet.»

«Ja, schon», entgegnete sie. Sie wusste nicht richtig, wie sie es ihm erklären sollte. «Ich glaube trotzdem, dass sie exzessiv gehandelt hat. Wenn sie so gut ausgebildet ist, wie du es meinst, hätte sie differenzierter reagieren müssen.»

«Angie.» Er blieb geduldig. «Du magst recht haben, aber in so einer Situation entscheiden Bruchteile von Sekunden. Ich glaube, sie hat nur daran gedacht, die Gefahr möglichst rasch und wirksam von euch fernzuhalten.»

«Schon! Aber ... Dominik, sie hat den Gefangenen misshandelt.»

«Den Motorradfahrer?»

Casagrande nickte. «Zumindest hat sie ihm unnötige Schmerzen verursacht, als er bereits entwaffnet und kampfunfähig auf dem Boden lag.» Sie schilderte, wie Jana dem Fahrer mit dem Fuss auf die Wunde getreten war und ihn brutal gefesselt hatte.

«Sie wollte ihn zum Reden bringen, das ist legitim», kommentierte Dornach. Seine Empathie für solche Menschen hielt sich in engen Grenzen. «Vergiss nicht, dass die Kerle den Tod von mehreren Unbeteiligten, darunter Kinder, einfach in Kauf genommen haben.»

«Aber von diesem Mann ging keine Gefahr mehr aus.» Angelas Stimme wurde hart. «Wenn du oder einer deiner Kollegen sich bei der Festnahme so verhalten hätte, würde ich ein Disziplinarverfahren gegen ihn einleiten.»

«Jetzt übertreibst du aber, Angie.»

«Nein, ich übertreibe nicht, Dominik.» Sie lehnte sich zu ihm vor. «Irgendetwas stimmt nicht mit ihr – glaub mir.»

«Wie meinst du das?»

«Wir waren zusammen beim Lunch, und wir haben geredet. Sie hat mir von ihrem Leben erzählt. Sie scheint offen und nett.

Aber da ist etwas … Ich weiss nicht, ich sehe es in ihren Augen. … Etwas Unheimliches, als ob sie besessen wäre.»

«Besessen?»

«Ja, irgendetwas liegt tief in ihr drin. Vielleicht ein Trauma der Kindheit. Der Unfall ihrer Eltern. Du weisst, dass sie adoptiert wurde?»

«Sie hat es mir erzählt.»

«Eben.» Casagrande lehnte sich in ihrem Stuhl zurück und schielte hinüber zur Tür, die zu den Toiletten führte. «Ich glaube, es ist mehr als nur der Drang nach Recht und Gerechtigkeit, der sie antreibt. Und das ist nicht gesund. – Zumindest nicht für eine Polizistin», fügte sie hinzu.

Dornach überlegte. Angela fühlte gegenüber Jana dasselbe wie er. Er hatte aber bis jetzt weder Zeit noch Gelegenheit gehabt, darüber nachzudenken.

Dornach wollte etwas erwidern, als sich die Tür zur Toilette öffnete und Jana mit erleichtertem Gesichtsausdruck zurück an den Tisch kam. Sie standen auf, während Jana zu der jungen Mutter ging und sich von ihr und ihren Kleinen verabschiedete. Die Frau umarmte die Polizistin lange, bevor sie sich dankend verabschiedete. Die Kleinen winkten ihr fröhlich zu und widmeten sich wieder ihren Süssigkeiten.

Die kurze Fahrt mit Casagrande zum Bürgerspital verlief schweigsam. Einerseits beschäftigte ihn, was Angela über Jana gesagt hatte. Andererseits war er erleichtert, dass diese Schiesserei mitten in seiner beschaulichen Stadt so glimpflich abgelaufen war.

***

Slavko sass in einem hohen Lehnstuhl und schaute durch das grosse Fenster. Vor ihm breitete sich eine grüne Landschaft mit Wiesen und Wäldern aus. Sein Blick glitt über einen Reiterhof hinunter zum nächsten Dorf. Am Horizont schimmerten die Gipfel der Alpen durch das dunstige Licht des Nachmittags.

Slavko wusste nicht, warum, aber diese reiche Landschaft flösste ihm Ruhe ein. Als ob Leid und Krieg hier nie einziehen könnten. Alles strahlte Zufriedenheit und Wohlstand aus. Er hingegen befand sich ständig auf der Flucht. Er konnte nie mehr in seine alte Heimat in der Nähe von Sarajevo zurückkehren, seit die UN-Schergen Jagd auf ihn machten. In Belgrad wurde er je länger, desto mehr nur noch geduldet. Die UNO und die EU übten Druck auf die serbische Regierung aus, ihn endlich auszuliefern. Es war nur eine Frage der Zeit, bis seine ehemaligen Mitstreiter, die heute in hohen Ämtern des serbischen Staates sassen, ihn verraten würden. Wo sollte er hin? Er hatte schon seine Fühler ausgestreckt. Einige Staaten in Afrika oder Asien waren bereit, ihn aufzunehmen, vor allem sein Geld. Aber wollte er das? Diese Länder waren in seinen Augen arm, schmutzig und hatten keine Kultur. Die Frauen dort waren hässliche Käfer, die Männer mit ihren Krankheiten vergifteten.

Die österreichische Hexe hatte seine wichtigsten Einkommensquellen zu einem Rinnsal verkommen oder ganz versiegen lassen. Die neue Basis in der Schweiz war seine letzte Hoffnung. Die Polizistin war jetzt vielleicht schon liquidiert, zerquetscht von der Härte seiner Faust, die immer noch Macht hatte über diese Insekten.

Er ergötzte sich an diesem Gedanken, als Darko die Schiebetür des Wohnzimmers öffnete. «Es ist misslungen», sagte er nur.

Slavko verstand nicht sofort. «Was?»

«Sie haben sie nicht erwischt. Im Gegenteil: Sie hat die beiden erwischt. Dragan ist tot, Mischa liegt verletzt im Spital.»

«Cranach!», stiess Slavko hervor, «sie hat …?»

Darko nickte. Er erzählte, was ihm Goran, der Mann, der die beiden Frauen mit dem Handy verfolgt und beobachtet hatte, berichtet hatte. Er war zu weit weg gewesen, um einzugreifen, als es schieflief. Schliesslich hatte er es vorgezogen, sich zurückzuziehen, als von allen Seiten Polizeiwagen heranstürmten.

«Was ist mit Mischa? Wird er reden?»

Darko schüttelte den Kopf. «Nie. Eher würde er sich die Zunge abbeissen, als dich zu verraten, *gazda.*»

Slavko nahm sein Glas mit achtzehnjährigem Glenmorangie Single Malt, das halb voll auf dem Servierboy stand, der eine beträchtliche Auswahl von erlesenen Brandys und Whiskys enthielt. Er war wütend. Alles Ignoranten und Verräter. Jetzt kamen sie nicht mehr an die Österreicherin heran, ohne sich selber zu kompromittieren. Auch dafür würde er die andere Verräterin und ihre Brut bestrafen, ob sie lieferte oder nicht.

***

Als Dornach beim Empfang nach Nadja Bürki fragte, die er inzwischen telefonisch hatte erreichen können, rief ihn Jana auf seinem Handy an.

«Slavko ist verschwunden», sagte sie.

«Wie, verschwunden?»

«Er ist nicht mehr in seinem Haus in Belgrad. Die Agenten, die das Anwesen observieren, haben es vor einer Stunde bemerkt.»

«Du meinst, er ist hier?»

«Genau», sagte sie, «er muss hier in der Nähe irgendwo auf der Lauer liegen.»

«Und gibt gleichzeitig den Schiessbefehl gegen dich und lenkt damit unsere ganze Aufmerksamkeit auf ihn?» Dornach zweifelte.

«Slavko handelt nicht immer rational. Das ist charakteristisch für Menschen, die sich in ihrer Machtsucht Gott gleich wähnen», sagte sie. «Aber hast du das Kennzeichen des Motorrades gesehen, das mich angegriffen hat?»

«Ja, ein österreichisches Nummernschild.»

«Bregenz, genau. Stell dir vor, der Anschlag wäre gelungen, und die Angreifer wären entkommen. Was hättet ihr getan?»

Dornach dachte nach.

«Wir hätten angenommen, dass sie von Vorarlberg rübergekommen sind und dort ...» Er fasste sich an die Stirn. «Wir hätten dort angefangen zu suchen. Verdammt ...»

«Bin genau deiner Meinung. Eure Aufmerksamkeit hätte sich Richtung Osten verlagert, weg von hier.»

«Ein Ablenkungsmanöver. Das wäre natürlich möglich. – Ist Gott sei Dank schiefgegangen», fügte er hinzu.

«Gott sei Dank für mich», entgegnete Jana lakonisch. «Der Oberst will übrigens, dass ich hier abbreche und sofort nach Wien zurückkehre. Man könne mich dort besser beschützen, meint er.»

«Und?»
«Und? Kann er vergessen.»
«Das hast du ihm gesagt?»
«Genau so, ja.»
«Und jetzt musst du erst recht zurück?»
Sie seufzte.
«Ich kann deine Tochter verstehen, Dominik. Manchmal nervst du. Aber wenigstens nervst du charmant. – Und nein, ich werde hier die Zelte nicht abbrechen. Ich hab's dem Oberst gesagt: Ich will arbeiten und nicht davonrennen. Die Gefahr gehört zu meinem Job. Ich will Slavko.»
«Wie ist er hierhergekommen?», fragte Dornach. «Er kann ja nicht einfach so in den Schengen-Raum einreisen.»
«Ich denke, er hat sich irgendwie aus seinem Fuchsbau in Belgrad geschlichen. Der kürzeste Weg führt über Montenegro. Von dort könnte er mit einem sehr schnellen Boot über das Meer nach Italien gelangen, zum Beispiel nach Bari. – Oder noch besser und wahrscheinlicher: Er hat einen Privatjet in Podgorica gechartert und ist geflogen.»
«Das wäre dumm von ihm. Wir müssen nur die Liste der privaten Anflugbewegungen aus Podgorica in die Schweiz prüfen. Das können nicht so viele sein.»
«So einfach wird er's euch nicht g'macht haben. Er ist wahrscheinlich nur bis Italien geflogen. Vielleicht Bari, Triest oder Mailand. Von dort kann er einfach mit falschen Papieren per Auto oder Zug in die Schweiz einreisen. Er kann auch unter falschem Namen mit einem Linienflug oder einem anderen Privatjet ins Land gekommen sein. Ihr habts hier einen Flughafen, auf dem Businessjets landen können, nicht wahr?»
«Grenchen wäre eine Möglichkeit. Meinst du, er hat das riskiert?»
«Denkbar wär's schon. Slavko hat es eilig. Er kann es sich nicht leisten, noch mehr Zeit zu verlieren. Und er neigt zu impulsiven Handlungen.»
Dornach sah zu Casagrande, die ihr Gespräch am Handy soeben beendet hatte.
«Können wir die Zeit eingrenzen?», fragte er Jana.

Sie überlegte kurz. «Die letzten zwölf bis achtzehn Stunden.»

«Ich lasse das checken. Ruh dich aus, Jana. Ich melde mich später wieder.»

Dornach beendete das Gespräch und rief Google an, um ihm die entsprechenden Anweisungen zu geben.

Nachdem sie kurz bei Maja waren, holte Nadja Bürki sie in der Intensivstation ab und brachte sie in die Pathologie. Dornach hasste es, schon zum zweiten Mal innerhalb von vierundzwanzig Stunden in einem Spital zu sein. Was ihm noch mehr zu schaffen machte, waren die Kühlräume, in denen die Leichen aufgebahrt wurden, bevor sie entweder zur Bestattung oder zur Autopsie abgeholt wurden. Es war nicht nur der Hauch von Verwesung, der in der kalten Luft lag und den man mit allerlei desinfizierenden Substanzen und Düften zu übertönen versuchte. Ihm war, als spürte er die Permanenz des Todes. Leblose Energie, bar aller Umdrehungen und Reibungen des Lebens und der Welt. Ein Hauch von Hoffnungslosigkeit und Endgültigkeit.

Nach einigen Minuten hatte er genug gesehen und sagte Casagrande, dass er draussen warten würde. Nachdem sie die Autopsie angeordnet hatte, wollte sie zurück in ihr Büro. Sie wusste, dass Dornach mit Bürki über ihre Kontakte zu Lötscher sprechen wollte, fand es aber vorerst besser, wenn er das alleine tat. Er bot ihr an, sie in einem Patrouillenwagen zurückfahren zu lassen, aber sie bestand darauf, ein Taxi zu nehmen. Sie sei schliesslich nicht die Zielscheibe.

«Ausserdem will ich ungestört telefonieren», sagte sie und wedelte mit ihrem Handy. Dornach insistierte nicht. Bevor man Angela Casagrande zu etwas überreden konnte, das sie partout nicht wollte, liesse sich eher der Weissenstein versetzen.

Er traf Bürki in ihrem Büro an. Sie sass an ihrem Tisch, die Ellbogen auf der Tischplatte aufgestützt und den Kopf in den Händen vergraben.

«Müde?», fragte er.

Bürki hob den Kopf. Ihre Augen waren rot gerändert, und eine tiefe Furche zeichnete sich zwischen ihren Augenbrauen ab.

Um den Mundwinkel hatten sich tiefe Sorgenfalten eingegraben. Ihr sonst so energischer Blick war stumpf, und ihre Gesichtshaut schien grau und eingefallen.

«Ich bin erschlagen», sagte sie nur.

«Neuigkeiten von Ihrer Tochter?»

Sie schüttelte den Kopf. Ihre Augen wurden feucht.

«Pia hat sie bei uns als vermisst gemeldet. Warum haben Sie noch nichts getan, Nadja?»

«Ich … ich … ich weiss es nicht.»

«Manuela hat sich seit über zwölf Stunden nicht mehr gemeldet. Ist das normal?»

«Ich dachte, dass …» Sie wischte sich mit einer Hand über die Augen.

«Sie dachten, dass es gefährlich sein könnte, nicht wahr?»

Sie sah ihn erstaunt an. «Nein! – Nein, wie kommen Sie darauf?»

«Deswegen!» Er hielt ihr ein Blatt Papier hin, das er aus der Innentasche seines Jacketts gezogen hatte.

«Was ist das?», fragte sie, als sie es entgegennahm und überflog.

«Das ist die Anrufliste von Walter Lötschers Handy. Es sind die letzten Anrufe, bevor er überfallen wurde.»

Sie sah verständnislos auf das Papier.

«Sie waren die letzte Person, die er angerufen hat.»

Sie schob das Blatt zurück zu ihm, als ob sie sich daran verbrannt hätte. «Das … das kann gar nicht sein. Das muss ein Irrtum –»

«Nein, das ist kein Irrtum. Weshalb sollte es?»

«Aber an dem Abend hab ich doch nicht … Ich war mit meinen Freundinnen unterwegs.»

«Mag sein, will aber nichts heissen. Haben Sie Lötscher an diesem Tag oder in dieser Nacht noch getroffen?»

Sie sagte nichts. Beide schwiegen beinahe eine halbe Minute lang, bevor es ihm zu bunt wurde. «Nadja», seine Stimme war einen Ton schärfer, «machen Sie mir nichts vor. Jetzt befrage ich Sie noch als Zeugin. Staatsanwältin Casagrande ist noch nicht im Bild. Ich werde sie aber bald in Kenntnis setzen müssen. Als was soll ich Sie dann benennen? Als Zeugin oder als Verdächtige?»

«Ich habe mit dem Angriff auf Lötscher nichts zu tun.» Sie hob abwehrend beide Hände.

«Aber Sie haben etwas mit ihm zu tun. Das ist doch kein Zufall, oder?»

Sie sank in ihrem Stuhl zusammen. Ihr Blick war zu Boden gesenkt. Sie schwieg.

«Ich sage Ihnen, was ich denke.» Seine Stimme war ruhiger, die Schärfe behielt er bei. «Lötscher war Journalist und an einer grossen Story. Wollte er Informationen von Ihnen? Worüber?»

Sie schwieg weiter.

«In der Nacht auf gestern wird er überfallen und tödlich verletzt. Zufall? Das glaube ich nicht.»

Schweigen.

«Als wir gestern hier zusammen sprachen, hatten Sie Angst. Sie sagten mir, dass jemand Sie und Manuela bedroht. Seit heute Morgen früh fehlt jedes Lebenszeichen von Ihrer Tochter.» Er stand auf, ging um den Tisch herum und beugte sich zu ihr hinunter. «Sie haben immer noch Angst. Es gibt einen Zusammenhang zwischen dem Fall Lötscher und Manuelas Verschwinden, nicht wahr?»

Sie blieb stumm, ihre Augen waren auf ihren Schoss geheftet. Eine Reaktion war jedoch sichtbar: Eine Träne tropfte auf ihren Handrücken. Dornach zog an ihrem Stuhl und drehte ihn sanft von der Tischplatte weg zu sich hin. Dann ging er vor Bürki etwas in die Hocke, sodass sie beide auf Augenhöhe waren. Seine Stimme war wieder ruhig und sollte Vertrauen einflössen.

«Nadja, ich will Ihnen helfen. Egal, in welcher Geschichte Sie drinstecken. Aber es kann es doch nicht wert sein, dass Manuela dafür leiden muss.»

Mit einem Schluchzer schlug sie beide Hände vors Gesicht. Dornach stand auf, ging zum Fenster und blickte in die Sonne über den westlichen Jurahöhen. Dann drehte er sich zu Nadja um. «Ich glaube nicht, dass Sie sich oder Ihrer Tochter helfen, wenn Sie blockieren.»

Sie sah ihn aus tränennassen Augen an. «Sie können mir nicht helfen, Dominik.»

«Versuchen könnte ich es ja wenigstens.»

«Sie können keiner Toten helfen.»

Diese Aussage erschreckte ihn. «Was meinen Sie?»

Diesmal war ihr Blick direkt und klar. «Ich bin tot, Dominik. Und Manuela ist es vielleicht auch schon.»

«Ich verstehe nicht. Sagen Sie mir, was passiert ist. Was haben Sie getan? Wollte Lötscher Sie erpressen?» Er packte sie an beiden Schultern.

«Nein!» Sie schüttelte vehement den Kopf. «Er ... er wollte Informationen von mir.»

«Was für Informationen?»

«Über Organhandel.»

«Organhandel? Hier in der Schweiz?»

«Ich habe Lötscher oft bei Recherchen geholfen. Wir waren beide der gleichen Ansicht, was die Widerspruchslösung betrifft.»

«Verstehe!» Dornach formte mit seinen Händen eine Pyramide. «Sie und Lötscher waren sich einig, dass die Menschen in Zukunft von der Medizin als wandelnde Ersatzteillager angesehen werden sollen?»

«Nein, das verstehen Sie nicht.» Ihre Stimme wurde eine Spur kämpferischer. «Wir wollen Leben retten.»

Dornach sagte vorerst nichts und blickte sie nur an.

«Erklären Sie mir, wie das vor sich geht», forderte er sie auf.

«Was vor sich geht?»

«Eine Transplantation. Wie läuft die ab?»

Es wirkte. Ihre Stimme wurde fester. Dornach spekulierte, dass eine professionell nüchterne Nadja ihm bessere Informationen liefern konnte als eine aufgewühlte. Sie räusperte sich.

«Wenn die Tests beim Patienten durchgeführt sind und der Hirntod von mindestens zwei voneinander unabhängigen Spezialisten festgestellt ist, wird die Operation umgehend vorbereitet. Der Spender erhält ein Schmerzmittel und –»

«Moment», unterbrach er sie, «der Spender bekommt eine Narkose?»

Nadja nickte.

«Warum? Er ist doch tot.»

«Hirntot», präzisierte Nadja. «Beim Hirntod ist die Funktion des Gehirns unwiderruflich ausgefallen.»

«Also stimmt es?»

«Stimmt was?»

«Dass die Patienten leben, wenn ihnen die Organe entnommen werden?»

«Nein, sie leben nicht mehr. Sie sind hirntot. Ihr Körper wird künstlich am Leben erhalten.»

«Warum verabreichen Sie ihnen dann eine Narkose?»

Bei dieser Frage wurde sie etwas unsicher. «Das Gehirn ist tot und kann keine Schmerzinformationen mehr verarbeiten. Wir anästhesieren nur aus humanen Gründen.»

«Verstehe ich nicht.»

«Um sicherzugehen, dass der Patient nicht leidet, falls noch Nervenreflexe vorhanden sein sollten.»

«Warum warten Sie nicht, bis er tot ist. Ich meine, bis sein Herz nicht mehr schlägt?»

«Weil die Organe nur einem lebenden Körper entnommen werden können. Nach dem Herztod ist es zu spät.»

«Sie erhalten Menschen künstlich am Leben, nur um sie ausnehmen zu können wie Tiere im Schlachthaus?»

«Um Leben zu retten. Verstehen Sie das nicht?»

Dornach zuckte die Achseln. «Ich frage mich nur, zu welchem Preis? Degradierung der Menschen zu Ersatzteillieferanten, damit einige Auserwählte und Privilegierte weiterleben können. Und das ist wahrscheinlich nicht einmal garantiert, wenn der Organismus des Empfängers das neue Organ abstossen sollte.»

«Ja, das kann vorkommen. Es gibt keine hundertprozentige Garantie.»

«Ist die Würde und Unantastbarkeit des Menschen über seinen Tod hinaus nicht ein zu hoher Preis dafür?»

«Es ist ethisch, moralisch und gesetzlich anerkannt.» Sie wollte anscheinend nicht mehr darüber diskutieren und wechselte den Fokus. «Lötscher recherchierte für einen Artikel über die internationale Organmafia. Er hatte einige Informationen und … und er wollte sie von mir verifiziert haben, weil ich Spezialistin auf diesem Gebiet bin.»

«Was für Informationen?»

«Informationen über die Kanäle, durch die die Spenderorgane geschleust werden. Offizielle und inoffizielle.»

«Inoffizielle? Sie meinen illegale Kanäle. Was wissen Sie davon?» Ihre Augen blieben unten. Kein Zeichen für ein gutes Gewissen, dachte Dornach. «Was wissen Sie über illegalen Organhandel, Nadja? Hier ist doch alles reguliert und überwacht. Es läuft alles über Swisstransplant.»

«Ja schon! Aber wir werden immer wieder über Machenschaften der Organmafia informiert. Da wollte Lötscher meinen Rat.»

«Dr. Bürki!» Diese Frau testete wirklich seine Geduld. «Entweder Sie sprechen jetzt Klartext mit mir, oder ich nehme Sie mit. Sie wollen mir doch nicht weismachen, dass Sie vor Angst fast sterben, nur weil Ihnen ein Reporter ein paar Fachfragen zum Organhandel stellen will.»

«Ich … ich kann nicht», sagte sie verzweifelt.

«Sie werden müssen. Jetzt oder später. Je später, desto gefährlicher – vor allem für Manuela.»

Bürkis Augen waren wieder tränennass. Sie machte einen tiefen Atemzug und schluckte. Dann sah sie Dornach an. «Ich habe mit ihnen zusammengearbeitet.»

«Mit wem?»

«Mit einer Organisation, die inoffiziell Organe beschafft und damit handelt.»

«Sie haben Organe für illegale Transplantationen gestohlen?», fragte er fassungslos.

«Nicht gestohlen! Ich … ich habe sie umgeleitet.»

«Erklären Sie mir das.»

Sobald sie wieder in professionelles Gebiet zurückkehrte, klang ihre Stimme sicherer. «Kurz bevor das neue Organ eingesetzt ist, führen wir eine sogenannte Kreuzprobe oder einen *crossmatch* durch. Dabei wird untersucht, ob der Empfänger Antikörper gegen das zu empfangende Organ hat. Wenn dies der Fall ist, wird die Transplantation abgesagt, da sonst das Abstossungsrisiko zu gross ist.»

«Kommt das oft vor?»

«Ein Risiko besteht immer. Es liegt am Chirurgen, zu entscheiden, die Transplantation vorzunehmen oder nicht.»

«Was geschieht dann?»

«Das Organ, zum Beispiel eine Leber, hat nach der Entnahme nur eine sehr eingeschränkte Lebensdauer. Oft sind es nur wenige Stunden, die zwischen Entnahme und Einpflanzung vergehen dürfen. Es gibt eine Warteliste. Eigentlich müsste das Organ an den Nächsten auf der Liste weitergegeben werden, wenn es dem ursprünglich bestimmten Empfänger nicht eingepflanzt werden kann. Aber …»

«… dafür reicht die Zeit nicht mehr», ergänzte Dornach.

«Nicht, wenn der Nächste auf der Liste nicht im gleichen Spital liegt.»

«Das heisst?»

«Das heisst, dass der Chirurg das Organ einem möglichen Empfänger im gleichen Spital übertragen kann, auch wenn dieser nicht auf der Warteliste steht.» Es klang, als ob ein Spielzeug, das ein Kind nicht mehr wollte, an ein anderes weiterverschenkt wurde.

«Und solche Patienten hatten Sie?»

Bürki nickte. «Als Privatpatienten, ja. Wir führen solche Operationen in der Klinik ‹Zur Matte› in Bern durch, wo ich privat operiere. Ich operiere auch im Inselspital, aber in der ‹Matte› habe ich dafür den nötigen Handlungsspielraum. In der ‹Insel› läuft alles gesetzlich reguliert und streng kontrolliert ab.»

«Und ich dachte, in der Schweiz dürften Transplantationen nur in den sieben dafür vorgesehenen Zentren vorgenommen werden.»

Bürki lächelte schwach. «Auch in der Schweiz ist vieles möglich.»

«Wie wurden Sie bezahlt?»

«Die Patienten bezahlten einen Betrag an die Organisation, wovon ich die Hälfte als Honorar für den Eingriff erhielt.»

«Wie viel bezahlten sie Ihnen?»

«Fünfzig- bis hundertfünfzigtausend Franken, je nach Eingriff.»

«Und Sie haben die Organisation hintergangen, stimmt's?»

Diesmal schaute sie ihm direkt in die Augen. «Ich hätte gestern eine solche Operation machen sollen. Eine Lebertransplantation für eine junge Frau aus Ungarn, sie war schon in der ‹Matte›. Die Tochter eines Baulöwen aus Budapest.» Sie stockte.

«Ja, und? Weiter?»

«Ich ... ich habe die Leber stattdessen einem jungen türkischen Mädchen eingepflanzt. Verstehen Sie? Das Kind lag im Sterben. Wir konnten sonst nichts mehr tun. Das Organ passte. Ein Tag später und es wäre tot gewesen. Die Eltern haben mich auf Knien angefleht.» Sie schaute Dornach verständnisheischend an, der sie nur ruhig und stumm anblickte. Frustriert verwarf sie die Hände. «Die Ungarin konnte warten. Ihr Vater hat einfach mit Geld um sich geschmissen.»

«Wo ist sie jetzt?»

«Wer?»

«Die Ungarin. Wir müssen mit ihr reden.»

«Sie ist heute Morgen abgereist.» Sie schnaubte abschätzig. «Wahrscheinlich gibt es irgendwo schon eine neue Leber für sie.»

«Trotzdem, die Organisation, die die Operation vermittelte, dürfte nicht glücklich sein. Wollen sie ihr Geld zurück?»

«Das ginge noch. Das Geld wäre weiss Gott kein Problem. Sie verlangen ein Ersatzorgan von mir.»

«Die wollen, dass Sie ihnen eine neue Leber liefern?»

«Genau! Ehrenschuld, sagen sie. Aber ich kann doch nicht einfach so eine Leber irgendwo herausschneiden», sagte sie verzweifelt.

«Bis wann müssen Sie liefern?»

«Bis heute Abend, sonst tun sie Manuela etwas zuleide. Vielleicht werden sie ihre Leber nehmen.» Tränen flossen über ihre Wangen. «Dominik, ich weiss nicht, was ich tun soll. Ich habe solche Angst.»

«Sie denken, dass die Organisation Manuela in ihrer Gewalt hat?»

«Wer denn sonst!»

«Haben sie sich gemeldet? Wurden Forderungen gestellt?»

«Gemeldet ja. Aber sie sagen nicht, dass sie Manuela haben. Sie drohen einfach.»

Dornach überlegte. Er wusste, dass diese Verbrecher niemals leere Drohungen aussprachen.

«Nadja, Sie stehen das nicht alleine durch. Lassen Sie uns Ihnen helfen.»

Bürki schüttelte den Kopf. «Wenn die merken, dass die Polizei sich eingeschaltet hat, bringen sie Manuela womöglich gleich um.»

«Oder morgen, wenn Sie nicht liefern. Sehen Sie mich an.» Ihr Ausdruck war gehetzt und hoffnungslos.

«Was können Sie denn tun?», fragte sie zögernd.

«Wir hören Ihre Telefone ab. Alle. Wenn sie Sie das nächste Mal anrufen und sie lange genug dranbleiben, haben wir eine Chance, die Gespräche zurückzuverfolgen.»

«Ich weiss nicht …»

«Sie können das nicht alleine.»

«Also ich …»

Das Klingeln von Dornachs Handy unterbrach sie. Es war die Einsatzzentrale. Ungeduldig hob er ab.

«Ich habe euch doch gesagt, ich will nicht … Was?» Er hörte stumm zu.

«Wo?», fragte er nur. Er notierte sich etwas auf einen Zettel. «Ich komme sofort … Was? … Nein, ich rufe sie selber an … Ja.» Er legte auf. «Es tut mir leid, Nadja. Ich muss dringend weg. Ich rufe Sie noch heute an. Unternehmen Sie bitte in der Zwischenzeit nichts.»

«Ist etwas …?»

«Ich melde mich raschmöglichst», sagte er nur und verliess ihr Büro. Als er draussen zu seinem Wagen ging, wählte er die Nummer von Casagrande.

«Angie, ich brauche dich. In einem Waldstück bei Nennigkofen wurde eine weibliche Leiche gefunden.»

BRIEFE AN VLADA – HERBST

Geliebte Vlada!
Wie Watte säumt der Nebel den Wald. Manchmal wirbelt ein Windstoss die Schwaden hoch. Dann steigen sie wie Rauch in die Kronen der Bäume und schweben höher und höher der bleichen Sonne entgegen. Je näher sie ihr kommen, desto leichter werden sie, bis sie gänzlich verdunsten. Die Sonne braucht jetzt mehr Kraft, um ihre Wärme auf die Erde zu schicken. Aber sie hat Geduld, denn sie weiss: Die Zeit schafft Kraft. Was jetzt noch kühl ist, wird warm werden. Ich versuche, mit meinen Füssen den Nebel nach oben zu treten. Der Wärme entgegen, sodass sie zu uns herunterkommen kann, die Sonne. Ich fürchte mich vor der Kälte. Und ich fürchte mich vor dem Lärm. Ich möchte, dass du bei mir bist, majka. Wirst du mit mir schimpfen, weil ich alleine in den Wald ging? Ich weiss, du willst nicht, dass ich von unserem Haus fortgehe. Du hast Angst vor den Wölfen, wie du mir sagst. Die Wölfe sind überall, sie lauern in der Dunkelheit und im Nebel. Trotzdem gehe ich jetzt durch den Wald. Ich habe noch nie einen richtigen Wolf gesehen. Die Lehrerin hat uns Bilder von Wölfen gezeigt. Sie seien schöne Tiere, sagte sie. Ich will einen sehen. Deshalb bin ich hier. Aber jetzt fürchte ich mich und will der Sonne helfen, dass sie schneller ihren goldenen Schein zu mir schicken kann. Manchmal höre ich den Donner in der Ferne. Du sagst, das sei das Gewitter. Aber die Lehrerin sagt, für Gewitter braucht es dunkle Wolken und Regen. Es ist keine Wolke am Himmel. Nur der Nebel, der sich durch das goldene Laub an den Ästen der Bäume hochschlängelt. Macht Nebel auch Gewitter? Die Sonne scheint auf meine Füsse. Die Strahlen kitzeln mich. Ich blicke mich um. Kein Nebel mehr. Keine Wölfe. Wieder donnert es. Ich lege mich auf die Erde und blinzle in die Sonne. Wo sind die Wolken? Da ist nur blauer Himmel. Dann höre ich deine Rufe. Ich richte mich zwischen grünen und gelben Grashalmen auf. Majka sucht mich, denke ich. Aber deine Stimme ist anders. Nicht so, wie wenn du mich am Morgen weckst. Sie tönt aufgeregt. Bist du böse mit mir? Was habe ich getan? Ich wollte nur in den Wald und der Sonne helfen. Jetzt sehe ich dich, Vlada, meine majka. Warum bist du so verzweifelt? Du bist nicht

wütend. Du hast Angst. Wovor fürchtest du dich? Ich stehe auf und winke, dass du mich sehen kannst. Du bleibst stehen und vergräbst dein Gesicht in deine Hände. Was ist, majka? Was habe ich getan? Dann läufst du auf mich zu und gehst weinend vor mir in die Knie.

«Oh, Lilijana, draga moja, mein Liebling. Ich hatte solche Angst. Geh nie mehr so weit weg, ohne es mir zu sagen. Das sollst du doch nicht.»

«Ich weiss, moja najdraža majko – meine liebste Mutter, ich wollte nur die Wölfe finden. Ich habe keine gesehen. Die Sonne hat sie verjagt.»

Schluchzend nimmst du mich fester in deine Arme.

«Allah ist so gross, dass er meine Tochter schützt und bewahrt.»

Du nimmst meine Hand. Wir gehen zurück durch das Herbstfeld. Viele goldene Blätter liegen am Boden. Ich hebe ein besonders schönes auf. Es sieht beinahe aus wie ein Herz und ist ganz gelb mit roten Punkten.

«Geh nie mehr allein so weit fort von zu Hause, hörst du?» Du schaust mich streng an.

«Aber die Wölfe, majka!»

«Diesen Wölfen willst du nicht begegnen, Lilijana.»

Ich schaue zu dir auf, dann hinter mich. Wieder ein Donnerschlag, der die Stille zerreisst und im blauen Himmel verhallt.

«Wird es denn nicht regnen, majka?»

Es regnete nicht mehr.

Im Herbst, bevor die Wölfe kamen.

ZWÖLF

Mit eingeschaltetem Blaulicht steuerte Dornach seinen Volvo über die abschüssige Schöngrünstrasse. Die Automobilisten hatten für ihn die Fahrbahn in der Bahnunterführung zum Berntorkreisel frei gemacht. Ungehindert und mit quietschenden Reifen fuhr Dornach in den Kreisverkehr und nahm die zweite Ausfahrt in die Bürenstrasse. Beim Ortsausgang Solothurn nach der Dreibeinskreuzkapelle drückte er aufs Gas und brauste an der Zufahrt auf die A 5 vorbei. Er liess die Tachonadel auf der breiten und geraden Strasse der Aare entlang Richtung Lüsslingen-Nennigkofen auf über hundert Stundenkilometer steigen. Normalerweise war Dornach mit dem Einsatz des Blaulichts sehr zurückhaltend. Die Toten machten sich nicht mehr aus dem Staub; sie hatten alle Zeit der Welt. Aber die Lebenden nicht. Dornach hatte keine Zeit mehr. Seit bald achtundvierzig Stunden war er inmitten einer Verkettung von tragischen und brutalen Ereignissen, die er in seiner Laufbahn als Chefermittler in dieser ländlichen Region noch nicht erlebt hatte. Er war in religiösen Dingen weltlich orientiert und überliess die Ausübung des römisch-katholischen Glaubens seiner strenggläubigen Mutter. Trotzdem hatte er nach dem Anruf von der Einsatzzentrale ein Stossgebet in den Himmel geschickt.

Lass es nicht Manuela sein.

Er musste an den armen Lötscher denken. Bisher gab es keine Indizien für eine Tat aus Leidenschaft, die aufgrund seiner häufig wechselnden, oft kurzfristigen und überlappenden Frauenbekanntschaften in Betracht gezogen werden konnte. Casagrande hatte ihm vorhin am Telefon einen Zwischenbericht weitergegeben, den sie von ihrer Kollegin Flint aus Zürich erhalten hatte. Befragungen im privaten Umfeld Lötschers hatten bisher zu keinen nennenswerten Ergebnissen geführt. Lötscher galt in Kollegenkreisen als energischer und aggressiver Enthüllungsjournalist. Abgesehen von seiner Schwäche für jüngere Frauen, die man ihm als eingefleischtem Junggesellen nicht vorwerfen konnte, wurde er als professionell und loyal gegenüber seinen Auftraggebern und Kollegen charakterisiert. Vorderhand hatten sie keine eindeutigen Tatmotive aus dieser Ecke. Regina Flint hatte Angela versichert, dass sie in Zürich dranbleiben würde, bis die Solothurner eine eindeutige und starke Spur hätten, die weitere Abklärungen auf ihrer Seite unnötig machen würde.

Das bestärkte ihn in seiner Ansicht: Einem Journalisten die schreibenden Hände und die sprechende Zunge zu amputieren liess eher Schlüsse auf eine Täterschaft zu, die sich durch die berufliche Tätigkeit des Opfers entweder in ihrer Würde zutiefst verletzt oder in ihrer Existenz bedroht wähnte.

Da war noch ein anderer Gedanke, der sich in Dornachs Gehirn festzusetzen begann: Waren die Ereignisse der letzten beiden Tage nur eine zufällige Anhäufung, oder bestand wirklich ein Zusammenhang zwischen den Taten? Es fiel ihm schwer, Letzteres auszuschliessen. Ein wichtiges gemeinsames Element, das immer wieder in Erscheinung trat, hatte rote Haare. Vorhin an der Hauptbahnhofstrasse hatte ihm Lüthi kurz rapportiert, dass DJ Roca bestätigt hatte, mit Lilo geflirtet zu haben. Leider mit einem unbefriedigenden Ergebnis für die DJane. Lilo habe sie zwar heissgemacht, ihr aber anschliessend einen Korb gegeben.

Dass das Auftauchen einer Rothaarigen im Umfeld der Tat in Wien und später hier ein Zufall war, glaubte Dornach auf keinen Fall. Er sträubte sich gegen den Gedanken, dass sich in einer kleinen Stadt wie Solothurn innerhalb von so kurzer Zeit derartige Ereignisse einfach so häuften.

Inzwischen hatte er Nennigkofen durchquert und fuhr die Strasse bergan in Richtung Lüterkofen. Er stellte das Martinshorn ab, als er durch das ruhige, fast nur aus alten Bauernhäusern bestehende Dorf steuerte. Er wollte allfällige Neugierige nicht unnötig an den Fundort oberhalb des Ortes locken. Die Kantonsstrasse führte durch ein grosses Waldgebiet hinüber ins Biberntal, ein Seitental im Bezirk Bucheggberg.

Nachdem er die erste Anhöhe passiert hatte, führte die Strasse direkt in den Wald hinein. Am linken Strassenrand erkannte er einen Einsatzwagen. Daneben stand ein uniformierter Beamter. Als dieser das Blaulicht des herannahenden Wagens bemerkte, winkte er mit einem roten Leuchtstab. Er wies Dornach an, circa fünfhundert Meter dem Waldweg bis zur Absperrung zu folgen. Dann müsse er den Wagen stehen lassen. Als er bei dem über den Weg gespannten Absperrband anlangte, parkierte er am Wegrand und stieg aus. Casagrande war offensichtlich noch nicht eingetroffen. Ihr grüner VW Beetle stand noch nicht da. Noch einmal blickte er in den Himmel.

Lass es nicht Manuela sein.

***

Pia legte ihren Stift ab. Normalerweise faszinierte sie das Thema, worüber der deutsche Gastdozent gerade referierte: Der Islam und seine Bedeutung für die europäische Politik. Heute vermochte es nicht, sie von ihren Gedanken abzulenken.

Zum x-ten Mal checkte sie verstohlen ihr Handy in der Hoffnung auf eine Nachricht von Manu. Sie malte sich aus, wie sie sie zurückrufen und einen atemlosen, von aufgeregtem Kichern begleiteten und mit schamlosen Einzelheiten gespickten Bericht über ihre Liebesabenteuer der vergangenen Nacht anhören würde. Pia wollte es eigentlich nie so genau wissen, aber heute hätte sie alles dafür gegeben, Manus fröhliche Stimme zu hören, und mit Wonne hätte sie sich jede pikante Einzelheit angehört, auch wenn Manu sie zehnmal wiederholt hätte. Wenn sie nur die Stimme der Freundin, die sie liebte wie eine Schwester, wieder hätte vernehmen können.

Sie war felsenfest davon überzeugt, dass ihr etwas zugestossen war. Kein Kerl und keine noch so heisse Liebesnacht konnte so grossartig gewesen sein, dass sich Manu nicht spätestens bis Mittag bei ihr gemeldet hätte. Pia spürte, wie sich ihre Eingeweide vor Angst und Sorge krampfhaft zusammenzogen. Es mochte auch daran liegen, dass sie seit heute Morgen, nein, seit gestern Abend nichts Richtiges mehr gegessen hatte. Sie brachte nichts hinunter. Allein der Gedanke daran versetzte ihren Magen in Rotation. Gleichzeitig spürte sie einen bitteren, scharfen Geschmack in ihrem Mund. Das war die Angst, aber auch Wut über sich selbst, weil sie letzte Nacht nicht darauf bestanden hatte, gemeinsam nach Hause zu gehen. Es hätte wahrscheinlich nichts genützt, aber sie hatte es ja nicht einmal versucht. Zudem war sie wütend über ihren Vater, der immer so verständnisvoll tat und dabei den coolen Daddy spielte. Dabei ging es ihm nur darum, sich vor dieser österreichischen Polizeitussi in Szene zu setzen und zu zeigen, was für ein Macher er war. Sie schnaubte innerlich. Den Fall der Fahndung übergeben. Wie konnte er nur? Warum kümmerte er sich nicht selber darum und beschäftigte sich stattdessen mit einem alten Typen im Spital, der eh am Abkratzen war?

Ihre Augen brannten und die Tränen drückten. Sie würde doch nicht hier und jetzt anfangen zu flennen. Sie atmete ein paarmal tief ein und aus. Susa, die neben ihr sass, stiess sie leicht an.

«Alles in Ordnung mit dir?», flüsterte sie.

Pia verzog krampfhaft das Gesicht. «Ja, okay, ich fühle mich nur nicht so wohl – der Magen.» Sie verdrehte die Augen. «Ich glaube, ich muss raus.»

«Soll ich mit?»

«Nein, nein, geht schon.» Sie rang sich ein Lächeln ab, packte ihre Sachen zusammen und verliess so diskret wie möglich den Raum.

Zuerst ging sie aufs Klo, wo sie sich kaltes Wasser über das Gesicht laufen liess. Die Kühlung tat ihr gut, und sie spürte, wie die bittere Frustration über ihren Vater abebbte und klares Denken wieder einsetzte. Mit der Klarheit meldete sich ein leichtes Hungergefühl. Vergebens kramte sie in ihrer Tasche nach einem Branchli oder einem Getreideriegel, die sie normalerweise immer dabeihatte. Notgedrungen machte sie sich auf zur Schulmensa.

Der grosse Speiseraum war leer bis auf ein paar vereinzelte Schüler, die in Bücher vertieft oder mit ihren Handys und Notebooks beschäftigt waren. Pia kaufte sich am Kiosk einen Getreideriegel und ein Kägi fret. Sie brauchte frische Luft und setzte sich in der verkehrsfreien Fegetzallee auf ein Mäuerchen. Fast mechanisch ging sie erneut durch die Mailbox ihres Smartphones. Obwohl sie nicht mehr daran glaubte, eine Nachricht von Manu zu sehen, traf sie die Enttäuschung wie ein Nadelstich ins Herz. Versonnen navigierte sie zu ihrer Facebook-Seite, die neue Notifikationen ankündigte. Als sie auf das entsprechende Feld tippte, setzte ihr Herz einen Schlag aus.

ManuB hat neue Fotos auf Instagram gepostet.

Warum hatte sie nicht früher daran gedacht, ihre Social-Network-Seiten nach Nachrichten von Manu zu checken? Weil sie es sonst nie tat, gab sie sich gleich selber zur Antwort. Die Kommunikation zwischen Manu und ihr lief immer persönlich und nicht über irgendwelche Chatrooms oder Netzwerke.

Sie navigierte zu den Fotos. Es waren einige Bilder dabei, auf denen sie auch zu sehen war, darunter ein Selfie, das Manu vor dem Clubeingang gemacht hatte. Es kam ein unscharfes Bild, das ihre Gesichter nur halb zeigte. Kopfschüttelnd wischte Pia durch die Galerie, bis sie auf Fotos stiess, auf denen sie sich nicht wiederfand. Manu musste die Schnappschüsse gemacht haben, nachdem Pia bereits gegangen war. Da waren Selfies mit diesem Jos. Ein paar Aufnahmen hatte wohl jemand anders gemacht, vermutlich Cony, Dani oder Susa. Jedenfalls war Manu in Posen mit Jos zu sehen, für die sie beide Hände benötigte. Pia konnte sich ein Lächeln nicht verkneifen. Sie wischte weiter über das Display, nicht eigentlich wissend, wonach sie suchte. Wie viele Aufnahmen hatte Manu denn gemacht, und wann hatte sie die gepostet? Pia wollte zurück auf die Facebook-Seite navigieren, um zu sehen, wann genau ihre Freundin die Bilder ins Netz gestellt hatte, als sie stutzte.

Manu hatte die Aufnahme vor dem Eingang des «Extasy» gemacht. Warum ihre Freundin auf den Auslöser gedrückt hatte, war Pia nicht klar. Entweder hatte sie einfach die Herumstehenden fotografieren wollen, oder sie hatte aus Versehen abgedrückt. Was Pias Aufmerksamkeit erregte, war der Rotschopf, der im Blitzlicht aufleuchtete. Das war sie: die Rothaarige, Lilo, die ihr zu Hilfe gekommen war, als Kemal – dieser Arsch – sie fast umbringen wollte. Sie zoomte das Bild heran, bis nur noch der Kopf der Frau zu sehen war. Lilos Gesicht war teilweise abgewandt. Sie ging weiter durch die Bilder, in der Hoffnung, eine bessere Aufnahme von der Rothaarigen zu finden. Als sie am Ende der Bilderserie angekommen war, ging sie noch einmal zurück zum Anfang. Nichts. Es gab anscheinend nur diese eine Aufnahme.

Als sie zu den ersten Bildern der Serie zurückgelangte, stutzte sie erneut. Das missratene Selfie, das sie mit Manu nur halb zeigte. Da war noch etwas oder jemand. Sie zoomte es heran. Es war ein Mann. Der Flash hatte ihn nicht voll erfasst, aber man konnte eindeutig Konturen eines Gesichts erkennen. Pia erinnerte sich, wie er sie angestarrt hatte, als sie vor dem Club aus dem Taxi gestiegen waren, und dass er ihr unheimlich gewesen war. Sie ging noch einmal durch alle Bilder. Da. War er das auch? Sie kniff die Augen zusammen. Ja, das könnte er sein, auf dem gefühlt hunderttausendsten Gruppenselfie mit Cony, Dani und Susa. Er stand hinter ihnen, zwischen Dani und Cony, und blickte verdattert drein, als ob ihn der Flash der Kamera überraschte. War das ein Zufall? Nach kurzem Zögern beschloss sie, dass es keine Zufälle mehr gab. Sie packte das Handy in ihre Tasche, stand auf und ging die Fegetzallee hinunter. Bei den Sportplätzen bog sie rechts in den Oscar-Miller-Weg ein, der sie nach nur wenigen Minuten an den neuen Seniorenresidenzen vorbei zur Schanzmühle führte.

Paps musste das sehen.

***

Dornach hatte etwa die Hälfte der Distanz vom Abstellplatz seines Wagens bis zur Fundstelle zurückgelegt, als er hörte, dass sich hinter ihm ein Auto näherte. Er erkannte die Umrisse des VW Beetle und beschloss, auf Angela zu warten. Es dauerte eine Weile, bevor er sie auf sich zukommen sah. Er schaute auf ihre Füsse und wusste, warum: Sie hatte ihre eleganten Arbeitsschuhe gegen Gummistiefel ausgetauscht.

«Ich sehe, du bist gerüstet für Ermittlungen in der Pampa», begrüsste er sie.

«Mittlerweile habe ich gelernt, dass sich bei euch die Tatorte eher in der freien Natur befinden als in der Stadt», erwiderte sie mit einem Lächeln, das allerdings nicht bis zu den Augen reichte.

«Meinst du, es ist Pias Freundin … Manuela?»

«Ich weiss es nicht. Und ich hoffe es auch nicht … für ihre Mutter und für Pia.»

Bei der Fundstelle händigte ihnen ein Beamter von der KT weisse Schutzanzüge aus. Man hatte Scheinwerfer aufgestellt, um den Platz im dämmrigen Zwielicht des Waldes besser auszuleuchten. Amtsarzt Dr. Schmetzer war über den leblosen Körper gebeugt und tastete ihn ab. Als er mitbekam, dass Dornach und die Staatsanwältin begrüsst wurden, stand er auf und trat zur Seite, um ihnen den Blick auf die Leiche zu erlauben. Dornach schloss für einen kurzen Moment die Augen, bevor er sich zwang, der toten Frau ins Gesicht zu sehen. Als er sie öffnete, atmete er aus.

«Das ist nicht Manuela Bürki», sagte er zu Casagrande, die neben ihm stand und auf den leblosen Körper eines bildschönen Mädchens hinabblickte.

Sie gingen beide in die Hocke, um das Gesicht besser zu sehen. Sie war jung, zu jung, dachte Dornach. Er schätzte sie etwa auf das gleiche Alter wie Pia. Ihr schwarzes Haar musste im Leben schön und lockig gewesen sein. Man hatte sie brutal über den Waldboden geschleift, sodass sich Schmutz, Tannennadeln und Laub darin verfangen hatten. Ihre starren, einst wunderschönen Augen waren stumpf und hatten bereits einen gräulichen Schimmer. Die vollen und sinnlichen Lippen des halb geöffneten Mundes waren voller Risse, und alle Farbe war aus ihnen gewichen. Das Gesicht, die Augen und die Haare verrieten die orientalische Herkunft des Opfers.

«Konntet ihr sie identifizieren?», fragte er Tschanz, der hinzugekommen war.

Tschanz schüttelte den Kopf. «Wir suchen die Gegend ab, solange es das Licht erlaubt.»

Dornach blickte an dem Körper hinunter. Um den Hals verlief eine tiefrote Wundstrieme, und er konnte am ganzen Körper, insbesondere an Armen und Beinen, Schürfungen, Kratzer und Druckstellen erkennen.

«Sie muss um ihr Leben gekämpft haben, bevor sie starb», sagte er wie zu sich selber. Angela, die neben ihm niedergekniet war, nickte nur stumm. Er blickte sie kurz an und sah, wie sie mehrere Male leer schluckte.

Die Leiche war nicht nackt, aber entblösst. Ein gelb-schwarz karierter Minirock war über den baren Schamhügel hochgestreift worden. An den Beinen trug sie schenkelhohe schwarze Strümpfe, von denen der linke bis auf die schwarzen Schnürstiefel heruntergezogen war und ein schön geformtes Bein freilegte. Der Saum der schwarzen kurzärmligen Bluse war über den Bauchnabel hochgezogen, darunter war ein korrekt angelegter gelber Büstenhalter erkennbar.

«Sieht wie ein Party-Outfit aus», stellte Dornach fest. «Trug sie keinen Slip?»

«Doch, hier!» Eine KT-Beamtin reichte ihm eine Plastiktüte mit einem Stringtanga in der gleichen Farbe wie der Büstenhalter. «Der Täter muss ihn ihr abgestreift und in das Gebüsch da drüben geworfen haben.» Sie zeigte zu ein paar Haselsträuchern, die knapp zwei Meter von der Leiche entfernt standen.

Dornach richtete sich auf. Mehr brauchte er nicht zu sehen. Casagrande hatte es ihm gleichgetan und wischte sich verstohlen über die Augen. Es berührte ihn auch. Die Erleichterung darüber, dass es nicht Manu war, die da lag, war das eine. Aber solche Funde gingen grundsätzlich an die Nieren. Dass irgendwo ein Perverser herumlief, der junge Frauen bestialisch ermordete, versetzte ihn in kalte Wut.

Er schaute zu Casagrande, deren Augen feucht glitzerten, und nickte ihr diskret aufmunternd zu und bedeutete ihr, tief ein- und auszuatmen.

«Hat man sie … ich meine, wurde sie … missbraucht?», fragte sie mit gefestigter Stimme.

«Ich fürchte, ja», erwiderte Dr. Schmetzer, «Hämatome an den Armen und Handgelenken. Ebenso an den Innenseiten der Schenkel. Ausserdem hat sie Abschürfungen im Vaginalbereich. Und», er zeigte auf einen blauen Fleck seitlich an ihrem Kopf, «sie muss einen heftigen Schlag an den Kopf bekommen haben. Vermutlich hat der Täter sie so überwältigt. Das festzustellen überlasse ich besser Ihnen.»

«Sperma?», fragte Dornach.

«Nicht in der Scheide. Allerdings haben eure Kollegen von der KT weissliche Flecken auf dem Erdboden gefunden, bei denen es sich um ausgetrocknete Samenflüssigkeit handeln könnte.»

«Sie meinen, er hat ausserhalb der Scheide ejakuliert? Ohne Kondom?»

«Jedenfalls haben wir in der Umgebung keins gefunden», antwortete Tschanz, dessen Gesicht unter der weissen Haube schwerlich zu erkennen war. «Wir suchen noch, aber ich glaube nicht, dass der Täter so dumm gewesen war, ein Kondom zu benutzen, um es dann einfach beim Tatort fortzuwerfen.»

«Er war vielleicht dumm genug, keins zu benutzen», bemerkte Dornach. «Fundort ist Tatort, nehmen wir an?»

«Die vermeintlichen Spermaflecken auf dem Boden deuten darauf hin, ja.»

«Wer hat sie gefunden?»

«Eine Spaziergängerin hat ihren Hund frei laufen lassen, der die Leiche aufgestöbert hat. Zum Glück konnte sie das Viech noch rechtzeitig an die Leine legen, sonst hätten wir es hier einiges schwerer.»

«Der Täter hat sein Opfer hierhergeschleppt, vergewaltigt, umgebracht und dann einfach liegen lassen?», fragte Casagrande mit mühsam unterdrückter Empörung.

«In etwa so könnte es gewesen sein.»

«Ist das die Todesursache?», fragte Dornach und zeigte auf die Strieme am Hals.

«Wahrscheinlich! Das Zungenbein ist jedenfalls gebrochen. Genaueres werden wir von Professor Bodmer erfahren», sagte Dr. Schmetzer.

«Wie hat er es gemacht? Mit einem Draht?»

«Zu dünn! Ich tippe auf etwas Breiteres. Aufgrund des Wundmusters könnte es sich um einen Kunststoffkabelbinder handeln. Das ist eine schnelle und effektive Waffe. Der Täter braucht nur einmal heftig zu ziehen und …»

Dornach winkte mit einem Seitenblick zu Casagrande ab.

«Das Mädchen hatte keine Chance, nicht wahr?», fragte diese leise.

Dr. Schmetzer schüttelte den Kopf.

«Musste sie leiden?»

«Das kommt drauf an, wie schnell er zugezogen hat. Wenn er es in einem Ruck macht, bricht das Zungenbein sofort und

Exitus. Wenn er allerdings nur sehr langsam Zacken um Zacken zuzieht, dann –»

«Haben Sie schon eine Vermutung zum Todeszeitpunkt?», unterbrach ihn Dornach, als er merkte, wie Casagrandes Gesicht zuckte.

«Aufgrund der Totenflecken und der Temperaturen würde ich mich vorläufig auf einen Zeitrahmen zwischen drei und sechs Uhr morgens festlegen.» Dr. Schmetzer hob beide Hände. «Aber behaften Sie mich nicht darauf. Ich will der Kollegin Bodmer in Bern nicht dreinreden.»

«Danke, Doktor, das reicht vorläufig. Den Rest kläre ich mit Professor Bodmer.»

«Von mir aus können Sie die Leiche wegbringen lassen», sagte Dr. Schmetzer. «Ich bin hier fertig.» Er packte seine Tasche zusammen und verabschiedete sich von den Polizisten.

Dornach machte mit seinem Handy eine Aufnahme vom Gesicht der Toten und wandte sich an Tschanz. «Um halb sieben machen wir einen Rapport in der Schanzmühle. Ich beantrage die Einrichtung einer Soko.»

Auf dem Weg zu den Autos hörte Dornach Casagrande schniefen.

«Geht nahe, was?», fragte er nur.

«Schon okay, Dominik. Dank meiner Vorfahren bin ich nahe am Wasser gebaut. Ausserdem habe ich noch nicht so viele Mordopfer gesehen, erst recht nicht solch junge Mädchen. Danke trotzdem.»

«Wofür?»

«Dass du mich nicht vor allen Leuten als Heulsuse blossgestellt hast.»

Er nickte ihr aufmunternd zu. «Ich bin erleichtert, dass es nicht Manuela ist. Ich wüsste nicht, wie ich das Pia hätte beibringen sollen – und ihrer Mutter.»

«Ich bin auch froh – wegen Pia.»

«Ich habe übrigens mit ihr gesprochen – also mit Dr. Bürki, meine ich.»

«Und?»

«Sie steckt bis zum Hals drin.»

«Worin?»

«In der Scheisse.» Dornach erzählte Casagrande über Bürkis Rolle im Organhändlerring und die Vermutung, dass Manuelas Verschwinden direkt damit in Zusammenhang stehen könnte.

Casagrande schüttelte verständnislos den Kopf. «Und ich dachte, illegale Organtransplantationen seien bei uns in der Schweiz nicht möglich, so wie alles reguliert und kontrolliert ist.»

«Da siehst du nur. Wenn die Mischung aus Arroganz, Machthunger und Geldgier stimmt, ist gerade auch bei uns alles möglich.»

Sie zog es vor, die bissige Bemerkung stehen zu lassen. Das mutmassliche Schicksal Manuela Bürkis gab ihr mehr zu denken. «Du meinst, die Organmafia hat Dr. Bürkis Tochter entführt, um … um … oh Gott.»

«Sieht so aus. Sie hat Angst, dass sie Manuelas Organe nehmen werden, um sie zu verkaufen.»

«Das … das ist ja barbarisch!»

«Was machen wir mit Bürki?»

«Ich werde sie einvernehmen und Anklage gegen sie erheben, wenn sich die Verdachtsmomente gegen sie bestätigen», antwortete Casagrande. «Können wir ausschliessen, dass der Entführer von Manuela und der Mörder von diesem Mädchen ein und dieselbe Person ist?»

Dornach machte eine kritische Grimasse. «Zum jetzigen Zeitpunkt schliesse ich gar nichts mehr aus. – Verdammt, uns fehlen einfach Indizien.» Er hieb sich mit der Faust in die Handfläche. «Allerdings habe ich die Bänder der Sicherheitskameras vom ‹Extasy› beschlagnahmen lassen, wo Manuela das letzte Mal gesehen wurde. Google und die KT-Leute sichten sie bereits. Vielleicht finden wir dort etwas.»

«Bräuchtest du dazu nicht irgend so ein Papier von mir, das sich Beschluss nennt, mein Lieber?», fragte sie und lächelte spitz.

«Gefahr im Verzug – wenn man so will.» Er wedelte mit beiden Händen. «Aber ich bin sicher, du hilfst mir, einen Beschluss nachzureichen, nicht wahr?»

Auf dem Rückweg nach Solothurn beschäftigte ihn etwas im

Zusammenhang mit dem toten Mädchen, das ihn veranlasste, einen Anruf zu tätigen.

***

Es war dunkel. Manuela öffnete die Augen, aber es machte keinen Unterschied, denn sie sah nur schwarzes Nichts. Es roch nach Erde und Feuchtigkeit. Sie lag am Boden, und die Kälte umklammerte sie, als hätte man sie in einen nassen, kalten Teppich eingewickelt. Mühsam hob sie den Kopf und versuchte, ihre Umgebung wahrzunehmen. Obwohl sie fror, krochen Schweisstropfen aus ihren Poren und verschmolzen zu einem kalten, nach Angst riechenden Film, der sich über ihre Haut legte wie ein zähflüssiger Panzer. Sie spürte, wie ein kalter Klumpen durch ihre Eingeweide kroch, der sich abwechselnd zusammenzog und ausdehnte. Übelkeit stieg in ihr hoch und damit die Panik, sich übergeben zu müssen. Ihr Mund war wie zugeklebt. Wenn sie sich nicht beherrschte, würde sie an ihrem eigenen Erbrochenen ersticken. Sie konnte nicht einmal vor Angst und Schmerzen schreien.

Da hörte sie ein Geräusch. Mit weit aufgerissenen Augen versuchte sie, den Kopf zu heben, um zu sehen, woher es kam. Es klang wie ein Knurren von dort, wo sie die gegenüberliegende Ecke des Raumes vermutete. Sie war nicht gefesselt und trotzdem wie gelähmt. Sie konnte ihren Mund nicht öffnen, nicht schreien, nicht weinen. Sie konnte nur hören und sehen. Wieder dieses Knurren, und da sah sie es. Zwei rote Punkte leuchteten aus dem Nichts auf. Sie lagen eng beieinander und bewegten sich. Zuerst von oben nach unten, dann von unten nach oben. Dann von links nach rechts und von rechts nach links. Sie kamen näher, die Punkte wurden grösser und das Knurren lauter, fordernder, drohender. Was war das? Was war es? Es kam näher, bis sie den heissen hechelnden Atem fühlen konnte. Sie wagte nicht mehr zu atmen und schloss die Augen, die ihr eh nicht halfen. Sie spürte, wie es sie beschnupperte und mit seiner kalten Schnauze abtastete. Ihr Atem stockte. Es würde sie beissen, sie zerfleischen und ihre Eingeweide verschlingen. Sie wollte schreien, aber sie konnte nicht. Sie war wie gelähmt und spürte, wie es die Zähne fletschte. Ein letztes Mal, bevor es zubiss. Sie schrie.

Sie erwachte von ihrem eigenen Schrei und blickte sich um. Es war ein Alptraum, nur ein Alptraum. Und doch war er Realität, denn obwohl sie wach war, befand sie sich immer noch in diesem kalten, feuchten Raum. Sie kauerte auf einer dünnen Matte auf dem glitschigen Betonboden. Keine Ahnung, wie viele Stunden sie schon in diesem Verlies verbracht hatte. Oder waren es Tage? Die Decken im Raum waren hoch, und es gab keine Fenster. Nur ganz oben waren zwei Luken, durch die schwächer werdendes Tageslicht hereindrang. Manuela lag nicht ganz im Dunkeln, wie in ihrem Alptraum. Da war auch kein Wolf oder ein anderes Untier, das sie zu zerfleischen drohte. Sie sass oder kauerte mit dem Rücken an einer Wand, die Hände nach hinten mit Handschellen an ein Abflussrohr gefesselt. Erst hatte sie gelegen, doch vor einiger Zeit war ihr Entführer, oder ein Wächter oder wer auch immer es war, gekommen, um nach ihr zu sehen. Er trug einen dunklen Overall und Handschuhe. Der Kopf war mit einer schwarzen Wollhaube verhüllt, in die nur zwei enge Sehschlitze geschnitten waren. Er hatte ihr etwas zu essen gebracht. Sandwiches. Sechs Stück. Thunfisch, Schinken mit Käse und Salami. Dazu fünf Halbliter PET-Flaschen mit Wasser. Sie hatte wortlos gegessen, anderthalb Flaschen gierig leer getrunken und ihm nicht für das Essen gedankt. Irgendwo hatte sie mal gelesen, dass man das bei einem Entführer nicht tun sollte. Wegen Stockholm-Syndrom oder wie das hiess. Oder vielleicht hatte Pia es ihr einmal erzählt, weil sie es von ihrem Vater wusste.

Pia!

Manuela spürte die Tränen in ihren Augen, als sie an ihre Freundin denken musste. Pia würde merken, dass etwas nicht stimmte, wenn sie sie nicht anrief. Sie würde ihre Angst spüren und sie nicht im Stich lassen.

Während sie ass, stand der Mann im dunklen Overall daneben und beobachtete sie. Als sie fertig war, hatte er ihr wieder die Handschellen angelegt, allerdings hatte er nur eine Hand am Abflussrohr festgemacht.

«Wer sind Sie? Was wollen Sie von mir? Lassen Sie mich frei!»

Reden soll man mit ihnen, hatte Pia gesagt. Reden, aber sich nicht unterwerfen. Zeigen, dass man ein Mensch ist und kein Opfer. Der Mann hatte nicht geantwortet und die leer getrunkene Wasserflasche mitgenommen. Die übrig gebliebenen Sandwiches und die vollen Flaschen hatte er stehen lassen.

Einmal hatte sie versucht, um Hilfe zu rufen. Sie hatte geschrien, bis sie keine Stimme mehr hatte. Dann hatte sie aufgegeben. Wenn der Entführer befürchtet hätte, dass man ihre Schreie hören konnte, hätte er sie geknebelt. Er hatte es nicht getan, also war Schreien zwecklos.

Sie versuchte den Alptraum mit dem Wolf zu vergessen und bemühte sich, sich zu erinnern, wie sie hierhergekommen war. Aber in ihrem Gehirn war es immer noch neblig. Sie erinnerte sich an den Club. Nachdem Pia gegangen war, hatten sie weitergefeiert. Jos war da gewesen. Sie hatten geknutscht, was das Zeug hielt. Cony, Dani und Susa waren auch noch geblieben, die verrückten Hühner. Vor dem Club hatte sie noch Fotos gemacht. Selfies und Schnappschüsse, die sie gleich gepostet hatte. Dann hatten sich die drei anderen ein Taxi genommen. Susa konnte es sich ja leisten. Ihr Daddy bezahlte. Sie blieb mit Jos zurück, der sie noch mit zu sich nehmen wollte. Aber sie wollte nicht. Oder wollte sie? Der Nebel wurde hier dichter. Plötzlich stand sie alleine da. War Jos weg, um seinen Wagen zu holen, oder hatte er sie sitzen lassen? Da war plötzlich ein anderer Mann neben ihr. Jos. Oder war es ein anderer? Ein dunkler, grosser? Jos? Nein! Oder? Ab hier war Filmriss. Das Nächste, was sie wusste, war, dass sie in diesem Loch erwachte. Warum? War das ein Scherz von Jos? Wenn ja, war es ein schlechter. Ihr Kopf begann zu dröhnen, und sie hatte immer noch einen komischen Geschmack im Mund. Was hatte er ihr gegeben? K.-o.-Tropfen oder Chloroform? So was verwenden die doch immer in ihren Krimis, wenn sie die Chicks entführten, um sie zu … Oh Gott!

Diesmal war der Schweiss, der ihr von der Stirn über den Hals und zwischen den Brüsten in den Bauchnabel floss, echt. Es war kein Traum. Wollte man sie … vergewaltigen? Töten? War es ein Perverser? Oder hatte er schon …? Sie blickte an sich hinunter. Sie trug immer noch dieselben Kleider, den Minijupe und ihre

Schuhe. Unter der Bluse fühlte sie, dass ihr Büstenhalter korrekt sass. Auch zwischen ihren Beinen fühlte sich alles normal an, ausser dass sie bald mal musste. Keine Schmerzen. Sie atmete innerlich auf. Sie hatte Angst und wollte leben. Sie war nicht so stark wie Pia.

Oh bitte, lieber Gott! Bitte! Bitte!

Sie hatte keine Erinnerung an ihr letztes Gebet. Vielleicht interessierte sich Gott nicht mehr für sie. Soll sie sich doch selber helfen, denkt er sicher. Oder Pia.

Pia, bitte! Hilf mir!

Sie schluchzte die Worte mit der Inbrunst der Verzweifelten heraus. Vielleicht würde Gott Pia helfen, sie zu finden.

DREIZEHN

«Dominik, deine Tochter ist da. Ich hab sie nach oben in dein Büro geschickt», begrüsste ihn Rita Gubser am Empfangsschalter. «Nimm dir etwas Zeit für sie. Sie war ganz aufgeregt. So habe ich sie noch nie gesehen», ergänzte sie mit einem leicht besorgten Unterton.

Pia war bekannt und beliebt bei den Kollegen in der Schanzmühle. Als sie als kleines Mädchen vom Wallis nach Solothurn kam, um eingeschult zu werden, hatte sie ihren Vater regelmässig an seinem Arbeitsplatz besucht. Sie konnte lange zuhören, wenn er ihr schilderte, wie Spuren und Indizien gesammelt und analysiert wurden, damit man die Täterschaft einkreisen konnte. Es machte ihr so viel Spass, dass Dornach sich Sorgen machte, dass sie sich auch für den Polizistenberuf entscheiden könnte. Er selbst wünschte sich eine andere Tätigkeit für sie. Ihr scharfer Verstand und ihr Rechtsempfinden prädestinierten sie als Juristin. Er fürchtete, beim Temperament seiner Tochter könnte die Diskussion hitzig werden, falls er ihre Ideen nicht sofort als cool, super oder mega taxierte. Zum Glück war er nur der Vater seiner Tochter. Ein allfälliger Freund oder potenzieller Lebenspartner seines Sprösslings müsste sich auf jeden Fall warm und wetterfest anziehen, wenn er mit Pia Isabelle Zenklusen durchs Leben segeln wollte.

Ihr Temperament bekam er zu spüren, kaum hatte er sein Zimmer betreten. Sie sass am Besuchertisch und tippte wie wild auf ihrem Handy. Als sie ihn hereinkommen sah, warf sie das Gerät auf den Tisch und stürmte mit geballten Fäusten auf ihn zu. Ihre Augen waren vom Weinen gerötet, und Tränen liefen ihr über die Wangen, als sie begann, auf seine Brust einzuschlagen.

«Du! Du hast es mir versprochen … du hast gesagt, ihr würdet sie finden … du … du!» Das Trommelfeuer der Fäuste ebbte ab, und sie schluchzte nur noch.

«Pia! Was ist denn los?» Komplett überrumpelt hielt er sie fest.

Sie sah ihn aus tränenüberströmten Augen an. «Manu! Ihr … ihr habt sie … sie ist tot, nicht wahr?» Ein Zittern fuhr durch ihren Körper, als sie wieder aufschluchzte. «Sie ist tot. Ihr habt sie nicht gerettet. Sie ist tot … Manuela ist tot!» Das letzte Wort war ein Aufschrei, den sie zusammen mit einem letzten verzweifelten Hieb auf seine Brust herausschrie.

«Was? Woher …?»

«Da.» Sie zeigte auf ihr Handy. «Vorher kam es über das Kanti-Netzwerk: Ihr habt ein totes junges Mädchen im Wald gefunden, da drüben irgendwo.» Sie zeigte mit der Hand vage in Richtung Südwesten. «Weiblich, etwa achtzehn Jahre, hiess es. Das kann doch nur Manuela sein. Warum sie? Warum? Sie hat doch nie jemandem etwas zuleide getan.» Hemmungslos schluchzte Pia an seiner von ihren Tränen durchnässten Hemdbrust. Er fasste sie an beiden Schultern und stiess sie sanft von sich, sodass er ihr in die Augen sehen konnte.

«Pia.» Er schüttelte sie sachte. «Pia, hör mir zu.»

Sie sah ihn klagend an.

«Es ist wahr, wir haben ein totes Mädchen im Wald bei Nennigkofen gefunden.» Sie senkte ihren Kopf, und ihre Tränen tropften zu Boden. Er fasste sie fester an den Schultern, damit sie ihn wieder anblickte.

«Aber es ist nicht Manuela. Die Tote ist nicht Manuela.»

«Nicht … Manuela?», fragte sie zwischen zwei Schluchzern.

Er schob sie zu seinem Sofa, das zwischendurch als Bett diente, wenn die Arbeitsnacht lang wurde, und goss ihr ein Glas Wasser ein. Sie trank in grossen Schlucken und wirkte gefestigter, als sie das Glas absetzte.

«Geht's wieder?»

Sie nickte.

«Wie bist du zur Information gekommen, dass wir eine Leiche haben? Wir haben noch gar kein Communiqué gemacht.»

«Die Nachricht kam über unser Schülernetzwerk an der Kanti. Die Info war vorher schon auf ‹20 Minuten online›. Die sagen, ein Mädchen sei tot im Wald gefunden worden. Eine Schülerin. Da dachte ich …»

Dornach fluchte innerlich. Es war immer möglich, dass

irgendein Journalist etwas über den Polizeifunk mitbekommen hatte.

«Sie ist es nicht, Pia.»

«Sicher nicht?»

«Sicher, ich habe sie selbst gesehen.»

«Du … du warst dort … im Wald?» Langsam schienen die Erkenntnis und die Erleichterung darüber, dass es nicht ihre Freundin war, die jemand bestialisch ermordet hatte, in ihr Bewusstsein einzudringen.

«Gott sei Dank!» Sie zuckte sofort zusammen. «Scheisse! Sorry! … Ich meine, ich bin froh, dass es nicht Manuela ist. Aber wer …?»

Ihre Erleichterung war ihr peinlich. Er lächelte sie verständnisvoll an.

«Wir wissen nicht, wer die Tote ist. Wir konnten sie bisher nicht identifizieren. Aber sie ist etwa in deinem Alter.»

Pia stand auf und umarmte ihren Vater. «Oh Paps, es tut mir leid. Ich war so wütend auf dich, auf mich. Ich dachte, wir hätten Manu im Stich gelassen.»

«Wir lassen sie nicht im Stich, Pia. Es ist nur, dass in den vergangenen Tagen sehr viel passiert ist. Wir müssen das alles ordnen. In einer Stunde gibt es einen Rapport. Wir werden eine Sonderkommission aufstellen.»

«Dann werdet ihr sie schnell finden, nicht wahr?»

«Wir werden unser Bestes geben, Pia. Du kannst dich drauf verlassen.»

«Die Tote ist etwa so alt wie ich, sagst du?»

«Ja, schätzungsweise siebzehn bis zwanzig Jahre alt.»

«Wie sieht sie aus? Vielleicht … vielleicht … kenne ich sie.»

Dornach zögerte einen Moment. Dann zog er sein Handy hervor. «Ich habe ein Bild von ihr. Pia …?»

«Ja?»

«Es ist nicht schön anzusehen.»

Sie nickte tapfer. Er zeigte ihr das Bild. Pia schaute auf das Display. Dornach beobachtete seine Tochter, als ob er sie auffangen wollte, falls sie umkippte.

Erst zeigte ihre Miene zurückhaltende Neugier, die sich in

bedauerndes Entsetzen und schliesslich in schreckliche Erkenntnis wandelte.

«Oh nein!», flüsterte sie, «nein … nein …!» Ihre Augen füllten sich wieder mit Tränen.

«Was ist, Pia? Kennst du sie?»

Sie nickte. «Das ist … Ayse.»

«Wer?»

«Ayse Özdal.» Sie hielt sich eine Hand vor den Mund und begann zu weinen.

«Ayse Özdal. Du bist dir absolut sicher?»

Sie nickte.

«Das ist doch das Mädchen, dem du gestern geholfen hast, als ihr Bruder, dieser … Kemal, sie zusammenschlagen wollte, nicht wahr?»

«Ja», schniefte sie, «ich hab ihr gesagt, sie soll weggehen, verschwinden. Dann habe ich ihn abgelenkt, bevor er mich … du weisst schon.» Sie putzte sich die Nase. «Ich habe sie danach nicht mehr gesehen und gedacht, sie sei nach Hause gegangen. Wenn ich … Oh Gott!» Sie blickte ihren Vater aus geweiteten Augen an. «Es ist meine Schuld, nicht wahr? Ich hätte bei ihr bleiben sollen. Dann wäre sie nicht …»

«Pia, hör auf damit. Du kannst nichts dafür. Du hast alles getan, um ihr zu helfen.»

Sie blickte noch einmal eingehend auf das Gesicht mit den toten Augen. «Wurde sie …», sie schluckte leer, «wie hat er sie … umgebracht?»

Dornach erzählte es ihr.

«Ich hätte zu ihr gehen, sie begleiten sollen, ich hätte …» Ihre Stimme brach wieder.

Dornach liess sie weinen und ihren Schmerz verarbeiten. Er sass neben ihr und streichelte ihre Schulter. Als sie sich einigermassen erholt hatte, fragte sie: «Wann ist sie gestorben?»

«Wir sind noch nicht ganz sicher. Die Schätzung lautet zwischen drei und sechs Uhr morgens.»

«Und ich habe sie so um halb zwei herum das letzte Mal gesehen. Da war sie noch mit jemandem zusammen.»

«Mit wem?»

«Mit dem Jungen, mit dem sie den ganzen Abend geknutscht hat.»

«Kennst du ihn?»

Sie dachte kurz nach, dann schüttelte sie den Kopf. «Sorry, keine Ahnung. Vielleicht geht er nicht auf die Kanti.» Sie schaute ihn entschuldigend an. «Wäre gut, wenn ich es wüsste, nicht?»

«Es wäre hilfreich, aber wir werden es schon herausfinden.»

«Werdet ihr auch mit ihrem Bruder reden, mit Kemal?»

«Vor allem mit dem. Hast du ihn heute in der Schule gesehen?»

Sie liess die Schutern hängen. «Den nicht und Ayse auch nicht. Ich dachte, sie hätte sich heute krankgemeldet.» Sie vergrub das Gesicht in ihren Händen und schaffte es diesmal, nicht zu weinen.

«Paps, das ist so furchtbar. Ich wollte ihr helfen, schickte sie weg, und sie läuft ihrem Mörder in die Hände. Ich glaube, ich werde das nie vergessen.»

Dornach umfasste liebevoll ihr Gesicht. «Du wirst es nicht vergessen, Pia. Das sollst du auch nicht. Aber du wirst darüber hinwegkommen. Verstehst du? Es ist nicht deine Schuld.»

Sie nickte stumm, lehnte sich zurück und schloss die Augen. «Oh Mann, ich bin müde.»

«Ich bring dich nach Hause. Du solltest dich etwas hinlegen.»

«Ja. Du musst mich nicht fahren, Paps. Ich gehe lieber zu Fuss, das wird mir guttun.»

«Gut, aber direkt ab nach Hause, keine Umwege über das ‹Solheure› oder so.»

Sie lächelte schwach. «Keine Sorge, Paps, mir ist nicht nach Drinks und Geschwafel.»

Sie wollte sich gerade verabschieden, als Jana zur Tür hereinkam. «Verzeihung, störe ich?»

Sie hatte sich umgezogen. Anstelle des Hosenanzuges, der nach dem Gefecht am Nachmittag etwas in Mitleidenschaft gezogen worden war, trug sie eine Motorradkombi. Enge schwarze Lederhosen und eine kurze Lederjacke mit grauen Aufsätzen. Darunter ein weisses T-Shirt. Auch die Stiefel, die ihr bis eine Handbreit unter die Knie reichten, sahen aus wie Motorradstiefel. Der Dress brachte ihre Figur zur Geltung. Dornach musste sie etwas zu lange angestarrt haben, denn sie schenkte ihm ein kokettes Lächeln.

«Ist das ein Motorradanzug?», fragte er.

«Exakt.»

«Und wo ist das Motorrad?», fragte Pia mit einem spöttischen Unterton. Sie hatte bemerkt, wie geblendet ihr Vater von Janas Erscheinung war.

«Steht unten, auf eurem Dienstparkplatz.»

«Und woher hast du das Teil?», fragte Dornach.

«Gemietet, mit Spezialbeziehungen direkt von BMW. Wurde heute Nachmittag geliefert.»

«Krass», sagte Pia, und anstatt Skepsis schwang diesmal eine Prise Bewunderung in ihrer Stimme mit. Dornach war nicht so glücklich. «Ich weiss nicht, ob ich das gut finde, Jana. Du bist eine lebende Zielscheibe. Heute Nachmittag hat man noch auf dich geschossen, und jetzt willst du mit dem Motorrad in der Gegend herumkurven.»

«Man hat auf Sie geschossen?» Pia blieb der Mund offen.

«Lange Geschichte, erzähle ich dir später», sagte Jana und sah Dornach an wie die Lehrerin ihren Schüler, dem sie zum dritten Mal erklären musste, wie man eins und eins zusammenzählt.

«Dominik, du solltest mittlerweile wissen, dass ich auf meine Weise arbeite. Dazu brauche ich Bewegungsfreiheit. Die habe ich, wenn ich mit dem Motorrad unterwegs bin. Ausserdem ...», sie zwinkerte Pia zu, die sie mit grossen Augen anstarrte, «... ausserdem kann ich mich mit dem Radl einfacher zwischen den Kugeln durchschlängeln.» Dornach hob in gespielter Resignation beide Hände. «Und falls es dich interessiert: Die Rechnung geht auf meine Kappe», fügte Jana hinzu. «Das heisst, ich hab da einen kleinen Handel mit dem Oberst. Meine BMW wird euren Etat nicht belasten.»

«Das ist meine kleinste Sorge, glaub mir», erwiderte Dornach.

Pia nahm ihre Tasche auf. «Also, ich geh dann mal nach Hause.»

«Soll ich dich fahren?», fragte Jana.

«Wie jetzt? Mit dem Motorrad?» Ein abenteuerlustiges Leuchten glomm in Pias Augen auf.

«Klar, ich hab einen zweiten Helm und auch einen Ersatznierengurt.»

«Cool, gehen wir.»

«Ich dachte, du brauchst frische Luft», versuchte Dornach einzuwenden.

«Die hab ich ja auf dem Töff», entgegnete Pia augenzwinkernd. «Ciao, Paps, bis später.»

Er schüttelte schief lächelnd den Kopf. «Jana?»

«Ja?»

«In fünfundvierzig Minuten haben wir ein Briefing. Wir stellen eine Soko auf.»

«Das geht sich aus! In einer halben Stunde bin ich zurück, *baba.*»

***

Pia fielen fast die Augen aus dem Kopf, als sie auf die funkelnagelneue schwarze BMW R1200 GS zugingen.

«Das ist ja eine krasse Maschine.»

«Die fährt auch krass», sagte Jana und reichte ihr Helm und Nierengurt. «Bist du bereit?»

«Klar. Frau Cranach?»

«Ja?»

«Könnten Sie einen kleinen Umweg machen, sonst sind wir zu schnell zu Hause?» Sie strahlte sie unter dem Helm an. «Ich glaube, ich brauche die frische Luft wirklich.»

«Gut, unter einer Bedingung.»

«Okay?»

«Du bist Pia für mich, dann bin ich Jana für dich. Unter Motorradbräuten duzt man sich, klar?»

«Kein Problem, Frau Cr… äh … Jana.»

«Also, aufsitzen und festhalten. Du weisst, wie?»

«Keine Sache.» Pia erklomm den Soziussitz und umfasste Janas Taille. Die Maschine sprang auf Knopfdruck mit einem tiefen Brummen an. Jana bog an der Ausfahrt links auf die Werkhofstrasse ab und liess sich von Pia in Richtung Baseltorkreisel dirigieren. Dort nahmen sie die Baselstrasse und fuhren durch Feldbrunnen und Riedholz bis zur Verzweigung in die Balmbergstrasse. Pia lotste sie unterhalb der Balmfluh durch Niederwil, Balm und Rüttenen. Von dort gelangten sie über die Obere Steingrubenstrasse und den Grüneggweg direkt zum Grafenfelsweg. Die rasante Fahrt über die kurvige Gebirgsstrasse und die Vibration der Maschine unter ihr waren für Pia nach all den Emotionen fast ein ekstatisches Erlebnis. Der Fahrtwind wusch die traurigen Gedanken weg und machte ihren Kopf wieder klar. Es tat ihr gut, Janas schlanken und muskulösen Leib unter ihren Händen zu spüren. Je länger die Fahrt dauerte, desto mehr fühlte sie die Energie und die Kraft, die von der älteren Frau ausgingen und die ihr auf eigenartige Weise Vertrauen und Sicherheit gaben.

Als sie vor der Villa Dornach hielten, stieg Pia ab und gab Helm und Nierengurt zurück. «Das … das hat mir gutgetan. Danke … Jana.»

«War mir eine Freude, Pia. Wir können ja mal eine längere Ausfahrt machen, wenn wir beide Zeit haben und du Lust hast.»

«Das … das … wäre mega!», rief Pia und umarmte sie spontan. «Oh sorry! Das ist mir rausgerutscht», sagte sie betreten.

Jana lachte.

«Das ist absolut in Ordnung. Immerhin sind wir ja jetzt *Bike-Buddies.*» Sie hob ihre Hand zu einem High Five, und Pia klatschte sie lachend ab. «Jetzt muss ich, sonst hängt mir dein Papa ein Disziplinarverfahren an den Hals.» Sie zwinkerte Pia nochmals zu, bevor sie das Visier hinunterliess, den Motor anliess und wegfuhr.

Pia blickte ihr nach. Von wegen Polizeitussi. Sie hatte diese Frau unterschätzt und spürte, dass sie etwas mit Jana verband. Sie wusste nur nicht, was es war.

***

Der grosse Rapportraum war mit etwa dreissig Personen voll besetzt. Dornach war froh, als er sah, dass Casagrande den Raum betrat und links neben ihm Platz nahm.

«Konntest dich nicht drücken, was?» Er hatte befürchtet, dass

Hofmann selbst oder ein anderer Staatsanwalt diesen Fall übernehmen würde, um sie zu entlasten.

Sie erwiderte mit einem gespielten Seufzer. «Du weisst ja, was mein Chef meint: Irgendjemand muss euren Laden unter Kontrolle halten.»

«Eins zu null für die Staatsanwaltschaft», murmelte Dornach und begrüsste Urs Jäggi, der sich rechts von ihm hinsetzte. Er bat Casagrande, den Platz neben ihr für Jana frei zu halten.

«Wo ist sie denn?», fragte Casagrande.

«Taxidienst.»

«Muss ich nicht verstehen, oder?», erwiderte sie und stellte den Stuhl neben ihr schräg.

Dornachs Handy summte. Es war Pia.

«Pia, das ist gerade nicht so günstig. Wir fangen gleich an. Bist du gut angekommen?»

«War ein super Ride, Paps. Jana ist echt gut auf dem Bike. Sie hat gesagt, wir sind jetzt Motorradbräute. Cool, nicht?»

«Megacool», brummte er, erleichert, dass Pia wieder einigermassen die Alte war.

«Eigentlich rufe ich dich wegen was anderem an, Paps. Ich hab's vorhin in der Aufregung vergessen. Ist megawichtig.»

«Schiess los, aber beeil dich.»

«Manu hat gestern noch eine Menge Fotos von der Party im ‹Extasy› gepostet. Auf einem sieht man eure Lilo, die Rothaarige.»

«Wirklich?»

«Ja, echt. Ich schicke es dir rüber. Dann kriegst du auch noch ein paar, auf denen Manu und die anderen drauf sind, mit denen sie abhing.»

«Okay. Mach das. Das ist wirklich eine Hilfe für uns.»

«Das erste ist schon unterwegs. Die Rothaarige …»

«Sorry, Pia. Wir fangen an. Wir reden später. Heute Abend, okay?»

«Okay.» Sie klang etwas enttäuscht, weil sie offenbar etwas Wichtiges nicht loswerden konnte. Sein Handy zeigte eine eingehende MMS an. Er öffnete sie.

Als die Gespräche langsam verstummten und sich die Gesichter

Urs Jäggi zuwandten, der ein paar einführende Worte sprach, ging die Tür erneut auf, und Jana kam in voller Montur herein. Aller Augen waren gebannt auf sie gerichtet, als sie zu Casagrande ging, die ihr bedeutete, neben ihr Platz zu nehmen.

«Tolles Outfit», flüsterte Casagrande ihr zu. «Machst du auf Domina?»

«Spezialbehandlung mit Peitsche und Motorrad. Ich wette, ein paar Leute hier drinnen stehen drauf», raunte Jana zurück. Als Dornach rasch zu ihr hinschaute, schenkte sie ihm ein strahlendes Lächeln, das Casagrande einen eifersüchtigen Stich zu versetzen vermochte. Dornach lächelte kurz zurück, schien aber irgendwie abwesend und mit seinem Handy beschäftigt.

Der Kripochef orientierte in knappen Worten über den Stand der Dinge. Die Leitung der Soko lag bei Dornach, während Staatsanwältin Casagrande die Gesamtleitung der Untersuchungen innehatte. Major Cranach würde der Soko beratend und unterstützend zur Seite stehen. Er belobigte Jana für ihren beherzten Einsatz am Nachmittag und überreichte ihr im Namen der Kantonsregierung und des Stadtpräsidenten einen grossen Blumenstrauss.

Casagrande konnte sich eine Bemerkung nicht verkneifen. «Gratuliere, jetzt bist du offiziell eine Heldin.»

«Geh bitte! Wer hätte das gedacht? Der habsburgische Landvogt Gessler wurde damals von eurem Wilhelm Tell gemeuchelt, und ich bekomm heute Blumen. Zeiten sind das.»

Sie sahen sich an und prusteten leise los.

Als Nächstes informierte Dornach, wie sich die Faktenlage darstellte. Er erörterte die Umstände des Todes von Walter Lötscher, den Angriff auf Maja Hartmann und das Attentat auf Jana, bevor er auf Ayse Özdal zu sprechen kam.

Mike Lüthi und Karin Jäggi waren unterwegs zu den Eltern der jungen Frau, um sie zu benachrichtigen. Gleichzeitig hatten sie den Auftrag, Ayses Bruder zu befragen. Nach Ayses unbekanntem Begleiter wurde ebenfalls gefahndet. Dornach informierte, dass er von seiner Tochter soeben Fotomaterial erhalten hatte, das von der vermissten Manuela Bürki stammte.

Eine Kollegin aus der Fahndung wollte wissen, welche Elemente man habe, um zu bestimmen, ob die Fälle zusammenhingen und damit in die Soko einbezogen werden könnten.

«Ehrlich gesagt gibt es nur ein Element, dafür ein klares.» Er drückte auf die Fernbedienung, und auf der Leinwand hinter ihm erschien das Phantombild der rothaarigen Frau. Er rekapitulierte kurz.

«Dominik.» Karl Stark, ein älterer Ermittler, war aufgestanden. «Die Handschrift des Täters im Fall Ayse. Kommt uns die nicht bekannt vor?»

«Danke, Kari! Darauf wäre ich bei der Erörterung der neuen Fakten gekommen. Vorher möchte ich chronologisch vorgehen. Wenn keine weiteren Fragen mehr sind, widmen wir uns erst mal Lötscher.»

Er erteilte Tschanz das Wort, der über die Fahrzeugspuren am Ritterquai orientierte. «Diese Lackspuren und Splitter konnten eindeutig einer Marke und sogar dem Wagentypen zugeordnet werden. Sie haben unsere Vermutung aufgrund der Reifentypen bestätigt: Wir suchen einen Transporter des Typs Fiat Ducato, Baujahr 2014.»

«Das ist ein Allerweltsmodell», wandte der Fahnder Kurt Lauber ein, «davon fahren Hunderte herum. Ausserdem hat der Täter das Teil wahrscheinlich schon längst entsorgt.»

«Du liegst absolut richtig, Kurt», räumte Tschanz ein, «der Täter hat das Fahrzeug entsorgt oder es zumindest versucht.»

«Was meinst du, Sebi? Gibt's was Neues?», fragte Dornach.

«Ja, entschuldigt Leute, die Nachricht kam erst heute Nachmittag rein, und wie ihr ja wisst, waren wir ziemlich beschäftigt. Eine Patrouille hat im alten Steinbruch in Lommiswil einen grösstenteils ausgebrannten Transporter gefunden.»

«In der Saurier-Disco?»

Tschanz rief ein Bild mit dem ausgebrannten Auto auf. «Nicht direkt bei der Wand mit den Dinosaurier-Spuren, sondern beim vorderen Steinbruch. Und jetzt kommt's: Es ist ein Fiat Ducato, ehemals Farbe Weiss.»

«Das grenzt es nicht wesentlich ein», brummte Lauber.

Tschanz fuhr ungerührt fort. «Das nicht, aber was es definitiv eingrenzt, sind die letzten vier Ziffern der Fahrgestellnummer, die wir sicherstellen konnten. Unser Täter war nicht sehr schlau oder zumindest kein Profi, sonst hätte er die Nummer weggefeilt, bevor er den Wagen anzündete.» Er machte eine kurze Pause, um die Lacher verebben zu lassen. «Und bevor ihr weiterfragt: Die Abklärungen laufen. Wir versuchen beim Hersteller Käufer und Eigner des Transporters zu eruieren und hoffen, die Angaben im Laufe des Abends zu erhalten.»

«Haben wir die Videodaten aus dem Club?», fragte Dornach.

«Haben wir», bestätigte Tschanz. «Google hilft uns, sie zu sichten.»

«Nimmst du dir auch die Fotos vor, die ich euch weiterleite, Google?»

Gubler, der ganz am Rand in der dritten Reihe sass, hob bestätigend die Hand.

«Gut, was ist mit Ayse Özdal?»

«Das Beste, was wir haben, sind die Spermaspuren, die wir neben der Leiche gefunden haben. Die Analyse läuft. Die Resultate sollten in ein paar Stunden vorliegen. Dann können wir sie mit unserer DNS-Datenbank abgleichen. Ich mache Druck, dass du die Ergebnisse morgen früh auf deinem Tisch hast, Dominik.»

«Sehr gut, danke, Sebi. – Google, was hast du in Grenchen in Bezug auf Anflüge aus Italien und dem Balkan rausgekriegt?»

«Es hat sieben Anflüge aus Italien gegeben. Werden alle noch überprüft.»

Dornach wandte sich an Karl Stark. «Kari hat uns vorhin in Bezug auf die tote Frau auf Parallelen zu früheren Fällen hingewiesen. Bitte, Kari.»

Starks sonore und autoritätsstarke Stimme übertönte mühelos alle anderen Geräusche in dem grossen Raum.

«Das ist jetzt mittlerweile über fünfzehn Jahre her. Damals hatten wir hintereinander zwei spektakuläre Morde an jungen Frauen, die beide nicht älter waren als zwanzig. Der Täter ging in beiden Fällen exakt nach dem gleichen Muster vor. Er hatte die Frauen vor Bars oder Discos angesprochen und ihnen angeboten, sie nach Hause zu bringen. Aus für uns unverständlichen Gründen sind sie jeweils in sein Auto gestiegen, wo er sie unterwegs überwältigt und in ein Waldstück gebracht hatte. Beide Opfer wurden zuerst vergewaltigt und dann mit einem Kabel erdrosselt. Beim letzten Opfer war der Täter unvorsichtig und hat DNS-Spuren hinterlassen. Damals mussten wir einen Massentest bei einer grösseren Gruppe von möglichen Verdächtigen vornehmen. So sind wir auf Hanspeter Kühni gestossen, den wir kurz darauf festnehmen konnten. Du warst damals bei Kühnis Verhaftung dabei, Dominik.»

«Stimmt.» Dornach betätigte die Fernbedienung. Auf der Leinwand erschien das schmale Gesicht eines etwa vierzigjährigen Mannes mit schütterem blonden Haar und einem schmalen Oberlippenbart. Die Augen lagen dunkel und tief in den Höhlen.

«Kühni lebte damals noch bei seiner Mutter, die inzwischen verstorben ist. Er war in keiner festen Beziehung und galt als eigenbrötlerisch, wenn auch freundlich und anständig im alltäglichen Umgang. Bis zu seiner Verhaftung hatte er sich nie strafbar gemacht. Er war ohne formelle Ausbildung und arbeitete als Hilfsabwart an der Kantonsschule. Da es sich bei den beiden Opfern um Kanti-Schülerinnen handelte, lag die Vermutung nahe, dass er sich dort seine Opfer suchte. Damals stufte der forensische Psychologe Kühni als Psychopathen ein. Soweit ich informiert wurde, sprechen die neuen Gutachten lediglich von einer dissozialen Persönlichkeitsstörung.»

«Worin liegt denn da bittschön der Unterschied?», meldete sich Jana zu Wort.

Dornach räusperte sich. «Genau diese Frage stellte ich mir in diesem Zusammenhang auch immer wieder. Ich bin kein Seelenklempner und erspare euch die Details. Auf jeden Fall: Im Jahr 2000 wurde Hanspeter Kühni zu zwanzig Jahren Haftstrafe mit anschliessender lebenslanger Verwahrung verurteilt.»

«Dann sitzt er ja noch mindestens bis 2020», warf Casagrande ein. «Er kann es nicht gewesen sein.»

«Das habe ich mir auch gedacht», entgegnete Dornach. «Deshalb habe ich bereits auf dem Weg hierher in der JVA Schachen angerufen. Kühni wurde vor einem Monat aufgrund guter Führung bedingt entlassen. Auch die Verwahrung wurde auf Bedingung in eine ambulante psychiatrische Massnahme umgewandelt.

Offenbar gibt es neue psychiatrische Gutachten, die Kühni eine positive Prognose stellen.»

«Typisch!», rief Lauber. «Wir fangen diese gemeingefährlichen Idioten ein, nur damit sie die juristischen Weichspüler und Sesselfurzer laufen lassen, nachdem ihnen die Psycho-Fritzen einen Persilschein ausgestellt haben.» Er machte eine wegwerfende Handbewegung.

Von Jana war ein deutliches «Hört! Hört!» zu vernehmen, begleitet von Knöchelklopfen, in das alle einstimmten. Dornach machte eine Pause, damit sich das Raunen in der Runde wieder etwas legen konnte und die abfälligen Bemerkungen der Kollegen über die «Psycho-Fritzen» verhallt waren.

«Die Entlassung sowie die anschliessende Therapie wurde von zwei Gutachten unterstützt, von denen eines äusserst positiv war. Ich werde versuchen, mit dem Psychiater zu reden, Vielleicht kann er uns mehr dazu und über Kühnis Aufenthaltsort sagen.»

«Ist der nicht bekannt, wegen der Therapie?», fragte Karl Stark.

«Kühni ist seit zwei Wochen nicht zur Therapie erschienen. Ausserdem ist er an seiner gemeldeten Adresse nicht erreichbar.»

Es fielen weitere lautstarke und abfällige Bemerkungen über die Emissionen richterlicher Verdauungsorgane, sodass Dornach zur Ordnung rufen musste, bevor er weitere Aufträge verteilen und den Rapport beenden konnte.

Danach liess er sich von Karin, die inzwischen dazugekommen war, berichten, wie der Besuch bei Ayses Eltern verlaufen war. Ein Arzt musste der Mutter ein Beruhigungsmittel verabreichen. Karin hatte sie zu einer Schwester begleitet, die in der Nähe wohnte. Lüthi begleitete jetzt den Vater ins Institut für Rechtsmedizin, um seine Tochter formell zu identifizieren. Bruder Kemal wurde zu Hause angetroffen und befragt. Er war nach dem Rauswurf aus dem «Extasy» mit ein paar Kumpels weiter durch Bars und Kneipen der Altstadt gezogen und hatte verschiedene Namen von Gästen und Bardamen genannt, die ihm Alibis geben konnten, deren Überprüfung Karin bereits veranlasst hatte.

«Das ist vielleicht ein arrogantes Arschloch, sage ich dir», rief sie aufgebracht.

«Dann trägt er den liebevollen Zusatz zu seinem Vornamen nicht umsonst», meinte Dornach spröde.

«Ja, stell dir vor, der hat mich vor seinen Eltern angemacht. Und sein Alter hat keinen Finger gerührt. Der gehört in dieselbe Kategorie wie sein Sprössling. Verdammte Machos, alle beide.»

«Du hast dich hoffentlich gewehrt.»

«Ich hab ihm gesagt, er müsse mit einer Anzeige wegen schwerer Körperverletzung rechnen. Da ist er richtig ausgetickt.» Sie kicherte amüsiert. «Hat geschrien, er würde seinerseits Pia anzeigen und dass er in Notwehr gehandelt hätte. Ich hab ihm den Sachverhalt erklärt.»

Dornach klopfte ihr auf die Schultern. «Du kannst gleich weiterfahren. Du darfst heute Abend auf Staatskosten Party machen und dich im ‹Extasy› umsehen.» Als sie ihn fragend ansah, fügte er hinzu: «Aber du gehst nicht allein. Christian soll dich begleiten.»

Karin musste sich beherrschen, um nicht vor Freude einen Luftsprung zu machen.

«Klar, Chef», versuchte sie so neutral wie möglich zu erwidern, bevor sie den Raum verliess.

«Übertreibt's nicht mit dem Alkohol und vergesst nicht: Zivilkleidung», rief er ihr nach.

«Wo befragst du Nadja Bürki?», fragte er Casagrande, die das Gespräch mit Karin verfolgt hatte.

«Ich mache das hier. Bei uns drüben ist schon alles dunkel.»

«Ist gut! Ich bin auch dabei, wenn du nichts dagegen hast.»

«Be my guest!» Ihr Handy klingelte, und sie ging nach draussen, um den Anruf entgegenzunehmen.

«Und was soll ich tun?», erkundigte sich Jana und unterdrückte ein Gähnen.

«Du solltest dich ausruhen. Ich glaube, du hast genug getan für heute.»

«Aber ich fühle mich noch frisch.»

Er lächelte sie an. «Du siehst zwar auch müde sexy aus, aber damit alleine hilfst du mir nicht. Geh nach Hause und ruh dich aus. Ich komme so rasch wie möglich nach. Es wird wohl spät werden. Wenn du noch auf bist, trinken wir ein Glas zusammen.»

«Na denn, pack ich's mal! War übrigens schön mit deiner Tochter, vorhin.»

«Was meinst du?»

«Na, die Heimfahrt. Sie wollte einen kleinen Umweg machen, um die Fahrt zu geniessen. Wir haben a bisserl geratscht.» Sie grinste, als sie den fragenden Ausdruck in seinem Gesicht sah. «Wir haben geredet.»

Dornach runzelte die Stirn.

«Aber nicht, dass du sie mir zum Motorradfahren verführst. Pia ist schon verrückt genug.»

Jana lachte ihr helles Glockenlachen. «Die lässt sich zu gar nichts verführen. Deine Tochter ist ein Pfundsdirndl, Dominik.»

«Von wem sie das wohl hat?»

«Ja von wem wohl? Busserl.» Sie drückte ihm unvermittelt einen Kuss auf die Wange.

Er blickte ihr versonnen nach, bis sich die Türe schloss. Dann nahm er sein Handy hervor und scrollte durch die Fotos, die ihm Pia vor der Sitzung geschickt hatte. Bei der ersten übermittelten Aufnahme hielt er inne und zoomte das Gesicht der rothaarigen Frau heran. Es war das einzige Foto, das er nicht an die KT weitergeleitet hatte. Das Schlimme daran war, dass er sich noch nicht erklären konnte, warum.

***

Nadja Bürki wurde von einer uniformierten Beamtin in ein Sitzungszimmer geführt und gebeten zu warten.

Einige Minuten später trat die Staatsanwältin, die sie am Nachmittag kennengelernt hatte, ein. Sie wurde begleitet von einem uniformierten Polizeibeamten, der ein Notebook mit sich trug. Casagrande begrüsste Bürki und nahm ihr gegenüber Platz.

«Warum haben Sie mich so spät noch kommen lassen? Das hätte doch bis morgen warten können», fragte Bürki.

«Bedaure, Gefahr im Verzug», sagte Casagrande nur. «Ich muss Sie darauf aufmerksam machen, dass Sie gegenwärtig lediglich als Zeugin befragt werden. Obwohl einige Aussagen Sie belasten können, wünschen Sie keinen Anwalt, auch wenn Sie Anspruch auf juristischen Beistand hätten. Ist das korrekt?»

Bürki nickte. «Ja, ich möchte das alles einfach loswerden.»

Casagrande liess sich von der Ärztin die Vorgänge bei den Transplantationen in der Berner Privatklinik schildern, wie sie dies am Nachmittag Dornach gegenüber gemacht hatte. Je länger die Einvernahme dauerte, desto zermürbter wirkte Bürki. Als sie ein Glas Wasser verlangte, unterbrach Casagrande die Befragung. Der Protokollführer verliess den Raum, um das Wasser zu holen. Die beiden Frauen sassen sich ein paar Minuten schweigend gegenüber, in denen Bürki es vermied, Casagrande in die Augen zu sehen. Als der Beamte mit einem Glas Wasser zurückkam, wurde er von Dornach begleitet, der sich neben Casagrande setzte und Bürki kurz zunickte.

Casagrande fuhr mit der Befragung fort. «Wie lief das mit den Papieren für diese Transaktionen?»

Bürki zuckte mit den Schultern. «Ich war die behandelnde Chirurgin. Ich habe die Papiere einfach entsprechend ausgefüllt oder ausfüllen lassen.» Sie blickte vor sich auf die Tischplatte. «Wenn es nicht passte, habe ich sie manipuliert.»

«Etwas will mir nicht in den Kopf. Sie sind eine engagierte und gewissenhafte Ärztin. Wie kommen Sie dazu, sich von einer verbrecherischen Organisation für diese … Organmauschelei einspannen zu lassen? Sie haben es doch nicht nötig.»

Bürki lachte trocken auf. «Wenn Sie wüssten. Die Scheidung von meinem Mann, der keine Alimente zahlt, das Haus, die zukünftige Finanzierung des Studiums für meine Tochter. Ich brauche Geld, ganz einfach. – Aber glauben Sie mir, mittlerweile würde ich viel geben, wenn ich das ungeschehen machen könnte.»

Casagrande sah sie eine Weile forschend an und sagte dann: «Die Befragung ist beendet. Ich muss Sie informieren, dass ich eine Strafuntersuchung gegen Sie einleiten werde wegen illegalem Organhandel. Sie werden von der Staatsanwaltschaft hören.» Bürki senkte den Kopf und nickte nur. «Und ich kann Ihnen versichern, dass wir alles daransetzen werden, Ihre Tochter wiederzufinden.»

Casagrande gab dem Protokollführer ein Zeichen und sah Dornach an, der einige Fotos unter einem Aktendeckel hervorzog und sie vor Bürki auf den Tisch legte.

«Kennen Sie die junge Frau auf diesen Bildern, Nadja?»

Sie starrte auf die Aufnahmen, die Ayse Özdals Leiche aus verschiedenen Blickwinkeln zeigten, und ihre Augen weiteten sich.

«Sie ist noch … so jung! Wer ist sie?»

«Sie hiess Ayse Özdal und war eine Mitschülerin von Manuela.»

«Wie ist sie … umgekommen?»

«Man hat sie vergewaltigt und dann getötet», sagte Dornach nüchtern.

«Oh Gott, das ist furchtbar! Glau… Glauben Sie, dass der gleiche Mörder auch Manuela …?»

Weiter kam sie nicht. Sie biss sich auf die geballte Faust, und ein unterdrückter Schrei entfuhr ihrer Kehle. Sie begann auf ihrem Stuhl vor und zurück zu wippen. Als ihr Kopf drohte an die Tischplatte zu stossen, stand Casagrande auf und hielt sie an den Schultern fest.

«Nadja, hören Sie mir zu», sagte Dornach eindringlich. «Wir haben im Moment keine Hinweise, dass derjenige, der das getan hat, auch Manuela in seiner Gewalt hat.» Er war sich bewusst, wie schwach dieser Beschwichtigungsversuch klang.

«Aber ausschliessen können Sie es nicht?» Sie hatte sich wieder gerade aufgerichtet, und Casagrande liess sie los.

«Nein», bestätigte Dornach, «ganz ausschliessen können wir es nicht. Wir arbeiten im Moment im Bereich der Wahrscheinlichkeiten. Aber …» Er beugte sich zu Bürki. «Das ist jetzt ganz wichtig: Solange wir nichts anderes wissen, lebt Manuela, und Sie dürfen die Hoffnung nicht aufgeben.»

Bürki schaute Dornach fest in die Augen. «Sie haben recht. Ich werde mich zusammennehmen.»

«Haben Sie denn in der Zwischenzeit etwas von ihr gehört? Ein Anruf, eine Nachricht?»

«Nein, gar nichts. Das ist es ja, was mich fast wahnsinnig macht vor Angst.»

«Ich verspreche Ihnen, dass wir alles daransetzen, Manuela zu finden. Mein Team geht jeder Spur nach», sagte Dornach.

Die Ruhe und Bestimmtheit des Polizisten schien zu wirken. Sie nickte tapfer und blickte ihn dankbar an. «Könnte ich jetzt gehen?»

«Sie sind frei zu gehen. Es wäre gut, wenn wir Ihr Handy und Ihr Festnetz überwachen könnten», versuchte Casagrande noch mal, sie zu überzeugen, aber Bürki schüttelte den Kopf. «Ich verspreche Ihnen, dass ich mich unverzüglich melden werde, sobald ich etwas höre oder eine Nachricht erhalte. Ich werde voll und ganz mit Ihnen kooperieren.» Sie blickte wieder zu Dornach. «Dominik, Sie müssen mir nur eines versprechen: Kümmern Sie sich persönlich darum. Bringen Sie meine Tochter wieder heil zurück. Werden Sie das tun?» Sie nahm seine Hand.

Er nickte nur. «Wir werden unser Bestes tun.»

«Ich vertraue Ihnen, Dominik! Nur Ihnen!» Sie legte auch die andere Hand auf seine. Dann stand sie auf und verabschiedete sich.

Als sie alleine waren, blitzte Casagrande Dornach an.

«Was war das?», fragte sie.

«Was?»

«Na, das ganze ‹Ich-vertraue-Ihnen-und-nur-Ihnen›-Geschwafel mit Vornamen und alles. Hast du etwas mit der?»

«Eifersüchtig?», fragte er stattdessen mit einem provokativen schiefen Grinsen.

«Sag mal, geht's noch? Ich mache hier eine Befragung, und von dem Moment an, in dem du reinkommst, ist sie komplett auf dich fixiert mit Augenaufschlag und Händchenhalten und dem Trara.» Sie tippte mit ihrem Zeigefinger auf seine Hemdbrust. «Ich versuche hier eine ordentliche Untersuchung durchzuführen. Und im Moment frage ich mich, wo du mit dieser Frau Dr. Bürki stehst.»

«Jetzt zügle mal deine Pferde, Angie. Glaubst du wirklich, ich lasse mich von Nadja Bürki um den Finger wickeln? Sie mag es versucht haben. Sie ist eine alleinerziehende Mutter, die bisher glaubte, alles im Griff zu haben, den Beruf, ihr Renommee und ihre Tochter. Und innerhalb von vierundzwanzig Stunden bricht ihr alles weg. Jetzt ist sie nur noch eine Mutter, die Angst um ihr Kind hat, wie ich in der gleichen Situation Angst um Pia hätte. Sie glaubt vielleicht, dass uns das verbindet, und verspricht sich etwas davon. Ja, das kann sein. Aber deshalb habe ich noch lange nichts mit ihr. Was denkst du ei–?»

«*Basta così!*» Sie hatte beide Hände erhoben. «Tut mir leid, Dominik! Ich wollte dich nicht … Oh, verflucht!» Sie fuhr sich mit der Hand über das Gesicht, wankte etwas und musste sich an der Tischplatte abstützen. Dornach fürchtete, dass sie umkippen würde, und hielt sie an den Armen fest.

«Langsam, Angie. Geht's?»

«Geht schon wieder.» Sie stützte sich auf der Tischplatte ab. «Mir wurde nur etwas schummrig.»

«Man fragt sich, weshalb. Du hast ja heute fast nichts erlebt ausser einer Schiesserei, wo du knapp mit dem Leben davongekommen bist, und einer brutal zugerichteten Leiche. Willst du nicht doch was abgeben? Wegen mir musst du nicht …»

«Spinnst du?» Sie hatte sich wieder aufgerichtet, und ihre dunklen Augen sprühten Funken. «Denkst du, ich gebe den bisher interessantesten Fall meiner Karriere an einen Kollegen, womöglich noch an Hofmann ab, damit du mit dem machen kannst, was du willst?»

«Na dann ist ja alles wieder im Lot. Hast du was gegessen?»

«Nicht seit Mittag.»

«Dann wird's aber mal Zeit.» Er blickte auf seine Uhr. «Im ‹Baseltor› machen sie uns vielleicht noch was.»

Sie stand auf. «Du zahlst.»

Er reichte ihr seinen Arm, und sie hakte sich ein.

***

Bürki sass im Fond des Taxis, das vor einer roten Ampel am Hauptbahnhofplatz stand. Sie fühlte sich leer, und die Angst um ihre Tochter lähmte sie. Der Einzige, der ihr noch helfen konnte, war Dornach. Aber was konnte er tun? Er brauchte Informationen, und sie konnte ihm keine mehr geben. Auch wenn sie ihm ihr letztes Geheimnis verriet, konnte er ihr nicht weiterhelfen. Sie hatte verloren.

Als die Ampel auf Grün schaltete und der Wagen anfuhr, vibrierte ihr Handy und kündigte eine eingehende Nachricht an. Es war eine MMS. Sie tippte auf die Nachricht, um die Videodatei zu öffnen, nachdem sie ihre Ohrstöpsel angelegt hatte. Als sie die Bilder sah, entfuhr ihr ein erstickter Schrei.

«Alles in Ordnung mit Ihnen, junge Frau?», fragte der ältere Taxifahrer besorgt.

«Ja, ja! Es ist nichts. Fahren Sie weiter.» Sie starrte auf das Display, und was sie sah und hörte, liess ihre Welt endgültig zusammenbrechen.

VIERZEHN

Polizist Känzig schreckte hoch. Ein stechender Schmerz fuhr durch seinen Nacken. Verdammt, jetzt war er wieder eingenickt. Er stand auf und streckte sich. Die Zeit auf dem Display seines Handys zeigte zweiundzwanzig Uhr siebenundzwanzig. Er schob nun schon seit mehr als vier Stunden vor Majas Krankenzimmer auf der Intensivstation Wache, weil dieser Chefermittler Dornach darauf bestanden hatte, dass die Polizistin rund um die Uhr bewacht werden müsse. Bald mal Zeit für eine Ablösung, dachte er, doch er zweifelte, dass sie bei dem Tohuwabohu heute noch jemanden schicken würden. Gestern die Aufregung wegen diesem Journalisten und dann wegen Maja Hartmann. Heute war diese Schiesserei beim Bahnhof, wo sie es auf die verrückte Österreicherin, wie sie seitdem von einigen Kollegen halb bewundernd genannt wurde, abgesehen hatten. Und jetzt noch das arme Mädchen, dessen Leiche sie im Wald gefunden hatten. Die Kapazitäten waren am Limit. Man hatte ihn heute Nachmittag Knall auf Fall vorübergehend vom Regionalposten Olten nach Solothurn beordert, um die Kollegen zu unterstützen. Was er jetzt brauchte, war ein Kaffee oder irgendetwas, das ihm helfen würde, wach zu bleiben. Ausserdem kamen vom Sitzen auf dem unbequemen Stuhl seine Nackenverspannungen zurück. Er rieb sich das Genick und streckte sich.

«Hallo.»

Er drehte sich erschrocken um und blinzelte. Erst dachte er, Alter, jetzt sitzt du schon zu lange hier. Vor ihm stand eine Pflegerin. Aber es war mehr als das, es war eine Erscheinung. Eine rote Haarsträhne lugte unter einer Haube hervor. Smaragdgrüne Augen in einem Gesicht sahen ihn aufmerksam an. Mit einem Schlag war er hellwach.

«Äh, hallo», antwortete er verlegen.

«Geht es Ihnen nicht gut?», fragte sie aufmerksam. Sie hatte einen eigenartigen Akzent. Irgendetwas Östliches. Er konnte es nicht genau einordnen. Er schielte auf das Namensschild an ihrer Bluse: «Cara Andrazy, Krankenpflegerin».

«D… danke, Frau … äh … ich bin in Ordnung. Nur etwas verspannt vom langen Sitzen.»

«Das kenne ich.» Sie lächelte. «Warten Sie, ich weiss da was. Setzen Sie sich bitte auf den Stuhl.» Sie nahm seinen Stuhl und drehte ihn seitlich.

«Äh, ich weiss nicht, ob ich kann, ich sollte …»

«Ja, ich sollte auch, nämlich die Geräte prüfen. Aber das kann warten. Ich kann Sie nicht leiden sehen. Setzen Sie sich.» Sie tätschelte die Sitzfläche.

Polizist Känzig tat wie geheissen, und die Pflegerin begann, seinen Kopf zu massieren. Eine wonnige Woge der Entspannung durchflutete ihn.

«Ist's gut?», fragte sie.

«Paradiesisch», seufzte er. «Könnten Sie nicht noch ein paarmal vorbeikommen? Ich weiss nämlich nicht, ob ich diese Nacht noch abgelöst werde.»

«Mal sehen.» Als der Polizist zusammensackte, fing sie ihn auf, drehte den Stuhl und lehnte ihn an die Wand. «Sorry, dauert nicht lange», murmelte sie und betrat Majas Zimmer.

Sie stand vor dem Bett und schaute lange auf die Patientin hinab, bevor sie sich über Majas Kopf beugte.

***

Pia lag angezogen auf ihrem Bett. Der Motorradritt mit Jana hatte sie die Sorge um Manuela für eine Weile vergessen lassen. Auch Frau Reinhard, die noch im Haus war und ihr in der Küche einen Teller Spargelcrèmesuppe aufgestellt hatte – «Du musst was essen, Kind, du siehst ja ganz blass aus» –, konnte sie für einen Moment mit ihren Geschichten über ihren Bauernhof in Oberrüttenen ablenken. Die warme Suppe und die gemütliche Schwatzerei hatten sie müde gemacht. Danach war sie auf ihr Zimmer gegangen und hatte sich hingelegt.

Während zwei Stunden war sie in einen tiefen, traumlosen Schlaf gefallen, aus dem sie mit einem Ruck erwachte. Es dauerte eine Weile, bevor ihr klar wurde, dass sie auf ihrem eigenen Bett lag. Normalerweise war sie an einem Freitagabend um diese Zeit mit ihren Freundinnen unterwegs beim Shoppen oder hing mit Manu im «Solheure» ab, wo sie sich überlegten, wann sie wo essen gehen oder welche Party sie unsicher machen wollten.

Es war still, unheimlich still. Ihr schien, als ob die bleierne Ruhe aus jeder Ecke, aus den Wänden und aus jeder Ritze im Boden kroch. Sogar die Fasern der Kissen und die Bettwäsche, auf der sie lag, schienen die unendliche Schwere auszuatmen, die sie wieder überkam. Die Bilder kamen in ihr hoch. Das fröhliche Gesicht von Manuela wurde überlagert von den grauenhaften Aufnahmen von Ayse, die sie bei ihrem Vater gesehen hatte. Ayse, der sie am Ende doch nicht hatte helfen können. Die Fragen und Vorwürfe begannen wieder, sie zu quälen. Kein Paps war da, der sie tröstend in die Arme genommen hätte wie früher, wenn sie sich alleine und von allen verlassen gefühlt hatte, bevor sie Manuela kennengelernt hatte. Die hätte ihr in dieser Situation die Leviten gelesen.

«Du spinnst!», hätte sie gerufen, «du willst allen helfen und gibst dir die Schuld, wenn sie gegen die Wand rennen. Willst du die neue Mutter Teresa werden oder was?»

Pia musste lächeln, wenn sie daran dachte, wie unkompliziert Manu das Leben nahm. Sie selber musste immer aufbegehren und sich dagegenstemmen, wenn ihr etwas nicht passte.

Sie spürte, wie ein schwerer Kloss ihre Kehle zuschnürte. Auch wenn sie schluckte, ging er nicht weg. «Manu!», stiess sie flehend hervor, als ob die Freundin sie hören und ihr von ihrem unbekannten Ort eine Nachricht schicken könnte.

Sie schloss die Augen und lag für einige Minuten einfach da. Die Bilder in ihrem Kopf liefen immer schneller ab. Sie sah Manuela vor sich. Sie lag da, regungslos, ohne Leben, ihr Körper geschändet. An ihrem Hals leuchteten die Wunden der Schlinge, die Ayses Lebensstrom versiegen liessen. Ihre Augen waren geschlossen. Pia ging näher auf den regungslosen Körper zu und beugte sich über das Gesicht. Eine Träne von ihr fiel der Toten auf die Wange. Plötzlich riss Manuela die Augen auf. Ihr Blick war leblos, ihr Mund öffnete sich, «Pia!».

Pia schreckte hoch. Sie konnte nicht einfach hier sitzen und warten, wie es Paps von ihr verlangte. Sie musste etwas tun.

Irgendetwas. Sie überlegte. Manuela war zuletzt im «Extasy» mit Jos zusammen gewesen. Vielleicht hatte er sie entführt oder wusste zumindest etwas. Sie kannte ihn nicht, und er war ihr nie geheuer gewesen. War er möglicherweise der Schlüssel zu Manus Verschwinden?

Heute dürfte im «Extasy» viel los sein, und Jos musste sicher arbeiten. Sie könnte hingehen und versuchen, etwas aus ihm herauszubekommen. Vielleicht würde Jana sie begleiten. Sie war ihr zwar immer noch ein wenig unheimlich, schien aber trotzdem ganz in Ordnung zu sein. Zumindest hatte sie seit dem Motorradritt ihre Meinung über die Österreicherin revidiert. Wäre auch megakrass, wenn sie auf dem Motorrad vorfahren würden. Die Vorstellung, als Rockerbraut beim Club anzukommen, bekräftigte ihren Entschluss und auch ihre Absicht, ihren Vater nicht vorher um Erlaubnis zu fragen. Wozu auch? Sie war schliesslich schon achtzehn.

Im Stöckli war es dunkel. Keine Jana. Das Motorrad stand auch nicht auf dem Vorplatz. Die waren offenbar noch in ihrem Meeting. Sie schnaubte verächtlich. Die sollten echt mal besser ihre Hintern erheben und Manuela suchen gehen, anstatt ständig in ihren Büros zu hocken und über ihren Computern zu brüten.

Sie kehrte zurück in ihr Zimmer, duschte und zog sich für einen Abend im Club um. Anstelle eines Rocks entschied sie sich für schwarze Jeans-Leggins und ein weisses T-Shirt mit einem moderaten Ausschnitt. Darüber trug sie ihre geliebte Lederjacke. Sie überlegte, ob sie ihren Roller oder ein Taxi nehmen wollte, und entschied sich für Letzteres, das keine zehn Minuten nach ihrem Anruf vor der Tür hupte. Als sie in ihrer Handtasche kramte und checkte, ob sie genug Geld dabeihatte, fiel ihr ein, dass Manuela ihr eine überzählige VIP-Karte zugesteckt hatte. Sie überprüfte die Taschen ihrer Lederjacke. Tatsächlich! Die rote Plastikkarte mit dem Goldrand steckte in der Brusttasche. Sie war zwar etwas zerkratzt, aber das dürfte keine Rolle spielen.

Voller Unternehmungslust stieg sie in das Taxi.

Es war bereits nach dreiundzwanzig Uhr, als Pia das «Extasy» betrat. Die unterste Ebene war gerammelt voll mit tanzenden jungen

Menschen, und auf den Galerien schien auch einiges los zu sein. Freitagnacht-Chill-out. Sie sah zum DJ-Pult hinüber. Es war nicht mehr DJane Roca, die auflegte, sondern irgendein Freak, der den Deckel seiner Baseballmütze nach hinten gedreht hatte, was Pia als Position für einen Volldepp bezeichnete. Dieser Eindruck wurde unterstrichen durch den Bund seiner zu weiten Hose, der etwa auf Höhe der Kniekehlen sass und freie Sicht auf rot-weiss gestreifte Boxershorts liess. Sie schüttelte den Kopf. Was dachten sich die Chicks, die auf solche Typen abfuhren? Der Sound, den er auflegte, war allerdings ganz passabel. In den vier transparenten Röhren mit den hydraulischen Plattformen tanzten dieselben Girls wie am Vortag, und sie waren ebenso sparsam bekleidet.

Sie überlegte, wo sie Jos am ehesten finden könnte. Am Vorabend hatte er Bardienst. Sie schlängelte sich durch das Menschengewühl auf der Tanzfläche in Richtung Tresen. Dort gab es glücklicherweise etwas mehr Bewegungsfreiheit. Sie blickte sich um. Kein Jos zu sehen. Ausschliesslich weibliche Barkeeper waren damit beschäftigt, Bestellungen entgegenzunehmen und Drinks zu mixen. Da alles recht gut organisiert war und zügig ablief, wartete Pia geduldig, bis sie an der Reihe war. Sie erkannte die Barkeeperin, die sie nach ihrer Bestellung fragte. Sie hiess Olivia und hatte vorher im «Solheure» gearbeitet, wo sie Pia schon eine ganze Weile nicht mehr gesehen hatte. Olivia trug den gleichen Kurzhaarschnitt wie Pia und erkannte sie wohl deswegen auch gleich wieder.

«Hoi, wie geht's dir … ähm … Pia, nicht?»

«Ja, richtig! Du bist Olivia, stimmt's? Arbeitest du jetzt fest hier?»

«Ja, aber sag einfach Oli zu mir. Was möchtest du?» Sie schien nicht viel Zeit für einen Schwatz mit Gästen zu haben.

Pia bestellte einen Gin Tonic – mehr Tonic, weniger Gin.

Leider konnte Oli den Drink nicht vor ihr zubereiten, und für ein Gespräch auf Distanz war es zu laut. So wartete Pia, bis sie mit dem Drink zurückkam.

«Sag mal, ist Jos da?»

«Wer?» Oli hatte sie nicht richtig verstanden, weil DJ Volldepp gerade einen krassen Bass runterhämmerte.

«Jos, der hat gestern hier an der Bar gearbeitet.»

«Jos? Ja, der ist oben bei den VIPs. Da kommst du aber nicht einfach so hoch. Du brauchst einen VIP-Pass.»

Anstelle einer Antwort zog Pia ihre Plastikkarte hervor.

«Hey super! Gib sie mir, dann musst du das hier nicht bezahlen», sagte Oli. Sie nahm die Karte und hielt sie gegen ein Lesegerät.

«Ist gut! Du kannst dir die Drinks direkt oben bestellen. Dort musst du sie nicht immer zeigen, wenn du was nimmst.»

«Danke für die Starthilfe», sagte Pia und machte sich mit ihrem Drink auf den Weg zu den Aufgängen. Sie war von der Musik und den Leuten auf der Tanzfläche abgelenkt und bemerkte nicht die Gestalt, die hinter einer Säule stand und deren Gesicht von einer schwarzen Lederkapuze verdeckt wurde. Als Pia an ihr vorbeiging, heftete sich der Blick des Kapuzenträgers auf sie.

Im VIP-Bereich ging es wie am Vorabend etwas ruhiger zu. Pia musste sich zuerst an die schummrige Beleuchtung gewöhnen. Sie gab sich Mühe, die pikanten Vorgänge zu ignorieren, die sich in einigen Sitzgruppen abspielten, und konzentrierte sich darauf, Jos ausfindig zu machen. Auf den ersten Blick konnte sie ihn unter dem Servierpersonal, das überall herumschwirrte, nicht erkennen. Sie ging langsam um die Galerie herum. Aus den Augenwinkeln sah sie eine Bewegung an der Wand. Es war ein Kellner, der durch eine Schwingtür herauskam. Sie erkannte Jos sofort am dünnen Oberlippenbart, der sich in einer Linie um die Mundwinkel mit einem Kinnbart verband. Sie fand, dass er etwas Verschlagenes hatte, während sie ihn beobachtete, wie er mit schwingenden Schritten und einem Tablett voller Getränke auf eine Sitzgruppe zusteuerte. Pia wartete, bis er fertig bedient hatte und auf dem Weg zur Drehtür wieder an ihr vorbeikommen musste. Als er auf sie zusteuerte, stellte sie sich ihm in den Weg.

«Hallo, Jos.»

Erstaunt, seinen Namen zu hören, blieb er stehen und starrte sie an. Es dauerte ein paar Sekunden, bis er das Gesicht registriert und erkannt hatte. «Ha… Hallo! Du bist doch Manus Freundin … ähm … Dings … nicht?»

«Pia, richtig. Weisst du, wo Manu ist?»

«Manu? Keine Ahnung. Hab sie heute den ganzen Tag noch nicht gesehen.»

«Und letzte Nacht? Ihr wart doch zusammen, oder?»

«Ja … nein … das heisst, wir waren hier zusammen. Aber dann knatschte sie und ist einfach abgehauen.»

«Wie, knatschte? Und wie, abgehauen?»

«Ja, ist doch wahr, echt. Zuerst hat sie mich heissgemacht, und als ich mehr wollte, kniff sie und wollte nach Hause. Hat echt Stunk veranstaltet, draussen vor dem Eingang, blöde Fotze.»

«Hey, pass auf, ja.» Pia trat einen Schritt auf ihn zu. «Manu wird wohl ihre Gründe haben, nicht mit einem *loser* wie dir in die Kiste zu steigen. Also?»

«Was, also?»

«Wo ist sie? Hast du ihr eins übergezogen, weil sie nicht wollte, und sie irgendwohin verschleppt? War es so? Gib's zu.»

Sie hatte ihn mit beiden Händen am Hemdkragen gepackt. Er wollte sich losreissen, aber ihr Griff war stärker, als er dachte.

«Was soll das? Lass mich in Ruhe. Ich weiss nicht, wo die blöde Tusse ist. Sie kann mir auch gestohlen bleiben.»

«Hör mal gut zu, Arschloch.» Pia kam ihm so nahe, dass sich ihre Nasen fast berührten. «Mein Alter ist ein ganz hohes Tier bei der Schmier, der Kripo, um genau zu sein. Also, wenn du mir jetzt nicht gleich sagst, was du mit Manu gemacht hast, rufe ich ihn auf der Stelle an und verrate ihm, dass ihr hier Drogen verklickert. Ich sage dir, der macht euch in Nullkommanichts den Laden dicht.»

Mit einer heftigen Bewegung gelang es Jos, sich von Pias Griff zu befreien und sie zur Seite zu stossen. Dann rannte er los, die Treppe runter. Pia eilte ihm nach. Sie musste schnell sein, um ihn im Partygewühl nicht aus den Augen zu verlieren. Jos flüchtete bis ganz nach unten, auf die Tanzebene. Beim untersten Absatz wandte er sich nach links und lief neben der Treppe nach hinten. Als Pia unten ankam, nahm sie zwei Dinge wahr: Sie sah, wie Jos hastig einen Code bei einer Türe eintippte, sie aufriss und hindurchschlüpfte. Die Distanz war zu gross und das Licht zu schlecht, als dass sie die Zahlenkombination hätte erkennen können. Die Tür hatte einen Stopper und schwang nur langsam zurück. Pia musste sich entscheiden: Entweder ging sie jetzt durch diese Türe ihm nach, ohne zu wissen, was sie dahinter erwartete, oder Jos und damit ein wichtiger Hinweis auf Manus Verbleib entwischte ihr. Die Türe war schon auf halbem Weg Richtung Schloss. Die zweite Wahrnehmung war eine junge Frau mit dunkelblondem Pferdeschwanz und hübschem Puppengesicht, die sich interessiert umsah. Sie trug blaue enge Jeans in hohen braunen Stiefeln. Dazu ein weisses T-Shirt unter einem rot-blau karierten, langärmeligen Hemd, das lose über die Jeans fiel. Pia wusste, warum: Unter dem Hemd verbarg Karin Jäggi vermutlich ihre Waffe. Und wahrscheinlich war sie nicht allein. Pia hatte keine Zeit. Wenn sie Karin rief und auf sie wartete, war es zu spät. Also stürzte sie kurz entschlossen auf die Türe zu. Es gelang ihr gerade noch, die Klinke zu fassen, bevor sie ins Schloss fiel, sie zu sich zu ziehen und hindurchzuschlüpfen.

Ein fahles Licht erleuchtete einen kahlen, schmalen Korridor. Einige Meter voraus sah sie eine Treppe, die nach unten führte. Pia blieb stehen, blickte nach oben und suchte die Decke ab. Sie konnte keine Kameras erkennen. Sie zögerte. Dann, wie um sich selbst Mut zu machen, zuckte sie mit den Achseln. Mehr als sie wieder rauszuschmeissen oder allenfalls die Polizei zu rufen, konnten sie hier eh nicht. Vorsichtig stieg sie die Treppe hinunter. Bereits nach den ersten Stufen erschrak sie, als plötzlich Halogenlampen aufleuchteten und jeden Winkel der Treppenflucht in helles Licht tauchten. Sie musste Bewegungsmelder aktiviert haben.

«Ja, merci», murmelte sie, «breche ich mir wenigstens nicht den Hals hier!» Sie hoffte nur, dass die Bewegungsmelder damit nicht auch gleich die Security-Gorillas alarmierten. Sie stieg etwas schneller hinab. Nach einer gefühlt endlosen Anzahl Stufen war sie unten und stand vor einem weiteren Korridor, der nach wenigen Metern nach links abbog. Sie ging weiter. Als sie um die Ecke kam, wurde der Gang breiter und höher, sodass man dort mühelos mit einem Handgabelstapler manövrieren konnte. Vorsichtig und jederzeit zur Flucht bereit, ging sie weiter. Sie hoffte, dass sich die Türe zur Tanzfläche oben von innen ohne Code öffnen liess, falls sie schnell wegmusste. Links und rechts waren Türen etwa zwanzig Zentimeter tief in die Wände eingelassen. Jede hatte auf Augenhöhe ein Sichtfenster, hinter dem es dunkel war. Nur hinter einer der Luken sah sie Licht. Vorsichtig trat sie heran und lugte seitlich durch das Fenster. Es war ein hell erleuchteter Raum, in dessen Mitte ein langer, breiter Tisch stand, um den Leute mit Gesichtsmasken und Latexhandschuhen sassen. Hinter dem Tisch standen Regale mit Kartons. In der Mitte lagen offene Boxen. Daraus nahmen die Leute grosse Plastiktüten mit blauen Pillen, die sie in kleinere Tüten abfüllten.

Pia kannte diese Pillen. Sie hatte am Vorabend von Manuela genau solche Dinger gekriegt. «Blue X». Das war ein Verteilplatz, wo dieses Dreckszeug in grossem Stil vertrieben wurde. Vermutlich hatte Manu das irgendwie entdeckt und wurde deshalb zum Schweigen gebracht. War Ayse vielleicht auch deswegen gestorben? Sie musste Karin Bescheid sagen, damit sie den Laden hochnehmen konnten. Da fiel ihr ein, dass Manu hier irgendwo sein könnte. Hinter einer der Türen vielleicht?

Pias Entschluss war klar. Wenn sie vorher die Polizisten alarmierte, hatten die Kerle Zeit, alles wegzuschaffen, und sie würden sicher auch Manuela an einen anderen Ort bringen oder sie sogar umbringen, wenn sie das nicht schon getan hatten. Sie trat langsam von der Tür zurück, drehte sich in die Richtung um, aus der sie gekommen war, und stand vor Jos, der sie böse angrinste.

***

Während der kurzen Strecke zu Fuss vom Restaurant «Baseltor» zu ihrer Wohnung am Friedhofplatz hatte sich Angela Casagrande auf ihr Bett gefreut. Aber als sie die Tür aufschloss, spürte sie keine Müdigkeit mehr. Das späte Bami Goreng und der Chardonnay, den sie dazu getrunken hatten, hatten ihre Lebensgeister wieder geweckt. Während des Essens hatte sie mit Dornach die Vorfälle der letzten beiden Tage diskutiert und dabei versucht, die Ereignisse in Beziehung zueinander zu bringen. Bei Kaffee und

Grappa brachten sie es schliesslich für ein paar Minuten fertig, über private Dinge zu sprechen. Er hatte erneut versucht, ihr die Würmer aus der Nase zu ziehen, was ihr Liebesleben betraf. Sie hatte ihn abblitzen lassen, und er war Gentleman genug, nicht weiter in sie zu dringen. Eines Tages würde sie, zumindest ihm gegenüber, ihr Coming-out machen müssen. Ihr Handy klingelte, und als sie den Namen des Anrufers sah, huschte ein liebevolles Lächeln über ihre Lippen.

«Ich habe dich vermisst», sagte sie.

«Und ich erst.» Ines' Stimme war so klar, als würde sie neben ihr stehen. «Was machst du?»

«Bin gerade zur Tür hereingekommen. Und du?»

«Wir hatten ein spätes Abendessen mit den Mandanten. Es sieht so aus, dass die Fusion zustande kommt und der Standort Solothurn eine bildhübsche Hightechfirma im Bereich der Kommunikationstechnologie mit über zweihundert Arbeitsplätzen gewinnt. Die Briten machen mit. Die Amis müssen noch überzeugt werden, aber das schaffen wir bis zur Vertragsunterzeichnung am Sonntag.»

«Gratuliere», sagte Angela ehrlich erfreut. «Bei uns sieht's noch nicht so vielversprechend aus. Ich war vorhin mit Dominik essen, und da haben wir …»

«Soso, du und Dominik. Ich muss mir aber um uns keine Sorgen machen, oder?»

Angela bemühte sich, ihr Lachen unverfänglich klingen zu lassen.

«Wie kommst du darauf? Ich habe dir doch schon gesagt, dass …»

«… du mit Männern nichts mehr am Hut haben willst, ich weiss. Ich weiss aber auch, dass du eine Schwäche für deinen Lieblingspolizisten hast, und du bist ja auch keine Les–»

«Ines, hör auf. Ich will weder über Männer im Allgemeinen noch über Dominik im Speziellen mit dir reden. Ich wünschte nur, du wärst jetzt gerade hier.»

«Und ich erst.» Ines' Stimme wurde dunkler. «Weisst du, was ich jetzt gerne mit dir machen würde?»

«Sag es mir.»

Angela war froh, alleine in ihrer Wohnung zu sein, als eine heisse Welle aus Lust und Zärtlichkeit sich vom Unterleib aus über ihren ganzen Körper ausbreitete. Für einige Minuten gaben sich die beiden Geliebten einem sinnlichen verbalen Schlagabtausch hin.

Als sie sich verabschiedet hatten, blieb Angela einige Minuten liegen, um ihre Phantasie und ihren Körper wieder in die Realität zurückkommen zu lassen. Dann erhob sie sich, um in der Küche ein Glas Wein zu holen, bevor sie ihre Unterlagen auf dem Esstisch ausbreitete und ihr Notebook öffnete. Als Erstes checkte sie ihre Mailbox und nahm mit einem resignierten Seufzer die Anzahl ihrer ungelesenen Mails zur Kenntnis.

Es war eine Nachricht von Regina Flint dabei. Angela hatte mit ihr vereinbart, dass sie sie sofort informieren sollte, wenn sie in Zürich etwas Besonderes zutage förderten. Die Betreffzeile lautete: *Walter H. Lötscher – nicht identifizierter Kontakt.* Angela hatte Regina im Vorfeld über die Fahndung nach der Rothaarigen informiert. Im Mail bezog sich die Zürcherin darauf und setzte sie über die Aussage einer Praktikantin beim «N.T.» in Kenntnis, Lötscher habe sich vor zwei Wochen mit einer unbekannten Frau im Hotel Marriott Courtyard in Oerlikon getroffen. Dem Mail lagen ein Screenshot und eine Videodatei einer Überwachungskamera aus dem Eingangsbereich des Hotels bei.

Angela tippte ein paar Dankeszeilen an Regina und öffnete die Bilddatei. Sie verschluckte sich fast an ihrem Wein, als der Screenshot in erstaunlich guter Auflösung auf ihrem Bildschirm erschien. Sie verharrte lange davor und klickte dann auf die Videodatei. Als sie den kurzen Clip bis zu Ende gesehen hatte, zog sie die Mappe mit den Berichten über die bisherigen Ermittlungsergebnisse im Fall Lötscher hervor. Nach einigem Hin- und Herblättern fand sie das betreffende Dokument und hielt es neben das Bild auf ihrem Bildschirm. Dann griff sie zu ihrem Handy und rief Dornach auf. Als sie seine Nummer auf dem Display hatte, zögerte sie und brach den Anruf ab. Stattdessen scrollte sie durch ihr Telefonbuch, bis sie einen anderen Namen fand, den sie sogleich anwählte. Sie brauchte eine schnelle und diskrete

Auskunft. Was ihr Sorgen bereitete, war, dass sie die Brisanz ihrer Entdeckung schwer einzuschätzen vermochte.

***

Bevor sie der Schreck richtig lähmte, drehte sich Pia um die eigene Achse und stand vor einem anderen Mann. Er trug eine Sturmhaube, in der nur Löcher für Augen und Mund herausgeschnitten waren. Er lächelte. Durch die Haube sah es aus wie eine Fratze.

«Hallo.»

Bevor sie sich wieder rühren konnte, wurde sie von hinten gepackt. Eine nach Aschenbecher und Salz-&-Essig-Chips stinkende Hand legte sich über ihren Mund.

«Wir müssen dringend reden», raunte ihr Jos ins Ohr und stiess sie brutal vorwärts. Der andere ging voraus, und sie wurde hinter ihm hergeschoben, bis er eine Türe öffnete und sie heftig in einen dunklen Raum gestossen wurde. Eine nackte Neonröhre flackerte klickend auf. Der Raum war leer, nichts als nackte Wände und ein Fussboden. Sie schätzte die Länge auf fünf bis sechs Meter. Jos versetzte ihr einen derart heftigen Schlag in den Rücken, dass sie gegen die Wand prallte und hinfiel.

«Geht's noch, Arschloch!», schrie sie und versuchte, ihre panische Angst zu übertönen.

«Halt die Fresse, du Schlampe. Du hast nichts mehr zu melden.»

«Die Polizei weiss, dass ich hier bin. Die sind schon oben.»

«Ja, ja, dein Alter, der Bulle. Alles klar. Du bist echt noch dämlicher als deine Freundin.»

«Ich habe Manu immer gesagt, dass sie dir nicht trauen kann.»

«Das hilft dir jetzt viel, was? Läufst mitten in unsere Aktion herein.» Jos ging vor ihr in die Hocke. «Weisst du, was das für dich heisst, du Superfotze?» Sein Gesicht kam ganz nah an ihres, und sie spürte seinen Atem, der roch wie seine Hände, nur konzentrierter. «Zuerst machen wir den.» Er formte mit Daumen und Zeigefinger seiner linken Hand ein O, durch das er den Zeigefinger der anderen Hand stiess. «Du bist schon lange überfällig, du arrogante Kuh. – Und zum Nachtisch gibt es das.» Mit dem Daumen fuhr er sich langsam über die Kehle und lachte dabei dreckig.

Pia schluckte die Panik hinunter. Jetzt nur nicht weinen, nur nicht betteln. Die sollten ihre Angst nicht sehen. Die sollten nicht gewinnen.

Sie zog geräuschvoll und so unappetitlich wie möglich allen verfügbaren Speichel aus ihrem Rachen hoch, den ihre vor Angst trockenen Schleimhäute hervorbrachten, und spuckte ihn an. Ein Teil der Ladung geriet in seinen lachenden Mund, sodass er sich verschluckte.

«Ä Guete, du Weichschnäbeler!»

Er holte mit der Faust aus. Pia hielt die Hände vor ihr Gesicht und erwartete den Schlag, dem sie nicht ausweichen konnte.

«Lass das, Josip!», rief der Maskierte.

Jos stand auf und wandte sich um. «Warum? Wir können sie nicht laufen lassen. Sie hat unser Verteillager gesehen. Ihr Vater ist wirklich bei der Kripo. Das hat mir ihre Freundin erzählt.»

«Schlimm genug», sagte der andere. «Kümmere dich um sie, hab deinen Spass, aber schlag sie nicht. Das gibt eine zu grosse Sauerei. Erledige sie hiermit.» Er reichte ihm eine Kabelschlinge mit Metallkern. Dann ging er zur Tür. «Wenn du fertig bist, kommst du nach oben und schickst ein paar Leute runter zum Aufräumen und Saubermachen», befahl er, ohne sich umzudrehen, und verliess den Raum.

«Nun zu uns beiden. Freust du dich?» Jos' Gesicht verzog sich zu einem diabolischen Grinsen. Er ging auf Pia zu und zog dabei die Schlaufe des Kabelbinders auseinander. Sie wollte ihm ausweichen. Aber er war schnell, und ihre Reaktionen waren verlangsamt. Blitzschnell verabreichte er ihr zwei Ohrfeigen, die ihren Kopf gegen die Wand prallen liessen. Ein heftiger Schmerz fuhr durch ihren Schädel. Ihr wurde kurz schwarz vor Augen. Ihre Beine gaben nach, und sie rutschte zu Boden. Er legte ihr die Schlinge um den Hals und zog sie so zu, dass sie sie nicht mehr über den Kopf streifen konnte. Dann zog er an ihren Beinen, bis sie flach auf dem Rücken am Boden lag. Er legte sich auf sie und machte sich mit einer Hand am Bund ihrer Jeans zu schaffen, während er mit der anderen die Schlinge festhielt.

Pia wollte ihn wegstossen. Er zog die Schlinge zu, bis sie satt auf ihrer Haut sass, und begann, ihr die Luft abzuschnüren.

«Vorsichtig, Süsse, sonst merkst du nicht mal mehr, wenn ich in dir komme.»

Der Druck des Kabelbinders auf ihren Kehlkopf lähmte Pia. Sie starrte Jos an. Die Erkenntnis dämmerte in ihr, dass sie denselben Tod sterben würde wie Ayse. Das wäre meine gerechte Strafe, dachte sie, dafür, dass ich sie in ihren Tod geschickt habe. Sie spürte Tränen. Oh, Manu! Es tut mir so leid. Hoffentlich kannst du mir verzeihen, dass ich dich im Stich lasse. Sie dachte an ihren Vater. Paps, ich liebe dich so sehr. Sorry, dass ich dich enttäusche. Und ihre Mutter Laure würde Dornach die Hölle heissmachen, weil er nicht besser auf sie aufgepasst hatte. Oh Scheisse, Scheisse! Ich habe Angst. Bitte Gott, lass mich schnell sterben.

Jos hatte Probleme, einhändig ihre engen Jeans aufzuknöpfen und an ihren Beinen herunterzuziehen. Zudem musste er aufpassen, die Schlinge nicht zu früh zuzuziehen. Er konnte sich nur richtig aufgeilen, wenn er ihren Schmerz und ihre Angst sehen konnte. Er fluchte und schwitzte.

Pias Bewusstsein begann wegzudriften. Sie wollte nichts mehr sehen und spüren. Sie wollte dem Mistkerl nicht die Genugtuung geben, ihren Schmerz zu sehen. Ein noch wacher Winkel ihres Gehirns nahm wahr, dass sich das Licht hinter ihren Augenlidern veränderte. Sie öffnete sie einen Spalt. Hinter Jos' Kopf sah sie einen Schatten grösser und dunkler werden. Jos, erregt, wie er war, merkte nichts. Es passierte blitzschnell. Ein Arm legte sich um seinen Nacken, ein anderer um seine Stirn. Ein schnelles brutales Herumreissen des Kopfes, und Jos nahm das Knacken seines brechenden Genicks nicht mehr wahr. Er war bereits tot, als er neben Pia zusammensackte. Eine schwarz behandschuhte Hand ergriff rasch seine erschlaffende Faust, bevor sie die Schlinge im Fallen zuziehen konnte.

In ihrem verschwimmenden Bewusstsein sah Pia eine schwarze Hand mit einem metallenen Gegenstand vor ihrem Gesicht und wollte instinktiv den Kopf wegdrehen. Dann spürte sie, wie eine andere ihren Hals abtastete. Sie nahm eine dunkle Gestalt wahr, deren Gesicht vom Schatten einer schwarzen Kapuze verdeckt wurde. War sie schon gestorben? War das der Tod, der seine Klauen nach ihr ausstreckte? Sie hob ihre Hände und begann um sich zu schlagen.

«Sch, ruhig, Pia, sonst kommt's am End nicht gut.» Die Stimme war ihr irgendwie vertraut und klang nicht nach Tod.

Sie hörte ein Knacken, als die Metallschere das Band durchtrennte. Der Druck auf ihrem Kehlkopf war plötzlich weg, und sie schnappte gierig und hustend nach Luft. Zwei kräftige Hände halfen ihr, sich aufzusetzen, und klopften ihr auf den Rücken.

«Das wird zur Gewohnheit bei dir. Wir sollten uns mal über eine vernünftige Selbstverteidigungstaktik unterhalten, mein Fräulein», sagte die Stimme. Es war die einer Frau, und sie kannte sie.

Pia blickte auf und versuchte unter die Kapuze zu schauen.

«Jana?» Die Gestalt schob die Kapuze zurück. Es war eine andere Jana. Ihre Haare waren zu einem feuerroten Bob frisiert, ihr Gesicht war blass geschminkt, und ihre Augen leuchteten grün. «Jana? Deine Haare.» Langsam begriff sie. «Du bist … die Rothaarige … Lilo?»

«Sauberer Spitzname, wirklich. Ich erklär's dir auch gerne ein anderes Mal, aber jetzt …» Jana blickte rasch zur Türe. «… jetzt wäre es gut, wenn wir so rasch wie möglich hier rauskämen. Kannst du stehen?»

«Ich werde stehen können, glaub mir», krächzte Pia. Jana stützte sie, bis sie auf ihren Füssen stand.

«Kannst du gehen?»

Pia holte zwei- oder dreimal tief Luft. «Geht schon!»

Jana zog ihre Glock mit aufgeschraubtem Schalldämpfer.

«Immer hinter mir bleiben, bittschön.» Sie sah Pia an, die nickte und auf die Pistole starrte.

Jana nahm ihre Hand, öffnete vorsichtig die Tür und spähte nach links und rechts. Die Luft war rein. Sie zog an Pias Hand und setzte sich nach rechts Richtung Treppe in Bewegung. So rasch, wie es Pias Zustand erlaubte, eilten sie auf die Abbiegung zu. Sie hatten sie fast erreicht, als sie hinter sich Schritte hörten.

Jana blickte sich um. Zwei Männer kamen näher. Sie hatten die beiden Flüchtenden bemerkt und liefen schneller. Beide hielten Waffen in ihren Händen. Blitzschnell stiess Jana Pia hinter sich.

«Lauf die Treppe hoch, ich komm nach.»

Pia drehte sich um und rannte, während Jana die Glock auf die beiden Männer anlegte.

Pia hörte hinter sich zweimal ein kurzes Plopp und ein Klappern von metallischen Gegenständen, die zu Boden fielen, dann war es still. Sie traute sich nicht zurückzublicken, bis sie Schritte hinter sich hörte. Als sie sich umwandte, rannte Jana auf sie zu.

«Hast du sie …?»

«Weiter! Hoch, schnell!»

Pia rannte voraus. Jana blieb dicht hinter ihr. Sie kamen ohne weiteren Zwischenfall nach oben. Jana drückte die Klinke der Tür, die zur Tanzebene führte, herunter und öffnete die Tür einen Spalt. Die Party war immer noch in vollem Gang. Blitzlichter zuckten, Bässe dröhnten. Die Leute tanzten wild und ausgelassen. Niemand achtete auf sie, und es schien keine unmittelbare Gefahr zu drohen, noch nicht. Jana stiess die Tür ganz auf. Sie zog sich die Kapuze wieder über den Kopf und versteckte die Hand mit der Waffe unter ihrem schwarzen Mantel.

«Bleib neben mir.»

Eng ineinander gehakt schlängelten sich die beiden durch die tanzenden Menschen in Richtung Ausgang. Als sie auf die Türsteher zugingen, zog Jana die Kapuze tiefer ins Gesicht und umfasste Pias Taille. Der Security-Gorilla beobachtete sie aufmerksam.

«Jetzt einfach blöd kichern», raunte sie Pia zu.

Mit gesenkten Häuptern und kindisch lachend spazierten sie am Türsteher vorbei, der sie nicht beachtete, weil seine Funkstöpsel plötzlich knackten.

Als sie rennend die Strasse überquerten, um zu Janas BMW zu gelangen, die sie hinter einem Gebäude parkiert hatte, rief jemand: «Pia?»

Pia und Jana drehten sich um und sahen Karin Jäggi über die Strasse auf sie zukommen.

Jana stiess einen leisen Fluch aus. Dann sah sie Pia an.

«Bitte.» Sie legte den Zeigefinger über ihre Lippen. Pia nickte nur verdutzt. Dann stiess Jana sie heftig zur Seite und spurtete los. Durch die hastige Bewegung rutschte Janas Kapuze nach hinten und legte ihre roten Haare frei.

«Polizei, stehen bleiben!», rief Karin der fliehenden Frau hinterher. Sie zog ihre Waffe. «Bleiben Sie stehen oder ich schiesse.»

«Karin! Hilfe!», schrie Pia, die sich auf den Boden hatte fallen lassen. Karin gab die Verfolgung auf. Immer noch die Waffe in Richtung der Flüchtenden im Anschlag, lief sie zu Pia.

«Pia! Bist du in Ordnung, was ist passiert?»

Pia zeigte in die Richtung, in die Jana geflohen war.

«Sie … sie hat mir das Leben gerettet.»

«Wer? Die Rothaarige? War das Lilo?»

Pia nickte. Karin steckte ihre Waffe ein. Christian, der noch drinnen gewesen war, als Karin die beiden Frauen bemerkt hatte, kam über die Strasse gerannt.

«Was ist passiert?» Dann erkannte er Pia. «Pia? Was zum Teufel tust du hier?»

«Können wir erst mal weg hier? Bitte schnell!»

Christian blickte sich um und sah zwei Gorillas auf sie zukommen. Er stand auf und ging den beiden entgegen, während er seinen Dienstausweis zückte und den Männern mit gestrecktem Arm entgegenhielt.

«Polizei! Bitte treten Sie zurück. Das ist ein Einsatz.»

Einer der Gorillas blieb stehen. Der andere machte noch zwei Schritte auf Christian zu, der unter seine Jacke griff und seine Heckler & Koch zog.

«Treten Sie zurück oder ich mache von der Waffe Gebrauch!»

Das wirkte. Der andere blieb ebenfalls stehen und fixierte den Polizisten, bevor sich beide trollten.

Karin war inzwischen seitlich hinter ihrem Kollegen in Stellung gegangen, um ihn zu sichern. Sie hielt ihre Waffe auf die beiden Security-Leute gerichtet. «Ich habe sie, Chrigu!»

«Gut, wir verschwinden besser.»

Der zivile Dienstwagen war glücklicherweise nicht weit weg parkiert. Pia stieg hinten ein. Karin setzte sich ans Steuer.

«Bringt ihr mich nach Hause, bitte?», bat Pia.

«Von mir aus schon», erwiderte Karin. «Wir rufen aber deinen Vater vorher an.» Sie nickte Christian zu, der sein Handy hervorholte.

«Oh nein! Muss das sein?»

«Glaube schon. Weiss er denn nicht, dass du im ‹Extasy› warst?»

Pia wand sich. «Nicht wirklich.»

Sie fuhren eine Weile schweigend, bis Christian sein Handy wieder einsteckte, nachdem er kurz und leise gesprochen hatte.

«Zur Schanzmühle, dein Vater will dich sprechen», sagte er nur.

«Ey Mann, Scheisse! Echt!»

«Wie wär's, wenn du uns erst mal alles erzählst? Vielleicht können wir dir etwas Hilfestellung geben», sagte Karin. «Was hattest du mit Lilo im ‹Extasy› zu tun?»

Pia seufzte und fing an zu erzählen.

FÜNFZEHN

Dornach fuhr aus dem Polizeihof und bog gleich rechts in die Werkhofstrasse ein. Pia sass auf dem Beifahrersitz. Beide schwiegen. Sie fühlte sich erschlagen. Jeder Knochen in ihrem Körper tat ihr weh und zum zweiten Mal innerhalb von vierundzwanzig Stunden schmerzte ihr Hals. Sie war nur noch müde. Die digitale Uhr am Armaturenbrett zeigte ein Uhr dreissig an. Die vergangene Stunde war eine Tortur gewesen. Als sie in Begleitung von Karin und Christian in Dornachs Büro gekommen war und er ihren Zustand sah, hatte er sie zuerst in den Arm genommen. Dann fiel ihm ihre Wunde am Hals auf. Es waren die gleichen Verletzungen wie bei der toten Ayse. Dann ging es los: Was ihr eigentlich einfiele und warum sie ihm nicht gehorchte und wie sie dazu käme, auf eigene Faust ihre Nase in Dinge zu stecken, deren Gefahr sie überhaupt nicht abschätzen könne?

Das war zu viel für sie gewesen. Ihre ganze aufgestaute eigene Todesangst, die Sorge um Manuela, ihre Wut und allen Schmerz hatte sie an ihm ausgelassen. Er denke ja nur an seine Ermittlung und nicht an die Menschen. Wenn er und seine Leute sich endlich aufmachen würden, Manuela zu suchen, müsste sie nicht selbst die Dinge in die Hand nehmen. Sie hatte geweint und getobt, bis er sie in den Arm genommen und festgehalten hatte. Karin war besorgt hereingekommen, um nachzusehen, ob alles in Ordnung sei, aber Dornach hatte sie wieder rausgeschickt. Pia hatte Karin und Christian erzählt, was passiert war und wie es dazu gekommen war. Einzig Lilos Identität hatte sie verschwiegen. Dornach hatte einen Arzt kommen lassen, der Pia eingehend untersuchte. Da sie keine Kopfschmerzen hatte, Atmung und Reaktionen normal waren, verzichtete der Arzt auf eine weitere Untersuchung im Spital und verordnete ihr ein oder zwei Tage absolute Ruhe. Als ihr Vater ihr vor einer halben Stunde eröffnete, dass er sie für ein paar Tage nach Sion zu ihrer Mutter schicken wollte, brach eine Welt für sie zusammen.

Dornach warf einen kurzen Seitenblick auf seine Tochter, die schmollend neben ihm sass. Der Anruf von Christian hatte ihm einen gewaltigen Schrecken eingejagt. Als ihm Pia erzählte, warum sie ins «Extasy» gegangen war, obwohl sie ihm hoch und heilig versprochen hatte, zu Hause zu bleiben, konnte er sich nur mühsam beherrschen, sie nicht zu schütteln. Ihm wurde klar, wie knapp Pia einer absolut tödlichen Gefahr entronnen war, und das nur dank der Hilfe von ausgerechnet derjenigen Person, die auf Platz eins der Hitliste der Tatverdächtigen stand. Ein Staudamm der Emotionen war in ihm gebrochen und hatte eine Flut von Gefühlen in der Spannweite zwischen Erleichterung, Liebe, Wut und Frustration freigesetzt. Für einen Moment hatte er die Beherrschung verloren und ihr eine geharnischte Standpauke gehalten. Seine Tochter reagierte in der für sie typischen Manier: Wenn er laut wurde, wurde sie es eben auch. Dann hatte er ihr eröffnet, sie für ein paar Tage aus der Schule zu nehmen und nach Sion zu ihrer Mutter zu schicken, und sie hatte ihn fassungslos mit aufgerissenen Augen und offenem Mund angestarrt. Es war der ultimative Vertrauens- und Liebesentzug, der Super-GAU in ihrer Beziehung. Ihr Vater wollte sie nicht mehr. Er hatte ihr erklärt, dass er sie nur aus der Schusslinie nehmen und damit vor mehr Ungemach bewahren wollte, was sie etwa so viel kümmerte wie der Schnee vom vorletzten Winter.

Jetzt, nachdem sich der Pulverdampf verzogen hatte und sie bis auf ein paar Kratzer unversehrt und mit einem angeschlagenen Ego – was ihr nicht schaden konnte, dachte er – neben ihm sass, war er wieder in der Lage, die Situation mit seiner gewohnten Nüchternheit einzuschätzen. Es war ihm bewusst, dass er egoistisch gegenüber Pia reagiert hatte. Er musste sich endlich damit abfinden, dass sie kein kleines hübsches Mädchen mehr war, das nur beschützt werden wollte. Sie war auf dem besten Weg, das zu werden, was er sich für sie erhoffte: eine selbstbewusste und gradlinige junge Frau. Die Ereignisse dieser Nacht führten ihm vor Augen, dass Pia für ihre Überzeugungen bis zum Ende ging und wie eine Löwin für das kämpfte, was sie als richtig empfand, wollte und liebte. Sie hatte ihm sicher nicht in allen Einzelheiten erzählt, was im Keller des «Extasy» geschehen war, aber ihm war auch so klar, dass sie dort schreckliche Minuten erlebt haben musste. Trotzdem war sie heil herausgekommen. Wäre Maja Hartmann dabei gewesen, sie hätte Pia für ihre Leichtsinnigkeit in den Hintern getreten, bevor sie ihr auf die Schultern geklopft und ihren Mut gelobt hätte.

Ja, er war stolz auf seine Tochter. Aber wie konnte er es ihr zeigen, ohne dass sie sich gleich in die nächste Selbstmordmission stürzte? Und die andere Frage war: Wer von den beiden würde die weisse Flagge der Versöhnung zuerst hissen? Er seufzte.

Der Ältere ist der Klügere.

Er wollte einen Auftakt machen, als sie durch das Tor der Villa Dornach fuhren, aber sie kam ihm zuvor.

«Und was passiert jetzt?» Ihre Stimme hatte immer noch ihren typisch trotzigen Unterton.

«Was meinst du?»

«Was haben du und deine Truppe mit dem ‹Extasy› vor? Nehmt ihr den Laden aus, oder muss noch mehr geschehen?»

Dornach war froh, dass sie aus ihrer Reserve kam, und drehte den Kopf leicht nach links, als schaute er in den Seitenspiegel. Sie sollte sein Schmunzeln nicht gleich bemerken.

«Ja, wir nehmen den Laden heute Nacht noch auseinander, wenn du so willst.» Er sah auf die Uhr. «Wahrscheinlich hat es sogar schon begonnen.»

«Ohne dich?»

«Angela koordiniert den Einsatz. Dank deiner Aussage hat sie ohne Weiteres den Durchsuchungsbeschluss erlassen. Mike leitet das Ganze. Die schaffen das auch ohne mich.»

«Werdet … Glaubst du, ihr findet Manuela und schnappt diese Dreckskerle?»

«Wenn Manuela wirklich in diesem Keller dort versteckt wird, dann finden wir sie.» Er zögerte, bevor er fortfuhr. «Weisst du, es könnte auch sein, dass sie bereits alles weggeschafft haben und wir nur noch leere, blitzsaubere Räume vorfinden. Diese Leute sind sehr geschickt im Spurenverwischen.»

«Und was macht ihr dann?» Sie hatte den Kopf zur Seite gedreht und betrachtete intensiv die Mauern der Villa. Aus ihrer Stimme hörte er mühsam unterdrückte Tränen. Ihre ohnmächtige Angst um Manuela musste überwältigend sein.

«Wir werden unsere gute alte Polizeiarbeit machen, Pia. Personen festnehmen und befragen. Vielleicht können wir einige in Untersuchungshaft nehmen. Wir werden alle möglichen Spuren sichern. Und wir werden Manuela finden.»

«Ich habe solche Angst, Paps.» Ihre Schultern bebten. Sie weinte. Das war gut. Ihr Panzer begann, Risse zu bekommen.

«Ich habe auch Angst, Pia. Ich hatte vorhin im Nachhinein grosse Angst um dich, als ich merkte, was dir hätte passieren können. Und ich wäre nicht da gewesen, um dir zu helfen.»

«Aber du warst da, Paps», sagte sie mit tränenerstickter Stimme. «Als ich da am Bo… als es echt gefährlich wurde, da habe ich dich gesehen. Und Maman und Manuela auch. Aber zuerst dich. Und irgendwie … irgendwie hat mich das stark gemacht. Und dann ist ja … Lilo gekommen.»

So hatte er sie noch nie reden gehört. Er musste sich räuspern, um weiterreden zu können. Erneut kam sie ihm zuvor. «Sie hat mich wieder gerettet.»

«Lilo?»

Sie antwortete nicht sofort, und er wollte sie nicht drängen.

«Es war nicht Lilo», sagte sie unvermittelt.

«Wie meinst du das?»

«Es war Jana.»

«Jana Cranach?»

«Ja, ich glaube, ich habe es schon vorher gewusst und es doch nicht gemerkt. Hast du sie nicht gesehen? Ich habe dir ihr Bild aufs Handy geschickt.»

«Doch, ich habe sie gesehen.»

«Und?»

«Ich habe vermutet, dass es Jana sein könnte.»

Pia schaute ihn mit grossen Augen an.

«Und warum hast du nichts gesagt? Warum hast du sie nicht gleich festgenommen?»

«Weil ich noch warte.»

«Worauf?»

«Eine Erklärung von ihr. Ich will wissen, warum sie das tut.»

Es blieb eine Zeit lang still. Sie sagte nichts, und so fuhr er fort: «Weisst du, ich glaube nicht, dass Lilo oder Jana einfach eine Killerin ist oder dass sie im Auftrag der Organisation arbeitet. Ich habe auch nie daran geglaubt, dass sie Manuela entführt hat.»

«Warum nicht?»

«Sie hat dich zweimal gerettet, Pia. Einfach so. Sie hätte es nicht tun müssen und ist dabei erhebliche Risiken eingegangen. Weshalb sollte sie denn ausgerechnet Manuela entführen? Es steckt etwas anderes dahinter, und ich will wissen, was es ist.»

«Du vertraust ihr?»

Dornach dachte nach. «Da war noch etwas mit Lilo.»

«Was?»

«Sie war im Spital bei Maja, wahrscheinlich bevor sie ins ‹Extasy› ging.»

«Bei Maja, warum? Wollte sie … hat sie Maja …?»

«Nein, sie hat Maja nichts angetan. Es war merkwürdig. Sie hat zuerst den Polizisten, den wir zu Majas Schutz abgestellt hatten, betäubt, wie sie es bei diesem Kemal getan haben muss. Dann ist sie ins Zimmer gegangen. Gemäss Aussagen der Nachtwache hat sie eine Rose aus einer Vase genommen und sie mit einer Strähne ihres Haars in Majas Hand gelegt, bevor sie verschwand.»

«Es tut ihr leid, was mit Maja passiert ist», sagte Pia. «Jana hat sie um Verzeihung gebeten.»

«Vermutlich.»

«Und was wirst du tun, wenn du sie triffst?»

«Ich weiss es noch nicht, Pia. Ich will zuerst hören, was sie mir zu sagen hat.»

«Und deine Kollegen?»

«Du hast sie nicht an Karin und Christian verraten, richtig?»

«Ja», sagte sie nachdenklich. «Ich fand, es wäre nicht richtig … ich meine, es wäre unfair gewesen – Jana gegenüber.»

«Stell dir vor, was passiert wäre, wenn ich sie heute Abend festgenommen hätte, nachdem ich sie auf dem Foto erkannte?»

«Ich … ich wäre … Oh Paps!»

Pia blieb lange in Gedanken versunken.

«Paps?»

«Ja?»

«Vorhin im Keller warst du bei mir und hast mich beschützt: Du hast mir Jana geschickt.»

Sie machte den Gurt los, lehnte sich zu ihm hinüber und umarmte ihn. Sie blieben noch eine Weile im Auto sitzen, bevor sie ausstiegen. Als sie ins Haus gingen, fragte Pia: «Du, Paps? Schickst du mich immer noch ins Wallis, zu Maman?»

***

Als er sich davon überzeugt hatte, dass Pia tief und fest schlief, ging Dornach hinüber ins Stöckli. Er fragte sich, ob Jana überhaupt hierher zurückkehren würde, nachdem sie befürchten musste, dass Pia ihre Identität gelüftet hatte. Er trat in ihr Zimmer und machte Licht. Es war nicht gross, aber geräumig und geschmackvoll eingerichtet. Das Werk seiner Mutter, die keinen Wert auf Schnörkel legte, sondern klare Formen liebte. Jana hatte anscheinend noch keine Zeit gehabt, sich einzurichten. Ihr Ausrüstungskoffer lag geöffnet auf dem unberührten Bett. Dornach fischte ein paar Latexhandschuhe aus der Tasche seines Jacketts. Vorsichtig nahm er die Kleidungsstücke, eine Galauniform, Unterwäsche, einige Unterlagen sowie Toilettenartikel, die einen teuren, aber guten Geschmack bewiesen, heraus. In einem Seitenfach fand er einen Anhänger mit Autoschlüssel, auf dem das blau-weisse BMW-Logo prangte. Ansonsten fand er nichts, das auf Janas Alter Ego hingewiesen hätte.

Als er die Sachen wieder in den Koffer zurücklegen wollte, stach ihm etwas ins Auge. Aus einer Ritze auf dem Kofferboden lugte ein einziges rotes Haar hervor. Er zog daran, aber es liess sich nicht herausziehen. So hob er den Kofferboden an und prüfte den Abstand zwischen Boden und Deckel. Da musste ein Zwischenraum sein, dachte er und tastete vorsichtig den Boden entlang der Seitenwände ab. Er wollte sichergehen, dass keine Schnapp- oder Sprengfallen darin verborgen waren. Das Letzte, was er sich wünschte, war, dass es ihm beim forcierten Öffnen des doppelten Bodens eine Hand oder gar einen Arm abriss. Nachdem er sich dessen versichert hatte, drückte er vorsichtig an verschiedenen Stellen, bis er ein sanftes Klicken hörte und sich der falsche Boden als zweiter Deckel erwies.

Vorsichtig an allen Seiten abtastend, hob er ihn langsam hoch. Was er vorfand, entlockte ihm einen leisen Pfiff. Da war ein kleines Arsenal: eine zweite Glock mit Schalldämpfer, zwei Dosen Pfefferspray, Schlagringe und ein Kampfdolch sowie eine dünne, lange, sehr spitze Nadel. Schliesslich lag da noch ein Pfahl aus Edelstahl von derselben Länge wie die Nadel, ebenfalls mit einer extrem scharfen Spitze. Er hob eine schusssichere Weste und einen Overall der österreichischen Polizei ohne Rangabzeichen hoch. An den Oberarmen prangte lediglich das Emblem des EKO Cobra, eine Kobraschlange, die sich um einen roten Stab wand. Die dazugehörenden Epauletten eines Majors der österreichischen Bundespolizei hatte er vorher in einer Seitentasche des Hauptfachs bemerkt.

Was ihn am meisten interessierte, waren zwei rote Echthaarperücken, die sorgfältig verpackt in Seidenbeuteln in einem abgetrennten Seitenfach lagen. Ein Haarteil war schulterlang mit Dauerwellen. Das andere hatte die gleiche Länge, die Haare waren jedoch glatt. Ausserdem fand er mehrere Schachteln mit grünen Kontaktlinsen, Spezialanfertigungen, Augenfarbe «Emerald» – Smaragdgrün stand auf der Packung. In einer Vertiefung lag ein Notebook mit einem Werbeaufkleber des «N.T.», Lötschers Rechner. Ausserdem enthielt sie ein grosses Notizbuch, vermutlich eine Art Tagebuch, vier Kinderzeichnungen sowie ein dünnes Bündel mit vier Briefen. Er nahm alles heraus und betrachtete den obersten Briefumschlag. Es war weder Postadresse noch Briefmarke oder Poststempel drauf. Nur ein handschriftlich geschriebener Name, Vlada. Es musste Janas Schrift sein. Er hatte im Büro einige Notizen von ihr gesehen. Die Schrift auf den Umschlägen sah jünger, runder aus, aber es war ihre.

Er schlug das Tagebuch auf, in dessen Seiten ein weisses Stück Stoff mit aufgedruckten roten Rosenblüten steckte. Es war mit braunen Flecken übersät, die aussahen wie eingetrocknetes Blut. Er begann zu lesen. Nach einigen Zeilen klappte er es wieder zu. Es war in einer Sprache geschrieben, die er nicht verstand.

Dornach dämmerte, dass er ein Stück von Janas Vergangenheit in den Händen hielt, die vermutlich nicht derjenigen entsprach, die in den offiziellen Akten stand. Dann betrachtete er lange die Zeichnungen. Es waren düstere Skizzen, mit den vorherrschenden Farben Schwarz, Rot und Weiss. Auf dem einen Blatt waren nur weisse Rosen mit schwarzen, dornigen Stielen, aus deren Blüten dicke rote Blutstropfen fielen. Eine andere Zeichnung zeigte eine Frau in einem weissen Kleid am Boden liegend. Ihr Gesicht war überproportional im Verhältnis zum Körper, sie hatte dunkles Haar und blaue Augen. Grosse schwarze Tränen flossen über ihr Gesicht. Auf dem weissen Kleid waren rote Flecken gemalt. Die Gesichter der Männer hatten keine menschlichen Züge. Es waren verzerrte Fratzen, die Dornach an Köpfe von Hunden oder Wölfen erinnerten.

«Findest du, was du suchst?»

Er blickte hoch. Der Anblick würde ihm in Erinnerung bleiben. Nicht wegen der Glock mit Schalldämpfer, mit der sie in professioneller Manier auf ihn zielte. Auch nicht, weil er keine Sekunde daran zweifelte, dass sie bei der kleinsten falschen Bewegung von der Waffe Gebrauch machen würde. Es waren das blasse Gesicht und die eiskalten, starren grünen Augen, die er nie vergessen würde.

«Ja, ich glaube, ich habe alles gesehen, was ich sehen musste», entgegnete er ruhig. Sicherheitshalber hob er beide Hände, um ihr zu zeigen, dass er unbewaffnet war. «Ich glaube, du kannst die Waffe herunternehmen, Jana.»

«Warum sollte ich?»

«Weil ich nicht denke, dass du den Vater kaltblütig erschiessen würdest, nachdem du der Tochter zweimal das Leben gerettet hast. Vor allem nicht, wenn er dir keinen Anlass dazu gibt.»

«Du bist dir deiner Sache sehr sicher, Dominik Dornach. Das hat für andere schon fatal geendet.»

«Das mag sein, aber vielleicht haben sie es verdient.»

«Und du denkst, dass du es nicht verdienst?»

«Sag du es mir, Jana Cranach.»

Sie starrten sich lange gegenseitig an. Die ruhigen, klaren grauen Augen Dornachs und ihr kalter, undurchdringlicher Blick.

Nach einer gefühlten Ewigkeit liess sie die Waffe sinken und legte sie auf die Nachtkommode neben der Schlafzimmertür.

«Hat Pia es dir erzählt?»

«Nachdem ich es selber herausgefunden hatte, ja.»

«Wann hast du es gewusst?»

«Heute Abend, vor dem Soko-Briefing.»

«Warum hast du mich nicht …?»

«… festnehmen lassen? Weil ich es verstehen will, Jana. Aber zuerst möchte ich dir danken.»

«Wofür?»

«Dafür, dass du meinem einzigen Kind zweimal das Leben gerettet hast.»

Ihre Züge wurden weicher. «Pia ist eine mutige Frau. Sie erinnert mich an mich selbst, als ich so alt war wie sie. – Sucht ihr mich schon? Ich meine, deine Kollegen?»

Er schüttelte den Kopf.

«Nein, sie wissen nicht, dass du Lilo bist.»

«Warum nicht?» Sie sah ihn entgeistert an.

«Ich will wissen, warum du das tust. Zuerst glaubte ich wie die anderen, dass du eine Killerin der Organisation bist und vielleicht sogar etwas mit Manuela Bürkis Verschwinden zu tun hast.»

«Das stimmt nicht.»

«Das dachte ich mir.»

«Aber ich habe Menschen getötet. Das weisst du?»

«Das weiss ich. Du hast es mir selber erzählt. Der Letzte war in Wien, Petar, der Chef der Schweizer Organisation.»

«Er hat es verdient.»

«Vermutlich.»

«Du findest das richtig?»

«Was? Dass er es verdient hat oder dass du ihn dafür getötet hast?»

«Beides.»

Er dachte kurz nach. «Sagen wir so: Ich verstehe deine Tat. Ich glaube nicht, dass ich deine Methoden gutheisse. Wir sind Polizisten, keine Richter, Jana.»

Sie hob den Kopf und schob das Kinn vor.

«Für das, was ich tun muss, bin ich Richterin.»

«Das verstehe ich auch. Und solange du es nicht hier in meinem Zuständigkeitsbereich tust, werde ich dich weder festnehmen noch dafür verurteilen.»

«Ich habe deine Kollegin verletzt, vorgestern, in diesem Hotel.»

Dornach sah sie lange an, bevor er antwortete, und sie hielt seinem Blick stand. «Wenn ich dir sage, dass ich vermute, es sei ein Unfall gewesen. Was würdest du mir antworten?»

«Dass du recht hast. Es war ein Unfall. Ich war nicht sicher, in wessen Auftrag sie kam, und fürchtete, dass die Organisation sie geschickt hatte. Also versteckte ich mich unter dem Bett. Einen Moment lang war sie mit dem Safe beschäftigt, aus dem ich vorher das Notebook herausgenommen hatte. Ich dachte, ich könnte unbemerkt an ihr vorbeikommen, aber sie war schnell und wollte sich mir in den Weg stellen. Ich habe sie gestossen, und dabei hat sie sich den Kopf an der Kante des Möbels aufgeschlagen. Ich wollte das nicht. Es tut mir furchtbar leid für sie.»

Er nickte.

«Vielleicht kannst du es ihr bald selber sagen. Warst du vorhin bei ihr und hast ihr die Rose mit der Haarsträhne in die Hand gelegt?»

«Ja, wie weisst du es?»

«Der wachhabende Beamte, den du ausgeschaltet hast, hat uns alarmiert.»

«Wie geht es dem Mann?»

«Sehr gut! Seine Nackenschmerzen sind weg. Er sagte, dass er gerne weitere Behandlungen bei dir buchen möchte.»

Das entlockte ihr ein sanftes Lächeln. «Ich wollte mich bei Maja entschuldigen.»

«Und ich glaube, sie wird es akzeptieren.» Er hielt Lötschers Notebook hoch. «Darf ich das behalten?» Sie nickte. «Warum hast du es genommen?»

«Ich habe mich im Vorfeld einige Male mit Lötscher in Zürich getroffen. Wir haben Informationen ausgetauscht, die der Organisation schaden konnten. Ich wollte sichergehen, dass ihr auf seinem Computer keine Hinweise findet, die Rückschlüsse auf mich erlauben.»

«Wo warst du in der Nacht von Mittwoch auf Donnerstag zwischen zweiundzwanzig Uhr und drei Uhr morgens?»

Sie lächelte. «Offiziell in Sevilla an der Europol-Konferenz.»

«Du warst dort registriert, aber am Dienstag hattest du dich wegen eines dringenden Falles entschuldigt und musstest abreisen.»

«Das weisst du auch schon?»

«Ich habe mich erkundigt. Aber ich glaube nicht, dass du Lötscher angegriffen hast.»

«Warum nicht?»

«Es macht für dich keinen Sinn, ihn so zu verstümmeln.»

«Was wirst du nun tun?»

«Dir zuhören.»

«Was soll ich dir erzählen?»

«Warum du tust, was du tust. Was dich antreibt. Warum du hier bist.»

Sie blickte ihn lange an. «Ich erzähle dir, was du willst. Aber nicht hier. Hast du nichts zu trinken?»

«Pia und ich haben unsere wichtigen Gespräche immer in der Küche. Es gibt Wein, und ich finde sicher was Essbares.»

Jana nahm die Perücke ab.

«Gib mir fünf Minuten zum Frischmachen.»

«Wenn du wirklich kommst.»

«Versprochen.»

«Hast du grossen Hunger?», fragte er, als sie sich in der Küche an die Theke setzte.

«Ehrlich gesagt, ich könnte einen Bären verschlingen.»

«Es gibt Ratatouille mit Kartoffelgratin. Wird schon warm gemacht.»

Er stellte zwei Gläser hin und schenkte den Amarone ein, den er gerade geöffnet hatte. Sie hatte sich abgeschminkt, geduscht und umgezogen. Den Lederanzug hatte sie mit einem dunklen Hausanzug aus Seide getauscht. Die Bluse war nur halb zugeknöpft. Darunter trug sie ein weisses Seidenhemd. Sein erfahrener Blick zeigte ihm, dass sie auf einen Büstenhalter verzichtet hatte. Es war ihm lieber, die echte Jana vor sich zu haben. Ihr dunkles

Haar war offen, und ihr ungeschminktes Gesicht sah immer noch blass, dafür lebendiger aus. Der Wein würde ihre Wangen röten.

«Du bist ein eigenartiger Mann, Dominik», sagte sie, nachdem sie angestossen hatten.

«Warum meinst du? Weil ich dich nicht festgenommen habe und weil ich mit dir hier sitze und Wein trinke, obwohl du eine gesuchte Tatverdächtige bist.»

«Nein, weil ich vor einer Stunde noch bereit gewesen wäre, dich, wenn nötig, unschädlich zu machen.» Sie trank einen Schluck. «Ich hätte dich nicht getötet – wahrscheinlich. Aber ich hätte dafür gesorgt, dass du mir nicht im Weg stehst.»

«Und jetzt?»

«… lasse ich mich von dir mit diesem Wein betrunken machen, damit du mich zum Reden bringen kannst.»

«Ich will dich nicht zum Reden bringen, Jana. Ich will dich verstehen. Wer bist du?»

«Ich bin Jana Cranach!»

«Also, ich stelle die Frage anders: Was will Lilo?»

«Über diesen Code-Namen müssen wir noch reden.»

«Was will Jana Cranachs Alter Ego?»

«Den Wolf – Slavko Vukovic.»

«Warum?»

«Für die Gerechtigkeit.»

«Warum Lilo? Gibt es dafür nicht die Polizistin Jana Cranach? Du hast ihn schon bei euch geschlagen. Zusammen werden wir ihn fassen, wenn er sich hier aufhält. Er wird bestraft für das, was er bei uns verbrochen hat, und dann liefern wir ihn an die UNO aus, damit er dort für seine Verbrechen während des Krieges Rechenschaft ablegt.»

Janas Mund lachte, nicht ihre Augen. «Ja, ich bin Polizistin und glaube an unsere Gesetze. Aber es wird immer Menschen geben, die mit unseren Regeln nicht bekämpft werden können. Um sie zu bestrafen, müssen wir Mittel anwenden, die unsere Gesetze nicht billigen, weil sie zu einer höheren Gerechtigkeit gehören. Dafür ist Lilo da.»

«Was meinst du?»

«Ich gebe dir ein Beispiel: Wenn jemand ein unschuldiges Kind ermordet, ist er ein Scheusal, das festgenommen, gerichtet und bestraft werden muss. Wenn ich aber das Scheusal töte, handle ich für eine höhere Gerechtigkeit.»

«Es bleibt Mord, auch wenn er ein Scheusal ist, Jana.»

«Nein, es ist Vergeltung und Gerechtigkeit.»

«Wir werden Vukovic fassen und ihn vor Gericht bringen, Jana. Das verspreche ich dir.»

Jana schüttelte den Kopf. «Du bist naiv, Dominik. Wenn ihr Slavko Vukovic fasst, wird er vielleicht ein paar Wochen oder ein paar Monate in euren Gefängnissen sitzen, und die gute Angela Casagrande wird vielleicht noch eine Anklage formulieren dürfen. Und dann? Dann werdet ihr ihn freilassen.»

«Wie meinst du das?»

«Die UNO will ihn.»

«Ja, um ihn zu verurteilen. Und sie werden ihn kriegen, wenn wir mit ihm fertig sind.»

«Ihr werdet gar nicht anfangen, mit ihm fertig zu werden. Sobald ihr ihn habt, werdet ihr ihn der UNO übergeben müssen. Du wirst dich an meine Worte erinnern.»

«Wir haben Gesetze, Jana, auch im internationalen Gefangenenaustausch. Wir werden niemanden ausliefern, bevor er nicht für die Verbrechen gebüsst hat, die er in unserem Land begangen hat.» Er überlegte kurz. «Und wenn es so sein wird, dass wir ihn doch dem UN-Tribunal frühzeitig übergeben müssen, wird er eben dort verurteilt und noch härter für seine Kriegsverbrechen bestraft, als wir es können. Auf jeden Fall wird er für sehr, sehr lange Zeit eingesperrt sein.»

Jana blickte Dornach eingehend durch ihr Glas an.

«Nein, das wird er nicht. Slavko Vukovic will mit der UN-Ermittlungsbehörde einen Deal machen. Er wird als Kronzeuge im Prozess gegen seine ehemaligen Vorgesetzten im Krieg aussagen. Diese Leute haben anscheinend noch schlimmere Verbrechen auf dem Kerbholz als er selber, was weiss ich. Im Gegenzug will Slavko sich wieder frei in der Welt bewegen können.»

Dornach sah sie erstaunt an. «Ich wusste nicht, dass das UN-Tribunal solche Kronzeugenregelungen kennt.»

«Ich auch nicht, bis vor einigen Wochen. Es ist geheim.»

«Wie hast du es denn erfahren?»

«Sagen wir, dass mein Adoptivvater noch einige gute und wertvolle Beziehungen zu den Vereinten Nationen hat.»

«Er hat es dir gesagt?»

«Nicht direkt. Ich bin an Informationen gekommen, die in seinem Besitz sind. Er weiss nicht, dass ich es weiss.»

Inzwischen war das Essen warm. Dornach verteilte zwei grosszügige Portionen Gratin und Gemüse auf die Teller, und sie assen eine Weile schweigend. Dann kam er wieder auf das Thema zurück.

«Warum bist du so versessen auf Slavko Vukovic? Es ist, als wäre es deine persönliche Vendetta.»

Sie legte Gabel und Messer ab und hielt ihm das leere Weinglas hin. «Erinnerst du dich, was ich dir heute … vielmehr gestern Morgen über den Krieg in Bosnien erzählt habe?»

«Ja.»

«Ich habe nicht die Wahrheit gesagt: Ich stamme nicht aus Slowenien. Meine leiblichen Eltern waren nie in Österreich und sind auch nicht bei einem Unfall in den Bergen ums Leben gekommen. Meine Mutter hiess Vlada, und mein Vater war Nedim Spahic. Beide stammten aus Bosnien. Mein Vater war Muslim und meine Mutter eine christlich-orthodoxe bosnische Serbin. Die beiden hatten aus Liebe und gegen allen Widerstand ihrer jeweiligen Familien geheiratet. Meinem Vater zuliebe war meine Mutter zum muslimischen Glauben übergetreten und war damit in den Augen der Serben eine Abtrünnige. Als ich 1983 in Srebrenica geboren wurde, gaben sie mir den Namen Lilijana, ein christlicher Name. Es hat ihnen nicht geholfen. 1992, nach Ausbruch der Feindseligkeiten zwischen Bosniern und Serben, verschwand mein Vater spurlos, kurz nachdem ihn die bosnische Armee eingezogen hatte. Er wurde von serbischen Milizen gefangen genommen und verschleppt. Wir haben nie mehr etwas von ihm gehört. Vermutlich liegt er irgendwo in einem der Massengräber, von denen in Srebrenica nur eines war. Meine Mutter zog dann mit mir nach Sarajevo. Ich hatte keine Geschwister, aber einen kleinen Cousin. Er hiess Vasil, und ich liebte ihn wie einen Bruder. Er starb, als er neun Monate alt war, am selben Tag wie meine Mutter. Es war ein kalter Tag im Dezember 1992, meinem neunten Geburtstag.»

Beim letzten Satz zitterte ihre Stimme, und sie senkte den Kopf. Sanft berührte Dornach ihr Kinn und hob ihr Gesicht. Die Tränen und der Wein hatten ihren Wangen tatsächlich etwas Farbe gegeben. Ihre Augen schimmerten feucht, und es war ihm, als ob er in einen hellblauen See tauchen würde. Immer tiefer und tiefer, bis die Dunkelheit ihn umfasste.

«Erzähl es mir. Bitte.»

BRIEFE AN VLADA – WINTER

Geliebte Vlada!
Im Winter, als die Wölfe kamen, ist die Welt erstarrt. Das Grün und das Lachen des Frühlings, das Glitzern und Flirren des Sommers und das goldene Licht des Herbstes liegen unter einer grauweissen Decke von Starrheit, Stumpfheit und Eis. Es bewegt sich nichts mehr. Du hast gesagt, ich muss drinnen bleiben. Ich darf nicht mehr mit Djula und Ismeta spielen. Djulas Mutter ist sehr krank, seit sie vor vier Wochen vom Einkaufen heimgekommen ist. Sie sei vom Blitz getroffen worden, hast du damals gesagt. Ein Blitz aus einem wolkenlosen Himmel. Nun liegt sie zu Hause und kann sich nicht mehr bewegen. Der Blitz hat sie am Rücken getroffen. Djula sagt, ihre Mutter werde nie mehr laufen können. Deshalb darf ich nicht mehr nach draussen. Du sagst mir, der Blitz könne auch mich treffen. Heute weiss ich, dass es keine Blitze aus heiterem Himmel gibt. Dafür gibt es Männer mit Gewehren, die auch auf Kinder schiessen.

Heute ist der 4. Dezember, mein Geburtstag. Am frühen Morgen schon hast du mich geweckt, mich fest umarmt und geküsst.

«Alles Gute zu deinem neunten Geburtstag, moja najdraža – mein Liebling. Ich liebe dich.»

Wir jauchzen und tanzen Reigen mit den Holztierchen, die mir tata geschnitzt hat, bevor er fortging. Ich nehme das Pferdchen, und du nimmst das Hündchen. Zuerst tanzen wir um den kleinen Tisch und zuletzt im ganzen Raum und singen und lachen. Das Feuer wärmt uns, und du lachst mich wieder aus wegen der roten Bäckchen, die ich bekomme, wenn es mir warm wird. Aber das macht nichts, denn wir vergessen die Kälte und den Hunger und Blitz und Donner aus heiterem Himmel, bis uns einfällt, dass Vasil noch schläft. Mein kleiner Vetter, der Sohn von Tante Lajla. Aber mit neun Monaten lässt man sich nicht so leicht um den Schlaf bringen. Wir beugen uns beide über sein Bettchen. Er sieht so friedlich aus, als ob der Krieg und die Serben ihm nie etwas anhaben könnten. Manchmal beneide ich ihn um seine neun Monate. Für ihn gibt es keine Verfolgung, Verschleppung und Vergewaltigung. Keine Scharfschützen und Artilleriebomben, mit denen uns die Serben jeden Tag beschiessen. Seit Monaten schon belagern sie uns.

Im Sommer kam Tante Lajla mit Vasil und bat dich, auf ihn aufzupassen. Sie müsse Onkel Salkan suchen gehen. Er sei doch schon so lange weg. Du hast Lajla angefleht, nicht zu gehen. Das war, als die Scharfschützen anfingen, wahllos auf Leute zu schiessen. Sie ist trotzdem gegangen, und seither haben wir nichts mehr von ihr gehört. Vasil bleibt nun bei uns, und ich liebe ihn wie einen Bruder.

Für meinen Geburtstag willst du etwas Schönes für mich machen.

«Dein neunter Geburtstag, Lilijana, ich bin so stolz auf meine schöne kleine Tochter. Das müssen wir feiern. Ich mache uns eine Baklava. Du liebst doch Baklava so sehr. Ich gehe hinaus und versuche die Zutaten zu bekommen.»

Du versprichst auch, Milch und Schokolade zu bringen. Ich liebe heisse Schokolade. Sie schmeckt auf der Zunge wie die Sonne im Frühling. Sie flirrt und glitzert im Hals wie der Sommer auf der Haut, und schliesslich leuchtet sie golden im Magen wie der Herbst. So können wir Kälte und Eis vergessen.

Mir läuft das Wasser im Mund zusammen. Trotzdem habe ich Angst.

«Aber majka, die Männer mit den Gewehren sind wieder draussen.»

Du lachst nur.

«Keine Angst, moj anđele. Heute ist dein Geburtstag. Es ist ein glücklicher Tag. Mir wird nichts passieren.»

Als du gegangen bist, nehme ich Vasil auf, wechsle seine Windeln und gebe ihm zu essen. Er schläft bald wieder ein. Um mich abzulenken, räume ich die Wohnung auf und putze das ganze Zimmer. Du kommst nach drei Stunden zurück, und das ist mein schönstes Geburtstagsgeschenk. Vielleicht will Allah in seiner Allmacht, dass kleine neunjährige Mädchen besonderes Glück haben sollen. Du strahlst über dein ganzes Gesicht. Deine Wangen sind rot von der Kälte, und an deiner Nase hängt ein Tropfen, den ich dir wegküsse, während ich dich stürmisch umarme.

«Ich habe alles, Lilijana! Wir können feiern.»

Die Männer sind gekommen, als du die Platte mit der Baklava auf den Tisch gestellt hast. Ich habe mein Lieblingstischtuch darauf ausgebreitet, das weisse mit den roten Rosenblüten. Plötzlich hören wir den Lärm im Treppenhaus. Schritte von schweren Stiefeln hallen über die Stufen. Laute Rufe und das Poltern von Fäusten an Türen dringen zu uns. In deinen Augen ist Angst, und ich weiss, dass es nicht Angst ist um dich, sondern um uns, um Vasil und mich.

Warum?, scheinst du zu fragen. Bisher hatten die Tschetniks unser Wohnhaus verschont. Alle umliegenden Häuser waren schon einmal überfallen und geräumt worden, unseres noch nie. Deshalb fühlten wir uns einigermassen sicher. Heute soll es zu Ende sein. Fäuste hämmern an unsere Tür. Immer stärker werden das Poltern und die laute Forderung, sofort zu öffnen. Du heisst mich, still zu sein, und gehst zur Tür. Wie eine Sturmwelle rasen sechs Männer in den Raum. Sie stossen dich zurück, und die Türe knallt gegen die Wand. Vasil wacht mit einem Schreck auf und fängt an zu schreien. Du willst ihn aufnehmen und beruhigen. Aber der eine, er muss der Anführer sein, stösst dich zurück, sodass du mit den Knien auf dem Boden aufschlägst.

«Beweg dich nicht, dreckige Türkenhure», herrscht er dich an. «Pack deine Sachen zusammen! Deine Wohnung wird gebraucht für serbische Patrioten.»

«Aber das könnt ihr doch nicht machen. Es ist kalt, und der Kleine …»

«Was interessiert mich das, du muslimisches Ungeziefer. Du und deine Brut, ihr kommt in ein Lager.»

Ich sehe Angst und Verzweiflung in deinem Gesicht. Vasil schreit immer lauter. Ich stehe nur drei Schritte neben seinem Bettchen. Ich wage nicht, mich zu rühren und ihn zu beruhigen.

«Sag deinem Balg, er soll still sein», herrscht der Anführer dich an. Die anderen nennen ihn Wolf. Sie lassen dich nicht zu Vasil, so rufst du ihn und versuchst, ihn mit deiner Stimme zu trösten. Das Schreien wird lauter. Ich versuche mich langsam zu seinem Bettchen zu tasten, damit ich ihn streicheln kann. Schliesslich verliert der, den sie Wolf nennen, die Geduld, und mit einem Wutschrei stürzt er zum Bettchen, packt Vasil und schüttelt ihn heftig.

«Wirst du wohl Ruhe geben, du nutzloses Insekt!»

Der Kleine heult ununterbrochen. Mit einem Wutschrei wirft der Wolf ihn gegen die Wand über dem Herd, wo die Pfannen an Haken hängen. Das Bündel bleibt an einem spitzen Eisenhaken stecken. Es ist ganz still. Du schreist auf, reisst dich los und stürzt zur Küchennische. Der Wolf und ein anderer namens Petar zerren dich zurück und schleudern dich zu Boden. Ich kann mich nicht rühren. Keiner der Männer beachtet mich. Ich starre hinüber zu dem Haken, an dem Vasil hängt. Ein Band von dunklem Blut rinnt die Wand hinunter. Vasil, mein Vasil ist tot. Ich öffne den Mund und schreie, ohne einen Ton herauszubringen. Es ist ein stummer Schrei, und in ihm liegt mein ganzer Schmerz über diese Ungerechtigkeit.

Vasil musste sterben, und ich lebe, weil ich feige war. Schluchzend und schreiend kauerst du auf dem Boden und versuchst aufzustehen. Die Männer schlagen dich ins Gesicht und in den Unterleib und lachen dich aus. Der Wolf packt dich mit einer Hand an der Gurgel und hebt dich hoch. Du verstummst und siehst ihn aus starren Augen an. Wie gebannt schaue ich von meinem Platz zu dir, wie du an der Hand des Tschetniks baumelst. Niemand beachtet mich. Deine Arme hängen schlaff an dir herab. Ich sehe nur deine Hand. Du winkst mir zu. Nein, du winkst mich weg. Du willst, dass ich mich verstecke, bevor die Männer wieder auf mich aufmerksam werden. Sie haben dich eingekreist. Der Wolf stösst dich rücklings auf den Küchentisch, nachdem der, den sie Darko nennen, die weisse Tischdecke mit den Rosenblüten weggerissen und in die Ecke geschleudert hat, wo ich wie gelähmt sitze.

Zwei der Männer, deren Namen ich nicht gehört habe, halten deine Arme fest. Darko und Petar packen deine Beine, zerren sie auseinander und beugen deine Knie. Der Wolf postiert sich vor deine gespreizten Schenkel und blickt lange verächtlich auf dich herab. Dann spuckt er dir ins Gesicht.

«Nun zeige ich dir, was ein serbischer Hammer ist, du bosnische Hure.»

Mit einem Ruck reisst er deine Bluse mitsamt Büstenhalter herunter. Er zerreisst deine Unterwäsche, bis dein schöner weisser Körper bar vor ihnen ausgebreitet ist. Ich weiss es noch genau, draga moja majko, wie du nicht mehr geweint und geschrien hast. Du wendest deinen Kopf von ihnen ab und schaust mich an. Dein Blick fleht und ich verstehe. Langsam rutsche ich hinter das Bett und ziehe die weggeworfene Tischdecke mit. Ich hätte weggehen sollen, aber ich will dich nicht allein lassen. Ich sehe alles. Ich beobachte, wie die Männer über dich herfallen. Zuerst der Wolf, dann Petar und Darko, zuletzt die drei anderen. Du bist still. Du wendest deinen Kopf wieder ihnen zu und siehst ihnen in die Augen, während sie dich schänden. Sie lachen und feuern einander an. Wenn einer zu seinem Höhepunkt kommt, grölen und klatschen sie. Während sie mit dir beschäftigt sind, ertaste ich mit meinen Fingern den Schieber zu der kleinen Vorratsnische, die unter dem Bett in die Wand eingelassen ist. Ich finde ihn und stosse ihn langsam zurück. Die Öffnung ist zu klein für eine grosse Person, aber ein neunjähriges, verängstigtes bosnisches Mädchen passt gut hinein. Die Wölfe sind so beschäftigt mit dir, dass sie nichts merken. Ich kann nicht anders, als von der Öffnung meines neuen Versteckes zu beobachten, was sie mit dir tun.

Als sie fertig sind, bringt einer der Männer ein Brett mit kurzen, spitzen Pfählen herein und legt es auf den Boden zwischen Tisch und Bett.

«Du bist eine bosnische Hexe, ein Vampir», zischt der Wolf dich an. «Du wirst enden wie ein Vampir.»

Sie packen dich an Armen und Beinen und heben deinen geschändeten Körper über die Pfähle. Ich sehe dein blutverschmiertes Gesicht und deinen mit blauen Flecken übersäten Körper, als er nur Millimeter über den Spitzen schwebt. Du drehst den Kopf und siehst mich mit deinen klaren Augen an. Die Augen, die du mir geschenkt hast, als ich geboren wurde. Du schliesst sie einmal und öffnest sie wieder. Es ist dein Abschiedsgruss.

«Volim te, moj anđele – ich liebe dich, mein Engel!»

Dann drücken sie dich hinunter auf die Spitzen. Langsam und leise schliesse ich das Schiebetürchen und verhalte mich ganz still. Ich höre, wie die Männer lachen und sich beglückwünschen. Dann bemerkt Petar, dass ich weg bin. Sie fluchen und stürzen zur Tür hinaus. Mein Plan geht auf. Sie denken, ich bin geflüchtet. Ich weiss nicht, wie lange ich in meinem Versteck geblieben bin. Mir ist, als ob Tage und Monate vergangen sind. Später weiss ich, dass es nur einige Minuten waren. Es ist plötzlich so still in unserem Zimmer, wo wir an diesem Tag vorher gesungen, getanzt und meinen Geburtstag gefeiert haben. Ich komme heraus und krieche unter dem Bett hindurch zu dir. Alles ist voller Blut, aber ich kümmere mich nicht darum. Ich nehme deine Hand und sehe in deine Augen. Ihr Ausdruck prägt sich in mir ein.

Deine Augen, Vlada, mein Mütterchen.

Es sind nun meine Augen.

Die Augen der Nemesis.

SECHZEHN

Sie hatten die hohen Stühle an der Küchentheke gegen das alte Ledersofa im Grand Salon getauscht. Dornach hatte das Feuer im Cheminée angezündet, das Frau Reinhard am Nachmittag vorbereitet hatte. Ausser dem Schein der Flammen, der sich in ihren Gesichtern reflektierte, war kein Licht im Raum.

Jana hatte ihre Geschichte beendet, und für einige Minuten blieb es still zwischen ihnen. Sie hatte sich mit angezogenen Beinen in eine Ecke des Sofas gesetzt und ein Kissen auf ihren Schoss gelegt. Dornach lehnte sich an die andere Ecke. Er wollte Abstand lassen zwischen ihm und der Frau, die ihm die grausamste Lebensgeschichte erzählt hatte, die er je gehört hatte. Er konnte sich noch an die Medienberichte über die Belagerung von Sarajevo während des Bosnienkrieges erinnern, die alleine elftausend Menschen, darunter tausendsechshundert Kindern, das Leben gekostet hatte. Auch die Berichte über die Massengräber und die Kriegsverbrechen waren ihm bekannt. Er hatte auch von den Grausamkeiten gehört, die nicht nur von den Serben, sondern auch auf bosnischer Seite begangen wurden. Obwohl im Balkan der erste Krieg seit fünfzig Jahren auf dem europäischen Festland ausgefochten wurde, hatte es ihn nur am Rande berührt. Ex-Jugoslawien war weit weg, obwohl es nur eine Flugstunde von der Schweiz entfernt lag.

Mit ihrer Geschichte hatte Jana diesen Krieg zu ihm gebracht. Sie hatte ihm ein Gesicht gegeben, das ihm nun auch nahestand. Er begriff jetzt, was ihn an ihr berührte, seit er sie zum ersten Mal gesehen hatte. Sie war stark, eine Kriegerin. Gleichzeitig war Jana ein verwundetes Kind, das durch die Liebe seiner Mutter gerettet worden war, während es zusehen musste, wie diese ihr Leben für diese Liebe gab. Welches Erlebnis könnte sich tiefer in eine Seele einprägen und sie spalten? Er verstand, dass Jana nur Frieden finden konnte, wenn sie Vergeltung an demjenigen geübt hatte, der ihr die Quelle dieser Liebe genommen und sie damit der Möglichkeit beraubt hatte, sie zu erwidern. Slavko Vukovic hatte ein Ungleichgewicht geschaffen, dass Lilijana Spahic alias Jana Cranach wieder ausgleichen musste. Es wurde Dornach klar, dass sie sich nicht aufhalten lassen würde, von keiner Macht, auch nicht von ihm. Aber sie war nicht Dornachs Feind, und er war nicht der ihre. In der Tiefe ihres Seins waren ihre beiden Seelen verbunden.

«Danke, dass du mir deine Geschichte erzählt hast, Jana», sagte er. «Jetzt verstehe ich.»

Ihr Gesicht reflektierte das Feuer, und ihre Augen hatten einen klaren Glanz.

«Du bist der Erste, dem ich alles erzählt habe.»

«Nicht einmal deine Adoptiveltern wissen es?», fragte er erstaunt.

«Nicht einmal die», bestätigte sie. «Nachdem ich sicher war, dass die Serben nicht wiederkommen würden, kroch ich aus meinem Versteck. Ich versuchte, Vasil von der Wand herunterzunehmen. Aber ich schaffte es nicht, über den Herd zu klettern. So blieb ich neben meiner Mutter sitzen und hielt ihre Hand, nachdem ich mit dem Rosenblüten-Tischtuch ihre Blösse bedeckt hatte. Sie lebte noch einige Minuten. Ich versuchte sie von den Pfählen zu nehmen, aber sie war zu schwer. Sie hat mich angesehen. Sie konnte nicht mehr sprechen, aber sie lächelte. Ich glaube, sie war glücklich, dass ich noch lebte. So haben wir uns angeschaut. Auge in Auge, und ich sah ihre Liebe. Als ich spürte, dass ihr Blick leer war und die Wärme verloren hatte, habe ich ihre Augen geschlossen.» Jana faltete ihre Hände über dem Kissen. «Später wurde ich auf der Strasse von französischen UN-Soldaten aufgegriffen und in ein Flüchtlingslager für Waisen gebracht. Dort hat mich nach ein paar Wochen Oberst Cranach gefunden, als er in seiner Funktion als Verbindungsoffizier einen Informationsbesuch machte. Nach weiteren sechs Monaten hatte mich das Ehepaar Cranach adoptiert, und ich kam nach Wien.»

Dornach sah sie nachdenklich an. «Du erzählst diese Geschichte, als ob du sie gestern erlebt hättest. Ich dachte, dass kleine Kinder traumatische Erinnerungen verdrängen. Warum kannst du dich so genau daran erinnern?»

Sie blickte kurz zu ihm hinüber, bevor sie ihren Blick wieder auf das Kissen auf ihrem Schoss richtete. «Du hast sie gesehen, Dominik, die Zeichnungen, meine ich. Im Lager und später im Waisenhaus habe ich es jeden Tag gezeichnet, immer und immer wieder. Es gab Dutzende davon.»

Dornach rief sich die kindlichen Skizzen in Schwarz, Rot und Weiss in Erinnerung. Er hatte nur die vier Blätter gefunden, die letzten Andenken eines Kindes an seine Mutter.

«Als ich elf Jahre alt war, haben mich meine Adoptiveltern zu einer Kinderpsychologin in die Therapie geschickt», fuhr Jana fort. «Sie hat mich dazu gebracht, alle Zeichnungen zu verbrennen, um die Geister der Vergangenheit auszulöschen. Das habe ich getan, bis auf die vier, die du gefunden hast.» Sie schwieg, als ob sie auf eine Antwort von ihm wartete.

Dornach aber blickte sie nur schweigend an.

«Ich habe meinen Adoptiveltern nie erzählt, was wirklich geschehen war. Im Bericht der UN-Soldaten stand nur, dass sie meine Mutter schwer misshandelt und mit mehreren Stichverletzungen tot aufgefunden hatten. Später habe ich alles in einem Tagebuch aufgeschrieben, und als ich sechzehn war, verfasste ich die Briefe an meine Mutter, die mich stets zusammen mit dem Tagebuch und dem Stück Stoff mit Vladas Blut auf meinen Vergeltungszügen begleiten.»

Ihre Augen suchten seine. «Slavko Vukovic hat mir das genommen, was ich am meisten liebte, Dominik. In jenem Moment wurde mir klar, dass es keinen Polizisten, keinen Richter und kein Gesetz in dieser Welt gibt, der oder das ihn dafür bestrafen könnte, ausser mir. Als ich die toten Augen meiner Mutter schloss und ihre Liebe und die Kraft zur Vergeltung von ihr auf mich übergegangen waren, wusste ich, dass nur ich ihn für ihren Tod und den von Vasil bestrafen konnte. Wo immer auf der Welt er sein würde, was immer er tun würde, ich würde in seiner Nähe sein. An diesem 4. Dezember 1992, meinem neunten Geburtstag, machte Slavko Vukovic, der Wolf, mich zu seiner Nemesis.»

«Nemesis», wiederholte Dornach, «die Göttin der Vergeltung.»

«Wirst du mir helfen, meine Aufgabe zu beenden?», fragte sie.

«Und dann?»

«Werde ich mich stellen. Du kannst mich festnehmen und vor Gericht stellen. Ich werde die Strafe für meine Verbrechen annehmen.»

«Warum willst du das tun, Jana?»

Sie rutschte zu ihm, sodass sich ihre Knie und seine Beine berührten.

«Weil ich es nicht mehr aushalte. Diese jahrelange Jagd, die Suche nach Rache und Vergeltung. So böse und schuldig er auch sein mochte. Mit jedem Menschen, den ich tötete, habe ich ein Stück meiner Seele verloren. Vladas Liebe, die mich so lange genährt und am Leben erhalten hat, ist fast nur noch Erinnerung.» Ihr Gesicht war seinem ganz nahe. «In meinem Herzen wird es kalt. Wenn ich es nicht bald beende, werde ich selber zum Monster. Dann hat Slavko gewonnen.»

«Du kannst es jetzt beenden, Jana. Überlass Slavko uns, der Polizei und der Justiz.»

Ihre Augen überliefen, und Tränen rannen in einem Fluss über ihre Wangen.

«Ich wollte, ich könnte es. Aber es geht nicht. Ich muss es selber beenden. Es ist für Vlada.»

«Ich glaube nicht, dass deine Mutter wollte, dass du dich selbst zerstörst.»

Sie sagte nichts und rutschte noch näher zu ihm in einer Vertrautheit, als ob sie sich schon viel länger als knapp vierundzwanzig Stunden kennen würden. Zögernd und langsam fuhr er mit der Hand über ihre Haare, wie er es oft bei Pia getan hatte.

«Wir tun es gemeinsam», sagte er.

«Was?»

«Wir fassen Vukovic gemeinsam. Du und ich.»

Sie blickte zu ihm auf. «Wie meinst du das? Willst du mich nach allem, was du weisst, trotzdem in deinem Team behalten?»

«Ja, es ist wichtig, dass du diesen Weg gehst. Die Vergeltung, die du suchst, wirst du nicht finden, indem du Vukovic selber tötest. Deine Vergeltung findest du, indem du ihn stellst und der Justiz übergibst. Das ist deine Aufgabe und nicht, ihn zu richten.»

«Und du vertraust mir? Warum?»

«Du hast es selber gesagt: Du willst kein Monster werden.»

Er umfasste ihr Gesicht mit beiden Händen. Seine Daumen streichelten ihre Wangen.

«Und ich will es auch nicht, Jana. Es ist schade, wenn diese Welt dich verliert.»

Sie lächelte, und es war ein Lächeln, das er noch nie zuvor bei ihr gesehen hatte.

«Jetzt verstehe ich, warum dich die Frauen lieben, Dominik Dornach», sagte sie.

«Warum sollten sie? Ich bin nur ein Mann.»

«Du kannst die Seelen der Menschen lesen, darum.»

Er wollte etwas erwidern, doch sie legte ihren Zeigefinger auf seine Lippen. Dann küsste sie ihn, und Pia, die von der Tür aus die Szene unbemerkt beobachtet hatte, zog sich lautlos zurück.

***

Mit einem Ruck fuhr Dornach hoch. Einige Sekunden sass er benommen da und wusste weder, welcher Tag es war, noch die Uhrzeit und wo er sich überhaupt befand. Langsam realisierte er, dass er in seinem eigenen Grand Salon auf dem Sofa lag, und erinnerte sich an Janas Geschichte, ihre Vereinbarung und dass sie sich geküsst hatten. Und dann? Hatten sie …? Er blickte an sich herunter. Nein, sie hatten nicht. Er musste eingeschlafen sein, worüber er nicht unglücklich war. Wo war sie überhaupt? Er wollte nicht glauben, dass sie sich einfach davongemacht hatte. Ihm fiel ein, dass er für acht Uhr einen Rapport anberaumt hatte, und er sah auf die Standuhr neben der Anrichte, die von Frau Reinhard jeden Abend gerichtet wurde. Es war sieben Uhr fünfzehn, noch genug Zeit, sich frisch zu machen und nach Jana und Pia zu sehen.

Als er nach einer Dusche und einer notdürftigen elektrischen Rasur mit frischem Hemd und Hose in die Küche kam, löffelte Pia bereits ihr gewohntes Müesli und trank Kaffee aus ihrer Lieblingstasse. Sie sah besser aus als vor ein paar Stunden, sie wirkte noch blass, und die Striemen an ihrem Hals leuchteten. Ihr Gesichtsausdruck war traurig, ihre Augen hatten wieder ihren gewohnten wachen Glanz. Er küsste sie auf die Stirn.

«Du bist schon auf?» Er liess die Kaffeemühle laufen und nahm eine grössere Tasse als üblich aus dem Schrank. Heute Morgen konnte eine grosse Ration nicht schaden. «Wie fühlst du dich?»

«Geht so, ich muss ständig an Manu denken. Es macht mich fast wahnsinnig, hier zu sitzen und nichts zu tun.» Sie sah ihn flehend an. «Kann ich denn gar nichts machen, Paps? Irgendetwas, was mich von dieser ständigen Sorge ablenkt.»

«Es ist besser, wenn du nicht alleine draussen herumläufst, Pia. Du bist eine wichtige Zeugin, und wir wissen nicht, ob die Kerle es nicht immer noch auf dich abgesehen haben.»

«Aber ich habe doch nichts gesehen ausser Jos und diesen Maskierten, den ich nicht erkannt habe.»

«Und du hast gesehen, dass sie im ‹Extasy› in grossem Stil Blue X umschlagen.»

Pias Blick war verzweifelt. «Paps, wenn du mich hier einsperrst, schiebe ich eine Megadepro, das garantiere ich dir. Nimm mich wenigstens mit in die Schanzmühle. Ich mische mich auch ganz sicher nicht ein. Versprochen.»

Er überlegte. Sie hier alleine zu lassen war wirklich keine gute Lösung.

«Hast du Jana gesehen?», fragte er.

«Nicht kürzlich. Ich war vorhin bei ihr drüben und wollte fragen, ob sie mit mir frühstücken will. Aber sie war nicht im Zimmer, und ihr Motorrad ist auch weg.»

Dornach stutzte. Hatte Jana ihm einen Streich gespielt?

«Vielleicht ist sie schon im Büro», sagte er und versuchte, seiner Stimme einen möglichst harmlosen Klang zu verleihen.

«Ja, vielleicht hat sie dort übernachtet», erwiderte Pia betont neutral. «Ihr Bett ist unbenutzt.»

«Aha.»

Pause.

«Sag mal, ist dein Schlafzimmer nicht geheizt oder überschwemmt oder so?», fragte Pia.

«Nein, warum?»

«Weil du im Salon schläfst, einfach so.»

«Was? Hast du uns … ich meine mich …?»

«Ich habe euch letzte Nacht, nein, heute früh gesehen. War's schön?»

«Ja, wir haben geschlafen.»

«Ja, soll vorkommen, dass man dem so sagt. – Hey!» Sie wich rasch aus, als er sie in die Seite kneifen wollte.

«Man mag dem sagen, wie man will, liebe Tochter. Aber wir haben nicht, was du denkst.»

«Muss schön gewesen sein, dieses Nicht-was-ich-Denke. Ihr habt euch geküsst.»

«Schuldig im Sinne der Anklage, Frau Gerichtspräsident.»

«Und? Soll das was werden mit euch beiden?»

Er stellte seine Kaffeetasse ab. Das Thema gehörte gewechselt.

«Weisst du was? Du kommst mit mir in die Schanzmühle. Wenn Jana dort ist, soll sie dich als Bodyguard auf den Markt begleiten, das bringt dich auf andere Gedanken.» Er nahm einen langen Zettel, der auf der Kühlschranktüre haftete und drückte ihn ihr in die Hand. «Das ist Frau Reinhards Einkaufsliste. Du kannst dich darauf konzentrieren, während wir uns um Manuela kümmern.»

***

Im grossen Sitzungsraum waren alle bereits vollzählig versammelt, als Dornach hereinkam. Zu seiner Erleichterung sah er Jana, frisch und strahlend, neben Casagrande, welche sich ihr abgewandt hatte.

Im Vorbeigehen nickte er Casagrande zu und tauschte einen etwas längeren stummen Gruss mit Jana, die ihn mit einem kurzen, vielsagenden Lächeln erwiderte.

«Zuerst zur Razzia von letzter Nacht im ‹Extasy-Club›. Die Aktion lief unter der Leitung von Angela Casagrande und Mike Lüthi ab. Lasst mal hören», eröffnete er die Sitzung.

Casagrande bedeutete Lüthi, dass er berichten sollte.

«Wir sind um drei Uhr im Club eingefahren und haben alles auf den Kopf gestellt. Die Aufnahme der Personalien der Gäste sollte in diesen Minuten beendet sein. Wir haben alles durchsucht, vor allem die Kellerräume, in denen Pia festgehalten wurde, bevor Lilo sie befreite.»

Bei dieser Bemerkung musste sich Dornach beherrschen, um nicht zu Jana hinüberzuschielen. Lüthi fuhr fort: «Wie zu erwarten war, fanden wir keine Spuren von einem Drogenverteillager, ebenso wenig eine Spur von toten oder verletzten Personen. Es gab auch keine Hinweise auf einen Kampf oder eine Schiesserei. Die Räume waren leer und blitzblank sauber. Nirgends ein Hinweis auf Manuela Bürki.»

«Kein Staub?», fragte Dornach.

«Kein Körnchen», bestätigte Lüthi. «Ich weiss, was du sagen willst, Dominik, aber wir können niemanden wegen übertriebener Hygiene festnehmen.»

«Gab es denn Festnahmen?»

«Einige Gäste, die im Verdacht stehen, mit Drogen zu dealen. Darum kümmern sich die Kollegen von der Drogenfahndung. Wir halten lediglich den Geschäftsführer fest. Er heisst Stipe Draganovic und bedauert sehr, dass eine Besucherin des Clubs in einem Bereich des Gebäudes, zu dem Unbefugte normalerweise keinen Zugang haben, beinahe zu Schaden gekommen wäre. Wir sind daran zu prüfen, ob wir ihn festnageln können. Wahrscheinlich müssen wir ihn aber heute schon gehen lassen. Sein Anwalt macht uns die Hölle heiss. Der Club bleibt auf Anordnung der Staatsanwältin geschlossen, und die Betriebsgenehmigung ist bis auf Weiteres entzogen.»

«Dass wir im ‹Extasy› mit dieser Aktion keinen grossen Fisch an Land ziehen, war zu erwarten», kommentierte Dornach, «aber ich denke, dass wir die Truppe zumindest aufgemischt haben. Wenn der Laden die Operationsbasis für die Organisation war, ist er jetzt verbrannt, und die wissen, dass wir sie im Auge behalten werden.»

Danach fasste Sebi Tschanz die aktuellsten Erkenntnisse der KT im Fall Lötscher zusammen. «Aufgrund der Fahrgestellnummer des Fiat Ducato konnten wir den Halter feststellen. Es handelt sich um ein Mietfahrzeug von Hertz. Wir sind mit der Schweizer Niederlassung in Kontakt, um herauszufinden, wann und an wen es zuletzt vermietet wurde. Leider hatte die Firma letzte Nacht einen Informatik-Crash, bei dem grosse Datenmengen verloren gingen. Nachdem sie die ganze Nacht daran gearbeitet haben, denken sie, dass sie das System heute Nachmittag wieder hochfahren können.»

«Das heisst, wir wissen heute noch, wer das Fahrzeug geliehen hat. Das würde uns ein ganzes Stück weiterbringen.»

Tschanz nickte und kam zum nächsten Punkt. «Ich habe die Fotos deiner Tochter ausgewertet, die du uns weitergeleitet hast, und wir haben einige interessante Dinge entdeckt.» Tschanz liess die Bilder im Schnelldurchlauf über die Projektionswand gleiten.

Dornach riskierte erneut einen Seitenblick zu Jana. Ihr Gesicht war unbewegt, und doch bemerkte er, wie sie kurz die Luft anhielt, als die Bilder durchliefen. Es fiel ihm auf, dass auch Casagrande sie scharf beobachtete.

«Die meisten geben nicht viel her», kommentierte Tschanz. «Ausser diesem hier.» Die Vergrösserung eines Selfies, das Pia und Manuela zusammen vor dem Clubeingang zeigte, erschien. Die beiden standen mit dem Rücken zur Strasse. Im Hintergrund, den die Kriminaltechniker etwas hervorgehoben hatten, war der Eingang eines Gewerbegebäudes zu sehen. Man konnte deutlich eine Gestalt erkennen, die aus dem Schatten der Pforte auf die Strasse getreten war.

«Hast du das grösser?», fragte Dornach.

«Zum Glück haben diese Handys eine gute Bildqualität.» Tschanz drückte auf die Fernbedienung. Ein Bildausschnitt mit dem Kopf des Mannes erschien stark vergrössert, sodass die Gesichtszüge erkennbar wurden.

«Das ist doch …», begann Dornach.

«… Hanspeter Kühni», ergänzte Tschanz.

«Gute Arbeit, Sebi», sagte Dornach.

«Wir haben noch ein anderes Indiz gefunden.» Tschanz klickte weiter. Wieder ein Bildausschnitt von einem Gruppenselfie. Von den Personen im Vordergrund konnte man lediglich Manuela und einen jungen Mann neben ihr erkennen, der aufgrund von Pias Beschreibung Jos sein musste. In der zweiten Reihe, halb verdeckt von einer anderen Person, war Ayse Özdal zu sehen, die offensichtlich angeregt mit einer Person sprach, von der nur ein Arm zu sehen war, der in einer beigen Wildlederjacke steckte.»

«Sebi, kannst du noch einmal auf das Bild mit Kühni im

Hauseingang gehen und ihn näher heranzoomen?», fragte Casagrande.

«Augenblick.» Tschanz tippte auf einige Tasten. Das entsprechend modifizierte Bild erschien.

«Also, wenn ihr mich fragt ...», sagte Casagrande, «... ist das eine helle Wildlederjacke.»

«Bingo», sagte Dornach. «Habt ihr Kühni aufgreifen können?», wandte er sich an die Fahnder.

«Leider noch nicht. An der Meldeadresse ist er schon seit einigen Tagen nicht mehr aufgetaucht. Grossfahndung ist eingeleitet.»

«Wir haben noch etwas, Dominik», sagte Tschanz. «Einige von uns haben zusammen mit Google die Überwachungsvideos des Clubs ausgewertet. Wie es der glückliche Zufall will, gibt es an der Position, wo das Gruppenselfie mit Ayse aufgenommen wurde, eine Überwachungskamera. Wir haben die wichtigsten Sequenzen zusammengeschnitten.»

Alle blickten gebannt an die Projektionswand. Dieselbe Gruppe von Leuten erschien wieder aus einer erhöhten Perspektive. Man konnte erkennen, wie Manuela die Aufnahmen machte. Dahinter war wiederum Ayse Özdal zu erkennen. Sie sprach mit jemandem, dessen Kopf und Haare, aber nur ein kleiner Teil des Gesichts zu sehen waren. Aufgrund von Kleidung, Kopfform und Haaren musste es sich um Kühni handeln. Schnitt. Andere Kamera, anderer Blickwinkel. Ayse steigt in ein Auto und fährt davon.

«Kennzeichen!», rief Dornach.

«Kommt!» Tschanz tippte auf die Tastatur. Ein Standbild mit der vergrösserten Solothurner Zulassungsnummer des Wagens war zu sehen.

«Der Wagen gehört einer Amelia Tanner, fünfundsechzig Jahre, wohnhaft in Kestenholz. Wir haben sie bereits kontaktiert, und sie bestätigt, den Wagen dem Sohn einer verstorbenen guten Freundin von ihr geliehen zu haben. Der Mann heisst Hanspeter Kühni.»

«DNS-Analyse des Spermas von Ayses Fundort?»

«Positiv», bestätigte Tschanz, «es ist Kühni.»

«*Yes!* Wir haben ihn. Super Arbeit, Leute!»

Als der allgemeine Applaus verstummt war, wurde Dornach nachdenklich.

«Ich frage mich nur, warum Kühni sich nicht mehr Mühe gibt, seine Spuren zu verwischen.»

«Vielleicht ist er derart auf Entzug, dass er nicht mehr klar denken kann», sagte Lüthi. «Wahrscheinlich nimmt er seine Medis nicht mehr.»

«Wie dem auch sei», sagte Dornach. «Ich denke, wir haben unseren Mann. Ich will heute noch mit dem behandelnden Psychiater reden, der ihn freigelassen hat. Haben wir die Adresse?»

«Die habe ich», antwortete Casagrande. «Er heisst Dr. Marco Gerold.»

«Willst du dabei sein, wenn ich mit ihm rede, Angela?»

«Sicher, und wir haben auch schon den Termin. Er kommt heute Vormittag von einem Kongress in Düsseldorf zurück und erwartet uns um zwei Uhr in seiner Praxis in der Psychiatrischen Klinik in Langendorf.»

«Sehr gut.» Dornach hob den Daumen in Richtung Casagrande. «Sonst noch Fragen oder Bemerkungen?»

Lüthi führte noch kurz aus, wie die Rothaarige in der vergangenen Nacht zu Maja vordringen konnte. «Das stützt Dominiks Hypothese eines Unfalls», stellte er abschliessend fest.

«Im Moment bringt uns das nicht weiter», sagte Dornach. «Lilo ist immer noch flüchtig. Die Fahndung nach ihr läuft weiter. Aber eines will ich hier und jetzt klarstellen.» Er liess seinen Blick über die Runde kreisen. «Für das, was sie zweimal für Pia getan hat, werde ich ihr ewig dankbar sein.» Zustimmendes Gemurmel und vereinzeltes Knöchelklopfen auf der Tischplatte quittierten diese Bemerkung. Sein Blick glitt zu Jana, die nur kurz die Augen schloss und wieder öffnete, während sie ihn kurz anlächelte. Er schloss die Sitzung und setzte den nächsten Termin für achtzehn Uhr fest.

Der Raum leerte sich bis auf Casagrande, Jana und Dornach.

Die Staatsanwältin war verärgert. «Dominik, wie kannst du sagen, der Psychiater habe Kühni freigelassen? Er machte nur das Gutachten mit der Prognose. Die war in Kühnis Fall günstig. Der Richter hat ihn daraufhin mit Auflagen freigelassen. So ist das Gesetz bei uns.»

«Ich weiss, Angie, aber es ist trotzdem Blödsinn», erwiderte Dornach ungehalten. «Eines ist sicher: Wenn Kühni wirklich Ayse umgebracht hat, nur weil diese arroganten Psycho-Idioten ihre Allmachtstellung ausspielen, dann mache ich einen Riesenärger, das kann ich dir versprechen.»

«Jetzt komm mal runter, wir tun doch, was wir können.»

«Eben und diese … diese … ach!» Er winkte ab.

Casagrande schaute Jana an, die nur mit den Achseln zuckte.

«Das bringt nichts. Du musst was essen. Wir gehen schnell in die Stadt. ‹Suteria› oder ‹Hofer›?», fragte sie.

«‹Suteria›», knurrte Dornach.

«Kommst du mit, Jana?»

«Geht nicht», wandte Dornach ein. «Jana hat einen Spezialauftrag.»

«Ah geh! Was für einen denn, bittschön?», fragte Jana.

Er erklärte ihr, dass Pia eine Ablenkung brauchte, und bat Jana, auf sie aufzupassen, während sie auf dem Wochenmarkt einkaufte. Dornach fragte sie nach ihrer Einschätzung der Gefahr für Pia.

«Ich kann natürlich nicht ausschliessen, dass die etwas im Schilde führen. Aber aus meiner Erfahrung schlagen die Wölfe eher nicht in aller Öffentlichkeit zu. Die beschränken sich in der Regel auf Nacht-und-Nebel-Aktionen. Der Angriff gestern auf mich war eine Ausnahme. Sie haben improvisiert, und es ist entsprechend schiefgegangen. Wir sollten uns vorsehen, aber trotzdem glaube ich, dass es genügt, wenn ich mit Pia bin, solange sie draussen ist.»

Dornach erleichterte die nüchterne Art, mit der Jana Gefahren einschätzen konnte.

Casagrande musste kurz auf die Toilette. Als sie allein waren, nahm Dornach Janas Arm.

«Wegen letzter Nacht, ich …»

«Mach dir keinen Kopf, Dominik. Es ist gut so, wie's is. Vorerst», sagte sie und zwinkerte ihm zu.

***

Aus dem schnellen Morgenkaffee an der Sonne auf der «Suteria»-Terrasse am Kronenplatz wurde nichts. Als sich Dornach und Casagrande auf den Weg in die Altstadt machen wollten, klingelte sein Handy. Er hörte kurz und konzentriert zu. Casagrande bemerkte, wie sich sein Gesichtsausdruck versteinerte.

«Was ist?», fragte sie, als Dornach das Gespräch beendet hatte.

«Nadja Bürki ist tot. Mike hat gerade angerufen. Sie wurde heute Morgen im Spital gefunden. Er ist bereits auf dem Weg dorthin.»

«Was? – Wie ist das passiert?»

«Die ersten Anzeichen sprechen dafür, dass es ein Suizid ist», sagte Dornach mit gepresster Stimme.

Der Samstagsverkehr auf der Werkhof- und der Rötistrasse war nicht besonders dicht, aber er floss langsam. Dornach musste das Martinshorn einschalten, um an den Schlafmützen vorbeizukommen. Als auf der Rötibrücke ein Fahrer vor ihm nicht gleich zur Seite wich, hupte und fluchte er, sodass ihn Casagrande erschrocken ansah. Er war wütend auf sich und machte sich Vorwürfe, nicht realisiert zu haben, wie verzweifelt Bürki gewesen sein musste. Warum hatte sie das getan? Wie konnte sie ihre Tochter aufgeben, die gerade jetzt ihre Mutter am dringendsten gebraucht hätte?

Es war kein schöner Anblick. Professor Dr. Nadja Bürki, Chefärztin, Chirurgin und anerkannte Kapazität in der Transplantationschirurgie, sass zusammengesunken mit dem Rücken an der Wand des Operationszimmers in einer grossen Lache ihres eigenen Blutes. Sie trug eine Operationsbekleidung, als ob sie einen Eingriff durchführen wollte. Ihre Hand hielt noch das blutige Skalpell, mit dem sie sich die Pulsadern der Länge nach aufgeschnitten hatte.

Dornach ging vor ihr in die Hocke und sah in das totenbleiche Gesicht der Frau, die ihm in diesem Moment unendlich leidtat.

«Warum hast du das getan, Nadja?», flüsterte er.

«Wer hat sie gefunden?», wandte sich Casagrande an Lüthi.

«Die OP-Schwestern da drüben.» Er zeigte auf zwei junge Pflegefachfrauen, die weinend auf Stühlen sassen und von einer Kollegin und einer uniformierten Polizistin betreut wurden.

«Sie wollten den Saal für eine Operation vorbereiten und haben Dr. Bürki so aufgefunden.»

«Todeszeitpunkt?»

«Da musst du den Amtsarzt fragen. Der ist rasch auf die Toilette. Da kommt er ja.»

Dr. Schmetzer trat in den Operationssaal, während er sich die Hände mit Desinfektionsmittel einrieb.

«Sie müssen entschuldigen, Frau Staatsanwältin, der Morgenkaffee treibt bei mir immer ausserordentlich.»

«Kein Problem, Dr. Schmetzer. Können Sie uns in etwa sagen, wann Dr. Bürki gestorben ist?»

«Aufgrund der Totenstarre und der herrschenden Temperaturen muss der Tod vor circa sieben bis neun Stunden eingetreten sein. Aber wie immer: Gewähr nur durch die Rechtsmedizinerin.»

«Und aus Ihrer Warte: Würden Sie Fremdeinwirkung ausschliessen?»

Dr. Schmetzer hob die Achseln. «Ihre Kollegen von der KT haben die leere Ampulle eines starken Narkosemittels und eine Einwegspritze sichergestellt. Das Mittel wird im Spital für Lokalanästhesie verwendet und ist immer unter Verschluss. Das will aber nichts heissen. Dr. Bürki konnte wahrscheinlich jederzeit und überall an diese Substanzen herankommen.»

«Was heisst das in Bezug auf Fremdeinwirkung?»

Dr. Schmetzer lächelte unverbindlich zu Lüthi und Dornach. «Nun, ich will den Ermittlungen keinesfalls vorgreifen, aber rein theoretisch kann ihr jemand dieses Mittel gewaltsam gespritzt und dann ihre Pulsadern durchgeschnitten haben. Allerdings habe ich bei der Erstuntersuchung keine Abwehrverletzungen, Hautabschürfungen oder Hämatome gefunden. Natürlich besteht die Möglichkeit, dass jemand sie mit Waffengewalt gezwungen hat, sich das Mittel zu spritzen und sich dann die Pulsadern aufzuschlitzen. Aber das herauszufinden überlasse ich lieber Ihnen. Zudem muss die Obduktion feststellen, ob sie dieses Anästhetikum auch wirklich eingenommen hat.»

Er hob den linken Unterarm der Toten an. Unterhalb des Ellbogens waren drei tiefe, parallel verlaufende Schnitte erkennbar.

«Was ist das?», fragte Casagrande.

«Da ist noch etwas anderes.» Er zeigte auf eine Stelle nahe den Schnittwunden. Casagrande ging näher heran, bis sie die Einstichstelle einer Injektion erkennen konnte.

«Folgen Sie mir bitte.» Dr. Schmetzer ging zum Operationstisch. Auf dem weissen Laken waren Blutflecken. Daneben lag blutverschmiertes Operationsbesteck, darunter eine Amputationssäge.

«Die Fakten liegen auf dem Tisch, wie man so schön sagt», sagte Dr. Schmetzer. «Die Rückschlüsse müssen Sie ziehen. Frau Staatsanwältin, meine Herren. Ich bin hier fertig. Meinen Bericht haben Sie bis Montag. Ich wünsche Ihnen ein schönes Wochenende.» Er hob die Hand zum Gruss und verliess den Raum.

«Der ist gut. Schönes Wochenende, pff!», schnaubte Lüthi.

«Was glaubt ihr? Hat sie wirklich versucht, sich selber den Arm zu amputieren?», fragte Casagrande bestürzt.

«Du hast Schmetzer gehört», sagte Lüthi, «keine äusseren Anzeichen von körperlicher Gewalt.»

«… Das ist ja ungeheuerlich. Wie verzweifelt muss sie gewesen sein. Wegen ihrer Tochter?»

«Vielleicht», meldete sich Dornach das erste Mal zu Wort, seit sie gekommen waren. «Vielleicht hat sie zuerst versucht, sich den Arm abzutrennen. Darum das Narkosemittel, das sie sich wirklich selber gespritzt haben könnte. Dann hatte sie den Mut verloren, oder sie war zu benommen dazu und hat sich lediglich die Pulsadern aufgeschnitten.»

«Die arme Frau, sie muss furchtbar gelitten haben», stiess Casagrande hervor.

Dornach seufzte. «Und ich frage mich, wie ich es Manuela erklären soll, dass sich ihre Mutter das Leben genommen hat, während irgendein Schweinehund sie gefangen hielt.»

Die drei standen eine Weile schweigend da und sahen zu, wie die Bestatter die Leiche von Nadja Bürki in den Metallsarg legten und wegbrachten.

«Abschiedsbrief!», rief Dornach unvermittelt.

«Was?», fragte Lüthi.

«Ein Abschiedsbrief. Gibt es einen? Eine Frau wie Nadja Bürki schleicht sich nicht einfach so aus dem Leben. Sie muss einen triftigen Grund gehabt haben, der wahrscheinlich mit der Entführung ihrer Tochter zusammenhängt. Es muss ein Abschiedsbrief da sein.»

«Hier ist nichts», sagte Lüthi. «Es wurde alles abgesucht und eingetütet. Wenn ein Abschiedsbrief dabei gewesen wäre, wüsste ich das.»

«Ihr Büro!» Dornach rannte zu den Liften. Casagrande und Lüthi folgten ihm mit perplexen Mienen.

***

Das Sonnenlicht und der blaue Himmel reflektierten sich im weissen Kalkstein der St.-Ursen-Kathedrale, die über den Häusern, Marktständen und Menschen in der Hauptgasse thronte wie eine Matrone über ihren Schützlingen. Das strahlende Wetter, das Licht, die farbenfrohe Atmosphäre und die Heiterkeit der Menschen an den Marktständen vermochten Pias sorgenvolle Stimmung etwas zu heben.

Der Andrang in den Gassen war nicht sehr gross, und es fiel Jana nicht allzu schwer, ihr Umfeld im Auge zu behalten, um beim kleinsten Anzeichen von Gefahr einzugreifen. Sooft sie sich auch umsah und die Menschen, die sie umgaben, beobachtete, sie konnte keine akute Bedrohung erkennen.

Jana war beeindruckt über die familiäre Atmosphäre auf dem Markt. Pia war bei allen Ständen, wo sie hinkamen, bestens bekannt und stellte sie als Freundin der Familie vor. Jana liebte Obst über alles und diskutierte lange mit dem Bio-Landwirt aus Hessigkofen über biologischen Anbau und plauderte mit der Obstbäuerin Astrid aus dem Seeland über Äpfel, die sie für ihr Leben gern ass. Schliesslich beendeten sie die Einkaufstour beim Käsehändler Nicolas aus Olten. Dann brauchten sie erst mal einen Kaffee.

Sie fanden einen freien Tisch auf der Strassenterrasse des «Café Hofer» in der Gurzelngasse. Als Jana mit einem Teller voll Gebäck aus dem Laden kam, war Pia mit ihrem Handy beschäftigt. Die Sorge um Manuela, von der sie sich während des Marktgangs ablenken liess, war wieder zurück und legte ihre Stirn in Falten.

«Du machst dir grosse Sorgen um deine Freundin, nicht wahr?», fragte Jana behutsam, als sie sich setzte.

Pia nickte stumm. «Manu, sie …» Pia holte Luft, um Kontrolle über ihre Stimme zu haben. «Manu ist … wir sind wie Schwestern. Mehr noch, wir tun alles zusammen, und wir haben keine Geheimnisse voreinander.» Mit einer frustrierten Geste legte sie das Handy auf den Tisch. «Wir haben noch nie so lange nichts voneinander gehört.» Fahrig fuhr sie sich mit einer Hand über die Augen.

«Was spürst du, wenn du jetzt an sie denkst?», fragte Jana.

«Wie meinst du das, was ich spüre?»

«Wenn du alleine bist und an sie denkst. Fühlt es sich an wie Trauer, als ob sie tot ist, oder spürst du einfach nur Angst, dass ihr etwas passieren könnte?»

Pia dachte lange nach.

«Du hast recht», sagte sie nach einer Weile. «Manu ist in grosser Gefahr, aber ich spüre, dass sie noch lebt. – Sie war immer für mich da, verstehst du? Als ich damals vom Wallis nach Solothurn kam, sprach ich nur Französisch und wurde ständig als Welsche gehänselt und gemobbt. Im Gymnasium kam ich mit Manu zusammen. Sie hat mich mit ihrer Art sofort angesteckt und mir mein Selbstvertrauen wiedergegeben.» Ein zaghaftes Lächeln erhellte ihr Gesicht, als sie weiterfuhr. «Manu ist ein verrücktes Huhn – eigentlich genau das Gegenteil von mir. Wenn sie nicht wäre, würde ich wahrscheinlich öfters mal ausflippen.» Sie senkte den Kopf. «Wenn … wenn sie nicht mehr da ist … Jana, ich weiss nicht, was ich dann tun soll.»

Jana nahm ihre Hand. «Ich hatte auch einmal eine beste Freundin, damals in Wien», begann sie. «Als mich meine Adoptivmutter am ersten Schultag zum Unterricht brachte, hatte ich eine Mordsangst. Es war mein Glück, dass Elisabeth meine Pultnachbarin war. Alle nannten sie Sisi, wie die Kaiserin. Sie nahm mich vor den Mitschülern in Schutz, die mich als *Tschusche* verspotteten. So wurde sie meine beste Freundin. Von da an machten wir alles zusammen, auch während des Studiums. Sie wurde Rechtsanwältin, und ich ging zur Polizei. Wir verbrachten jede Minute unserer Freizeit miteinander, bis zu der Nacht, als sie starb.»

«Sie ist tot?», fragte Pia. «Was ist passiert?»

«Sie wurde von einem Auto erfasst, als sie eines Nachts nach einer Party auf dem Nachhauseweg auf einem Zebrastreifen die Strasse überquerte. Ich war müde und ging nicht auf die Party. Mitten in der Nacht wachte ich auf und fühlte einen Druck auf meiner Brust. Gleichzeitig musste ich an Sisi denken. Da wusste ich, dass ihr etwas passiert sein musste. Später erfuhr ich, dass sie genau um diese Uhrzeit gestorben war. Noch heute, wenn ich an sie denke, mache ich mir Vorwürfe, dass ich sie nicht begleitete. Sie würde vielleicht noch leben.»

«Ich weiss, was du meinst», sagte Pia langsam. «Und ich glaube … nein, ich weiss, dass Manu noch lebt.»

«Und wenn du das spürst, dann ist es so», bekräftigte Jana. «Und dein Vater wird sie finden und heil zurückbringen. Wenn einer es kann, dann Dominik.»

Pia sah Jana direkt und prüfend an. «Liebst du ihn?», fragte sie unvermittelt.

«Wen?», fragte Jana etwas überrumpelt zurück.

«Den Hund meiner Nachbarin.» Pia stupste sie mit dem Ellenbogen an.

«Hä?»

«Jana, ich habe euch gesehen, letzte Nacht. Ihr habt euch geküsst.»

«Pia … Ich … Es tut mir leid. Ich wollte nicht …»

«Jana, für mich ist es cool … echt. Es ist nur … Ich finde, es geht etwas schnell. Ihr kennt euch gerade mal vierundzwanzig Stunden.»

«Aber, wir haben nicht …»

Pia schüttelte den Kopf. «Das ist es nicht, was ich meine. Ich bin einfach etwas überrumpelt. Mein Paps ist sonst so …» Pia suchte nach Worten. «Du musst etwas Besonderes sein, Jana, denn er hat noch nie so auf eine Frau reagiert wie auf dich. Weisst du …», sie rutschte etwas näher zu Jana hin, «er denkt, dass ich ein Problem mit seinen Freundinnen habe. Aber das stimmt nicht. Er soll seinen Spass haben. Ich habe lediglich keinen Bock, mich mit jeder anfreunden zu müssen. Bisher hat er gefühlt alle halbe Jahre eine andere. Seine letzte Flamme ist vorgestern für längere

Zeit in die Staaten abgerauscht.» Sie hob beide Hände. «Ich halte mich heraus, bis er sich für eine entscheidet.»

«Du hast recht», sagte Jana langsam. «Dominik und ich kennen uns nur sehr kurze Zeit, und ich weiss nicht, ob aus uns beiden etwas werden soll. Das ist auch jetzt nicht so wichtig. Mir ist einfach, als tät ich ihn schon mein Leben lang kennen.» Sie dachte einen Moment nach, bevor sie fortfuhr. «Er hat mir dafür gedankt, dass ich dich gerettet hab, weisst du. Aber in Wirklichkeit glaub ich, dass er gerade mich rettet. Kannst du das verstehen?»

Die beiden Frauen sahen sich lange an, bevor Pia antwortete: «Ja, das verstehe ich.»

***

Der längliche Umschlag lag mitten auf der blanken Schreibfläche des Arbeitstisches. Bürki hatte vor ihrem Tod akribisch aufgeräumt.

Der Umschlag war schwer und enthielt einen harten Gegenstand, der sich von aussen wie ein Handy anfühlte. Darauf stand ein Name: *Dominik Dornach – Persönlich!*

Nachdem er sich Latexhandschuhe übergestreift hatte, öffnete er den Brief vorsichtig mit seinem Militärtaschenmesser und zog zwei in klarer, schnörkelfreier Handschrift beschriebene weisse A4-Seiten und Bürkis Handy heraus. Dornach legte das Gerät auf die Seite, entfaltete die Blätter und begann ihre letzten Worte zu lesen:

Lieber Dominik!
Um Ihnen viel Arbeit zu ersparen, versichere ich Ihnen, dass ich freiwillig aus dem Leben geschieden bin.
So wie ich Sie kenne, werden Sie sich fragen, warum ich das gemacht habe. Die Antwort ist einfach, so paradox sie klingen mag: Es ist der einzige Ausweg, um Manuelas Leben zu retten. Ich habe zu viel Schuld auf mich geladen, indem ich etwas getan habe, das ich als Ärztin nie hätte tun dürfen: Ich habe ein Kind getötet. Sein Name war Luca. Er war acht Jahre alt und lag im Kinderspital der «Insel». Sein Gehirn war durch einen Unfall

unwiederbringlich geschädigt. Ich habe die Eltern bedrängt, ihren Sohn für eine Organtransplantation freizugeben. Ich tat es für Geld.
Ich habe Ihnen von den vorgeschriebenen Tests erzählt, die vor einer Organentnahme durchgeführt werden müssen. Die Tests müssen unabhängig voneinander und innerhalb von zwölf Stunden von zwei verschiedenen, nicht involvierten Ärzten durchgeführt werden. Sie bestehen unter anderem darin, dass die Lungenmaschine abgestellt wird. Wenn der Spender nicht innerhalb von fünf Minuten selbstständig atmet, wird er für hirntot erklärt, und die Transplantation kann vorgenommen werden.
Mein Verbrechen war, dass ich den Test selbst und nur einmal durchgeführt habe, nachdem ich den Jungen in die Mattenklinik habe verlegen lassen. Dann habe ich die Papiere gefälscht. Das Schlimmste aber ist, dass Luca nach vier Minuten und dreiunddreissig Sekunden für einen Moment spontan flach geatmet hat. Das habe ich den Eltern verschwiegen. Für sie war ihr Sohn tot. Ich machte so lange Druck auf sie, bis sie schliesslich in die Organentnahme einwilligten. Die Mutter fiel danach in eine schwere Depression.
Bis heute quälen mich die Alpträume. Als wir gestern miteinander gesprochen hatten, war in mir die Hoffnung aufgekeimt, dass Sie mir helfen könnten, Dominik. Vielleicht wäre sogar mehr aus uns beiden geworden. Ich hätte es mir gewünscht. Aber dann haben diese Leute Manuela entführt, und jetzt wollen sie sie umbringen. Sehen Sie auf meinem Handy nach.
Sie waren und sind immer noch meine letzte Hoffnung, Dominik. Ich bitte Sie aufs Innigste: Finden Sie Manuela und kümmern Sie sich um sie. Versuchen Sie, ihr zu erklären, was ich getan habe, und bitten Sie sie, mir zu verzeihen. Geben Sie meiner Tochter ein Zuhause, solange sie es braucht. Sie haben ehrlich versucht, mir zu helfen, und dafür danke ich Ihnen.
Leben Sie wohl, Dominik.
In Liebe, Ihre Nadja Bürki

Dornach reichte den Brief an Casagrande weiter, die ihn las, während Lüthi ihr über die Schulter blickte. Er nahm das Handy und tippte auf das Display. Sofort erschien ein Videoclip mit Manuelas gequältem Gesicht und ihrem schluchzenden Flehen um Hilfe. Dornach spürte, wie ihn der kalte Zorn packte, als er die zynische Off-Stimme hörte, die blechern und offensichtlich verstellt aus dem Lautsprecher klang:

«Siehst du, was du angerichtet hast, du Schlampe? Deine Tochter: sie ist verdammt für das, was du getan hast. Sie wird sterben. Bald! Die Einzige, die sie retten kann, bist du. Du kannst ihr das Leben schenken. Aber nur, wenn du an ihrer Stelle stirbst. Dein Leben gegen ihr Leben. Und ich will deine Hand als Pfand.»

«Oh mein Gott!», rief Casagrande aufgebracht. «Das sind Monster.»

«Ja, das sind sie.» Dornach spürte, wie seine Augen brannten. Was immer Bürki getan haben mochte, nichts rechtfertigte es, eine Mutter vor eine derart abscheuliche und grausame Alternative zu stellen. «Aber Nadja hat uns vielleicht einen Weg gezeigt, wie wir sie stoppen können.»

SIEBZEHN

Auf der Fahrt vom Bürgerspital zur Psychiatrischen Klinik in Langendorf hingen Casagrande und Dornach permanent am Telefon. Casagrande sprach mit einem Kollegen bei der Berner Staatsanwaltschaft und wollte, trotz Samstag, einen Eilbeschluss zur Freigabe der Krankenakten bewirken. Mike Lüthi war bereits unterwegs zur Klinik «Zur Matte» in Bern, um sich dort die Unterlagen über die Organtransplantationen zu beschaffen, die Bürki dort durchgeführt hatte. Und Dornach hatte ihm eingeschärft, nicht von der Klinik wegzufahren, bevor er im Besitz der Dossiers sei.

Dornach liess sich über eine Konferenzschaltung mit Tschanz und Google verbinden. Tschanz informierte Dornach, dass Hertz Datum und Zeit der Ausmietung des Fiat Ducato durchgegeben hatte. Der Mieter war ein italienischer Staatsbürger, Alessandro Draghetti, wohnhaft in Siena. Er hatte das Fahrzeug am Dienstagabend bei der Hertz-Filiale am Flughafen Kloten gemietet und angegeben, einige Möbel für eine Verwandte von Dübendorf nach Siena zu überführen. Gemäss Mietvertrag hätte das Fahrzeug heute Samstag, um siebzehn Uhr in der Hertz-Stadtfiliale an der Viale Sardegna in Siena zurückgegeben werden müssen.

«Überprüfst du diesen Draghetti, Google?», fragte Dornach.

«Schon erledigt. Bei uns liegt nichts vor. Ich habe Archibaldo in Rom angerufen. Er war bemerkenswerterweise am Samstag im Büro. Er schaut, ob er etwas über diesen Alessandro Draghetti ausfindig machen kann. Wenn er die Adresse hat, wird er veranlassen, dass ein paar Kollegen ihn befragen.»

«Wer ist Archibaldo?», fragte Dornach.

«Ein Kollege in der Datenforensik bei der *Polizia di stato*. Ich war im letzten Jahr mit ihm zusammen an einem Interpol-Seminar über Cybercrime. Wir sind jede Nacht um die Häuser gezogen. Das verbindet.»

«Schön», meinte Dornach, «wenn dafür heute etwas mehr herausschaut als ein Kater, hat es sich wenigstens gelohnt.»

Meckerndes Gelächter am anderen Ende signalisierte ihm, dass Google die Bemerkung so verstand, wie sie gemeint war. «Gibt es ein Foto von diesem Draghetti?», fragte er weiter.

«Er musste bei der Übernahme des Wagens einen Ausweis vorlegen, der fotokopiert wurde», antwortete Tschanz. «Leider war die Vorlage so schlecht, dass man auf dem Foto ausser dem Umriss des Kopfes nichts erkennen kann. Der Kundenschalter ist videoüberwacht. Leider sind die Videodateien ebenfalls dem gestrigen Crash zum Opfer gefallen. Die Informatiker bei Hertz sind noch dran, sie wiederherzustellen. Das dauert noch bis heute Abend. Sobald sie bereit sind, schicken sie uns die Sequenz.»

«Bleibt da dran, Sebi, und kümmere dich unbedingt um Nadjas Handy. Ich habe so ein Gefühl, dass uns das weiterbringt. Ich fürchte, dass die Zeit knapp wird für Manuela.»

***

Sie mussten einige Minuten warten, bis Dr. Marco Gerold sie am Empfang der Psychiatrischen Klinik abholte.

«Gehen wir in mein Büro», sagte der gross gewachsene, dunkelhaarige Psychiater. Er hatte eine sonore Stimme, für die ihn wohl mancher Chor mit Handkuss genommen hätte. Nachdem sie sich in seinem Arbeitszimmer niedergelassen hatten, eröffnete Dornach das Gespräch ohne Umschweife. «Dr. Gerold, was können Sie uns über Hanspeter Kühni sagen?»

«Kühni?» Gerold runzelte nachdenklich die Stirn. «Ja, klar. Hanspeter Kühni! Der wurde vor einem Monat frühzeitig aus der Haft entlassen. Ich habe dazu ein Erstgutachten verfasst, das von einem Kollegen gestützt wurde. Warum fragen Sie?»

«Uns interessiert der Grund dieser frühzeitigen Entlassung. Kühni hatte immerhin vor fünfzehn Jahren zwei junge Frauen brutal vergewaltigt und ermordet. Soviel wir den Gerichtsakten entnehmen, hat er bei der Verhandlung keine Reue gezeigt. Damals hatte man ihm eine schwere psychopathische Störung diagnostiziert.»

«Mir ist die Akte Kühni bekannt», entgegnete Gerold immer

noch freundlich, aber die Temperatur seiner Stimme war um einige Grade gesunken. «Warum interessieren Sie sich für ihn?»

Dornach ging auf diese Frage nicht weiter ein. «Uns würde interessieren, was Sie veranlasst hat, ihm eine günstige Prognose zu stellen und dafür zu sorgen, dass er freikommt?»

«Da will ich schon etwas klarstellen, Herr Dornach. Ich lasse keinen Gefangenen frei, ich erstelle Gutachten. Die Richter entscheiden.»

«Der Richter wird nicht gegen Ihr Gutachten entscheiden.»

Der Arzt setzte ein schiefes Lächeln auf, das so selbstgefällig war, dass Dornach sich beherrschen musste, seine neutrale Miene beizubehalten.

«Nun ja! Wenn ein Gericht trotz meiner positiven Prognose entscheidet, einen Menschen in Haft zu behalten, muss es das zumindest gut begründen können, damit ihm nicht Willkür vorgeworfen werden kann.»

«Und wenn es Ihrer Prognose folgt und einen Freispruch fällt? Und wenn diese Person in Freiheit später wieder dasselbe Verbrechen begeht, sagen wir, Frauen vergewaltigt und tötet? Wessen Verantwortung ist es dann?»

Gerold lehnte sich in seinem Stuhl zurück und verschränkte die Arme vor der Brust. Er zuckte die Achseln und sagte: «Wie gesagt, ich mache nur das Gutachten und gebe eine Prognose. Prognosen müssen nicht immer zutreffen. Die Entscheidung liegt beim Richter.»

Dornach ballte unter der Tischplatte die Fäuste. Casagrande sah von der Seite, wie seine Kiefermuskeln spielten. Sie wusste, was Dornach von Ärzten im Allgemeinen hielt, und legte ihre Hand auf Dornachs Arm.

«Wie dem auch sei», fuhr Dornach fort. «Sie wissen, dass gestern am späten Nachmittag in einem Waldstück ausserhalb von Solothurn die Leiche einer geschändeten jungen Frau gefunden wurde?»

«Das ist mir aus den Medien bekannt, ja.»

«Ist Ihnen auch bekannt, wie diese Frau sterben musste?»

Mit einem herablassenden Blick beugte sich Gerold vor. «Herr Dornach, ich bin ein viel beschäftigter Mann. Ich habe leider keine Zeit, mich mit Trivialmeldungen aus der Rubrik Sex & Crime unserer Presse auseinanderzusetzen.»

Casagrande machte sich bereit zu intervenieren, Dornach blieb gelassen. «Wenn Sie die Tatsache, dass eine junge Frau zuerst brutal vergewaltigt und dann getötet wird, als trivial bezeichnen, kann ich das natürlich verstehen.»

Gerold gab darauf keine Antwort. Für etwa eine Minute herrschte ein eisiges Schweigen im Raum, das Gerold als Erster brach. «Hören Sie, ich unterhalte mich furchtbar gerne mit Ihnen über Fachliches. Aber es ist immerhin Samstagnachmittag, und ich muss vor meinem Feierabend noch einiges erledigen. Wenn Sie mir also endlich sagen könnten, worauf Sie hinauswollen.»

Jetzt intervenierte Casagrande. «Was Herr Dornach versucht, Ihnen zu erklären, Dr. Gerold, ist Folgendes: Die Tote hiess Ayse Özdal. Die Art und Weise, wie sie gestorben ist, entspricht der Täterhandschrift von Hanspeter Kühni, der vor einem Monat auf freien Fuss gesetzt wurde.»

Gerold richtete sich auf. Seine Haltung wirkte defensiv. «Ach, und Sie schliessen jetzt einfach von Kühnis Freilassung auf die Ermordung dieser Schülerin? Ist das nicht etwas simpel?»

Das genügte, um Dornachs Kragen platzen zu lassen. «Nicht simpler als ihr pseudowissenschaftlicher Psycho-Humbug, den Sie ungestraft von sich geben und dafür auch noch dicke Honorare einsacken, ohne dafür die Verantwortung zu übernehmen.»

Gerold wollte eine heftige Entgegnung machen, besann sich aber eines Besseren. «Das ist doch lächerlich. Sie spazieren hier herein und unterstellen mir, ich liesse einen Mörder frei, der Mädchen umbringt, ohne irgendeinen Beweis vorzu–»

«Moment!»

Dornach zog sein Handy aus der Brusttasche und rief seine Bildergalerie auf. «Hier, sehen Sie sich das mal an!»

Er zeigte Gerold die Aufnahmen von Ayses Leiche aus den verschiedenen Blickwinkeln.

«Das ist doch noch kein Be–»

«Moment, kommt noch.»

Er öffnete einen neuen Ordner. Auf dem Display erschienen

die Aufnahmen vor dem «Extasy», auf denen Kühni, wenn auch nur knapp, zu erkennen war.

«Wer soll das sein?», fragte Gerold skeptisch.

«Das ist Hanspeter Kühni. Sehen Sie? Hier und hier. Und da ...» Dornach zeigte auf die Vergrösserungen der Fotos, auf denen er deutlich im Gespräch mit Ayse Özdal zu sehen war. «Da ist er. Im Gespräch mit dem späteren Mordopfer.»

Gerold nahm das Handy und sah sich die Fotos eingehend an. Dann gab er es mit einem Achselzucken Dornach zurück. «Ich kann nicht erkennen, dass das Kühni ist. Ausserdem, mit Vorbehalt der Einhaltung der Auflagen ist Kühni ein freier Mensch. Er darf sich also auch in einem Club mit Leuten unterhalten.»

«Was sind Kühnis Auflagen?», fragte Casagrande.

«Er muss sich einmal wöchentlich hier zu einer ambulanten Therapie einfinden, und zudem hat er Medikamente einzunehmen, die seinen ... sagen wir, Trieb dämmen.»

«Chemische Kastration?»

«Wenn Sie das so nennen wollen.»

«Wie überprüfen Sie die Wirkung?»

«Wir können Tests durchführen. Ich kann es allerdings auch daran erkennen, wie er auf meine Fragen reagiert.»

«Das kann er doch simulieren.»

«Bei mir nicht.»

«Wann ist denn Kühni das letzte Mal zu seiner Behandlung erschienen?»

Gerold dachte kurz nach. «Das muss etwa zwei oder drei Wochen her sein. Wahrscheinlich zwei.»

«Sollte er sich nicht wöchentlich melden?»

«Die Behandlung lässt es zu, dass man zwischendurch mal aussetzen kann. Das ist nicht weiter relevant.»

«Zwei oder drei Wochen auszusetzen erscheint mir recht viel. Haben Sie der Polizei gemeldet, dass Kühni nicht erschienen ist?»

«Ich bin Arzt, kein Polizist.»

Dornach sagte: «Dr. Gerold, ein gefährlicher Psychopath wird entlassen, und kurz darauf wird eine Frau auf eine Art und Weise ermordet, die seinem Tatmuster entspricht. Ausserdem wurde er im Gespräch mit dem Opfer gesehen, das später sogar in sein

Auto eingestiegen ist. Das müsste doch auch Ihnen zu denken geben.»

«Kühni stellte keine akute Bedrohung mehr für seine Mitmenschen dar, sonst hätte ich das Gutachten nicht so erstellt, wie ich es gemacht habe. Ausserdem war er kein Psychopath. Das war eine Fehldiagnose meines Kollegen. Deshalb habe ich Kühni unter meine Fittiche genommen.»

«Wissen Sie, wo sich Hanspeter Kühni gegenwärtig aufhält?», fragte Dornach.

«Es tut mir leid, aber ich kenne seinen Aufenthaltsort nicht. Es müsste doch eine Meldeadresse geben, oder?»

«Ja, da ist er seit mehr als einer Woche nicht mehr gesehen worden.»

«Aha, na dann müssen Sie ihn wohl oder übel suchen.»

«Sie wollen uns nicht helfen, ihn zu finden?»

«Ich wüsste nicht, wie ich da helfen kann. Tut mir leid, Herr Dornach.»

«Also gut.» Dornach stand auf, und Casagrande tat es ihm nach. «Ich behalte mir vor, bei der Staatsanwaltschaft eine Untersuchung bezüglich der Art und Weise zu beantragen, wie Sie Ihre Gutachten erstellen. Und ich garantiere Ihnen, wenn ich auch nur einen Hinweis entdecke, dass Sie diese bewusst oder unbewusst fahrlässig oder aus Gefälligkeit erstellt haben, dann gnade Ihnen Gott.»

Draussen machte Casagrande ihrem Ärger Luft. «Was denkst du dir dabei, Gerold so anzugehen? Findest du, dass uns das weiterhilft? Du riskierst eine Beschwerde. Ist dir das klar?»

«Das bezweifle ich. Ausserdem bin ich Beschwerden gewohnt. Und ich sage dir eines: Wir haben noch nicht das letzte Wort mit diesem Dr. Gerold gesprochen.»

Casagrande seufzte. «Ich fürchte, da liegst du nicht falsch. Aber verstehst du, dass wir aufpassen müssen, Dominik? Das Ganze wächst uns über den Kopf.»

Er öffnete die Tür des Wagens. «Wir besprechen das im Büro. Ich will sehen, wie es Pia geht.»

«Findest du es gut, dass Jana sich um sie kümmert?»

Etwas in der Art, wie sie die Frage stellte, missfiel ihm.

«Hast du ein Problem mit Jana?», fragte er beiläufig. Sie nestelte lange an ihrem Sicherheitsgurt, bevor sie sich zu einer Antwort durchrang.

«Wir müssen reden. Ausserdem brauche ich frische Luft und Überblick. Fahren wir auf den Berg? Die Aussicht vom Kurhaus hilft uns vielleicht, die Dinge einzuordnen.»

***

Es war hoffnungslos. Manuela hatte die letzte Flasche Wasser angebrochen und verspürte immer noch einen brennenden Durst. Die Salami in den letzten beiden Sandwiches war sehr salzig gewesen. Ihr Entführer hatte sich nicht mehr blicken lassen, seit er ihr das Essen hingestellt hatte. Sie wusste nicht mehr, wie sie sitzen sollte, ohne dass sie überall Schmerzen hatte. Die dünnen Baumwollstrümpfe waren durchgescheuert, sodass sie praktisch mit dem nackten Hintern auf dem feuchtkalten Betonboden sass. Sie zitterte am ganzen Körper wie Espenlaub, und ihre Stimmbänder hatten ihren Dienst versagt. Zwei Gefühle rangen um die Vorherrschaft über ihren Geist: Angst und Wut. Angst davor, zu sterben und das Leben loszulassen, das sie so liebte. Und sie war wütend über den Kerl, der sie zuerst hierhergeschleppt und dann alleine gelassen hatte. Sie spürte auch, dass sie begann, den Glauben an diejenigen Menschen zu verlieren, in die sie ihre ganze Hoffnung auf Rettung setzte: in Pia und ihre Mutter. Sie wusste, dass sie in diesem Moment alles daransetzten, sie hier herauszuholen, aber es fiel ihr zusehends schwerer, daran zu glauben. Ihr Durst war so gross, dass sie am liebsten das restliche Wasser in einem Zug ausgetrunken hätte. Was nützte es, zu sparen, wenn man sie hier sterben liess? Etwas hielt sie zurück: Man stirbt nicht einfach mit achtzehn Jahren. Nein, das liess sie nicht zu. Sie wollte noch ihren Spass mit den Jungs und träumte von einem Studium in Kalifornien. Sie zerrte erneut an ihren Handschellen. Bald war ihr, als hätte sich das Rohr, an dem sie angebunden war, etwas gelockert. Sie rüttelte und riss mit aller Kraft der Verzweiflung. Vergebens. Als ihre Kräfte ermatteten, entwich ein wütender Aufschrei ihrer Kehle. Aus Wut und Frustration trat sie um sich und versetzte dem Tablett mit der letzten Wasserflasche unbeabsichtigt einen Tritt, sodass es mitsamt der unverschraubten Flasche wegrutschte und ausserhalb ihrer Reichweite liegen blieb. Sie musste machtlos zusehen, wie die Flasche zuerst wie in Zeitlupe schwankte, bevor sie kippte. Das wertvolle Nass ergoss sich auf das Tablett und sickerte durch einen schmalen Spalt auf den Betonboden. Fassungslos starrte sie auf das Rinnsal, das auf den schmutzigen Boden tropfte. Sie hatte ihr eigenes Todesurteil vollstreckt und würde neben einer Wasserlache verdursten. Sie wollte weinen, aber dazu fehlten ihr die Tränen.

***

Die knapp halbstündige Fahrt von Langendorf auf den Weissenstein verlief schweigsam. Casagrande hatte sich in ihrem Sitz zurückgelehnt und die Augen geschlossen, während Dornach den Wagen über die enge Serpentinenstrasse bergan steuerte. Er glaubte, dass sie schlief. Auf der Höhe Nesselboden verlief die Strasse für kurze Zeit etwas übersichtlicher, und er riskierte einen Seitenblick. Als er den Kopf rasch zu ihr drehte, blickte sie schnell geradeaus auf die Strasse. Sie hatte ihn während des Aufstiegs die ganze Zeit unverwandt, beinahe fragend angesehen. Nach dem Nesselboden wurde die Passstrasse wieder schmaler, und er verzichtete darauf, sie zu fragen, was sie beschäftigte.

Auf der Sonnenterrasse des Kurhauses suchten sie sich zwei freie Plätze direkt an der Hauswand, wo sie vor der Bise geschützt waren, die nicht heftig, aber doch recht kühl über die Jurahöhen wehte. Als sie ihre Heissgetränke bestellt hatten, gaben sie sich für einen Moment schweigend der Aussicht hin, die nach Süden, Osten und Westen über das ganze Aaretal und das Mittelland bis zum weissen Kamm der Hochalpen reichte. Die klare Luft wirkte wie ein Vergrösserungsglas, welches das Panorama näher an den Betrachter rückte. Ganz im Westen war die im Sonnenlicht glitzernde Oberfläche des Bielersees erkennbar. Die Stadt Solothurn lag ihnen unter einem leichten Dunstschleier zu Füssen, und im Hintergrund schien der eisige Granitwall der Berner Alpen mit den prominenten Giganten Eiger, Mönch und Jungfrau zum Greifen nahe. Die Sicht über die schneeweissen Gipfel am Horizont erstreckte sich bis zum Mont Blanc in den französischen Alpen. Obwohl Dornach seit seiner Kindheit mit dem Panorama des Solothurner Hausbergs vertraut war, faszinierte ihn die Weite, die sich hier oben vor ihm auftat, immer wieder aufs Neue.

Nach einer Weile fand er, dass es an der Zeit sei, den Stier bei den Hörnern zu packen. «Also, Angie, was wolltest du so Wichtiges mit mir besprechen, dass wir uns den Luxus leisten, mitten in einem Mord- und Entführungsfall die Bergsonne zu geniessen?»

«Ich will nicht davon ablenken. Aber da ist etwas, das vorläufig nur uns beide etwas angeht.» Sie zog ein gefaltetes Blatt Papier aus ihrer Tasche und reichte es ihm.

Er warf einen Blick auf den ausgedruckten Screenshot, den Regina Flint Angela zugesandt hatte. Er erkannte das Gesicht darauf sofort.

«Das ist Lilo. Und?»

«Das Bild stammt von einer Überwachungskamera. Sieh dir das Datum an.»

Er schaute auf den unteren Bildrand. «Das ist vor zwei Wochen. Woher hast du die Aufnahme?»

«Sie stammt von einer Überwachungskamera in der Lobby des Marriott Courtyard Hotel in Oerlikon. Und sieh dir das an.» Sie hielt ihm ihr Handy hin, auf das sie den dazugehörenden Videoclip übertragen hatte.

«Lötscher», kommentierte Dornach ruhig. «Sie spricht mit Lötscher. Worauf willst du hinaus, Angie?»

«Schau dir das Bild an. Es ist viel klarer als unser Phantombild. Kommt dir die Frau auf dem Foto nicht bekannt vor?»

Er wollte es ihr nicht zu einfach machen und sah sich den Ausdruck eingehend an. Die Aufnahme war recht scharf. Janas Gesichtszüge waren trotz der roten Perücke, des Make-ups und der grünen Kontaktlinsen unverkennbar.

«Man könnte fast meinen, sie hat Ähnlichkeit mit Jana», sagte er nur.

«So, meinst du, hat sie das?» Casagrande sah ihn scharf an. «Sag mal, willst du mich verarschen und mir weismachen, dass du sie nicht gleich erkannt hast? Du kannst vielleicht meine Intelligenz beleidigen, Dominik, aber mach das bitte nicht mit deiner.»

Dornach erwiderte ihren prüfenden Blick.

Sie zog ein zweites Blatt mit Janas Porträtbild aus ihrer Tasche und legte es neben Lilos Bild auf den Tisch. Das Foto war manipuliert. Janas dunkelbraune, fast schwarze Haare waren rot eingefärbt, und ihre Augen hatten einen grünen Schimmer.

«Du weisst, ich bin nicht so gut mit Technologie, aber ich dachte, es ist vorläufig besser, wenn ich es selber mache. Hast du es jetzt begriffen, Dominik? Jana ist Lilo. Ich bin mir sicher.»

Er verzog keine Miene und lehnte sich zurück.

«Wie kommst du darauf?», fragte er nur.

«Seit sie da ist, lügt sie uns an.» Obwohl Casagrandes Stimme äusserlich ruhig und sachlich klang, spürte er ihre Anspannung. «Sie hat uns vorgemacht, dass sie gestern Morgen früh von Genf her angereist sei, nachdem sie am Vorabend mit dem letzten Flug aus Sevilla via Málaga dort eingetroffen war. Ich habe einen Freund im Europol-Büro in Brüssel, Armand Verhaegen. Er war auch an dieser Tagung in Sevilla. Ich habe ihn letzte Nacht angerufen. Er sollte mir bestätigen, von wann bis wann Jana genau dort war.»

«Und er hat dir gesagt, dass sich Jana bereits am Dienstag wegen eines dringenden Falles ausgeklinkt hatte, nicht wahr?»

Casagrande atmete auf. «Danke, dass du es selbst sagst. Armand erwähnte, dass ein Schweizer Kollege gestern bereits die gleiche Erkundigung eingezogen hat.»

«Das war ich. Ich weiss, dass Jana seit Mittwoch in der Schweiz ist.»

«Und sie sieht unserer Lilo ähnlich, wenn wir ganz genau hinschauen, findest du nicht?»

Dornach lächelte. «Jana sieht Lilo nicht nur ähnlich. Sie ist Lilo.»

Casagrandes verblüfftes Gesicht löste einen kleinen und kurzen Triumph bei ihm aus, den er sich allerdings nicht anmerken liess. Schliesslich wollte er sie auf seine Seite ziehen und war sich der Schwierigkeit seines Unterfangens bewusst.

«Du hast es gewusst, seit wann?»

«Seit gestern, wie du.» Er nahm sein Handy und zeigte ihr Lilos Foto, das ihm Pia per MMS gesendet hatte.

Casagrande sah sich das Bild lange an und verglich es mit ihrer Fotomontage. Ihre Lippen waren nur noch ein dünner Strich, und die Falten um ihren Mund wurden zu tiefen Furchen. Ihre Augen blitzten.

«Was soll das? Du sitzt seelenruhig da und erklärst mir einfach mal so nebenbei, dass du unsere Hauptverdächtige bereits identifiziert hast. Warum hast du mir das nicht gesagt? Was soll ich jetzt damit?»

«Mir zuhören, bevor dein Temperament mit dir durchgeht.»

«Mein Temperament ist dein kleinstes Problem. Ich bin deine Vorgesetzte in dieser Ermittlung, in der du eine Hauptverdächtige deckst. Gestern habe ich dir meine Vorbehalte Jana gegenüber geschildert, und du hast sie ignoriert. Du spielst mit deinem Job, Dominik – und mit meinem. Was bin ich in dem Ganzen? Dein Fussabtreter?» Sie begann, sich in Rage zu reden.

«Beruhige dich, Angie. Ja, ich wusste, dass Jana die Rothaarige ist. Sie hat sich mir selber offenbart.»

«Sie hat es dir selber gesagt? Wann?»

«Letzte Nacht. Ich war bei ihr und …»

Casagrande schlug mit der flachen Hand auf den Tisch und lachte hart auf.

«Lass mich raten: Ihr habt geredet, nicht wahr? Und so nebenbei habt ihr auch noch gevögelt. Und beim Orgasmus hat sie dir vorgestöhnt, dass sie die rothaarige Killerin ist, oder was?» Sie verwarf die Hände in italienischer Manier.

«Angie, wir haben nicht …»

«Weisst du was, Dominik? – *Vaffanculo*!»

Sie stand so abrupt auf, dass ihr Stuhl zu Boden schepperte, und stürmte davon. Dornach blieb sitzen. Nun verstand er, was es hiess, wenn der Vulkan Angela Casagrande ausbrach.

Nachdem er bezahlt hatte, sah er sich nach ihr um und fand sie vorne am westlichen Ende der Terrasse, neben der Bergstation der Seilbahn, wo sich die blauen Gondeln auf ihre letzte Talfahrt des Tages machten. Sie schaute mit verschränkten Armen in die Sonne, die sich langsam zum bewaldeten Horizont herabsenkte.

«Angie?» Er wollte sie an den Schultern berühren, aber sie schüttelte seine Hand ab.

«Fass mich nicht an!»

«Angela, hör mir zu!», sagte er eine Spur bestimmter. Sie drehte den Kopf zu ihm. Trotz ihrer Sonnenbrille konnte er erkennen, dass sie weinte. Das war neu. Er hatte sie erregt und aufgebracht erlebt, wenn man ihren Ansprüchen an Professionalität nicht genügte, aber er hatte sie noch nie deswegen weinen sehen.

«Angie, es tut mir leid, wenn ich dich enttäuscht habe. Ich wollte dich nicht hintergehen. Ich wollte verstehen, warum sie das tut. Ich glaube nicht, dass sie einfach eine Killerin ist. Sie ist eine gute Polizistin. Sie ...»

Ein verächtliches Schnauben verriet ihm, was sie davon hielt. «Ja, im Bett vielleicht. Wenn sie nicht gerade Leute einfach mal abknallt und Wehrlose misshandelt.»

«Verdammt noch mal, Angela, reiss dich zusammen.» Er hatte Verständnis für ihre Reaktion, aber er fand ihr Verhalten ungerecht. «Wir arbeiten jetzt seit über einem Jahr zusammen, und du kennst meine Methoden. Habe ich dich je enttäuscht?»

Sie nahm ihre Brille ab und funkelte ihn aus verweinten Augen an.

«Nein, das hast du nicht. Du bist der Einzige in diesem verdammten Verein, dem ich bisher vertrauen konnte. Du hast mir immer die Stange gehalten. Und dann kommt diese ... diese ... österreichische Schlampe ... und ... und ... du lässt mich wie eine Idiotin im Regen stehen.» Sie setzte die Brille schnell wieder auf.

Das wollte er nicht auf sich sitzen lassen. «Jetzt komm mal runter, Angie! Jana hat Pia zweimal das Leben gerettet und ist dabei Risiken eingegangen, die sie als eiskalte Profikillerin nie eingegangen wäre. Ich habe es nicht verstanden und wollte von ihr wissen, was dahintersteckt. Sie hat mir ihre Geschichte erzählt, und wir sind uns nähergekommen, ja. Da ist eine Verbundenheit, aber es ist nicht –»

«Ja, ja, sie ist ja eine Heilige. Dominik, ich will es nicht hören.» Erneut verwarf sie beide Hände.

Sie hatte den Kopf von ihm abgewandt, also stellte er sich so vor sie hin, dass sie gezwungen war, ihn anzusehen.

«Angela Casagrande, vertraust du mir?»

«Was soll die Frage?»

«Das ist eine ganz einfache Frage, Angie. Es gibt zwei mögliche einfache Antworten: Ja oder Nein. Ich verstehe, dass du enttäuscht bist, aber deine Reaktion kann ich nicht akzeptieren. Als meine Vorgesetzte kannst du mich zusammenstauchen. Du kannst mich suspendieren und ein Disziplinarverfahren gegen mich einleiten. Aber du kannst mich nicht behandeln, als wäre ich dein untreuer Ehemann. Deshalb frage ich dich noch mal: Vertraust du mir? Und ich sage dir, was ich mache, wenn du Nein sagst: Ich übergebe dir meinen Dienstausweis und meine Waffe und kündige. Dann kannst du eine Untersuchung gegen mich eröffnen.»

«Wenn ich bis dann noch meinen verdammten Job habe. Ich stecke in dem Schlamassel mit drin.»

«Nein, das tust du nicht. Ich nehme alles auf mich.»

Sie sagte nichts.

«Also, was ist?», insistierte er.

«Was bleibt mir anderes übrig?»

Um seine Mundwinkel zuckte es. «Nicht gut genug, Angie.»

«Ich … ich, Dominik, was soll ich jetzt sagen? Alles halb so schlimm, nichts passiert? Der beste Polizist aller Zeiten hat alles im Griff?»

«Angie, verdammt noch mal. Ich brauche eine einfache Antwort und keine Zickerei.»

Sie schnaubte. «Ich? Zickig? Für wie gut hältst du dich eigentlich?»

Er schüttelte nur verständnislos den Kopf. «Hörst du dir eigentlich selber zu? Du redest von Professionalität und führst dich auf wie eine italienische Matrone, die ihren Mann dabei erwischt, wie er einer Kellnerin in den Hintern kneift.»

Sie holte mit der Hand aus und hätte ihm eine Ohrfeige verpasst, wenn er sie nicht festgehalten hätte. «Zum letzten Mal, Angie: Vertraust du mir?»

Er liess ihre Hand los und wartete. Sie ballte die Hände zu

Fäusten und hieb gegen seine Brust, bevor sie ihren Kopf senkte und leise weinte. Er liess es geschehen. Als sie sich etwas beruhigt hatte, fasste er mit beiden Händen ihre Schultern, sodass sie sich in die Augen sehen konnten.

«Also?», fragte er wieder.

«Ja, verdammt, Dornach, du sturer Bock! Ich vertraue dir. Aber ich will jetzt verflucht noch mal wissen, welcher Teufel dich geritten hat. Es geht auch um mich und meine Karriere, die gerade an einem sehr dünnen Faden hängt.»

ACHTZEHN

Darko war der Einzige, der sich in diesen Momenten im selben Raum aufhalten durfte wie der Wolf, ohne um seine Unversehrtheit zu fürchten. Er hatte die beiden Männer, die die Nachricht vom Tod der Ärztin überbrachten, gleich weggeschickt und Slavko selber informiert. In Belgrad hatte der Wolf einmal eine deutsche Studentin, die Botendienste für die Organisation erledigte, zusammengeschlagen, weil der Lieferant eine wichtige Drogenlieferung hatte platzen lassen und sie mit leeren Händen aufgetaucht war. Er hatte die Frau dermassen übel zugerichtet, dass Darko ihr das Genick brechen musste, bevor er die Leiche in einer verlassenen Schlucht entsorgte. Wenn sie die wilden Tiere inzwischen nicht gefressen hatten, lag sie immer noch dort, neben den Überresten von Evgenijas zerstückeltem Körper, die seit zwei Tagen dort verrotteten.

Die Durchsuchung des Clubs und die Befragungen der Angestellten durch die Polizei, die teilweise noch im Gange waren, verliefen ergebnislos, und man konnte ihnen bisher nichts nachweisen, vor allem keine Verbindung zu Slavko Vukovic. Das Aufräumkommando hatte gute Arbeit geleistet. Es wurden kein Pillenstäubchen und keine Blutrückstände in den Kellerräumen gefunden. Josips Leiche lag zusammen mit den beiden anderen, die die Rothaarige erschossen hatte, in einem Kühlraum im Vorratskeller der Villa. Sobald sich die Wogen geglättet hatten, würde er sie wegschaffen lassen. Nur mit grosser Überzeugungskraft konnte er Slavko davon abbringen, das Mädchen, das mit der Rothaarigen entkommen konnte, nachträglich liquidieren zu lassen. Sie war die Tochter eines hochrangigen Polizisten. Hätte der Idiot Josip sie im Keller gleich getötet, anstatt sich von der rothaarigen Teufelin übertölpeln zu lassen, hätten sie ihre Leiche nach ein paar Tagen in der Kehrichtverbrennungsanlage loswerden können. Sie hatte ihn zwar auch gesehen, aber er war maskiert gewesen. Wenn sie das Mädchen jetzt unnötig töteten, würde man sie gnadenlos jagen, und damit wären die verbleibenden Chancen, den Aufbau der Organisation «Wolf» hier voranzutreiben, definitiv verbaut.

Er musste einen kühlen Kopf bewahren, denn sein Chef war dabei, ihn zu verlieren.

Als er Slavko gesagt hatte, dass die Ärztin heute Morgen tot im Spital aufgefunden worden war, war dieser ausser sich vor Wut gewesen und hatte alles, was sich auf seinem Arbeitstisch befand, in einem brutalen Schwung weggefegt.

«Diese verdammte Doktorenschlampe hat mich verraten», wütete Slavko und hieb mit beiden Fäusten auf den Tisch, als wollte er aus dem Möbelstück Kleinholz machen.

Darko sagte nichts. Man durfte Slavko nicht unterbrechen, wenn er tobte.

«Schaff mir ihre Leiche her!», schrie er Darko an, «schaff sie her! Dann zerreisse ich sie eigenhändig in Stücke und werfe ihre Eingeweide den Hunden zum Frass vor.»

Darko war klar, dass Slavko es ernst meinte. «Wir kommen nicht mehr an sie heran, Slavko.»

Er wusste, wie der Wolf tickte. Slavko hatte der Ärztin ein Mindestmass an Vertrauen entgegengebracht. Das war viel in Anbetracht der Tatsache, dass sie eine Frau war. Vermutlich konnte sie die Ware nicht beschaffen und hatte gehofft, man würde ihre Tochter verschonen, wenn sie dafür ihr Leben gäbe. Sie kannte Slavko Vukovic schlecht: Verrat wurde nie vergessen. Die Rache des Wolfs erstreckte sich nicht nur auf den Verräter selber, sondern auf seine ganze Familie.

Slavko funkelte Darko aus seinen schwarzen Augen an. «Ihre Tochter! Ich will ihre Tochter. Schaff sie her.»

«Sie ist verschwunden, Slavko.»

«Verschwunden? Was heisst das?»

«Seit Donnerstagnacht ist sie nicht mehr aufgetaucht. Josip sollte sich um sie kümmern, damit wir sie als Druckmittel für ihre Mutter in der Hand gehabt hätten. Aber er hat sie verloren.»

Der Arbeitstisch aus edlem Tropenholz erbebte erneut unter Slavkos Faust. Diesmal richtete sich die Wut auch auf Darko.

«Verflucht, Darko, was tust du eigentlich? Seit wir hier in diesem verdammten Kaff sind, läuft alles schief. Die rothaarige

Teufelin und die österreichische Bullenhexe tauchen auf, und wir lassen uns von den Dorfpolizisten hier übertölpeln.»

Darko blieb ruhig und versuchte nicht, sich zu rechtfertigen.

«Wie kann das Mädchen aus unserem Club verschwinden? Finde sie, Darko.»

«Das tun wir, Wolf. Stipe sichtet die Überwachungsvideos.»

«Er soll sich beeilen», knurrte Slavko.

«Was wirst du tun, wenn du das Mädchen hast?»

«Sie wird für ihre Mutter bezahlen.»

Slavko war ruhig geblieben, als er das sagte. Er meinte es todernst.

«Ich werde sie finden, Slavko. Aber wenn das erledigt ist, musst du verschwinden, hörst du? Ich werde hierbleiben und weitermachen. Du gehst zurück nach Belgrad. Es wird zu gefährlich für dich.»

Im Untergeschoss der Villa sass Stipe vor einem Grossbildschirm und sah sich die Überwachungsvideos an. Es waren die ursprünglichen Dateien, von denen sie der Polizei manipulierte Kopien überlassen hatten. Im Hinblick auf Manuelas geplante Geiselnahme hatten sie den grössten Teil der Sequenzen mit ihr herausgeschnitten und der Polizei lediglich einige unverfängliche Szenen überlassen.

«Findest du was?», fragte Darko.

«Vielleicht. Schau mal, da.»

Darko setzte sich neben Stipe. Auf dem Bildschirm war eine Gruppe von jungen Leuten zu erkennen, die sich für ihre Selfies in Pose warfen. Josip und Manuela waren auch dabei.

«Siehst du den?», fragte Stipe. «Hinter Jos und diesem Mädchen.»

«Stopp mal», sagte Darko. Auf dem Standbild von einer schräg oben positionierten Kamera war zu sehen, wie das Mädchen Josip mit einem Arm umfasste und ihn auf die Wange küsste, bevor es das Selfie machte. «Und? Was ist daran besonders?»

«Warte.» Stipe vergrösserte die Aufnahme und fokussierte auf die Personen, die hinter dem Paar standen. Auf dem Schwarz-Weiss-Bild war ein dunkelhaariges Mädchen mit kariertem knappem Minirock zu sehen, das sich angeregt mit einem Mann unterhielt.

«Wer ist sie?», fragte Darko.

«Das Mädchen, das gestern Abend in einem Wald tot gefunden wurde. Es war in allen Nachrichten.»

«Damit haben wir nichts zu tun, oder?»

«Nein, wir wurden dazu befragt und haben der Polizei die Bänder gegeben.»

«Wird uns das helfen, diese Manuela zu finden?», fragte Darko.

Anstelle einer Antwort spulte Stipe das Band zurück. Manuela stand für einen Moment alleine am Ausgang und schien auf jemanden zu warten. Stipe drehte am Geschwindigkeitsregler. Die Bilder liefen langsamer. Die Bildfolge war abgehackt, aber die Qualität war dank der hohen Bildauflösung sehr gut. Manuelas Aufmerksamkeit galt offenbar dem Clubeingang. Sie beachtete den Mann nicht, der sich ihr von hinten näherte. Darko erkannte ihn als denselben, der im späteren Bildverlauf mit dem Mädchen sprach, das jetzt tot war. Er wollte Manuela gerade an der Schulter fassen, als sie jemanden zu erkennen schien und sich aus dem Kamerabereich heraus in Richtung Clubeingang bewegte. Der Mann sah ihr nach. In seinem Gesicht war eine Mischung aus Verblüffung und Verärgerung zu erkennen.

«Wohin geht sie?», fragte Darko.

«Sie kommt gleich wieder.»

Tatsächlich, Sekunden später tauchte Manuela wieder im Bildbereich auf. Sie hielt Josip eng umschlungen. Der andere Mann zog sich zurück, blieb hinter dem Paar, als ob er auf eine nächste Gelegenheit lauerte.

«Der will was von ihr», sagte Darko.

«Richtig», sagte Stipe, «fragt sich nur, was.»

Sie liessen das Band weiterlaufen. Weitere Personen stiessen zu Josip und Manuela, und Selfies wurden gemacht. Das andere Mädchen mit den schwarzen Haaren tauchte neben dem lauernden Mann auf. Die beiden kamen ins Gespräch und gingen später aus dem Bild.

Stipe drehte am Geschwindigkeitsregler. Der Film lief eine ganze Weile im Zeitraffer vorwärts. Als er stoppte, war wieder nur

Manuela alleine am Strassenrand zu sehen. Sie schien frustriert zu sein und tippte nervös auf ihr Handy ein.

«Wo ist Josip?», fragte Darko.

«Das habe ich übersprungen», sagte Stipe. «Die haben sich gestritten, und sie hat ihn weggejagt.»

Der Film lief in Normalgeschwindigkeit weiter. Plötzlich stoppte eine dunkle Limousine vor ihr. Darko vermutete, dass es ein BMW war. Aus dem Kamerawinkel war das Kennzeichen nicht deutlich zu sehen. Ausserdem schien das vordere Nummernschild unkenntlich gemacht worden zu sein. Das Mädchen unterhielt sich kurz durch das offene Seitenfenster mit dem Fahrer, bis es schliesslich auf der Beifahrerseite einstieg.

«Interessant», murmelte Darko. «Hat die Polizei diese Sequenz gekriegt?»

«Nein.» Stipe grinste. «Wir haben denen nur ein paar Einstellungen geschickt bis zu der Stelle, wo sie mit Josip kurz aus dem Bild ging. Den ganzen hinteren Teil haben wir herausgeschnitten. Den Rest sollen sie selber herausfinden. Das beschäftigt sie eine Weile.»

«Wir müssen diesen Kerl finden», sagte Darko.

«Welchen meinst du? Der im Wagen oder derjenige, der hinter ihr stand.»

Stipe dachte kurz nach. «Vielleicht ist es ein und derselbe.»

«Du meinst, er schleppt zuerst die Schwarzhaarige ab und holt sich dann die andere?»

«Ist doch möglich.»

Stipe spulte zurück, bis er den Mann, der mit dem toten Mädchen gesprochen hatte, im Standbild hatte. Er tippte mit dem Finger auf den Bildschirm.

«Dieser Mann wird im Zusammenhang mit dem toten Mädchen von der Polizei gesucht», sagte er. «Es ging heute durch die Medien.»

«Ja, aber dann kann er sich doch nicht diese Manuela geschnappt haben», widersprach Darko. «Dazu hätte er keine Zeit. Es sind ja nur ein paar Minuten zwischen dem Moment, als er mit der anderen weggeht, und dem Moment, als diese Manuela bei ihm ins Auto steigt.»

«Stimmt», pflichtete Stipe ihm bei. «Aber es wäre doch möglich, dass er die Dunkelhaarige woanders hinfährt und absetzt. Vielleicht hatte er sie im Kofferraum versteckt, bevor er Manuela mitnahm.»

«Oder er hat das andere Mädchen bereits umgebracht, als er Manuela einsteigen liess», stimmte Darko ihm zu.

«Auch möglich. Es ist aber eindeutig, dass er sich an Manuela ranmachen wollte, bevor sie Josip traf. Warum?» Stipe gab sich die Antwort gleich selber. «Weil er etwas wollte. Die andere, die Dunkelhaarige, ist ihm später in die Quere gekommen. Und jetzt wird er von der Polizei gesucht.»

Darko hatte die ganze Zeit genickt, als Stipe sprach. «Wir müssen ihn finden. Er kann uns zu Manuela führen. Und es ist besser für uns, wenn das bald passiert.»

***

Als Dornach in sein Büro trat, lümmelte Pia mit verdriesslicher Miene auf seinem schwarzen Ledersofa und schaute sich YouTube-Musikvideos auf ihrem Handy an. Als sie ihn sah, warf sie ihm einen vorwurfsvollen Blick zu.

«Wie geht's dir?», fragte er vorsichtig.

«Super, danke, Paps. Du lässt mich hier ganz alleine schmoren, bis ich fast sterbe vor Untätigkeit und Langeweile.»

«Wo ist Jana?» Er wollte nicht näher auf ihr Gezeter eingehen.

«Weg.»

«Wie, weg?»

«Ja, weg halt, keine Ahnung. Sagte, sie müsse noch was überprüfen, ist mit ihrer BMW weggebraust und hat mich hier sitzen lassen.»

Er tippte Janas Nummer in sein Handy. Sie antwortete nach dem zweiten Klingelzeichen.

«Jana, wo steckst du?»

«Gegenüber dem Eingang des ‹Extasy›. Ich habe ein komisches Gefühl, dass heut noch was passieren könnt.»

«Gut, aber keine Alleingänge, hörst du?»

«Ich halte mich an unsere Abmachung. Du, wenn's der Pia

immer noch fad is, sag ihr, es tut mir leid, und ich revanchier mich bei ihr, okay?»

«Alles klar. Pass auf dich auf.»

«Wo ist sie?», fragte Pia, als er den Anruf beendet hatte.

«Irgendwo, wo du nicht sein solltest, Töchterchen.»

«Ach komm schon, Paps. Ihr sagt mir einfach nichts, und ich komme fast um vor Angst.»

Da fiel ihm ein, dass sie noch gar nicht über den Tod von Manuelas Mutter Bescheid wusste. Er setzte sich zu ihr auf das Sofa und sagte es ihr, so schonend er nur konnte. Einen Moment schien es, dass sie nicht verstanden hatte, was ihr Vater ihr da sagte, dann weiteten sich ihre Augen.

«Nadja? Aber wie? Warum?»

Dornach erzählte ihr, wie sie Nadja Bürki im Operationssaal aufgefunden hatten. Während sie ihrem Vater schweigend zuhörte, füllten sich ihre Augen mit Tränen. Als er fertig war, vergrub sie ihr Gesicht in beide Hände.

«Dann ist Manu ganz alleine. Und wenn sie der Entführer auch noch … Oh Paps! Manuela ist da draussen, und es geht ihr schlecht … sie wird sterben. Die ganze Familie, sie sind … tot!»

Sie schluchzte in das Kissen.

«Pia … Pia, hör zu, das wird nicht geschehen … Wir werden Manuela fin–»

«Ihr werdet gar nichts!», raunzte sie ihn an. «Ihr werdet zu spät sein, wie immer. Im Nachhinein wisst ihr erst, was zu tun ist.»

Sein Handy klingelte. «Geh doch ran! Sicher schon die nächste Leiche. Vielleicht haben sie ja Manuela gefunden», sagte sie dumpf und stiess seine Hand weg, die sie tröstend streichelte. Er sah auf das Display. Es war Sebi Tschanz.

«Dominik, wo bist du?»

«Im Büro», sagte er leise und trat in den Korridor.

«Gut, ich dachte, du bist noch unterwegs. Ich komme zu dir. Wir haben vielleicht einen Durchbruch.»

«Sicher?»

«Ja, ich denke, wir kommen heute Abend einen guten Schritt weiter.»

«Gut, wir treffen uns gleich hier. Kannst du Google, Karin

und Christian Bescheid sagen? Mike ist noch in Bern, und ich brauche noch ein paar Minuten.»

Er ging zurück in sein Büro. Pia weinte immer noch, aber sie schien sich etwas beruhigt zu haben.

«Pia, es gibt Neuigkeiten, vielleicht kommen wir einen Schritt weiter. Du kannst hierbleiben, aber du musst dich ruhig verhalten.»

«Echt jetzt?»

«Ja, echt.»

«O... Okay ... Danke.» Ihre dunklen Augen schauten ihn etwas beschämt an. «Es ... es tut mir leid, Paps. Ich meine, was ich vorhin gesagt haben, von wegen, dass ihr zu spät seid und so ...»

«Schon vergessen.» Er schob seinen Zeigefinger unter ihr Kinn. «Aber ich glaube, du willst dich sicher noch etwas frisch machen, oder sollen dich die Kollegen so verheult sehen?»

«Shit!» Sie sprang zum Wandschrank mit dem Waschbecken.

***

Karin war die Erste, die am Sitzungstisch Platz nahm. Während sie mit Dornach auf die anderen wartete, berichtete sie, dass sie den amourösen Gefährten von Ayse Özdal ausfindig gemacht hatte. Er hiess Lorenzo Bucher, ein Lehrling aus Grenchen. Am Donnerstagabend war ihr erstes gemeinsames Date, das von Ayses Bruder Kemal brutal unterbrochen wurde. Lorenzo hatte aus Angst vor Kemal Ayse alleine gelassen, nachdem sie den Club verlassen hatten.

«Hat er ein Alibi?»

«Er hat vor dem ‹Extasy› Freunde getroffen, mit denen er sich später in Biel in einigen Bars herumtrieb.» Karin zuckte mit den Schultern. «Einige Alibis habe ich bereits geprüft. Die sind so weit dicht. Lorenzo macht sich die grössten Vorwürfe, weil er Ayse sich selbst überlassen hatte. Wäre er bei ihr geblieben, würde sie noch leben.»

Inzwischen hatte sich der Rest des Teams versammelt. Die Anspannung der letzten drei Tage war allen anzusehen. Dazu kam, dass Maja an allen Enden fehlte.

Pia erklärte sich bereit, etwas Essbares zu organisieren, und verschwand in ein anderes Büro, um die Bestellungen aufzugeben.

«Warten wir auf die Staatsanwältin?», fragte Google.

Dornach schüttelte den Kopf. Er hatte Casagrande zu Hause abgesetzt und ihr das Versprechen abgenommen, dass sie sich ausruhe. Sie war mitgenommen vom Gespräch auf dem Berg und von Janas Geschichte, die er ihr geschildert hatte.

«Sie kommt später. Tragen wir doch erst mal alles zusammen. Fang an, Sebi.»

Tschanz hatte den Inhalt von Bürkis Smartphone auf sein Notebook geladen. «Wir haben uns intensiv mit Dr. Bürkis ausgehenden Nachrichten beschäftigt. Und siehe da.»

Auf dem Bildschirm wurde eine SMS-Nachricht angezeigt. Es waren nur vier Worte: «Ich habe es getan!»

«Was meinte sie damit?»

«Diese Meldung wurde etwa zwei Stunden nach dem Eingang des Videoclips des Entführers abgeschickt, und das entspricht in etwa dem Zeitraum ihres Todes. Das heisst, dass Bürki diese Nachricht unmittelbar vor ihrem Selbstmord abgeschickt haben muss. Und jetzt seht euch mal die Empfänger-ID an.»

Er scrollte das Bild hoch.

«Eine +66-Nummer? Welche Landesvorwahl ist das?»

«Thailand, und jetzt kommt's: Es ist dieselbe Nummer wie die des Absenders des Videoclips.»

«Heisst das, der Entführer sitzt in Thailand?», fragte Karin entgeistert.

«Nicht zwingend», konterte Tschanz.

«Sebi, spann uns nicht auf die Folter», drängte Dornach.

«Die Nummer gehört zu einer SIM-Karte des Providers AIS GSM in Bangkok. Die nette Dame dort sagte mir, dass ich eigentlich eine offizielle Anfrage stellen müsste. Nachdem ich ihr von meinen letzten Ferien in Thailand erzählt und das gute Essen und die schönen Thailänderinnen in den Himmel gelobt habe, hat sie mir verraten, dass es sich bei der Nummer um eine Prepaidkarte handelt. Die kann man an jedem Kiosk kaufen und gleich verwenden, sofern genügend Guthaben drauf ist.»

«Und?»

«Diese Prepaidkarten sind auch im Ausland verwendbar. Ich meine, ausserhalb von Thailand.»

«Der Entführer sitzt also in der Schweiz und telefoniert und versendet seine Nachrichten mit einer thailändischen SIM-Karte, um seine Spuren zu verwischen?», fragte Dornach.

«Bingo.»

«Hast du auch herausgefunden, wann und wo genau die Karte gekauft wurde?»

«Ja, als ich sie mal angezapft hatte, verwandelte sich die nette AIS-Lady in einen sprudelnden Quell der Information und war nicht mehr zum Versiegen zu bringen. – Die Karte wurde in einem AIS-Kiosk am Suvarnabhumi International Airport in Bangkok erstanden, und zwar am 15. März um zweiundzwanzig Uhr fünfunddreissig.»

«Die wurde nicht zufälligerweise mit Kreditkarte bezahlt?», unterbrach ihn Dornach hoffnungsvoll.

Tschanz hob bedauernd die Hände. «Tut mir leid, da endet unsere Glückssträhne. Der Käufer hat bar in thailändischen Baht bezahlt.»

«Wäre ja auch zu schön gewesen», murrte Google.

«Aber wir haben immerhin etwas», sagte Dornach.

«Meinst du?» Google war skeptisch. «Was willst du denn mit dieser Information anfangen? Wir können ja nicht alle Leute hier befragen, ob sie zum Zeitpunkt des Kaufs zufälligerweise in Bangkok gewesen sind.»

«Das nicht, aber wir können anfangen, unsere bisherigen Vermutungen zu hinterfragen», konterte Dornach. «Nach dem, was Nadja Bürki gestern bei der Befragung durch Angela erzählt hatte, kamen für mich nur die Serben in Frage.»

«Und diese Hypothese stützt du jetzt nicht mehr?», fragte Tschanz.

«Sagen wir, sie rückt etwas in den Hintergrund.»

«Inwiefern?»

«Insofern, als ich mich frage, weshalb diese Serben sich die Mühe machen sollten, eine SIM-Karte in Thailand zu beschaffen, um mit Manuelas Mutter zu kommunizieren. Weshalb nicht einfach irgendeine europäische Karte nehmen, die den gleichen Zweck erfüllt?»

«Vielleicht, um eine falsche Fährte zu legen», meldete sich Google.

«Möglich. Aber ich finde es trotzdem ungewöhnlich. Und ich meine, weshalb sollten sie Nadjas Leben für Manuela fordern? Was haben sie davon?»

«Wie meinst du das?», fragte Karin. «Rache für einen Verrat natürlich.»

«Schon, aber Bürki war eine wichtige Quelle für die Organbeschaffung für diese Leute. Du findest nicht so viele kompetente Ärzte, die bereit wären, so etwas zu tun. Warum das Huhn schlachten, das die goldenen Eier legt, wenn man es mit der Drohung gegen das Küken gefügig machen kann?»

«Wenn die Organmafia nicht in Manuelas Entführung involviert ist», brachte sich Christian ein. «Wer kommt dann in Frage?»

«Ich tippe auf jemanden, der einen Bezug zu Bürkis Tätigkeiten als Transplantationschirurgin hat», antwortete Dornach bestimmt.

«Aber warum nur die? Warum nicht ein frustrierter Liebhaber? Der Ex-Ehemann? Oder der Nachbar, weil sie vielleicht seinen Goldhamster vergiftet hat. Was wissen wir? Wir müssten das in die Ermittlungen einbeziehen», konterte Google.

«Das machen wir auch, aber denk doch mal daran, was der Entführer in der Videonachricht an Bürki gesagt hat: ‹Deine Tochter ist verdammt für das, was du angerichtet hast.› Klar, das könnte auch ein frustrierter Liebhaber sein, aber mein Bauchgefühl sagt, dass der Schlüssel dazu in dieser unseligen Organschieberei liegt.»

«Das heisst, wir fokussieren unsere Ermittlungen auf das berufliche Umfeld der Ärztin?», resümierte Google.

«Ja, wir lassen dabei natürlich unsere serbischen Freunde nicht aus den Augen», ergänzte Dornach. Er rieb sich mit beiden Händen über das Gesicht. «Sebi, die Stimme im MMS war eindeutig männlich, nicht?»

«Ganz klar.»

«Akzent?»

«Nach Klangmelodie und Wortmodulation zu schliessen eindeutig Deutschschweizer, auch wenn er hochdeutsch gesprochen hat.»

«Kein Zweifel möglich?»

«Dafür lege ich meine Hand ins Feuer.»

«Und er hat die Karte am Flughafen gekauft. Das heisst, er ist entweder dort angekommen, oder er wollte abfliegen. Sonst hätte er diese Karte irgendwo in der Innenstadt kriegen können.»

«Vermutlich abgeflogen», konterte Tschanz, «um Mitternacht herum gehen die meisten Flüge ab Bangkok nach Europa.»

«Also gut.» Dornach wandte sich an Google. «Rolf, kannst du …»

Google hob die Hände. «Ich weiss schon: Alle Deutschschweizer auf den abgehenden Flügen ab Bangkok in der Nacht vom 15. auf den 16. März prüfen. Das kann dauern, Dominik.»

«Fang einfach mal mit den direkten Flügen nach Zürich an. Das sind meines Wissens nur zwei Gesellschaften, Thai und Swiss, wobei die Swiss, glaube ich, um die Mittagszeit dort abfliegt. Also käme nur Thai Airways in Frage. Vielleicht hast du Glück und hast gleich einen Treffer. Wenn nicht, nimmst du dir die anderen vor.»

Google nickte seufzend und wollte schon aufstehen, als Lüthi mit Pia im Schlepptau ins Büro trat. Unter allgemeinen Beifallsbekundungen trug Pia einen riesigen Plastiksack mit flachen Kartonschachteln herein, und sofort füllte der Duft nach Teig, Kräutern, Käse und Schinken den Raum. Google schnappte sich zwei Stück Pizza und wollte in sein Büro zurückkehren, um sich mit den Recherchen in den Fluggesellschaften zu befassen, als Tschanz ihn zurückhielt.

«Wart noch schnell. Vielleicht kannst du die Suche etwas vereinfachen. Seht euch das rasch an.» Er tippte etwas in sein Notebook.

Dornach legte die Akte der Klinik «Zur Matte», die ihm Lüthi in die Hand gedrückt hatte, ungesehen auf seinen Arbeitstisch, wo Pia es sich mit einem Stück Pizza bequem gemacht hatte, und setzte sich neben Tschanz. Google stand kauend hinter ihnen.

«Hertz hat mir soeben die Videos aus dem Schalterbereich ihrer Filiale im Flughafen Kloten übermittelt.»

Während Tschanz das Video in etwa auf die Zeit vorspulte, die von Hertz als Ausmietungszeit des Ducato angegeben wurde, sah Dornach zu Pia hinüber, die ebenfalls an einem Pizzastück knabberte und in der Akte blätterte, die er dort hingelegt hatte.

«Pia, das sind vertrauliche Unterlagen, leg sie bitte weg.»

Mit entschuldigendem Blick schob sie die Papiere von sich. Als sie sah, dass ihr Vater wieder intensiv auf den Bildschirm blickte, zog sie das Dossier wieder zu sich.

«Da», sagte Tschanz, «das ist er.» Auf dem Bildschirm war ein Mann mit Vollbart und Baskenmütze zu erkennen, der an den Schalter trat. «Das müsste Draghetti sein.»

Die Mütze und der Bart verdeckten das Gesicht, sodass man nicht viel erkennen konnte.

«Komm schon», sagte Dornach ungeduldig. «Schau hoch.»

Das tat der Mann auf dem Video schliesslich. Für einen Bruchteil einer Sekunde konnte man sein Gesicht erkennen. Tschanz fixierte das Bild, und Dornach verschluckte sich fast an seiner Pizza.

«Das ist doch …»

«Paps.»

Etwas genervt drehte sich Dornach zu Pia um, die ihn mit grossen Augen anschaute und die Krankenakte in der Hand hielt.

«Ich habe dir doch gesagt, die Akten sind vertraulich. Warum …?»

Sie schüttelte heftig den Kopf, als wollte sie seine Bemerkung wegwischen. «Hör mir doch zu, Paps. Welchen Namen habt ihr vorhin erwähnt?»

«Draghetti?»

«Ja, der steht hier in der Akte.»

«Was?»

«Hier steht er.» Pia zeigte ihm die Stelle. Dornach las das eingeheftete Formular.

«Ich glaub's nicht.»

***

Die Kolonne mit sechs Einsatzfahrzeugen, die mit Blaulicht und Sirene über die Rötibrücke, am Bahnhof vorbei, auf der

Luzernstrasse stadtauswärts Richtung Wasseramt raste, erregte Aufsehen. Die anderen Fahrzeuge stoben vor dem Blaulichtgewitter auseinander und blieben noch einige Sekunden stehen, nachdem die Einsatzwagen vorbeigezogen waren.

Verbissen steuerte Dornach seinen Volvo hinter einem Einsatzwagen her. Zwei Dinge machten ihm zu schaffen. Das erste war der Schock, als er realisiert hatte, dass Dr. Marco Gerold den Fiat Ducato unter falschem Namen gemietet hatte. Nachdem Sebi Tschanz den Bart wegretuschiert hatte, bestand kein Zweifel mehr daran. Den endgültigen Beweis dafür lieferte Pia, als sie ihm die Krankenakte gezeigt hatte. Draghetti war der Mädchenname der Mutter des kleinen Luca, dessen Tod sich Nadja Bürki auf das Gewissen geladen hatte. Der Vater hiess Marco Gerold. Es genügte für einen Haftbefehl und einen Durchsuchungsbeschluss, die Casagrande im Eilverfahren ausgestellt hatte. Sie sass auf dem Beifahrersitz und war ebenso wenig gesprächsfreudig wie er.

Was ihn noch beschäftigte, war die heftige Auseinandersetzung, die er mit Pia hatte, bevor der Polizeikonvoi von der Schanzmühle wegfuhr. Sie wollte natürlich unbedingt mit. Die Hoffnung, Manuela im Haus von Gerold zu finden, war unbändig, und sie hatte ihm eine Szene gemacht, als er ihr das energisch verweigerte. Es ging so weit, dass er ihr ernsthaft androhte, sie in Sicherungsverwahrung zu nehmen, wenn sie ihr Theater nicht sofort beendete. Er bereute das mit dem Theater, gleich nachdem er es ausgesprochen hatte. Jetzt schmollte sie in der Schanzmühle, aber diese Baustelle musste warten.

Hinter den Fenstern der Einfamilienhäuser am Hofweg in Recherswil gingen die Lichter an, als die Anwohner realisierten, dass sich in der Realität draussen etwas Spannenderes abspielte als das gewohnte Samstagabendprogramm am Fernsehbildschirm. Gerolds Haus war das einzige, in dem kein Licht brannte. Es blieb auch dunkel, nachdem Dornach zweimal geklingelt hatte. Lüthi, Christian und Karin umrundeten währenddessen das Anwesen und suchten nach offenen Zugängen. Das Tor der Garage war verriegelt, aber Gerolds schwarzer BMW stand auf dem Vorplatz. Dornach läutete kurzerhand so lange Sturm, bis durch die Milchglasscheibe der Eingangstüre eine Bewegung zu erkennen war.

Plötzlich erhellte sich der Korridor im Innern, während zwei Aussenlampen gleichzeitig den Vorplatz mit beinahe taghellem Licht fluteten. Marco Gerold öffnete die Tür im Morgenmantel, den er über seinen Schlafanzug geworfen hatte.

«Frau Casagrande, Herr Dornach, was ... was soll das? Was wollen Sie hier um diese Zeit?»

Casagrande hielt ein Dokument in die Höhe. «Dr. Marco Gerold, das ist ein Durchsuchungsbeschluss für Ihr Haus und Ihre Arbeitsräume in der Psychiatrischen Klinik in Langendorf. Ausserdem ...», sie reichte ihm das andere Dokument, «... habe ich einen Haftbefehl gegen Sie. Ich verhafte Sie wegen des dringenden Verdachts des Mordes an dem Journalisten Walter H. Lötscher, der Erpressung und schweren Nötigung von Dr. Nadja Bürki sowie wegen der Entführung ihrer Tochter Manuela Bürki.»

Dornach beobachtete aufmerksam die Reaktion des Psychiaters. Scheinbar gefasst las er die beiden Dokumente aufmerksam durch, bevor er sie Casagrande zurückgab.

«Sagen Sie, das soll wohl ein Witz sein. Sie kommen mitten in der Nacht und überfallen mich mit derart abstrusen Anschuldigungen in meinem eigenen Haus.»

«Herr Gerold.» Casagrande steckte die Dokumente in die Innentasche ihres Mantels. «Glauben Sie mir, ich kann mir Angenehmeres für meinen Zeitvertreib am Samstagabend vorstellen, als mich mit Ihnen abzugeben. Bitte geben Sie den Eingang frei, damit die Beamten ihre Arbeit machen können.»

«Ich protestiere. Hier kommt keiner herein, bevor ich nicht meinen Anwalt –»

«Sie können Ihren Anwalt gerne jetzt anrufen», unterbrach ihn Casagrande scharf, «in der Zwischenzeit beginnen wir mit der Durchsuchung. Es wäre für Sie allerdings günstiger und für uns einfacher, wenn Sie kooperieren. Vorab können Sie uns schon mal eine Frage beantworten: Wo halten Sie Manuela Bürki fest?»

«Was soll das?», blaffte Gerold zurück. «Ich kenne keine Manuela Bürki. Nie von ihr gehört. Was phantasieren Sie da?»

Casagrande und Dornach warfen sich einen kurzen, verständigenden Blick zu.

«Kommen Sie, Herr Gerold», sagte Dornach. «Wir nehmen Sie mit zur Befragung nach Solothurn.»

«Ich weigere mich. Das sind Gestapo-Methoden!», rief Gerold so laut, dass es sicher auch einige Nachbarn hörten.

«Gerold, es ist ganz einfach. Entweder Sie kommen aus freien Stücken, oder ich lasse Ihnen Handschellen anlegen», sagte Dornach ungerührt.

Gerold reagierte schnell. Er versetzte Casagrande, die schon mit einem Fuss im Eingangskorridor stand, einen Stoss, sodass sie hart gegen die Tür prallte und auf dem Boden aufgeschlagen wäre, wenn Dornach sie nicht gehalten hätte. Hinter Dornach rückte Christian mit gezogener Waffe vor und stoppte die schwere Türe, bevor sie ins Schloss fiel. Nach einem kurzen Handgemenge war Gerold überwältigt und wurde in Handschellen zu einem Einsatzwagen geführt, der sofort losfuhr.

«Bist du in Ordnung?», fragte Dornach Casagrande, die sich die Seite rieb.

«Geht schon, danke. Das gibt wohl einen blauen Fleck.» Sie winkte die wartenden Beamten herein. «Ihr wisst, was ihr zu tun habt.»

Dornach wies Lüthi und Karin an, alle Kellerräume gründlich zu durchsuchen. Es war nur eine kleine Hoffnung, aber immerhin die, dass Gerold Manuela irgendwo im Haus versteckt hielt. Er selber sah sich in Küche, Wohnzimmer und Gerolds Arbeitsraum um. Trotz der geschmackvollen Einrichtung machte das Haus einen leblosen Eindruck auf ihn. Alles war peinlich sauber und aufgeräumt. Er strich mit behandschuhten Fingern über das oberste Brett eines Bücherregals. Kein Stäubchen blieb haften. Er konnte sich nicht vorstellen, dass der Psychiater selber im Haushalt Hand anlegte. Vermutlich hatte er dafür eine Zugehfrau. Er fand keinen Hinweis auf weitere Bewohner. Weder typische Frauenutensilien noch Kinderspielsachen lagen herum. Gerold lebte offenbar alleine hier. Dornach hatte ihn nach Pias Entdeckung überprüfen lassen: Er war Witwer, seine Frau war letzte Weihnachten gestorben. Dornach beschlich ein beklemmendes Gefühl der Seelenlosigkeit.

Lüthi und Karin kamen vom Keller hoch, und beide schüttelten den Kopf, als er sie fragend anblickte.

«Nichts, alle Räume leer und sauber aufgeräumt. Es gibt weder versteckte Kammern noch Nischen oder Falltüren. Wir sehen uns noch mal draussen um», sagte Lüthi.

«Gut, ich fahre in die Schanzmühle und knöpfe mir Gerold vor.»

Als er über die Zufahrt zu seinem Wagen ging, stand Casagrande mit einem brennenden Zigarillo in der Hand an der Strasse.

«Du rauchst?»

«Hast du ein Problem damit?», fragte sie schärfer als beabsichtigt zurück.

Er machte eine abwehrende Geste. «Gott bewahre. Ich habe dich einfach noch nie rauchen gesehen.»

«Vor zwei Jahren habe ich damit aufgehört, und heute fange ich wieder an.»

«Irgendein besonderer Anlass?»

«Es ist, weil … ach, ich weiss nicht. Lassen wir das.» Sie machte eine wegwerfende Handbewegung.

«Ich fahre zurück und nehme Gerold in die Mangel. Kommst du mit?»

«Sicher.» Sie drückte ihren Zigarillo sorgfältig aus und steckte mangels Aschenbecher den Stummel in eine leere Blechschachtel, die sie in ihrer Handtasche verstaute.

Auf der Fahrt in die Stadt blieb sie wortkarg.

«Geht's? Hast du Schmerzen vom Sturz vorhin?», fragte Dornach, der spürte, dass etwas an ihr nagte. Sie machte eine verneinende Grimasse. «Angie, wenn du mir was sagen willst … Ich hätte ein paar Minuten Zeit, während wir fahren.»

«Was meinst du?», fragte sie ausweichend und schaute durch das Seitenfenster, als sie das nächtliche Derendingen durchquerten.

«Angie, komm schon. Seit unserem … Disput auf dem Berg vorhin bist du nicht mehr die Alte. Bist du immer noch wütend auf mich? Dann sag's mir.»

Es dauerte eine Weile, bis sie den Kopf zu ihm drehte und ihn von der Seite ansah.

«Nein, ich bin nicht wütend auf dich, Dominik. Ich bin wütend auf mich, wegen meiner Unbeherrschtheit von heute Nachmittag. Ich habe mich völlig danebenbenommen.»

«Ich weiss nicht, wovon du sprichst.»

«Du nicht, ich schon. Du hattest recht: Ich habe mich wirklich aufgeführt wie eine eifersüchtige Matrone. Dazu hatte ich kein Recht. Ich weiss nicht, was für ein Teufel mich geritten hat. Ich könnte mich ohrfeigen wegen dem, was ich über Jana gesagt habe. Als du mir ihre Geschichte erzählt hast … ich fühle mich so primitiv und dumm.» Sie vergrub den Kopf in beide Hände. Für einen Augenblick dachte Dornach, sie würde wieder weinen. Aber als sie wieder aufblickte, waren ihre Augen trocken. «Dominik, ich war immer froh darüber, dich als Freund zu haben und dass wir so gut zusammenarbeiten und alles professionell handhaben. Das vorhin auf dem Berg, das war so … so idiotisch von mir.»

«Es war ja auch meine Schuld, Angie. Ich habe dir damit viel zugemutet. Ich kann verstehen, dass dein Temperament mit dir durchgegangen ist. – Also nicht, dass ich das jeden Tag haben müsste.» Er lächelte schief. «Ich verstehe deine Eifersucht auch … irgendwie.»

«Wie meinst du das?», fragte sie verblüfft.

«Wir haben nie zusammen darüber gesprochen, aber jetzt hast du es gerade gesagt: Du willst, dass wir ein gutes professionelles Verhältnis haben und privat gute Freunde sind. Glaub mir, Angie, daran liegt mir auch sehr viel, denn ich mag dich sehr. Unter anderen Umständen könnte ich mir unsere Beziehung anders vorstellen … intimer. Aber wir sind zu sehr Profis, als dass wir uns Illusionen machen. Ich konnte dich heute Nachmittag gut verstehen. Du fühltest dich von mir hintergangen.» Er berührte ihren Arm. «Es tut mir aufrichtig leid, dass ich dich enttäuscht habe und dass du dich jetzt deswegen schlecht fühlst. Ich will, dass du das aus der richtigen Perspektive siehst und dir nicht die ganze Zeit selber Vorwürfe machst. Für mich bist du ein wichtiger, wertvoller Mensch. Ich wünsche mir nichts mehr, als dass es so bleibt.»

Sie standen auf dem Hauptbahnhofplatz vor einem Rotlicht. Es fühlte sich lange an, bevor die Ampel auf Grün wechselte. Als er wieder anfuhr, brach sie ihr Schweigen.

«Meinst du das wirklich?»

«Was?»

«Das mit uns und mit der intimen Beziehung, die du dir mit mir vorstellen könntest?»

«Sonst würde ich es dir nicht sagen. Tust du mir bitte einen Gefallen, Angie?»

«Welchen?»

«Versöhn dich wieder mit dir selber.»

***

Dornach liess Gerold über eine halbe Stunde im Vernehmungszimmer schmoren, bevor er sich ihm gegenübersetzte. Er hatte mit Casagrande vereinbart, dass er vorerst mit ihm alleine sprechen würde, bevor sie dazukam. Eine innere Stimme tadelte ihn für die Genugtuung, die er dafür empfand, diesen arroganten Kerl in die Mangel zu nehmen. Julia Götschi, eine uniformierte Beamtin, setzte sich neben Dornach und war bereit, das Vernehmungsprotokoll zu tippen. Die Wartezeit hatte Gerold unsicher und aggressiv gemacht. Das war Dornachs Absicht. Aggressive Menschen lassen sich leichter aus der Reserve locken.

«Was soll das, Dornach? Zuerst verschleppen Sie mich bei Nacht und Nebel aus meinem Haus, und jetzt lassen Sie mich hier schmoren wie einen gemeinen Verbrecher. Ich bin steuerzahlender Bürger und habe ein Anrecht auf respektvolle Behandlung.»

«Wenn wir gerade von respektvoller Behandlung sprechen, Dr. Gerold, schauen Sie sich doch mal diese Fotos an.»

Er legte zwei Hochglanzbilder vor Gerold hin. Das eine zeigte den verstümmelten Körper von Walter Lötscher, das zweite war ein Bild der toten Nadja Bürki.

«Was soll das?», fragte Gerold. «Wer sind diese Leute?»

«Muss ich Ihnen das wirklich erklären?» Dornach hielt ein Foto in die Höhe.

«Das ist Walter Lötscher. Sie haben ihn überfallen und verstümmelt, bevor Sie ihn beim Ritterquai an der Aare haben liegen lassen.» Bevor Gerold antworten konnte, hielt Dornach Bürkis Foto hoch.

«Dr. Nadja Bürki, Chirurgin und Chefärztin am Bürgerspital. Erkennen Sie Ihre Kollegin etwa nicht mehr?»

«Klar kenne ich Nadja Bürki. Auf der Aufnahme sieht sie anders aus. Sie … sie … Ist sie tot?»

«Ja, das ist sie, Dr. Gerold. Sie hat sich umgebracht, weil Sie sie in den Tod getrieben haben.»

Gerold spielte weiterhin den Empörten. «Sie erwarten doch nicht ernsthaft, dass ich auf diese Anschuldigungen antworte. Ich habe ein Alibi für die Tatzeiten.»

Dornach lächelte.

«Ich habe Sie doch gar nicht nach Ihren Alibis gefragt, Herr Doktor. Wissen Sie, warum? Weil ich sie nicht brauche. Wir können der Staatsanwaltschaft genügend eindeutige Indizien übergeben, um Anklage gegen Sie zu erheben.»

Dornachs Rechnung schien aufzugehen, denn Gerolds Mundwinkel zuckten leicht. Auf seiner Stirn bildete sich ein dünner Schweissfilm.

«Wissen Sie was?», zischte er, «ich sage gar nichts mehr. Sie wollen mir eine komplett absurde Geschichte anhängen, mit der ich überhaupt nichts zu tun habe. Ohne meinen Anwalt kriegen Sie kein Wort aus mir heraus.»

«Das ist Ihr gutes Recht», erwiderte Dornach achselzuckend. Er stand auf und beugte sich über Gerold.

«Wo halten Sie Manuela Bürki versteckt?»

Gerold verschränkte die Arme und presste die Lippen aufeinander. Es klopfte kurz an der Tür, und Karin steckte ihren Kopf herein. Sie bedeutete Dornach, dass er kurz rauskommen sollte. Sie drückte ihm zwei Plastiktüten in die Hand. Die eine enthielt ein Handy, die andere einen Reisepass.

«Er macht es uns einfach», sagte sie mit einem triumphierenden Lächeln. «Hier sein Handy, sieh mal.» Es war kein Smartphone, sondern ein herkömmliches Gerät mit Kamerafunktion. Karin rief das Verzeichnis der ausgehenden Anrufe auf.

«Er hat sich nicht einmal die Mühe genommen, die ein- und ausgehenden Anruflisten zu löschen. Hier, das sind Handy- und Festnetznummern von Nadja Bürki. Die Anrufzeiten stimmen überein mit den Zeiten, die wir auf ihrem Handy gefunden haben. Die Seriennummer der SIM-Karte stimmt mit derjenigen überein, die am 15. März in Bangkok gekauft wurde.»

«Wo habt ihr das Handy gefunden?»

«Kinderleicht, in einer Wandnische hinter seinem Bücherregal.»

«Kinderleicht?», fragte Dornach halb belustigt. «Darauf muss man zuerst einmal kommen. Das ganze Haus sah so ordentlich und aufgeräumt aus. Wessen Idee war das?»

«Ähm, meine», sagte sie verlegen. «Ich habe angefangen, die Bücher aus den Regalen zu räumen. Dahinter habe ich eine Stelle an der Wand entdeckt, die nicht mit dem übrigen Verputz harmonierte. Als ich draufdrückte, hat es sich bewegt. Es war eine Platte, die auf Druck heraussprang. Dahinter fand ich das Zeugs.»

Dornach sah sie lange an, während ihre Ohren rot anliefen. «‹Gute Arbeit, Karin› vermag nicht annähernd auszudrücken, was ich darüber denke.» Er zeigte auf die andere Tüte. «Was ist mit dem Pass?»

Sie reichte ihm eine fotokopierte Seite.

«Der Pass gehört auch Gerold. Hier, das ist die letzte Seite mit den Visastempeln. Und das …», sie tippte auf den untersten dreieckigen Stempel auf dem Papier, «das ist ein thailändischer Ausreisestempel. Sieh dir das Datum an.»

Dornach hielt das Papier mit dem blauen Stempel ins Licht. Die Farbe war nicht sehr kräftig. Im Licht konnte er das Datum eindeutig sehen: Es war der 15. März.

«Wir haben im Geheimfach auch Buchungsbelege für die Tickets gefunden», sagte Karin. «Sie stimmen ebenfalls mit den Daten überein. Ich glaube, wir haben ihn, Dominik.»

Dornach knallte Handy und Pass vor Gerold auf den Tisch.

«Es ist alles da, Herr Gerold, und es reicht.» Gerold sagte nichts. Dornach nickte der Protokollführerin zu, die ihm eine Akte hinüberreichte. «Diese Krankenakte wurde uns von der Klinik ‹Zur Matte› per Beschluss der Berner Staatsanwaltschaft übergeben. Die Information über Luca haben wir aus Nadja Bürkis Abschiedsbrief.»

Gerold blickte auf und sah Dornach fragend an.

«Ja aber woher wusste sie, dass ich …?»

«Dass Sie was? Dass Sie sie bedroht hatten?»

Gerold senkte den Blick, und Dornach machte eine gleichgültige Bewegung. «Sie wusste nicht, dass Sie es waren. Aber Luca lastete schwer auf ihrem Gewissen. Sie hat zugegeben, dass sie die Testergebnisse für die Explantation Ihres Sohnes manipuliert hatte, und sie hatte grosse Gewissensbisse, weil sie Sie und Ihre Frau unter Druck gesetzt hatte, Luca für die Organspende freizugeben. Als die Mafia vermeintlich ihre Tochter entführte, konnte sie nicht mehr.»

Dornach machte eine Pause. Für einen Moment war es still im Raum. Gerold hatte sich wieder gerade hingesetzt. Sein Blick war stumpf und sein Atem schwer.

«Meine Frau war am Boden zerstört. Sie hatte Luca so geliebt. Er war ihr Augapfel. Sie machte sich Vorwürfe, weil sie nur einen Moment nicht aufgepasst hatte. Als der Unfall geschah, an jenem Sonntagmorgen, es war Lucas Geburtstag, da waren wir noch im Bett, und wir ...» Gerolds Stimme brach. Für einen Moment sagte er nichts und seine Schultern bebten. «Luca, er ... er wollte nicht warten, bis wir aufgestanden waren.» Er schlug beide Hände vor das Gesicht. «Er fuhr mit dem Velo auf die Strasse. Grazia, sie ... sie war untröstlich. Sie konnte es sich nie verzeihen ... und mir auch nicht. – Dr. Bürki hat uns von Anfang an keine Hoffnung gemacht. Nach einer Woche eröffnete sie uns, dass Luca hirntot sei. Grazia, sie ... sie brach zusammen. Die Ärztin liess uns keine Zeit und wollte uns sofort dazu bringen, Luca für die Organspende freizugeben. Ich war dagegen. Grazia konnte keine klaren Entscheide mehr treffen.»

Er seufzte tief und liess Kopf und Schultern hängen. Dornach überraschte die Veränderung, die in dem bis anhin so arroganten Mann vorging.

«Was passierte dann?», fragte er ruhig.

«Die Bürki hat uns bearbeitet. Und nicht nur sie alleine. Mit vier Kollegen kam sie angetanzt, um uns zu überzeugen. Sie haben uns Fotos von Kindern gezeigt, die ohne Lucas Organe sterben würden. Grazia weigerte sich. Sie wollte, dass Luca gerettet wird. ‹Er ist nicht tot, er lebt. Ich spüre es›, sagte sie immer. Professor Bürki hat ihr immer wieder erklärt, dass nur die Maschinen Luca am Leben erhielten. Die Ärzte liessen nicht locker. Sie kochten uns weich, bis wir schliesslich beide unterschrieben.» Er machte wieder eine längere Pause.

«Fahren Sie bitte fort», sagte Dornach.

«Es war furchtbar. Wir durften nicht mehr zu Luca. Sie hatten ihn bereits in den Operationssaal verlegt. Wir … wir konnten uns nicht einmal mehr von ihm verabschieden.» Die letzten Worte brachen unter Tränen aus Gerold hervor. Dann sah er Dornach wieder an. «Es war grausam, Herr Dornach. Einfach barbarisch und grausam.»

«Was war grausam?», fragte Dornach.

«Als sie Luca freigaben, war er nur noch eine leere Hülle. Sie hatten ihn komplett ausgenommen. Nicht nur Herz, Leber und Nieren, sondern auch die Lungen, die Haut, die Augen, einfach alles haben sie ihm genommen. Es war nicht mehr Luca, den wir bestatteten. Daraufhin musste meine Frau das erste Mal in psychiatrische Behandlung.»

«Und Sie?», fragte Dornach.

«Ich war leer, verstehen Sie? Später sah ich im Fernsehen einen Film über eine Explantation eines fünfzehnjährigen Mädchens. Bis zu fünf Ärzte weideten das arme Kind aus wie ein erlegtes Tier. Und wissen Sie, was das Schrecklichste war? Das Mädchen war dabei die ganze Zeit am Leben. Die Herzschläge waren auf dem Monitor zu sehen und zu hören, während sie ihm die Leber und die Nieren herausnahmen. Erst als sie das Herz entnommen hatten, durfte es endlich sterben. Ich stellte mir vor, dass wir zuliessen, dass sie das Gleiche mit unserem Luca machten. Wir haben es diesen Barbaren, die sich Ärzte schimpfen, erlaubt, sich an unserem Kind zu vergreifen und es abzuschlachten.» Die letzten Worte schrie er aus sich heraus.

Dornach sagte nichts. Julia Götschi hatte für einen Moment aufgehört mitzuschreiben. Dornach hörte, wie sie sich diskret schnäuzte. Sie war erst vor Kurzem Mutter geworden.

«Dank Luca konnten einige andere Kinder gerettet werden, die sonst gestorben wären», versuchte Dornach vorsichtig zu argumentieren.

«Zu welchem Preis, frage ich Sie», antwortete Gerold. Die

nächsten Worte spuckte er in einer Verächtlichkeit aus, die Dornach selten gehört hatte. «Diesen Schlachtern in weissen Kitteln geht es nicht um die Menschen. Denen ist es doch egal, ob und wem sie das Leben retten. Sie gieren nach Ruhm, Ansehen und dem Geld, das sie dabei verdienen können. Nadja Bürki war eine der Schlimmsten, ein raffgieriges Monster.»

Auch wenn es ihm schwerfiel, konnte Dornach Gerolds Wut über die Ärzte verstehen. Nadja Bürki war für ihn zwar kein Ungeheuer im weissen Kittel, aber sie hatte sich auf etwas eingelassen, eine Grenze überschritten, was sich auf furchtbare Weise an ihr gerächt hatte.

«Als meine Frau merkte, dass sie schwanger war, verbesserte sich ihr Zustand ein wenig», fuhr Gerold fort. «Wir rechneten zurück und stellten fest, dass das Kind wahrscheinlich an jenem Tag gezeugt wurde, als Luca verunfallte. Wir nahmen es als Geschenk Gottes, eine Art Wiedergutmachung.» Gerold verkrampfte beide Hände ineinander. «Grazia verlor das Kind im siebten Monat. Ihre schwere Depression hatte dem Fötus geschadet. Etwa einen Monat später, am Morgen des Weihnachtstages, ich schlief noch, erhängte sie sich neben dem Christbaum, nachdem sie Geschenke für Luca darunter ausgebreitet hatte.» Er lachte bitter. «Stellen Sie sich vor. Ohne diese Hexe und ihr Teufelswerk hätte ich noch eine Familie. Luca wäre nicht mehr da gewesen, aber meine Frau würde noch leben und hätte die Trauer dank dem neuen Baby überstanden. Dieser … dieser Frau verdanke ich es, dass es nicht so gekommen ist. Sie hat meine Familie und mein Leben zerstört.»

Gerold hatte keine Hemmungen zu schluchzen.

«Wir machen eine Pause. Ich hole Ihnen ein Glas Wasser», sagte Dornach und verliess den Raum. Kaum war er draussen, klingelte sein Handy.

«Jana, was gibt's?»

***

Nachdem sie Dornach kurz ins Bild gesetzt hatte, lenkte Jana ihre Aufmerksamkeit wieder auf den Eingang des Clubs, den sie seit Stunden vom Vordach eines benachbarten Gebäudes beobachtete.

Mittlerweile hatte es empfindlich abgekühlt, und sie war froh um ihre Thermounterwäsche. Als Scharfschützin konnte sie über längere Zeit und unter unwirtlichen Bedingungen in derselben Position verharren. Heute war ihre Waffe allerdings nicht das übliche Steyr-Präzisionsgewehr, sondern ein Zeiss-Nachtsichtfernglas mit Lichtverstärker und Zoomfunktion.

Die Leuchtzeiger ihrer Swiss Army Watch wanderten auf Mitternacht zu. Vor dem Eingang des «Extasy» war es inzwischen ruhiger geworden. Bis vor etwa einer Viertelstunde war der Andrang gross. Es hatte sich offenbar nicht überall herumgesprochen, dass der Club geschlossen war. Die Security-Leute hatten gerade eine Gruppe junger Leute weggeschickt, die nun gegenüber Janas Stellung auf der Strasse herumhingen. Die Stimmung bei den Jugendlichen steigerte sich proportional zu ihrem Alkoholkonsum. Sie zoomte ihr Sichtgerät auf ein paar Kids, die eine Magnum-Flasche mit einer klaren Flüssigkeit zirkulieren liessen. Sie vermutete, dass es sich dabei nicht um Mineralwasser handelte. Vor allem die Mädchen in der Gang sprachen dem Flascheninhalt fleissig zu, während die Jungs den Schnaps, wahrscheinlich Wodka, in ihre Bierflaschen füllten. Um den Alkohol etwas zu verdünnen, tranken die Mädchen zwischendurch aus kleineren Flaschen mit bunten Etiketten. Jana presste den Mund zusammen und schüttelte den Kopf. Die spülten den Wodka mit Alcopops hinunter. Eines der Mädchen aus der Gruppe fiel ihr wegen seiner beinahe hüftlangen schwarzen Lockenmähne auf. Es hatte sich die Wodkaflasche geschnappt und schüttete unter allgemeinem Gejohle und Anfeuerungsrufen der Jungs mehrere grosse Schlucke in einem Zug in sich hinein. Jana seufzte. Sie erinnerte sich an ihre eigenen wilden Zeiten während des Studiums in Wien. Solche Sauforgien waren oft der Auftakt zu weiteren Spielen gewesen, die nicht immer gut geendet hatten. Sie hatte sich zu wehren gewusst, was nicht bei all ihren Freundinnen der Fall gewesen war. Und heute, bei diesen Jungen und Mädels, schien sich etwas anzubahnen, über das am nächsten Morgen nicht alle glücklich sein würden.

Im Club war von aussen keine verdächtige Aktivität erkennbar. Jana hatte damit gerechnet, dass noch etwas passieren müsste.

Langsam beschlich sie das Gefühl, dass es vielleicht doch nichts brachte. Sie gab sich noch eine halbe Stunde, bevor sie die Zelte hier abbrechen würde. Sie sehnte sich plötzlich nach der Wärme des Kaminfeuers in Dominiks Haus. Obwohl sie sich nicht schlüssig erklären konnte, was letzte Nacht mit ihnen beiden passiert war, war die Erinnerung daran lebhaft. Es war mehr als nur körperliche Anziehung. Es war ein Gefühl, das sie an jenem Tag, als sie ihre Mutter sterben sah, tief in ihrer Seele eingeschlossen und den Schlüssel dazu fortgeworfen hatte. Dominik hatte ihn gefunden.

***

«Erzählen Sie, wie es weiterging», forderte Dornach Gerold auf, nachdem er ihm einen Plastikbecher Wasser hingestellt hatte.

«Ich habe zuerst versucht, mit Dr. Bürki zu reden. Ich wollte Erklärungen, warum das Ganze so ... so kalt und unmenschlich vor sich gegangen ist. Sie wich mir immer aus und war zu keinem Gespräch bereit. Einmal, am Telefon, wimmelte sie mich ab, indem sie mir erklärte, wir hätten in die Operation eingewilligt, und es wäre alles nach Vorschrift und legal abgelaufen. Vielleicht hatte sie ja recht, aber ich hatte meine ganze Familie verloren, und sie war ... so kalt und abweisend.

Später las ich in den Zeitungen, wie sie sich für diese Widerspruchslösung starkmachte. Das war der Gipfel der Barbarei. Diese Leute, die sich der Rettung von Leben verschrieben haben, sehen im Menschen nur noch das Werkzeug für die Erfüllung ihrer eigenen Ambitionen.» Für einen kurzen Moment hielt er inne, als müsse er sich sammeln.

«Dann war da dieser Lötscher mit seinem primitiven Käseblatt, der die Bürki und ihre Lobby unterstützte, indem er diese grotesken Kolumnen veröffentlichte, in denen er alle verunglimpfte, die nicht bereits Organspender waren. Da spürte ich zum ersten Mal meinen Hass und meine Wut gegen diese Leute, die buchstäblich über Leichen gehen. Also beschloss ich zu handeln.»

«Wie sind Sie vorgegangen?

«Der Zufall kam mir zu Hilfe. Nach einer Sitzung im Bürgerspital ass ich mit ein paar Kollegen in der Cafeteria. Am Tisch hinter mir sass die Bürki. Wir waren Rücken an Rücken. Ich erkannte ihre Stimme, aber sie hatte mich offenbar nicht bemerkt. Vielleicht konnte sie sich auch nicht mehr an mich erinnern, was weiss ich. Auf jeden Fall bekam ich mit, dass sie sich eine Woche später mit diesem Lötscher im ‹Ramada› oder in der Stadt treffen wollte. Der Rest war ein Kinderspiel. Ich verschaffte mir falsche Papiere und mietete einen Transporter unter dem Mädchennamen meiner Frau. Ich wusste den Tag, aber nicht genau die Zeit, wann Lötscher in Solothurn eintreffen würde. Also setzte ich mich am frühen Nachmittag in die Empfangshalle seines Hotels und wartete, bis er am späteren Nachmittag kam. Er unterhielt sich lange mit einer mir unbekannten rothaarigen Frau, einer Ausländerin. Später folgte ich ihm in die Stadt. Er sass lange in der ‹Gassbar› in der Schaalgasse und wartete, wahrscheinlich auf die Bürki, die nie auftauchte. Ich hatte den Transporter vor dem Landhaus abgestellt, und als er dort vorbeikam, habe ich ihn mit Chloroform betäubt. Im Aufbau des Wagens trennte ich ihm mit einer Amputationssäge die Hände ab und riss ihm die Zunge heraus. Der Kerl sollte nie mehr in der Lage sein, seine Abscheulichkeiten aufzuschreiben oder auszusprechen.»

«Wo haben Sie die amputierten Glieder und die Tatwaffe entsorgt?», fragte Dornach.

«Beides in die Aare geworfen.»

«Und dann?»

«Das wissen Sie ja. Sie haben den Wagen im Steinbruch bei Lommiswil gefunden.»

«Der Mord an Lötscher war Ihnen aber nicht genug», sagte Dornach.

«Wo denken Sie hin!», sagte Gerold. «Lötscher war nur eine dreckige Kakerlake, ein Sprachrohr dieser Lobby von skrupellosen Metzgern. Die Bürki sollte echt leiden. Sie sollte wissen, was es heisst, jemanden, den man liebt, zu verlieren und daran einzugehen.»

«Nachdem Sie Lötscher ausgeschaltet haben, wollten Sie an die Tochter Manuela heran?»

«Ich hatte beide schon seit Langem beobachtet, die Mutter und die Tochter. Das war gar nicht so schwer. Die Mutter arbeitete entweder in Bern oder in Solothurn. Die Tochter ging in die Kantonsschule und war fast immer mit derselben Freundin unterwegs. Manuela ist ein sehr soziales Wesen, vertrauensselig und offen. Ich konnte mich mit einer falschen Identität in ihrem sozialen Netzwerk mit ihr anfreunden. So wusste ich, was sie so tat und vorhatte.»

«Waren Sie allein?»

Die Frage traf Gerold unvorbereitet. Er blinzelte Dornach einen Moment lang an. «Wie meinen Sie das? Allein?»

«Sie sind ein kräftiger und sportlicher Mensch. Trotzdem, Lötscher war ein grosser, schwerer Mann von über neunzig Kilo. Wollen Sie mir ernsthaft weismachen, dass Sie ihn alleine überwältigt, in Ihren Transporter gezerrt und an der Aare abgelegt haben? Unmöglich ist es nicht, aber sehr langsam und zeitraubend. Jederzeit hätten Ihnen Nachtschwärmer in dieser Gegend begegnen können. Jemand hat Ihnen geholfen. Wer?»

Gerold lächelte böse. «Glauben Sie, ich schmiere Ihnen alles aufs Brot, Herr Chefermittler. Tun Sie was für Ihr Geld und finden Sie es heraus.»

Dornach liess sich nicht provozieren. «Sie sind nicht jemand, der alle Drecksarbeit selber macht, sondern brauchen einen willigen Diener, jemand, der sich Ihnen devot unterstellt. Also haben Sie sich einen gesucht. Einen, der bereits wusste, wie man grausam tötet, und dem es Spass macht. Sie sorgten dafür, dass Hanspeter Kühni vorzeitig entlassen wurde, und dann machten Sie ihn für sich gefügig. Die von Ihrem Vorgänger verschriebenen triebhemmenden Medikamente ersetzten Sie mit anderen Drogen. Kühni war ihr Handlanger, beim Überfall auf Lötscher und bei der Entführung von Manuela Bürki.»

Dornach wusste, dass er sich damit auf dünnem Eis bewegte, aber es lag für ihn auf der Hand.

«Gut kombiniert, beweisen Sie es», sagte Gerold.

«In der Nacht, als Manuela verschwand, wurde Kühni vor dem ‹Extasy-Club› gesehen. Wir haben Bilder der Überwachungskameras und Handyfotos, die das eindeutig nachweisen. Man sieht, wie er um Manuela herumlungert und sie mit grossem Interesse beobachtet.»

Gerold zuckte mit den Schultern.

Dornach fuhr fort: «Aber Kühni hat Manuela nicht entführt. Stattdessen greift er sich ein anderes Mädchen, eine Mitschülerin von Manuela. Eine schöne junge Frau von achtzehn Jahren mit langen schwarzen Haaren. Sie erinnert ihn an jemanden, den er von früher gekannt hatte. Sie kennen Kühnis Dossier, nicht wahr?»

Gerold blickte ausdruckslos ins Leere. Dornach liess sich von Julia Götschi eine weitere Akte geben und schlug sie auf. Auf der ersten Seite waren zwei Fotos eingeheftet. Zwei junge Frauen. Beide hatten dieselben langen dunklen Haare, grosse braune, fast schwarze Augen und einen vollen Mund. Sie hätten Schwestern sein können. «Das sind Kühnis frühere Opfer, eine Türkin und eine Italienerin. Beide waren Secondos, in der Schweiz geboren, aufgewachsen und bestens integriert, jung und lebenslustig. Die eine neunzehn, die andere zwanzig Jahre alt. Solche Frauen entsprachen Kühnis Beuteschema.» Er legte ein drittes Foto auf den Tisch. Es zeigte wieder ein fröhlich lachendes Mädchen von frappanter Ähnlichkeit mit den anderen beiden Frauen.

«Ayse Özdal, achtzehn Jahre. Sie ist das Mädchen, das wir gestern Abend in der Nähe von Nennigkofen gefunden haben. Die Merkmale ihres Todes sind identisch mit denjenigen von Kühnis früheren Opfern. Er war es, der sie getötet hat. Jeder Zweifel ist ausgeschlossen. Die DNS-Analyse des Spermas, das wir bei ihrer Leiche sichergestellt haben, stimmt mit den Proben der früheren Fälle überein. War das von Ihnen so beabsichtigt, Herr Gerold? Wollten Sie wirklich, dass ein unbeteiligtes, unschuldiges Mädchen, das das Leben noch vor sich hatte, auf diese Weise sterben sollte? Ist das Ihre Rache? An wem?»

Dornach legte neue Fotos auf den Tisch. Sie zeigten erneut die drei Frauen, allerdings tot, grausam geschändet und ermordet von demselben Mann: Hanspeter Kühni.

Gerold hatte sich in seinem Stuhl zurückgelehnt, als wollte er von den Bildern zurückweichen. Seine Hände klammerten sich so stark an die Tischplatte, dass die Fingerknöchel weiss hervortraten. Schweisstropfen rannen über seine Schläfen. «Dieser Idiot, dieser gottverdammte, psychopathische Idiot», keuchte er.

«Was meinen Sie?»

«Er ist ausgeflippt. Einfach ausgeflippt. Ich hatte ihn mit den Drogen unter Kontrolle. Aber dann hat er diese …», er zeigte auf das Bild mit Ayse, «dieses Mädchen gesehen und sich vergessen.»

Dornach nickte und hielt das Handy mit der Thai-SIM-Karte hoch. «Wissen Sie, Herr Gerold, was mich erstaunt, ist, dass ein gewissenhafter Mann wie Sie seine Spuren nicht vollständig löscht. Ich halte Sie nicht für dumm, aber Sie sind arrogant. Und in gewissen Situationen ist Arroganz gleichbedeutend mit Dummheit.»

Er rief die ausgehenden Kurzmitteilungen auf und scrollte, bis er fand, was er suchte.

«Hier, sehen Sie. Am Donnerstagabend um zwanzig Uhr sechs haben Sie diese Nachricht an ein anderes Handy geschickt. Die Nummer gehört ebenfalls einer Prepaidkarte. Wir nehmen an, es war Kühni. Es ist eine MMS mit einem Foto von Manuela Bürki. Im Textteil ist eine Anweisung: ‹Heute 22.00 Extasy›. Um zweiundzwanzig Uhr sechsundzwanzig hat sie die Nummer kurz zurückgerufen. Das Gespräch dauerte nur wenige Sekunden. Das entspricht dem Zeitpunkt, als Manuela zusammen mit ihrer Freundin dort eintraf.»

Dornach war nicht klar, ob Gerold wusste, dass Manuelas Freundin seine Tochter war. Wenn nicht, brauchte er es jetzt nicht mehr zu wissen.

«Manuela Bürki war Kühnis Zielperson. Warum verschleppt, vergewaltigt und tötet er dann Ayse Özdal, die vollkommen unbeteiligt war? Ich sage es Ihnen, Herr Gerold, und Sie sagen mir, ob ich richtig- oder falschliege: Ayse war die perfekte menschgewordene Vision von Kühnis alter Sehnsucht. Er sah sie und vergass seinen Auftrag. Er wollte Manuela nicht mehr. Er wollte Ayse, die seine alte Liebe verkörperte, die er so lange Jahre vermisst hatte. Er wollte wieder Macht über sie ausüben.»

Gerold holte tief Luft und lehnte sich vor.

«Ja, verdammt. Dieser dilettantische Idiot hat mich angerufen und mir vorgejammert, dass er nicht könne. Er habe seinen Engel wiedergesehen und müsse sich mit ihr treffen. Ich habe auf ihn eingeredet, aber es hatte nichts genützt. Dann bin ich selber hin. Kühni war schon weg. Aber die kleine Bürki war noch vor dem Clubeingang und stritt sich mit einem Kerl, den sie schliesslich zum Teufel jagte. Da habe ich die Gelegenheit beim Schopf gepackt und sie angesprochen. Sie war nicht mehr ganz nüchtern und ist bei mir eingestiegen, nachdem ich ihr erzählt hatte, dass ich ein Bekannter ihrer Mutter sei und auch im Wasseramt wohne.»

Dornach seufzte innerlich. Warum hatte Manuela kein Taxi genommen, um wie abgesprochen zu Pia zu fahren? War sie zu betrunken, oder hatte sie sich nicht mehr getraut?

«Herr Gerold, ich habe noch zwei letzte Fragen. Die erste: Wo ist Hanspeter Kühni?»

Gerold zuckte mit den Schultern. «Keine Ahnung, ich habe nicht mehr mit ihm gesprochen seit jener Nacht.»

«Wo sollte er Manuela hinbringen?»

«In den Warteraum.»

«Was für ein Warteraum?»

«Der Warteraum meiner Rache, Herr Dornach.»

Das Telefon im Raum klingelte. Julia Götschi hob ab, hörte zu, sprach kurz und wandte sich an Dornach.

«Der Anwalt von Herrn Gerold ist jetzt da.»

«Wo haben Sie Manuela Bürki hingebracht? Wo ist der Warteraum, Gerold?»

Wieder das böse Lächeln. «Fragen Sie meinen Anwalt, Herr Dornach.»

NEUNZEHN

Auf der Strasse unter ihr tat sich etwas. Durch das Fernglas beobachtete Jana, dass es den Jugendlichen entweder zu kalt oder zu langweilig wurde, nachdem sie ihren Alkoholvorrat ausgetrunken hatten. Jedenfalls brachen sie auf. Das dunkelhaarige Mädchen mit dem grossen Schluckvermögen wurde von zwei Freundinnen gestützt, bis sich zwei Jungs dazwischendrängten, um ihr beim Gehen behilflich zu sein. Jana sah zu, wie die alkoholbedingt ausschliesslich hormongesteuerten Kerle sie überall betatschten, und bedauerte dieses junge Geschöpf, das wahrscheinlich gar nicht richtig mitbekam, wie ihm geschah.

Als sich die Gruppe entfernt hatte, nahm sie am Rand ihres Sichtfeldes eine andere Bewegung wahr und drehte den Kopf zur Seite, sodass der Eingang des Gebäudes gegenüber dem Club ins Zentrum ihrer Fernglasoptik glitt. Sie justierte den Lichtverstärker und sah, wie sich eine Gestalt aus dem Schatten löste, auf die Strasse trat und den sich entfernenden Jugendlichen lange nachblickte. Die Gestalt drehte ihr den Rücken zu. Sie konnte lediglich erkennen, dass es ein Mann von mittelgrosser hagerer Statur war. Er war sich offenbar nicht schlüssig, ob er den jungen Leuten folgen sollte oder nicht.

«Geh bitte! Dreh dich um. Dreh dich einfach um, komm schon», murmelte sie. Wie auf das Stichwort machte der Mann eine Hundertachtzig-Grad-Wende und blickte praktisch direkt in ihr Objektiv, sodass ihr Kopf reflexartig zurückwich, als sie das Gesicht erkannte. Sie erinnerte sich an das Foto, das Dornach während des Soko-Briefings gezeigt hatte. «Kühni!» Sie stiess einen stummen Pfiff aus.

In diesem Moment gab es Bewegung vor dem Clubeingang auf der anderen Strassenseite. Wie es schien, waren die Security-Leute ebenfalls auf den Mann aufmerksam geworden. Sie sah zwei Gorillas zusammenstehen und abwechselnd auf Kühni und auf ein Blatt Papier starren. Dann zeigte einer auf Kühni und rief ihm etwas zu. Dieser wandte sich erschrocken um und begann zu rennen, doch die Gorillas hatten ihn rasch eingeholt. Sie nahmen ihn zu zweit in die Mangel und drehten seine Arme nach hinten, sodass er sich nach vorne beugen musste. Dann stiessen sie ihn schnell zurück zum Club und verschwanden durch den Eingang.

Jana setzte das Sichtgerät ab und dachte über ihre nächsten Schritte nach. Sollte sie Dominik informieren? Sie zögerte. Wenn ein Polizeiaufgebot vor dem Club vorfuhr, würden sie Kühni womöglich irgendwo im Labyrinth des Untergeschosses verschwinden lassen. Das brachte nichts. Aber sie musste unbedingt herausfinden, was die Serben von ihm wollten. Sie stand auf und dehnte sich. Dann packte sie ihr Material zusammen und kletterte vom Dach hinunter. Ihre BMW stand in der Nähe zwischen zwei Autos verborgen. Nachdem sie ihre Ausrüstung verstaut und ihre Waffe geprüft hatte, beobachtete sie hinter einer Hausecke den Clubeingang, während sie überlegte, wie sie unentdeckt dort eindringen konnte.

Sie wollte gerade die Strasse überqueren, als sich eine dunkle Audi-A8-Limousine näherte und vor dem Clubeingang anhielt. Kaum stand der Wagen still, öffnete sich die Eingangstür und zwei Gorillas, Kühni links und rechts flankierend, eilten heraus. Einer stieg zuerst hinten ein, und der zweite stiess Kühni in den Wagen. Die Limousine fuhr weg, und Jana rannte zu ihrem Motorrad.

***

Die Vernehmung von Gerold wurde nach dem Eintreffen seines Anwalts unterbrochen, bis dieser sich mit seinem Mandanten besprochen hatte. Dornach hoffte, dass der Jurist Gerold zur Vernunft brachte. Manuela war seit achtundvierzig Stunden verschwunden, und sie hatten keine Ahnung, in welchem Zustand sie sich befand und ob sie genügend Nahrung und Flüssigkeit hatte. Jede Minute zählte.

Dornach fiel es schwer, seine Frustration zu verbergen, als er sich in seinem Büro mit Lüthi, Karin und Christian traf. Pia war auf seinem Sofa eingeschlafen. Dornach war froh, dass sie trotz der grossen Sorge um ihre Freundin immer noch ihren gewohnten kindlichen Schlaf fand. Um sie nicht aufzuwecken, bedeutete er seinen Kollegen, in einen anderen Raum zu gehen. In Lüthis Büro erörterten sie den Stand der Dinge. Es war ernüchternd. Die Durchsuchungen von Gerolds Haus und seinen Arbeitsräumen in der Psychiatrischen Klinik hatten nichts weiter zutage gefördert. Es blieb ihnen nur, den Psychiater unter Druck zu setzen, bis er redete. Gerold war ohnehin am Ende. Nach allem, was ihm widerfahren war und was er getan hatte, spielte es für ihn keine Rolle, wenn die Gesellschaft ihn als Monster in Erinnerung behielt.

«Es muss doch einen Weg geben», ereiferte sich Lüthi. «Wir können doch nicht zulassen, dass das Mädchen irgendwo in einem Loch vor Hunger und Durst stirbt. Dominik, lass mich fünf Minuten mit dem Kerl allein. Danach wird er reden, das garantiere ich dir.»

Dornach lächelte Lüthi müde an. «Auf diese Idee bin ich schon lange gekommen. Aber es hilft nicht, wenn wir selber zu den Ungeheuern werden, gegen die wir kämpfen. Wir müssen das anders anpacken. Was haben wir?» Unisono Kopfschütteln und Achselzucken war die Antwort. «Also gut, Leute, fangen wir wieder von vorne an. Ihr geht noch einmal zu Gerolds Haus und zu seinem Büro in der Psychi. Ihr blättert jedes Buch und jede Zeitschrift um. Ihr untersucht alle Wände. Ihr schlitzt jedes Kissen auf. Ihr lasst keinen Stein auf dem anderen. Wenn er sie in einem Erdloch irgendwo im Wald festhält, gibt es vielleicht Erdspuren auf dem Vorplatz, an den Reifen oder in den Radkästen seines Autos. Nehmt die Leute mit, die ihr braucht, und verwendet die feinen Pinsel. Wir suchen so lange, bis wir etwas haben, das uns einen Hinweis auf Manuelas Aufenthaltsort gibt. Ich rede noch einmal mit Gerold. An die Arbeit!»

«Sind Sie bereit, mit uns zu kooperieren, Herr Gerold?», eröffnete Casagrande das Gespräch, nachdem sie sich wieder im Vernehmungsraum hingesetzt hatten.

«Mein Mandant ist im Moment nicht bereit, weitere Aussagen zu machen», erwiderte der Anwalt an Gerolds statt.

«Wie Sie wollen.» Casagrandes Ton blieb sachlich. «Ihnen

ist klar, dass diese Haltung zum jetzigen Zeitpunkt für Ihren Mandanten sehr ungünstig ist? Ich habe genügend Indizien, um eine solide Anklage wegen Mordes, schwerer Nötigung und Freiheitsberaubung zu erheben.»

«Wir fechten die Mordanklage an, Frau Staatsanwältin.»

Casagrande zeigte sich unbeeindruckt. «Herr Gerold ist bei all seinen Taten mit äusserster Rücksichtslosigkeit, Skrupellosigkeit und Heimtücke vorgegangen. Er ist Arzt und musste wissen, dass die Verletzungen, die er Walter Lötscher zufügte, tödlich waren, wenn er nicht sofort ärztlich versorgt wurde. Er hat seinen Tod beabsichtigt oder billigend in Kauf genommen. Es war Mord, und ich werde darauf beharren.»

«Gut», sagte der Anwalt, «dann ist diese Befragung wohl beendet.»

«Nein, Herr Anwalt», entgegnete Casagrande. «Diese Befragung ist beendet, wenn ich es sage, und das wird erst der Fall sein, wenn Herr Gerold mir sagt, wo er Manuela Bürki gefangen hält.»

«Das ist Nötigung», empörte sich der Anwalt. «Ich werde beim Oberstaatsanwalt eine Beschwerde gegen Sie einreichen, Frau Casagrande.»

«Tun Sie, was Sie nicht lassen können. Die Befragung wird so lange fortgesetzt, bis ich alle Antworten habe, die ich suche.» Sie räusperte sich und schlug ihre Akten auf. «Herr Gerold, erzählen Sie mir noch einmal, wie es dazu gekommen ist, dass Sie sich an Frau Professor Dr. Bürki rächen wollten.»

Der Anwalt machte eine empörte Handbewegung, und Dornach wandte sich ab, damit man sein Grinsen nicht sehen konnte. Gerade als er seine Gesichtszüge wieder unter Kontrolle hatte, spürte er die Vibration seines Handys. Er sah auf das Display und verliess mit einer gemurmelten Entschuldigung den Raum.

«Jana?»

«Dominik! Ich bin hier in einem Dorf, das nennt sich St. Niklas oder so.»

«St. Niklaus? Wie kommst du dorthin?»

«Ich lag vor dem ‹Extasy› auf der Lauer, und da hab ich euren Triebtäter gesehen.»

«Was? Du hast Kühni gesehen?»

«Ja, ich konnte ihn durch mein Nachtsichtglas eindeutig identifizieren. Er schien sich schon eine ganze Weile vor dem Club herumgetrieben zu haben, bevor ich ihn entdeckte. Als er sich vom Acker machen wollte, wurde er von zwei Sicherheitsgorillas gefasst und in den Club gebracht. Wenig später verfrachteten sie ihn in eine Limousine, der ich bis hierher gefolgt bin.»

«Wo in St. Niklaus bist du genau? Kannst du etwas erkennen?»

«Ja. Die haben Kühni in eine Villa gebracht, die gleich neben einem Schloss oder so was Ähnlichem liegt. Auf jeden Fall hat es viele Türme. Das Schloss, mein ich.»

«Das muss Schloss Waldegg sein. Kannst du in das Haus hineinsehen? Was passiert dort?»

«Meine Position ist ungünstig. Ich versuche um das Haus herumzugehen. Dort ist freies Feld, vielleicht kann ich von dort etwas erkennen.»

«Wie viele Leute sind dort?»

«Bis jetzt habe ich fünf Männer gezählt. Vielleicht sind drinnen noch mehr.»

«Jana, wir brauchen Kühni unbedingt. Er weiss vielleicht, wo Manuela Bürki ist. Ich trommle die Leute zusammen, wir kommen.»

«Ist klar! Beeilts euch. Ich weiss nicht, wie lange die allenfalls hierbleiben und ob sie Kühni lange am Leben lassen.»

***

Jana hatte das Haus umrundet und kauerte im offenen Feld südlich des Grundstücks im hohen Gras. Aus dieser Position war sie in der Lage, mit ihrem Sichtgerät das Haus durch das hell erleuchtete Panoramafenster einzusehen.

Sie beobachtete eine Gruppe von Personen, die auf einen Mann einschlugen, der von zwei anderen festgehalten wurde. Sie zoomte heran und schaute sich die Köpfe einzeln an. Beim dritten erstarrte sie und hielt für einen Moment den Atem an. Sie hätte das Gesicht unter Tausenden auch nach hundert Jahren wiedererkannt. Sie schloss die Augen und war für einen

Moment wieder in der Küche der kleinen Wohnung in Sarajevo. Sie hörte das hämische Lachen des Wolfes, als er den geschändeten Körper ihrer Mutter auf die Pfähle presste und in Vladas tote Augen blickte. Er sah immer noch so aus wie damals. Lediglich sein dichtes schwarzes Haar war mit silbernen Fäden durchzogen. Das markante Kinn und die Hakennase waren unverkennbar. Sie konnte seine Augen nicht sehen, fühlte jedoch die glühenden Kohlenstücke, die sich an ihrem neunten Geburtstag in ihre Seele gebohrt hatten. Endlich war ihr der Wolf zum Greifen nahe.

Langsam kroch sie im hohen Gras zurück. Immer um Deckung bedacht, umrundete sie das Grundstück, bis sie vor der Einfahrt zur Villa, einem zweigeschossigen Gebäude, stand. Sie zog ihre Glock aus dem Hüftholster und schraubte den Schalldämpfer auf die Mündung der Waffe. Entlang einer grossen Thujahecke, die das Grundstück von der Strasse abschirmte, schlich sie zum automatischen Eingangstor und spähte vorsichtig hinter einem Mauervorsprung über den Vorplatz. Niemand zu sehen. Sie wartete eine Minute, bis ihr Herzschlag und ihre Atmung ruhiger waren. Sie spähte noch einmal hinter dem Vorsprung hervor und tastete mit ihren fokussierten Sinnen die Bereiche ab, in die kein Licht drang. Im Schatten einer Hausecke sah sie das schwache Glimmen einer Zigarette. Die Entfernung war zu gross, um einen sicheren Schuss anzubringen. Sie wusste nicht, ob der Bewacher alleine war und ob und wie er bewaffnet war. Sie hatte nur einen Versuch, sonst war die Chance vertan.

Sie klaubte einen Kieselstein unter der Hecke hervor und warf ihn in die Mitte des Vorplatzes. Das klickende Geräusch, als der Kiesel auf dem Asphalt aufschlug, erzeugte die gewünschte Wirkung: Ein Mann trat ins Licht. Er schien alleine zu sein und näherte sich mit einer Waffe in der Hand dem Eingangstor. Jana wartete, bis er nahe genug war und über ein kleines Rasenstück ging. Als ihr Zielobjekt richtig stand, stiess sie sich von der Mauer ab, legte an und feuerte einmal zwischen den schmiedeeisernen Stäben des Tores hindurch. Das Plopp der Glock ertönte fast zeitgleich mit dem Erscheinen des kleinen runden Loches zwischen den Augen des Mannes, der augenblicklich zusammensackte. Blitzschnell steckte Jana ihre Pistole in das Holster, kletterte über das Tor, rannte zu der Leiche, packte sie mit beiden Armen an den Schultern und schleifte sie zur Seitenwand des Hauses, wo sie sie unter die Thujahecke schob. Auch bei Tageslicht würde man sie nicht ohne Weiteres dort entdecken.

Sie überzeugte sich erneut, dass niemand sonst Wache stand, und verwischte mit ihren Stiefeln rasch das Blut auf dem feuchten Rasen. Es war riskant gewesen, den Bewacher so nahe an sie herankommen zu lassen. Hätte sie aber früher geschossen, wäre das Blut auf den Asphalt gespritzt, was wesentlich auffälliger gewesen wäre. Sie schlich zur Eingangstür. Sie war nicht abgeschlossen.

Im Innern verharrte sie einen Moment, um sich an die Dunkelheit zu gewöhnen. Es war zu riskant, ihre LED-Stablampe zu benutzen. Schritt für Schritt tastete sie sich in die Richtung vor, in der sie den Wohnraum mit dem grossen Fenster nach Süden vermutete. Sie fand ihn auf Anhieb, aber er war dunkel. Wo waren sie? Langsam, die Waffe immer im Anschlag, zog sie sich zurück. Plötzlich hörte sie ein schleifendes Geräusch, das von unten kam. Es klang, als ob man Möbel verrückte. Sie tastete sich zurück zur Eingangshalle und fand den Zugang zur Kellertreppe. Erneut drang Lärm an ihr Ohr. Diesmal waren es menschliche Stimmen und ein Schrei. Es kam eindeutig aus dem Untergeschoss. Wahrscheinlich wurde Kühni gefoltert. Die Stimmen schwollen zu einem Brüllen an, und das Schreien wurde lauter, schriller.

Sie schlich die Treppe hinunter und den dunklen Kellergang entlang. Rechts von ihr waren drei Türen. Mit einem kurzen Klinkendruck stellte sie fest, dass die ersten beiden verriegelt waren. Sie kam an einer Nische links von ihr vorbei, deren Holzgittertür sich aufstossen liess. Die Schreie ertönten aus dem Raum hinter der letzten Tür auf der rechten Seite. Für einen Moment überlegte sie, den Raum schiessend zu stürmen, und verwarf den Gedanken sogleich. Wenn sich Kühni bei dem Gefecht eine Kugel einfing, wäre das unter Umständen fatal für Manuela. Für einen Moment blendete sie das grelle Licht der Deckenlampe, die unvermittelt aufflammte. Dann hörte sie Schritte auf der Treppe. Rasch sah sie sich um. Der einzige Fluchtweg führte über die Kellertreppe. Der Korridor war eine Sackgasse. Sie sass in der Falle.

***

Dornach informierte Casagrande. Sie vereinbarten, dass sie Gerolds Befragung fortsetzte, während er mit seinem Team den Einsatz in St. Niklaus vorbereitete. Es gelang ihm, seine Leute zurückzupfeifen, bevor sie dem KT-Team nach Recherswil folgten. Sebi Tschanz war bereits dort und stellte sicher, dass das ganze Haus von oben bis unten nochmals gründlich durchsucht wurde. Dornach, Lüthi, Karin und Christian besprachen sich in Lüthis Zimmer, während Pia immer noch in Dornachs Büro schlief.

«Das ‹Extasy› ist für die Serben nicht mehr sicher», mutmasste Dornach. «Diese Villa in St. Niklaus muss eine Art *Safe House* der Organisation sein. Aber weshalb bringen sie Kühni dorthin? Was wollen sie von ihm?» Er blickte sich in der Runde um.

«Vielleicht hat Kühni Informationen, die der Wolf unbedingt will», schlug Karin vor und erntete zustimmendes Nicken von ihren Kollegen.

«Überlegen wir mal», sagte Dornach, «Bürki glaubte, dass die Organisation ‹Wolf› Manuela entführte, um sich an ihr für die Organmauschelei zu rächen. Sie hat ihr Leben für Manuela gegeben, um ihre Tochter vor diesem Schicksal zu bewahren. Was ist aber, wenn Slavkos Rachsucht so gross ist, dass er sich über Bürkis Tod hinaus an ihrer Familie rächen will?»

«Er will von Kühni wissen, wo Manuela ist, um sich an der Mutter posthum zu rächen, indem er die Tochter abschlachtet», sagte Lüthi.

«Richtig», pflichtete ihm Dornach bei. «Und solange Gerold nicht redet, ist Kühni unser Mann. Er weiss, wo Manuela ist, und wir müssen ihn kriegen, solange er noch reden kann und bevor die Serben das Mädchen finden.»

«Du meinst, wir stürmen die Villa in St. Niklaus und holen Kühni dort heraus?», vergewisserte sich Lüthi.
«Hast du einen besseren Vorschlag?»
Lüthi hob beide Hände. «Ich bin dabei, Chef.»
«Also gut, Alarm für SE Falk.»
Lüthi ging ans Telefon.
«Etwas frage ich mich», sagte Karin nachdenklich.
«Heraus damit!», forderte Dornach sie auf.
«Woher weiss der Wolf, dass Kühni an Manuelas Entführung beteiligt ist.»
«Diese Frage habe ich mir auch gestellt. Möglicherweise haben die Serben auf den Überwachungsvideos aus dem Club Hinweise gefunden. Vielleicht haben sie gesehen, dass sich Kühni an Manuela heranmachen wollte, und nachdem sie wussten, dass Pia Freitagnacht im ‹Extasy› nach ihr suchte, haben sie eins und eins zusammengezählt.»
«Aber wir haben doch das ganze Material gesichtet», wandte Karin ein, «mehrmals. Wir haben keine Sequenzen mit Kühni und Manuela gefunden.»
«Möglicherweise haben wir etwas übersehen. Oder die Daten wurden vorgängig manipuliert. Habt ihr sie darauf geprüft?»
«Die KT ist dran, aber die sind noch nirgends.»
«Also», sagte Dornach, «wir fahren mit der besten Hypothese, die wir haben.»
«Was für eine Hypothese?», tönte es von der Tür.
Pia stand verschlafen im Türrahmen und war gleich hellwach, als sie merkte, dass alle sie betreten anschauten.
«Ihr habt wieder eine Spur, stimmt's? Wo gehen wir hin?»
«Wir gehen. Du bleibst», sagte Dornach. «Diesmal wird es echt gefährlich.»
«Aber …»
«Kein Aber.»
«Wo ist eigentlich Jana?», fragte sie.
«Sie hat eine Spur gefunden.»
«Eine Spur von Manuela?»
«Vielleicht, wir müssen jetzt los. Ich ruf dich an.» Dornach wandte sich zur Tür.

«Ich komme mit, Paps. Manu braucht mich, wenn ihr sie findet.»

«Pia, ich will nichts mehr hören. Du bleibst hier.»

Pia stampfte trotzig mit den Füssen. «Das ist …»

Dornach zeigte ihr den Drohfinger. «Noch ein Wort, junge Dame, und ich lasse dich wirklich einsperren», sagte er scharf.

«Paps!»

«Tut mir leid, Pia.» Er gab ihr einen Kuss auf die Stirn. «Wir müssen uns beeilen.» Sie verliessen den Raum und liessen Pia alleine zurück. Wütend begriff sie, dass ihr Vater sie kurzerhand kaltgestellt hatte. Was bildete sich der Alte eigentlich ein? Sie war erwachsen und nicht mehr seine Porzellanpuppe, gut genug, um ihn mit Informationen zu versorgen, aber sobald es darum ging, aktiv zu werden, wickelte er sie in Samt ein. Sie gab dem Sitzungstisch einen Tritt, der sie selber mehr schmerzte als das Möbel. Als sie sich den Fuss rieb, sah sie ein Handy, das gefährlich nah an der Tischkante lag. Sie nahm das Gerät und wollte es in die Mitte schieben, als sie merkte, dass es ihrem Vater gehörte. Sie besassen beide dasselbe Modell. Er musste es auf dem Tisch vergessen haben. Plötzlich hatte sie eine Idee. Und sie hatte Glück: Sein Gerät war nicht gesperrt. Dornach hasste es, ständig den PIN-Code einzugeben, und hatte deshalb eine lange Verriegelungszeitspanne festgelegt. Sie ging seine Apps durch und fand, was sie suchte. Er hatte tatsächlich den gleichen GPS-Tracker installiert wie sie. Nachdem sie dieselbe App auf ihrem eigenen Handy geöffnet hatte, definierte sie ihren Vater als Zielperson für ihren Tracker und autorisierte die Freigabeaufforderung auf seinem Gerät.

«Sorry, Paps, diesmal wirst du mich nicht so einfach los», murmelte sie.

In diesem Moment stürmte Karin durch die Türe. «Pia, hast du Dominiks Handy gesehen? Es muss hier irgendwo liegen.»

Demonstrativ hielt Pia sein Gerät hoch. «Hier, ich wollte es ihm gerade hinterhertragen. Zum Glück ist sein Kopf angewachsen, sonst würde er den auch ständig irgendwo liegen lassen», motzte sie.

«Merci, ich bringe es ihm.» Karin war schon wieder fast zur Türe hinaus, als Pia sagte: «Karin, ich fahre mit dir.»

Karin blickte sie erschrocken an. «Spinnst du? Das geht nicht. Wenn Dominik das erfährt, versetzt er mich zur Radartruppe oder ins Archiv, das heisst, wenn er mich nicht einfach feuert.»

«Sag ihm einfach … sag ihm, ich habe dich gezwungen … oder noch besser, ich habe dich erpresst.»

«Erpresst? Womit denn?»

«Du hast was mit dem Lorer, ist ja klar.»

«He, das stimmt nicht. Christian und ich, wir sind gar nicht … Das ist gelogen. Das kannst du nicht machen, Pia. Die machen mir Ärger und lassen mich nicht zur Kripo-Ausbildung, wenn ich was mit einem Kollegen anfange.»

Es tat Pia leid, Karin derart unter Druck zu setzen. «Versteck mich doch einfach auf dem Rücksitz deines Wagens. Muss ja keiner wissen.»

«Pia!» Karins Ton hatte sich verschärft. «Das geht nicht. Wenn etwas passiert, kommen wir beide in Teufels Küche. Ich verliere meinen Job, und Dominik kriegt auch Riesenknatsch. Willst du das?» Sie ging mit erhobenem Zeigefinger auf Pia zu. «Und wenn du mir deswegen irgendeine saublöde Geschichte mit Christian anhängst, dann … dann …»

«Okay, okay!» Pia winkte ab. «Schon gut, vergiss es. Aber ruf mich an, sobald du etwas weisst. Versprich mir das.»

«Versprochen.» Und weg war sie.

Pia wartete einen Moment und aktivierte dann die Tracking-Funktion auf ihrem Handy. Mit einem triumphierenden Lächeln sah sie den stationären roten Punkt auf der Karte auf ihrem Display. Sie hoffte, dass sie die Nummer, die sie jetzt in ihrem digitalen Telefonbuch suchte, auch wirklich richtig abgespeichert hatte. Sie war erleichtert, als nach dem zweiten Klingelton am anderen Ende geantwortet wurde.

***

Kühni war vollkommen wirr. Er hatte von Engeln mit schwarzen Haaren und weissen Gewändern geträumt. Als er sich ihnen näherte, verwandelten sich die wunderschönen weissen Gesichter in hässliche Fratzen mit spitzen Zähnen. Da war er schweissgebadet und unter grässlichen Schmerzen aufgewacht. Er wollte den Engel wiederfinden, den er in jener Nacht im Wald verloren hatte, und hatte gehofft, ihn dort wiederzusehen, wo er ihn zum ersten Mal getroffen hatte: vor diesem Club in Solothurn.

Die Männer hatten das nicht verstanden. Sie hatten ihn ausgelacht, geschlagen und ein perverses Schwein genannt. Dann brachten sie ihn zu dem Mann, den sie Wolf nannten. Erst hatte der ihn angelächelt, dann wollte er wissen, wo Manuela war. Was für eine Manuela? Er kannte keine Manuela. Daraufhin hatte ihm dieser Wolf ein Bild von dem Mädchen gezeigt. Es war dasselbe, das ihm der Doktor an jenem Abend per MMS geschickt hatte. Er hatte ja alles versucht, sie zu erwischen, aber es war ihm nicht gelungen. Das hatte er dem Doktor doch schon alles erklärt.

Nun quälten ihn diese Männer. Sie hatten Elektroden an seinen Hoden befestigt. Er konnte nicht denken vor Schmerzen. Sein Gesicht war von den Schlägen blutig, und sein Kiefer war ausgerenkt. Ein Auge war so stark geschwollen, dass er es nicht mehr öffnen konnte. Er hatte Angst, grosse Angst. Je stärker die Schmerzen waren, desto weniger konnte er denken. Was wollten sie nur von dieser Manuela?

«Mach das Maul auf, du perverse Sau», herrschte ihn dieser Mann, Wolf, an. «Sag uns, wo die Kleine ist, oder ich jage eine ganze Minute lang den Strom durch deine Eier. Du kannst schreien, so viel du willst. In diesem Keller hört dich keiner.»

Kühni sagte etwas, doch keiner seiner Peiniger konnte ihn verstehen. Sein Mund war voller Blut, und sein ausgerenkter Kiefer machte das Gesagte noch unverständlicher.

Er sass in einem Fegefeuer aus Schmerz und Angst. Er wollte nicht sterben. Er wollte denken und konnte nicht. Wohin? Wohin? Wohin? Der Doktor hatte es ihm gesagt. Aber er konnte sich nicht erinnern. Diese Schmerzen. Wie ein Blitzschlag durchzuckte ihn ein neuer Stromstoss. Sein Quieken ging in ein dumpfes Grunzen über, das aus der Tiefe seines Leibes kam. Vor seinem geistigen Auge vermischten sich die Bilder von weissen Elfengestalten und roten Teufeln. Von Augen, die ihn anstarrten, bevor er sie getötet hatte. In seinen Ohren rauschte es wie Wasser, kühles Wasser, ein

Fluss. Ein Fluss? Am Fluss? Mit dem abebbenden Schmerz kam ein Funken Erinnerung zurück. Am Fluss. Irgendwo am Fluss. Es war ein Haus am Fluss. Nein, kein Haus, eine Halle.

«F…l…u…s…s, W…a…ss…er!», röchelte er.

Slavko hielt sein Ohr ganz nahe an Kühnis blutenden und entstellten Mund.

«Was sagst du? Wasser? Hast du sie ins Wasser geworfen?» Er hob frustriert die Faust, als wolle er ihn schlagen. Kühni drehte leicht den Kopf nach links, dann nach rechts. Slavko verstand die Geste.

«Nein? Also, wo ist sie? Irgendwo am Wasser wo?»

«Fluss, A…a…r…hh!»

«Am Fluss? Welcher Fluss?»

«Die Aare, Wolf. So heisst der Fluss, der hier durch die Gegend fliesst. Er hat sie irgendwo an der Aare versteckt», rief Stipe.

Slavko schlug Kühni mit dem Handrücken ins Gesicht.

«Wo an diesem gottverfluchten Fluss soll sie sein? Rede endlich deutlich, oder ich jage eine neue Ladung durch deinen Sack.»

Kühni spuckte Blut. Seine Aussprache wurde immer undeutlicher. Mit einer Handbewegung bedeutete Slavko den Männern, dass sie ruhig sein sollten.

«F…a…br…ik … i…m …Wa…l…d … Fl…uss!»

«Eine Fabrik im Wald am Fluss? Wo soll das sein?»

Stipe runzelte die Stirn und überlegte fieberhaft. Sein Gesicht war schweissnass. Er fürchtete den Wolf, der in der Lage war, seine Wut an ihm auszulassen, wenn er keine Antwort fand. Plötzlich fiel es ihm ein. Es war so naheliegend, dass er sich mit der Hand an die Stirn schlug.

«Ja, genau», sagte er triumphierend und gleichzeitig erleichtert. «Die stillgelegte Cellulosefabrik. Da gibt es eine Menge leer stehender Gebäude. Das ist hier ganz in der Nähe. Vielleicht zehn Minuten Autofahrt.»

«Wir gehen hin und durchsuchen den Ort. Ich will diese Kleine. Sie wird für den Verrat ihrer Mutter büssen», sagte Slavko.

«Wer soll gehen? Wir alle?», fragte Darko.

«Ja, vielleicht ist es ein grosser Schuppen oder eine Halle, oder es gibt mehrere davon. Ich will mich dort nicht zu lange aufhalten. Wir machen die Kleine fertig und verschwinden wieder.» Die Türe ging auf, und ein untersetzter, bulliger Kerl kam herein. «Goran, du kommst auch mit», befahl Slavko.

Goran konnte nur noch nicken. Während sich Slavko und Darko kurz absprachen, flüsterte er Stipe etwas ins Ohr.

«Ähm, Wolf, bitte», begann dieser. Der Wolf sah zu ihm hin.

«Wenn Goran mitkommt, ist nur noch Branko hier, und Goran kann ihn nirgends finden. Er hat sich nicht mehr gemeldet.»

Slavko wollte nichts hören. «Der wird pissen gegangen sein, oder was weiss ich. Los jetzt.»

Plötzlich war alles ruhig. Die Stille war wie Balsam für Kühnis gemarterten Körper. Die Fratze und der heisse Atem des Mannes, den sie Wolf nannten, hatten ihm mehr Angst gemacht als der Schmerz von den Elektroschocks.

Die Tür öffnete sich erneut, und leise Schritte näherten sich ihm. Dann fiel ein Schatten über sein Gesicht, und er versuchte krampfhaft, sein noch heiles Augenlid zu öffnen. Zuerst sah er nur einen Lichtschein und dann … ein Engel. Dunkles Haar, Augen so klar wie ein Bergsee. Der Engel war zurückgekommen.

«Kühni, halten Sie durch. Hilfe kommt bald, und man wird sich um Sie kümmern.»

Der Engel war verschwunden, und die Stille war wieder da. Kühni spürte, wie ein salziges Rinnsal über seine geschundenen Lippen floss. Es waren Tränen, Tränen des Glücks im Schmerz. Er hatte seinen Engel wiedergesehen. Er war gerettet.

***

Bevor Goran im Korridor auftauchte, war es Jana in letzter Sekunde gelungen, durch die angelehnte Holzgittertür in den Verschlag zu schlüpfen und sich hinter einen grossen Karton mit dem V-Zug-Logo zu ducken. Als wenig später der Wolf und seine Leute nach oben gegangen waren und nachdem sie nach Kühni sehen konnte, schlich sie den Serben nach. Das Haus war hell erleuchtet und verlassen, als sie vorsichtig durch die

Kellertür ins Vestibül trat. Von draussen waren Stimmen zu hören, und eine Autotür wurde zugeschlagen. Sie öffnete die Haustür einen Spalt und sah, wie der A8 durch das Tor fuhr und nach rechts Richtung Schloss Waldegg abbog. Innert Sekunden hatte sie mit ihrer BMW die Verfolgung aufgenommen. Von der Anhöhe des Schlosses sah sie, wie sich die Autoscheinwerfer auf der Schlossallee in Richtung Dorfzentrum Feldbrunnen bewegten. Mit dem Motorrad hatte sie den Vorsprung rasch verringert, und sie ging vom Gas. Im Wagen vor ihr sollten sie nicht merken, dass sie ihnen auf den Fersen war. Ihr Integralhelm verfügte über ein eingebautes Mobiltelefonset mit Stimmerkennung. Sie rief Dornachs Nummer auf.

***

Dornach wollte gerade in seinen Wagen steigen, als Janas Anruf kam. Ihre Stimme klang verzerrt, und im Hintergrund rauschte es, aber er konnte sie deutlich verstehen.

«Dominik, ich verfolge Slavko und drei seiner Leute in einem schwarzen Audi A8.» Sie nannte ihm das Solothurner Kennzeichen. «Wir durchqueren das Dorf Feldbrunnen und fahren auf einer Hauptstrasse in östlicher Richtung.»

«Ihr seid auf der Baselstrasse», bestätigte Dornach, «hast du eine Idee, wohin sie fahren?»

«Nicht konkret, ich habe nur aufgeschnappt, wie Slavko etwas von einem Mädchen gesagt hat, das sie sich holen wollen, vermutlich Manuela.»

«Kühni hat ihnen verraten, wo Manuela ist. Jana, du musst dranbleiben. Wir sind noch in Solothurn und fahren jetzt los. Gib uns deine Position durch, sobald du kannst.»

«Einfacher, ich hab den GPS-Tracker auf meinem Handy offen. Ihr könnts mich anpeilen. Euer Google sollt B'scheid wissen.» Sie machte eine kurze Pause, die Dornach dazu nutzte, Google heranzuwinken. «Noch etwas, Dominik: Im Keller der Villa habe ich Kühni gefunden. Er ist schwer verletzt und macht's vielleicht nicht mehr lang. Schickts eine Ambulanz hin.» Sie nannte ihm die Adresse. «Und ausserdem findets ihr einen der Kerle in einem

Gebüsch an der Seite des Hauses. Aber für den brauchts ihr nur noch einen Bestatter.»

«Alles klar, bleib dran», bestätigte Dornach ungerührt, «und Jana?»

«Ja?»

«Pass auf dich auf.»

«Passt schon.»

Dornach orientierte seine Leute über das neue Ziel.

«Wo bleibt Falk?», fragte er Lüthi, der sich neben ihn auf den Beifahrersitz setzte.

«Die sind im Einsatz in Oensingen und können erst in circa zwanzig Minuten vor Ort sein.»

Dornach unterdrückte einen Fluch.

«Wie dem auch sei. Wir müssen los, sonst ist es für Manuela zu spät.»

Er gab das Signal zur Abfahrt. Unterwegs dirigierte Lüthi einen Ambulanzwagen und einen Einsatzwagen zur Villa in St. Niklaus. Zudem orderte er ein zweites Ambulanzfahrzeug mit Notarzt, das so rasch wie möglich zu ihnen stossen sollte.

Google hatte inzwischen Janas GPS-Signal aufgenommen und gab ihre Positionen laufend per Funk an alle Einsatzkräfte weiter.

«Riedholz, Baselstrasse, Richtung Flumenthal.»

Kurz darauf folgte eine Kursänderung: «Achtung! Sie biegt rechts ab, über die Bahnlinie Richtung Bad Attisholz.»

Der Polizeikonvoi hatte den Baseltorkreisel hinter sich gelassen und fuhr auf der Baselstrasse stadtauswärts Richtung Osten.

«Einfahrt Industriepark», rief Google, «sie hat angehalten.»

«Die alte Cellulosefabrik? Das ist ein verdammtes Labyrinth dort», fluchte Lüthi.

In diesem Moment läutete Dornachs Handy erneut. Er drückte auf die Taste seiner Freisprechanlage.

«Wir hören dich, Jana.»

«Ich bin auf einem verlassenen Industriegelände in einem Wald in der Nähe des Flusses», sagte sie.

«Die alte Holzstofffabrik. Da sind viele stillgelegte Gebäude», bestätigte Dornach.

«Ich gehe rein.»

«Nein, auf keinen Fall, Jana. Das ist zu gefährlich. Du wartest, bis wir kommen. Die Sondereinheit ist bald da.»

«Dann ist's zu spät. Bis dahin hab ich sie in dem Häusergewirr verloren. Habts ihr mein Signal?» Dornach drehte sich zu Google um. Der hob den Daumen.

«Ja, wir haben dich, Jana.»

«Dann wissts ihr ja, wo ihr mich findet.» Sie hängte ein.

«Gopfverdami!», stiess Dornach hervor. «Verlier sie bloss nicht, Google.»

Er gab Gas.

***

Ein Geräusch weckte Manuela aus einem fiebrigen Schlummer. Ihr Gaumen war ausgetrocknet, ihre Lippen aufgesprungen und wund. Sie fröstelte, und kalter Schweiss rann ihr über die Stirn. Sie versuchte den Nebel in ihrem Bewusstsein zu durchdringen und zu lauschen. Es war alles wieder ruhig. Hatte ihr Delirium das Geräusch nur vorgegaukelt?

Ihr Geist war abgestumpft, und sie begann sich mit dem Gedanken abzufinden, in diesem Loch einsam zu sterben. Sie blickte an sich hinunter. Die Baumwolle ihrer schwarzen Strümpfe war in Fetzen. Der Minirock war fleckig und roch schlecht. Ihre Unterwäsche war feucht, nachdem sie ihrem Harndrang nicht länger hatte widerstehen können. Warum war sie aufgewacht? Sie schloss die Augen und wollte wieder schlafen. Schlafen und nie mehr aufwachen. Nichts mehr fühlen, nichts mehr riechen, nichts mehr hö–

Da war es wieder. Das Geräusch. Diesmal war es näher. Ein harter metallischer Klang, als ob eine Eisenstange zu Boden gefallen war. Für Manuela klang es wie Schalmeien der Erlösung.

Sie zerrte an ihren Handschellen und versuchte so laut zu rufen, wie es ihre trockenen Stimmbänder zuliessen.

«Hilfe, Hilfe! Hierher! Ich bin hier. Bitte!»

Schritte näherten sich, und ein metallisches Hämmern hallte von der Tür. Jemand versuchte, das Schloss aufzubrechen. Schliesslich gab es nach, und die Tür schwang so heftig auf, dass sie gegen die Betonmauer krachte. Manuela erkannte nur schemenhaft zwei Männer. Einer, klein und bullig, beugte sich über sie.

«Hallo, wen haben wir denn da?»

«Bitte, bitte, helfen Sie mir», flüsterte Manuela. «Ich habe Durst.»

Der andere Mann ging zurück zur Tür und rief: «Wolf, wir haben sie!»

Tief in ihrem Bewusstsein wurde die Erleichterung über die bevorstehende Befreiung durch ein Körnchen neuer Angst abgelöst, das immer schneller wuchs. Der kleine Bullige stand auf und machte einem anderen Mann Platz. Er war gross und schlank und sah auf sie hinunter. Seine Augen flössten ihr Angst ein. Es waren keine Augen, sondern schwarze, glühende Punkte.

«Bist du Manuela Bürki?», fragte der Mann.

Sie nickte. «Bitte, helfen Sie mir. Ich brauche Wasser.»

«Du wirst bald keinen Durst mehr haben, Kleines. Du wirst trinken. Viel trinken. Von deinem eigenen Blut.»

Sie riss die Augen auf. «Bitte, ich …»

Das Gesicht des Mannes, der nun vor ihr in die Hocke ging, kam ihr so nahe, dass sie seinen heissen Atem spürte. Er roch nach Knoblauch und Alkohol.

«Deine Mutter hat mich verraten. Dafür ist sie gestorben.»

«Was? Meine Mutter? … Wie?»

«Sie war eine Hure. Sie hat dich geboren, also bist du auch eine Hure und wirst für sie bezahlen.»

«Ich weiss nicht, was Sie meinen. Meine …»

Er zog ein Stilett hervor und strich mit der Spitze unter ihr Kinn.

«Deine Mutter hat Dinge gestohlen, die mir gehören. Ich werde sie mir von dir zurückholen. Eines nach dem anderen werde ich sie selber aus dir herausschneiden, und du wirst so lange am Leben bleiben, dass du noch siehst, wie ich dein Herz in meinen Händen halte.»

Seine Worte lähmten sie.

Slavko klappte das Messer zusammen und stand auf. «Bevor ich dich aufschneide, soll mit dir geschehen, was mit jeder Hure geschieht, dafür seid ihr da. Goran!» Er winkte den Bulligen heran. Der kam zögernd näher.

«Nimm sie», befahl er ihm.

Goran glotzte seinen Boss verständnislos an. «Was?»

«Nimm sie, fick sie durch. Sie soll noch was erleben, bevor ich sie aufschlitze.»

«Aber, Wolf. Sie ist …», Goran verzog das Gesicht vor Abscheu, «sie ist schmutzig und sie stinkt.»

«Wenn schon, das kannst du abwaschen. Du hattest schon Schlimmere.»

Goran wagte es nicht, seinem Anführer ein weiteres Mal zu widersprechen. Er kniete sich zu dem vor Angst gelähmten Mädchen hinunter, packte ihre Beine und spreizte sie. Manuela brachte ihre letzten Kräfte auf, um sich zu wehren. «Nein, nein, lass mich los, du Sau!»

Sie wehrte sich so lange, bis Slavko ihr das Stilett an die Kehle hielt. «Wenn du dich weiter wehrst, ritze ich dich dort, wo es am meisten wehtut.»

Manuelas Gegenwehr erlahmte, als Goran sich weiter an ihrer Unterwäsche zu schaffen machte.

«Hey!», tönte eine helle Stimme von der Tür.

***

Die Wagenkolonne stoppte vor dem Eingang zum Fabrikgelände. Die düsteren Fabrikbauten mit dem alten Laugeturm hoben sich dunkel vor dem Hintergrund des Waldes und der schwach glitzernden Wasserfläche des Zusammenflusses von Aare und Emme ab. Nebelschwaden stiegen in gespenstischer Transparenz aus dem Wasser empor.

«Hier sieht's aus wie in einem alten Edgar-Wallace-Film», murrte Google, als er kurz aufblickte, aber keiner nahm von seiner Bemerkung Notiz. Dornach suchte das Gelände mit einem Nachtsichtfernglas ab und entdeckte nach kurzer Zeit den Audi hinter einer Hausecke.

«Da drüben steht ein Wagen.» Er reichte Lüthi das Fernglas. «Das müssen die Serben sein.» Er drehte sich zu Google um, der auf dem Hintersitz des Volvo sitzen geblieben war und gebannt auf seinen Bildschirm starrte. Google drehte das Notebook, damit Dornach auf den Bildschirm sehen konnte.

«Die Majorin ist hier», sagte er und zeigte auf einen roten Punkt, der innerhalb einer grau untermalten rechteckigen Form blinkte. «In einem der Gebäude. Ich tippe mal auf das da drüben.» Er zeigte auf einen lang gestreckten Bau am Ufer des Flusses.

«Wie lange noch, bis Falk hier ist?»

«Zehn Minuten», sagte Lüthi.

Dornach schlug auf das Lenkrad. «Wir gehen rein, jetzt.» Lüthi sah ihn kurz an, dann nickte er. Dornach griff zum Funkgerät. «Karin bleibt mit Remo zur Sicherung und Einweisung hier. Achtet auf Eigensicherung.»

In diesem Augenblick hörten sie dumpf mehrere Schüsse.

«Los jetzt!» Dornach eilte auf das Gebäude am Fluss zu.

Mit gezogenen Waffen und sich gegenseitig deckend, folgten ihm die anderen.

***

Obwohl Jana die Überraschung auf ihrer Seite hatte, reagierten die Männer blitzschnell. Der Dicke, der vor dem Mädchen kauerte, griff mit einer für seinen Körperbau behänden Bewegung nach seiner Maschinenpistole, die er neben sich abgelegt hatte. Es half ihm nichts: Bevor er die Waffe heben konnte, plumpste er mit einem kreisrunden Loch in der Mitte seines Kopfes wie ein Mehlsack auf den harten Betonboden zurück. Inzwischen hatte der andere, von dem Jana wusste, dass er Stipe hiess, seine Waffe gezogen und auf sie angelegt. Bevor er feuern konnte, hatte sie ihm zweimal in die Brust geschossen. Die Wucht der beiden 9mm-Projektile schleuderte ihn gegen die Wand. Diese Reaktion hatte Jana Zeit und Aufmerksamkeit gekostet, die Darko nutzte, seine Pistole zu ziehen. Jana hatte reflexartig die Stellung gewechselt und versuchte, sich mit einem Hechtsprung aus der Schusslinie zu retten. Diesmal war sie nicht schnell genug und spürte einen Schlag in die Seite und einen brennenden Schmerz, bevor sie Darko aus ihrer seitlich liegenden Position ebenfalls mit drei Schüssen, zwei in die Brust und den dritten in den Hals, niederstreckte.

«Darko, mein Bruder!», schrie Slavko, der anscheinend keine Feuerwaffe hatte, und stürzte zu seinem Gefährten.

Jana war erleichtert, dass sich Slavkos Aufmerksamkeit auf den sterbenden Darko konzentrierte und nicht auf das Mädchen. Sie sprang auf und stellte sich zwischen den Wolf und Manuela. Die Waffe weiterhin auf Slavko gerichtet, ging sie neben Manuela in die Hocke.

«Geht es dir gut, Manuela? Ich bin Jana Cranach von der Polizei. Es wird alles gut, du bist sicher.»

Manuela sagte nichts. Sie hatte die Augen wieder geöffnet und schaute Jana fragend und ängstlich an. Slavko wollte sich aufrichten.

«Stop!», rief Jana. «*Ne mrdaj* – keine Bewegung, Slavko Vukovic!»

Der Wolf blickte auf. Der Schmerz um den Verlust seines Kampfgefährten war ihm ins Gesicht geschrieben.

«Du bist … sie?», fragte er.

«Ich bin dein grösster Alptraum, Slavko.»

Seine rechte Hand zuckte hoch. Jana sah das Messer darin aufblitzen und drückte ab. Slavko stiess einen Schmerzensschrei aus und liess das Stilett fallen. Seine Hand hing schlaff an der Seite herab. Mit der andern hielt er die stark blutende Wunde am Handgelenk. Jana erhob sich und tastete ihre Seite ab, wo Darko sie getroffen hatte. Es war nur eine Fleischwunde, die mehr schmerzte als blutete. Mit versteinertem Gesichtsausdruck ging sie auf Slavko zu und hielt ihm die Pistole an den Kopf.

«Ich habe mehr als zwanzig Jahre auf diesen Augenblick gewartet, Slavko. Erinnerst du dich an Vlada?»

Slavko sah sie wütend an. «Hexe», zischte er.

«Ja, das bin ich. Und weisst du, wer diese Hexe geschaffen hat? Du warst es, Slavko. Am 4. Dezember 1992 hast du mir alles genommen und aus mir gemacht, was ich heute bin. Deine Kumpane haben meinen Vater auf dem Gewissen. Du hast meine Mutter Vlada vergewaltigt und ermordet. Mein Vetter Vasil war nur neun Monate alt, als du ihn getötet hast. Ich habe es mit angesehen, und in diesem Moment schwor ich mir, dass ich dich jagen würde, Slavko Vukovic. Ich würde dich zerstören, wie du meine Liebe als Kind und mein Leben zerstört hast. Ich war die rothaarige Hexe, die alle deine Freunde umgebracht hat. Ich war die Polizistin, die du noch vor zwei Tagen auf offener Strasse erschiessen lassen wolltest. Und es hätte dir nichts ausgemacht, wenn dabei noch unschuldige Frauen und Kinder umgekommen wären. Aber jetzt, Slavko, jetzt fordere ich dein Leben.»

Slavko sah sie unverwandt an, bis ein Funken der Erkenntnis in seinen Augen blitzte.

«Du bist …?»

«Ja», sagte Jana ruhig, «ich bin Lilijana Spahic, die Tochter von Nedim und Vlada. Und ich bin Jana Cranach, die Polizistin, die für den Untergang der Wölfe in Österreich gesorgt hat. Kein Ort auf dieser Welt wird euer scheussliches Geheul mehr hören müssen. Auf die Knie!»

Ohne seine Augen von ihr abzuwenden, richtete sich Slavko auf, bis er vor ihr kniete. Seine linke Hand presste er auf seine Verletzung am rechten Handgelenk.

«Du kannst mich nicht töten, Lilijana Spahic. Mich gibt es zu Hunderten. Wenn ich gehe, kommen andere. Sie warten schon darauf, in meine Fussstapfen zu treten. Ich werde gerächt sein, und du wirst tausend Tode sterben, verfluchte türkische Hure.»

Jana sah auf ihr letztes Opfer hinab.

«Wenn du nicht mehr da bist, Slavko, bin ich nicht mehr wichtig. Ich habe nur existiert wegen dir. Wenn du stirbst, findet Lilijana ihren Frieden, und man wird Jana Cranach vergessen, so wie die Welt dich vergessen wird.»

Sie schloss für einen Augenblick die Augen.

«*Za tebe moja majko* – Für dich, meine Mutter», sagte sie leise. Dann hob sie ihre Waffe und richtete sie auf den Kopf des knienden Mannes.

«Jana!» Dornachs Stimme kam von der Tür. «Es ist zu Ende. Nimm die Waffe herunter.»

«Dominik, Manuela ist hier. Kümmert euch um sie, nicht um mich.» Jana hielt die Waffe auf Slavkos Kopf gerichtet.

«Jana», wiederholte Dornach. Aus den Augenwinkeln sah sie, dass er seine Waffe auf sie gerichtet hatte.

«Du zielst auf mich, Dominik?»

«Ja, Jana, du willst ein Verbrechen begehen, das kann ich nicht zulassen.»

«Wirst du auf mich schiessen?»

«Wenn du mich zwingst, ja. Nimm sie herunter, Jana, bitte. Denk an unsere Abmachung.»

Inzwischen war Lüthi mit Christian und den anderen Beamten dazugekommen. Sie blieben hinter Dornach stehen. Ihre Waffen waren ebenfalls auf Jana gerichtet.

«Was soll das, Jana?», fragte Lüthi konsterniert. Dornach bedeutete ihm zu schweigen.

«Dieser Teufel hat das Monster aus mir gemacht, das ich bin. Ich kann nicht mehr zurück, Dominik. Ich muss es zu Ende bringen. Es tut mir leid», sagte sie.

«Nein, das musst du nicht, Jana.» Er ging einen Schritt auf sie zu. Blitzschnell machte sie eine Vierteldrehung und richtete die Waffe auf ihn.

«Kein Schritt näher, Dominik.»

Dornach nahm die Finger vom Abzug seiner Waffe und hielt sie in die Höhe, bevor er sie vorsichtig in sein Holster zurücksteckte und beide Hände hob.

«Es stimmt, Jana. Slavko Vukovic ist ein Teufel. Aber er ist es, weil er es will. Er kann dich nur zum Monster machen, wenn du es zulässt. Du musst ihn nicht töten, du hast eine Wahl, Jana.»

«Kein Wort mehr, Dominik Dornach, oder du wirst es bereuen.»

«Ich werde es bereuen, dir nicht gesagt zu haben, was ich dir jetzt sage, Jana. Lass es nicht zu, dass dich dieser Mann zerstört. Er ist geschlagen. Du hast ihn schon lange besiegt. Er ist gestorben, als du angefangen hast, seine Organisation zu zerstören. Wenn du ihn jetzt tötest, gewinnt am Ende er. Du wirst zum Monster, das er geschaffen hat. Erinnere dich an gestern, Jana. Du kannst entscheiden, ob du Monster sein oder Mensch bleiben willst. Denke an Vlada. Sie ist bei dir und schickt dir ihre Liebe. Du bist erfüllt davon, Jana, denn du hast Pia zweimal das Leben gerettet ohne Rücksicht auf dein eigenes. Warum? Weil du ein Monster bist? Nein, du bist ein liebender Mensch, Jana, und du wirst geliebt. Denke an Vlada – oder du musst mich zuerst erschiessen.»

Mit einem Schritt stellte er sich zwischen Slavko und sie. «Das wirst du tun müssen, bevor du ihn tötest.» Er bedeutete Lüthi und den anderen Polizisten, ihre Waffen zu senken. Sie gehorchten zögernd.

Sie sahen sich beide stumm an, der gross gewachsene Polizist, der mit erhobenen Händen vor ihr stand, und sie, die Kriegerin, die mit kalter und unbewegter Miene auf ihn zielte. Nur die Tränen, die über ihre Wangen strömten, verrieten die Resonanz seiner Worte in ihr.

Nach einer gefühlten Ewigkeit nahm sie langsam ihre Pistole herunter. Dornach streckte seine Hand aus. Schliesslich fasste sie die Glock mit der anderen Hand am Lauf und händigte sie ihm aus. Schnell trat Lüthi hinter sie, um ihr Handschellen anzulegen, aber Dornach schüttelte den Kopf, und er liess von ihr ab. Christian und ein Kollege nahmen Vukovic hoch, während sich eine Polizistin um Manuela kümmerte, die stumm das Geschehen mitverfolgt hatte.

Dornach sah an Jana hinunter und bemerkte, dass sie blutete.

«Jana, du bist verletzt.»

«Es ist nichts», sagte sie. «Nur ein Streifschuss. Dominik, ich wollte dir sagen, dass …»

«Später», unterbrach er sie, «haben wir alle Zeit der Welt.»

***

«Du kannst mich hier absetzen, Willi.»

Pia hatte den Blick auf das Display ihres Handys geheftet. Der rote Punkt, der die Position ihres Vaters signalisierte, bewegte sich langsam über das Gelände der alten Fabrik, das nur wenige Meter von ihr entfernt lag.

«Bist du sicher, Pia?», fragte der Taxifahrer besorgt und stoppte seinen Wagen vor dem Gasthof Bad Attisholz. Das alte Gebäude hob sich als schwarzer Schatten vor einem noch schwärzeren Nachthimmel ab. Kein Hauslicht und keine Strassenlaterne erhellten die Dunkelheit. «Hier ist's ja zappenduster und verlassen. Wen willst du denn ausgerechnet an diesem Ort treffen?»

«Paps hat da vorne zu tun», antwortete sie und zeigte in Richtung Fabrikgelände, dessen Bauten düster zwischen den Bäumen auszumachen waren. «Er braucht mich später als Zeugin und hat gesagt, ich soll hier warten, bis er mich holt.»

«Warum lässt er dich denn nicht von einer Streife fahren?», fragte Willi. «Ich finde es riskant, eine junge Frau allein in der Nacht im Wald warten zu lassen.»

Pia überlegte fieberhaft, wie sie Willi dazu bringen konnte, möglichst umgehend von hier zu verschwinden. Sie zog ihr Handy hervor.

«Ähm … Paps hat mir gesagt, ich soll ihn anrufen, sobald ich da bin. Er wird mich abholen lassen.»

«Sicher?»

«Ganz sicher», bekräftigte sie, während Willi mit seinem Gewissen kämpfte. Ihre Rettung kam in Form eines Funkspruchs der Taxizentrale, die den Fahrer zu einer neuen Fuhre in die Stadt zurückbeorderte. Nachdem er sich nochmals von ihr versichern liess, dass er sich keine Sorgen zu machen brauchte, liess er sie aussteigen. Mit einem erleichterten Seufzer winkte Pia ihm zu, als er wendete und auf demselben Weg, auf dem sie gekommen waren, durch den Attisholzwald in Richtung Stadt zurückfuhr. Sie zog sich den dunkelblauen Parka über, auf dessen Rücken das Wort «POLIZEI» in weissen Leuchtbuchstaben aufgedruckt war und den sie zusammen mit einem Polizeicap aus einem der Schränke im Büro ihres Vaters stibitzt hatte. Dann ging sie auf den Eingang der Fabrik zu.

***

Nachdem die Kollegen im Gebäude verschwunden waren, versetzte Karin dem Rad des Einsatzwagens einen missmutigen Tritt, um dem Ärger über ihren Chef Luft zu machen. Sie fand es ungerecht, dass sie, nur weil sie die Jüngste war, Wegweiser für die Ambulanz und die Rambos vom Falk spielen musste. Ihr Kollege Remo Schaller war auch schon minutenlang weg, obwohl er nur schnell mal pinkeln wollte. Die dunkle Stille hier draussen ging ihr auf die Nerven, und die feuchte Kälte liess sie frösteln. Als Ausgleichsventil für ihren Frust diente erneut das Hinterrad des Dienstwagens, das einen weiteren wütenden Tritt abbekam. Es war ein Fehler, dass sie dabei dem Eingang zum Fabrikgelände den Rücken zuwandte und mit ihrem Funkgerät beschäftigt war. So nahm sie die Bewegung erst im letzten Moment aus den Augenwinkeln wahr. Die vorbeihuschende Gestalt hob sich nur schwach von den Schatten der Gebäude ab, an denen sie entlangschlich. Erschrocken sah sich Karin nach Remo um, von dem weit und breit noch nichts zu sehen war. Sie zog ihre Waffe und schaltete die Stablampe ein.

«Halt! Polizei! Stehen bleiben oder ich schiesse!», rief sie und bemühte sich, ihre Stimme so fest wie möglich klingen zu lassen. Wenn das ein Hinterhalt war, schwebte sie in tödlicher Gefahr. Langsam, Lampe und Waffe im Anschlag, ging sie auf die Gestalt zu, die ihr den Rücken jetzt voll zuwandte. Sie starrte verblüfft auf den Schriftzug, der auf dem Rücken der Person im Licht ihrer Lampe aufleuchtete.

«Ganz langsam umdrehen und die Mütze abnehmen», befahl sie und hoffte, dass der andere nicht hören konnte, wie ihr Herz pochte. Mit erhobenen Händen drehte sich die Gestalt um und nahm vorsichtig die Mütze ab. Verdattert liess Karin ihre Waffe sinken.

«Pia? Fuck! Hat's dir ins Hirn geschissen oder was? Ich hätte dich fast erschossen», rief sie und steckte ihre Waffe wieder ein.

«Na und? Glaubst du, ich drehe zu Hause Däumchen, während Manuela hier irgendwo fast stirbt?» Pia gab sich trotzig und versuchte, ihren eigenen Schreck zu überspielen.

«Wenn dein Vater dich hier sieht, startet er durch. Er ist schon gereizt bis zum Anschlag. Leg es lieber nicht darauf an. Komm zum Wagen.» Karin packte Pia am Arm, die sich mit einem heftigen Ruck losriss.

«Vergiss es, ich gehe zu Manuela, und keiner kann mich davon abhalten; mein Alter nicht, und du erst recht nicht.»

Bevor Karin eine scharfe Erwiderung geben konnte, schleuderte Pia ihr das Cap ins Gesicht und rannte los. Es dauerte wertvolle Sekundenbruchteile, bevor ihr Karin fluchend nachsetzen konnte.

«Pia! Verdammtes Biest! Bleib stehen, oder …»

Pia drehte sich aus einigen Metern Entfernung zu ihr um und grinste frech.

«Oder was? Willst du mich doch erschiessen?» Sie rannte weiter.

Karin sah ihren Kollegen zurückkommen. «Remo, bleib hier. Ich muss der Spinnerin nach.»

Sie rannte auf das Gebäude am Fluss zu, in dem Pia gerade verschwunden war. Als sie drin war, zog sie erneut ihre Waffe und liess den Strahl ihrer Lampe über den Korridor gleiten. Weiter vorne sah sie die rennende Gestalt.

«Pia! Halt an, verdammt!» Keine gewünschte Reaktion. Sie unterdrückte einen Anflug von Panik. In der Hoffnung, dass der muffige Korridor sicher war, weil ihre Kollegen hier vorher durchgegangen sein mussten, spurtete sie hinterher und hatte Pia kurz nachher eingeholt. Sie fasste sie am Arm.

«Sag mal, bist du noch ganz bei Trost?», zischte sie. «Weisst du, wie gefährlich es ist, wenn …»

«Pst», machte Pia, «hörst du das?»

«Höre ich was?» Karin hörte nur Stimmen aus einem Raum.

«Das ist Manus Stimme, Karin. Manu, sie lebt!» Mit zwei Sätzen war sie im Raum.

«Manu!»

Karin setzte ihr hinterher und blieb abrupt in der Tür stehen.

***

Dornach, Lüthi und eine Beamtin kümmerten sich um die geschwächte Manuela, die sich ständig weinend bei ihren Rettern bedankte. Gierig trank sie von einer Wasserflasche, die ihr die Beamtin hinhielt und jeweils nach einem oder zwei Schlucken wieder wegzog.

«Langsam», sagte die Polizistin sanft. «Es ist genug da.»

Dornach streichelte über ihr Gesicht. «Es ist alles gut, Manuela. Der Notarzt kommt gleich. Bist du verletzt?»

«Nein, ich habe nur solchen Durst. Wenn sie ...», sie zeigte auf Jana, «... wenn sie nicht gewesen wäre, hätten die mich ...» Ihre Stimme versagte, und neue Weinkrämpfe schüttelten sie.

Google hatte sich in eine Ecke des Raumes verzogen und telefonierte. Zwei Beamte kümmerten sich um Stipe, der trotz seiner schweren Verletzungen noch lebte. Jana beobachtete Christian und einen jungen Kollegen, die Slavko festhielten. Die Schussverletzung an seinem Handgelenk liess keine Handschellen zu. Die beiden wollten den Wolf gerade abführen, als der Aufschrei von der Türe her kam.

«Manu!»

Pia stürzte in den Raum und rannte auf ihre Freundin zu.

«Manu, du lebst!»

«Pia?», rief Dornach erschrocken. «Wo zum Teufel kommst du her?» Er fuhr zur Türe herum und sah Karin mit gezogener Waffe im Rahmen stehen. «Was ist hier los?»

Pias Auftauchen lenkte die Polizisten für Sekundenbruchteile von ihrer Konzentration ab. So auch die zwei Beamten, die Slavko festhielten. Christian, der Routiniertere der beiden, hielt den Arm des Gefangenen fest umklammert. Das traf nicht auf seinen jüngeren Kollegen zu, der Slavkos linken, gesunden Arm festhielt. Die Aufregung liess ihn seinen Griff für einen kurzen Moment lockern. Genug Zeit für Slavko, dem Polizisten einen Stoss zu versetzen und gleichzeitig mit seiner gesunden Hand die Waffe aus dessen Holster zu ziehen. Mit dem gewonnenen Schwung versetzte er Christian einen Tritt, sodass dieser nach hinten gegen die Wand stolperte. Slavko legte die Waffe auf die Personen an, die um Manuela herumstanden. Pia befand sich direkt in seiner Schusslinie.

«Vorsicht, Waffe!», rief Jana und warf sich vor Pia, als Slavko feuerte. Die Wucht der Kugel, die in ihrer Brust einschlug, schleuderte sie gegen das Mädchen.

«Jana?» Pia war zuerst verdutzt, dann schrie sie: «Jana!»

Ein zweiter Schuss peitschte durch den Raum. Mit schmerzverzerrtem Gesicht liess Slavko die Waffe fallen und ging zu Boden. Karins Geschoss hatte ihn an der Schulter getroffen.

Pia hielt Jana fest, die langsam zu Boden glitt.

«Jana! Jana! Nein!», rief sie verzweifelt, während sich Dornach über die Verwundete beugte. Janas Augen begannen zu flackern. Sie wollte etwas sagen. Anstelle von Worten quoll ein roter Strahl aus ihrem Mund.

«Jana, nicht sprechen, bleib bei uns. Jana.» Dornach blickte sich hektisch um. «Wo bleibt der verdammte Notarzt?»

«Ist gleich da», rief Lüthi.

Janas Hand fasste seinen Kragen. Er blickte in ihre flackernden Augen, während er sie flach auf den Boden bettete. Er öffnete vorsichtig ihre Motorradweste. Darunter breitete sich rasch ein dunkler, roter Fleck auf dem weissen T-Shirt aus.

«Ruhig, Jana, es wird alles gut. Du darfst nicht reden.»

Jana schüttelte leicht den Kopf. Er senkte seinen Kopf zu ihr hinunter, sodass sein Ohr auf der Höhe ihres Mundes war. «Es … es ist gut … so», flüsterte sie. «Ich … ich wollte dir sagen, dass … dass ich dich …» Sie hustete erneut Blut. Er sah in ihre Augen, die ins Leere starrten und deren klares Blau jetzt frei von Schatten war.

«Jana, Jana!», rief er leise.

Er spürte eine kräftige Hand auf seiner Schulter, die ihn sanft, aber bestimmt auf die Seite schob. Der Notarzt. «Lassen Sie uns das machen, Herr Dornach», sagte er, während eine Sanitäterin bereits Janas T-Shirt mit einer Schere auftrennte.

Dornach stand auf und blickte sich im Raum um. Ihm war etwas schwindlig, und er musste sich an der Wand abstützen. Es war, als sähe er zum ersten Mal, was um ihn herum vorging. Ein Sanitäter kümmerte sich um Manuela. Slavko Vukovic wurde ebenfalls versorgt. Dornach blickte hinunter auf Jana Cranach, die für ihre Entscheidung, Mensch zu bleiben, einen hohen Preis bezahlte.

Pia lehnte schluchzend an der Wand und wurde von einer leichenblassen Karin getröstet. Als Dornach zu ihr kam, liess sie sich in seine Arme fallen, während Karin sich mit gesenktem Kopf zur Türe zurückzog. Pia hob den Kopf, sah ihren Vater unter Tränen, aber mit festem Blick an.

«Paps, es ist meine Schuld, nur meine allein. Ich habe Karin hinterhältig überrumpelt. Sie wollte mich zurückhalten. Nur ich bin verantwortlich. Auch für das … mit Jana.»

Dornach nickte nur, nahm ihr Gesicht in beide Hände und küsste sie auf die Stirn. Dann ging er hinaus. An der Tür nickte er Karin kurz zu. «Wir sprechen noch darüber, aber das war ein guter Schuss, Karin, danke. Ohne dich wäre es wahrscheinlich schlimmer ausgegangen.» Er drückte ihre Schulter und ging einen Korridor mit den blinden Fensterscheiben entlang nach draussen, wo eine fahle Dämmerung durch den Nebel den neuen Tag ankündigte.

ZWANZIG

Trotz der Nachmittagssonne, die den Grand Salon der Villa Dornach mit ihren Strahlen wärmte, loderte ein grosses Feuer im Cheminée. Dornach spürte kaum die Hitze, die sich im Raum ausbreitete, und legte noch zwei Scheite nach. Dann setzte er sich auf das Sofa, auf dem er vor knapp zwei Tagen mit der Frau gesessen hatte, deren Leben jetzt an einem immer dünner werdenden seidenen Faden hing.

Er starrte in die prasselnden Flammen und liess sich für einige Minuten treiben von Gedanken über die Metamorphose, die feste Materie in gasförmige Energie verwandelte, aus der wiederum neue Materie entstand. Das Feuer als Symbol des ewigen Neubeginns, wie der Phönix, der aus seiner eigenen Asche als prächtiger Vogel in den Himmel emporsteigt.

Er war in der Ambulanz mitgefahren, die Jana ins Spital brachte. Dem Umstand, dass der Notarzt sofort zur Stelle war und die ersten lebensrettenden Massnahmen vor Ort einleiten konnte, war es zu verdanken, dass sie noch lebte. Während der Fahrt musste sie noch einmal reanimiert werden. Sie wurde gerade operiert, doch die Hoffnung der Ärzte war klein.

Pia hatte Manuela, die unter Schock stand, begleitet. Abgesehen von einer starken Unterkühlung und einer Nierenbeckenentzündung sowie einigen Schürfungen, blauen Flecken und der allgemeinen Erschöpfung war ihr Zustand gut. Pia hatte die ganze Zeit ihre Hand gehalten und sich weinend bei ihr dafür entschuldigt, dass sie sie alleine gelassen hatte. Manuela wollte nicht im Spital bleiben. Als sie nach ihrer Mutter fragte, hatte Pia ihr so schonend wie möglich gesagt, dass sie tot war. Manuela stand unter Beruhigungsmitteln und hatte nichts gesagt, sondern Pia nur stumm angeschaut. Sie wollte nicht im Spital bleiben, und so hatte Pia sie kurz entschlossen mit nach Hause genommen. Ihre Freundin sollte vorläufig bei ihr bleiben. Sie sollte nicht alleine sein, wenn sie um ihre Mutter trauerte.

Dornach trat an das Tischchen vor dem Cheminée, auf dem

üblicherweise Getränke, Snacks und andere Dinge aufgestellt wurden, die man für einen gemütlichen Kaminabend benötigte. Jetzt lag Janas geöffneter Koffer auf der Tischplatte. Er hatte Latexhandschuhe übergestreift und packte ihn sorgfältig aus. Janas Kleidungsstücke, Wäsche, Dokumente und eine Dienstuniform legte er auf einen der Fauteuils, den er vorsorglich mit einer Plastikfolie abgedeckt hatte. Er hob den doppelten Boden hoch und betrachtete Lilos Utensilien.

Die zweite Pistole mit Schalldämpfer steckte er ein. Die Waffe wollte er in der Nacht irgendwo in der Aare versenken. Nadel und Pfahl würde er zusammen mit einer Fuhre Altmetall in der Metall-Recyclinganlage in Bellach entsorgen. Er nahm eine der Echthaarperücken, betrachtete sie und stellte sich die überflüssige Frage, wie Jana es wohl geschafft hatte, die Perücken unbeschadet in diesem Koffer zu transportieren. Sie sahen tadellos aus.

«Paps?»

Pia sah blass und erschöpft aus. Dunkle Ringe untermalten ihre traurigen Augen. Um ihre Mundwinkel lag ein bitterer Zug, der hoffentlich bald wieder verschwinden würde. Es war ihr anzusehen, wie sie der Schock und die Trauer über Janas schwere Verwundung mitnahmen. Nachdem Manuela im Spital eingeliefert worden war, hatte Pia einen Zusammenbruch erlitten und eine leichte Beruhigungsspritze bekommen. Sie hatte zwei oder drei Stunden geschlafen, bevor sie aufwachte und gleich wieder von grübelnden Selbstvorwürfen überwältigt wurde.

«Hier bist du», sagte sie. «Ich habe dich im ganzen Haus gesucht. Ist das warm hier. Was machst du?»

Sie setzte sich zu ihm und schmiegte sich an seine Schulter.

«Wie geht es Manuela?», fragte er.

«Sie schläft noch.»

«Und dir?» Er küsste sie auf den Kopf.

«Oh, Paps. Jedes Mal, wenn ich die Augen schliesse, sehe ich Jana, wie sie nach dem Schuss auf mich fällt und mich ansieht. All das Blut, auf ihrem Körper, in ihrem Gesicht.» Ihre Stimme zitterte. «Es ist alles wegen mir. Ich bin so unvorstellbar megablöd. Es tut mir so leid wegen ihr … und wegen dir. Ihr beide, ihr …» Was sie sagen wollte, ertrank in Tränen.

Dornach hielt sie fest. «Sch, Pia», sagte er, während er ihr Haar streichelte. «Es war ein Unfall. Das ist unser Risiko als Polizisten. Wir können nicht alles absichern. Jana ist ein Profi und hat wie einer gehandelt; so, wie wir alle in solchen Situationen handeln würden. Sie hat Unschuldige geschützt.»

Sie sah ihn an. «Du … du bist nicht wütend auf mich? Wenn ich nicht gewesen wäre, dann …»

«Wenn ich auf jemanden wütend bin, dann auf mich, Pia. Ich hätte wissen müssen, dass du nicht einfach herumsitzen und warten kannst. Es wäre besser gewesen, ich hätte mir mehr Zeit genommen, um mich um dich zu kümmern und dich ernst zu nehmen. Ich habe nicht annähernd richtig eingeschätzt, wie gross deine Sorge um Manuela war und wie viel dir an ihr liegt. Das heute Morgen war eine äusserst gefährliche Situation, und ich bin der Vorsehung dankbar, dass dir nichts passiert ist. Ich wüsste sonst nicht, wie ich es deiner Mutter erklären sollte.»

«Karin, sie … Wird sie bestraft?»

Dornach schüttelte den Kopf. «Wofür denn? Dass sie richtig gehandelt hat, um dich und uns zu schützen? Nein, Pia, ich mache Karin nicht für meine Fehleinschätzungen verantwortlich. Ich habe ihrem Vater heute Morgen gesagt, dass ich sie unbedingt in meinem Team behalten will, wenn sie mit den Kripo-Kursen durch ist.»

Pia umarmte ihren Vater und küsste ihn auf die Wangen. «Paps, du bist so … so … stur und lieb.»

«Gleichfalls.» Er drückte seine Lippen auf ihre tränenfeuchten Wangen.

«Weisst du, es ist einfach unfair», fuhr sie fort. «Ich reite mich dreimal in die grösste Scheisse. Jana reisst mich immer heraus, und beim dritten Mal muss sie … vielleicht stirbt sie, nur weil sie mir geholfen hat.»

«Jana ist den Weg gegangen, den sie musste, Pia. Als sie vorhin blutend in meinen Armen lag, hat sie gelächelt und gesagt, alles sei gut. Sie war glücklich.»

«Wirklich? Das … das habe ich nicht mitbekommen.» Sie schnäuzte sich mit einem Papiertaschentuch. «Wird sie denn … Wird sie sterben?»

Er starrte ins Feuer. «Ich weiss es nicht, Pia. Die Ärzte glauben nicht, dass sie überleben wird. Aber sie tun alles, was sie können. Es wird auch davon abhängen, ob sie überhaupt den Willen hat, weiterzuleben. Sie ist eine starke Frau.» Er stand auf. «Ich gehe nachher zu ihr. Vorher muss ich noch was erledigen.»

Jetzt erst fiel ihr der Koffer auf. «Das ist doch Janas Gepäck. Was machst du damit?» Sie griff hinein und nahm eine der Perücken heraus. «Sind das … Lilos Sachen?»

«Lilo hat aufgehört zu existieren, Pia. So wie Lilijana. Die beiden werden jetzt eingeäschert. Jana zuliebe.»

«Darfst du das denn?»

«Was?»

«Diese Sachen einfach verbrennen? Sind das nicht so … Beweise?»

«Beweise wofür?»

«Beweise, dass Jana … ich meine, dass sie das alles …» Sie schwieg abrupt, als sie begriff.

«Oohh, Paps! Das ist jetzt nicht wahr. Sag, dass es nicht wahr ist.»

«Was?»

«Du vernichtest Beweisstücke? Du? Der Superpolizist?»

«Den Titel hast du mir gegeben, Pia. Das verpflichtet mich nicht.»

«Trotzdem, Paps, das ist … das ist … einfach … megasupercool ist das.» Endlich erleuchtete ein breites Grinsen ihr Gesicht, und sie umarmte ihn. «Ich helfe dir», sagte sie kurz entschlossen.

«Pia, das ist höchst strafbar. Du hängst dann voll mit drin, weil du volljährig bist.»

«Drauf geschissen!», rief sie mit einer wegwerfenden Handbewegung. «Das ist das Mindeste, was ich für Jana tun kann. Hast du mir auch ein Paar solcher Dinger?» Sie zeigte auf seine Handschuhe.

«Im Putzschrank ist eine ganze Schachtel.»

«Und was machen wir jetzt?», fragte sie, als sie zurückkam und sich die Handschuhe überzog.

«Ich zeig's dir.» Er nahm eine Perücke und schmiss sie ins Feuer. Pia nahm die zwei anderen und warf sie ebenfalls hinein. Als sie die Briefe und das Tagebuch in den Händen hielt, zögerte sie. «Wäre es nicht besser, ich würde sie behalten?»

«Wofür?»

«Ich könnte sie Jana zurückgeben.»

Dornach überlegte kurz, dann nickte er ihr aufmunternd zu. «Nimm sie, aber versteck sie gut. Es wäre schlecht, wenn Angela sie finden würde.»

«Warum Angela?»

«Sie hat eine Untersuchung gegen Jana eingeleitet. Morgen muss ich den Koffer der KT übergeben.»

«Was will sie denn untersuchen?»

«Sie will nicht, Pia, sie muss. Es ist ihr Job als Staatsanwältin. Angela weiss, dass Jana ein doppeltes Spiel gespielt hat. Wahrscheinlich weiss sie nicht über alle ihre Taten Bescheid, aber es genügt für eine Anklage. Ausserdem hätte Jana Vukovic fast umgebracht, und sie hat mich vor den Augen der Kollegen mit einer Waffe bedroht. Das darf Angela nicht ignorieren.»

«Das ist ungerecht!», rief Pia.

Er lächelte. «Ich wusste, dass du das sagst. Du bist eben meine Tochter.»

«Du findest es auch ungerecht. Weshalb tust du nichts?»

«Hallo? Was mache ich hier gerade?»

Sie machte ein betretenes Gesicht. «'tschuldige, Paps, du bist der Grösste.» Sie küsste ihn erneut auf die Wange.

«Versteck die Briefe und das Tagebuch gut. Ich will nicht wissen, wo. Also nicht dort, wo du die Kondome und die Joints bunkerst.»

Sie lief rot an. «Woher weisst du …? Moment mal, das sind nicht meine. Manu hat mir damals gesagt, ich soll –»

«Ja, schon gut. Versteck die Papiere einfach woanders, okay?»

«Okay.»

Er klappte den Koffer zu und zog die Handschuhe aus.

«Ich gehe ins Spital zu Jana. Kommst du auch?»

Pia beschloss, Manu nicht alleine zu lassen. Sobald ihre Freundin wach war, würde sie ihn anrufen und nachkommen.

Als Dornach Janas Koffer in ihr Zimmer zurückstellte, rief Lüthi ihn an.

«Die Intensivstation hat mich vorhin informiert», sagte er freudig. «Maja ist erwacht. Sie hat nach uns gefragt.»

***

Als Dornach in Janas Zimmer auf der Intensivstation kam, stand schon ein Besucher in Schutzüberzug und Kopfhaube am Bett. Als sich Dornach näherte, wandte sich Casagrande zu ihm um.

«Es tut mir so leid um sie», sagte sie.

Jana lag da, als ob sie schliefe, ihre Augen waren geschlossen, und ihr bleiches Gesicht drückte eine fast kindliche Friedlichkeit aus. Nur der grosse Schlauch, der aus ihrem Mund führte, störte das Bild.

«Sie ist noch nicht tot, Angie», erwiderte er nur.

«Die Ärzte haben keine grosse Hoffnung.»

«Aber es ist eine Hoffnung, auch wenn sie nicht gross ist. Was zählt schon die Meinung von Ärzten?»

Sie lächelte ihn an. «Typisch, Dominik.»

Er zuckte die Achseln, und sie wurde wieder ernst. «Du weisst, dass ich gegen sie ermittle?»

«Ja, was hoffst du, gegen sie zu finden?»

Sie blickte Dornach scharf an. «Das weisst du genau. Die Wohnung, in der sie bei dir untergebracht war, ist sie versiegelt?»

Dornach nickte. «Morgen wird die KT alles durchsuchen, das weisst du?»

Wieder ein Kopfnicken als Antwort.

«Was wir wohl dort finden werden?», sinnierte sie.

Er zeigte keine Reaktion.

«Ich schätze mal, dass es nichts zu finden gibt», beantwortete sie sich die Frage selbst.

«Wie, nichts?»

«Warum, denkst du, kommt die KT erst morgen?»

«Weiss nicht – was meinst du?»

«Ich habe Sebi gesagt, dass er heute sehr viel zu tun hat und die Durchsuchung erst morgen machen kann. Er hat mir sofort zugestimmt.»

«Aber warum?»

Sie streichelte mit einer Hand über seinen Rücken und zeigte auf Jana.

«Ich glaube, ich … ich habe ihr unrecht getan.»

Der Polizist und die Staatsanwältin sahen sich an.

«Danke, Angie!»

Die Cafeteria des Bürgerspitals war fast leer. Sie sassen vor einer Tasse Kaffee am selben Tisch, an dem er vor wenigen Tagen Nadja Bürki gegenübersass.

«Das ist noch etwas, Dominik.»

«Was?»

«Hofmann hat mich vorhin angerufen. Wir müssen Vukovic an die UNO ausliefern.»

«Ja, wenn wir ihm den Prozess gemacht haben.»

Angela schüttelte den Kopf. «Nein. Sobald er wieder auf dem Damm ist. Das EDA macht Druck. Die UNO verlangt die sofortige Übergabe. Slavko Vukovic ist ein wichtiger Zeuge.»

Dornach senkte seine Tasse. «Was heisst ‹wichtiger Zeuge›?»

«Ich kann's dir nicht im Detail erklären. Nur das, was mir Hofmann gesagt hat. Vukovic hat offenbar mit dem UN-Sonderanwalt einen geheimen Deal abgeschlossen. Er tritt als Kronzeuge auf, um gegen seinen alten Vorgesetzten und Mitkämpfer auszusagen. Das heisst, sobald wir ihn aufgepäppelt haben, geht er mit einem Sondertransport nach Den Haag.»

«Wenn du Kronzeuge sagst, meinst du damit auch Straffreiheit, Zeugenschutzprogramm und all das Pipapo?»

«Ich kenne den Deal nicht, ich vermute mal, dass eine erhebliche Strafminderung, wenn nicht gar Straffreiheit drinliegt.»

Er schlug mit beiden Händen flach auf den Tisch, sodass sie zusammenzuckte. «Das ist inakzeptabel. Vukovic ist ein Kriegsverbrecher der übelsten Sorte, ein Scheusal, er hätte Manuela Bürki ohne mit der Wimper zu zucken und im wahrsten Sinne des Wortes eigenhändig abgeschlachtet, nur um sich an ihrer toten Mutter zu rächen. Wenn Jana nicht gewesen wäre, hätten wir nur noch ein Blutbad angetroffen. Und diesen … diesen Kerl wollt ihr laufen lassen?»

«Du brauchst mir das nicht zu sagen. Es ist ein grober Eingriff in unsere kantonale Rechtssouveränität. Aber uns sind die Hände gebunden. Wir haben bereits protestiert, aber nicht einmal der Vorsteher des Justizdepartementes konnte etwas ausrichten.»

«Dann wäre Janas Opfer umsonst», sagte er und blickte auf seine Hände.

Casagrande legte ihre Hand auf seine. «Es tut mir so leid, Dominik.»

Sie sassen sich eine Weile schweigend gegenüber.

«Was machst du heute Abend?», fragte er unvermittelt.

«Ich … ich habe eine Verabredung. Es tut mir leid, aber ich könnte …»

Er winkte lächelnd ab.

«Lass deinen Lover nicht zu lange warten. Kann ich ihn mal kennenlernen?»

Sie wurde rot, und er schmunzelte über diese Reaktion, die gar nicht zu ihr passte. «Sobald es für dich stimmt. Danke für alles.» Er küsste sie zum Abschied dreimal auf die Wangen und ging. Sie blickte ihm nach, während sie mit ihren Gefühlen für diesen Mann kämpfte.

Als sie sich auf dem Weg zu ihrem Wagen einen Zigarillo anzünden wollte, klingelte ihr Handy. Sie atmete auf, als sie auf das Display sah.

«Ines, Liebes, du glaubst gar nicht, wie sehr ich dich vermisst habe.»

***

Dornach sass an Janas Bett und hielt ihre Hand. «Es ist noch nicht vorbei», sagte er. Vielleicht war es die Müdigkeit, die ihm einen Streich spielte, für einen Moment glaubte er zu sehen, wie ein anderes Bild Janas blasses Gesicht überlagerte. Es war das Gesicht eines Mädchens von neun Jahren mit dunklen Haaren und himmelblauen Augen. Als der Alarm des Monitors ertönte und ihre Herzlinie unregelmässig wurde, bevor sie sich verflachte, lächelte es. Er drückte ihre Hand fester. «Kämpfe, Lilijana, kämpfe!»

Epilog

Sie stieg aus dem klaren blauen Bergsee. Obwohl es umgeben war von hohen Gipfeln mit Felsen und ewigem Eis, war das Wasser angenehm; nicht eiskalt, sondern kühl und reinigend. Sie fühlte sich erfrischt und bereit. Sie war glücklich.

Ihre nackten Füsse trugen sie über Steine und Felsen mit scharfen Kanten und über eisige Flächen, doch sie spürte weder Schmerz noch Kälte. Es war, als ob sie über einen dicken Seidenteppich schritt.

Vor sich sah sie das Licht. Es war so schön, so strahlend. Auf ihrem Gesicht fühlte sie eine sanfte Wärme, wie sie sie noch nie gespürt hatte. Je näher sie dem Licht kam, desto stärker wurde es. Sie spürte noch etwas anderes, Grösseres. Es war die unendliche Liebe zu allem, was existierte, und Friede, ewiger Friede. Es zog sie magisch an.

Eine Gestalt trat ihr aus dem Licht entgegen. Sie kam näher und sie sah, dass ihr Gewand weiss war wie ihres. Ihr Haar war ebenso dunkel, und die Augen waren ebenso hell wie ihre, und sie strahlten vor Liebe.

«Vlada?», fragte sie, als die Gestalt vor ihr stand. «Bist du es, majka?»

«Lilijana», sagte Vlada und schloss sie in ihre Arme. «Ich habe so lange auf dich gewartet.»

Sie schmeckte ihre Tränen. Sie waren nicht salzig, sondern süss wie Honig.

«Vlada, wir sind wieder zusammen.»

«Ja, das sind wir, Lilijana. Hier wird uns niemand mehr trennen. Gib mir deine Hand.»

Hand in Hand gingen sie ins Licht. Sie kamen vor eine Treppe aus Steinen, die Vlada als Erste erklomm. Lilijana schloss die Augen, bevor sie die erste Stufe nahm, und da hörte sie es.

Sie zögerte. Sie hörte es wieder und liess Vladas Hand los.

Sie drehte sich um.

Sie öffnete die Augen.

Glossar

«20 Minuten» – grösste Gratis-Tageszeitung in der Schweiz

Abwart – Hausmeister

Baba! (österr.) – Tschüss!

Bise – trockener, kalter Kontinentalwind aus Nordosten

BK – österreichisches Bundeskriminalamt

BKP – schweizerische Bundeskriminalpolizei

Branchli – Schokoriegel

Brevet – Lizenz

Combox – Voice-Mail-Dienst eines grossen schweizerischen Telecom-Providers

Communiqué – Pressemitteilung

EDA – Eidgenössisches Departement für auswärtige Angelegenheiten (Schweizerisches Bundesaussenministerium)

Einsatzkommando (EKO) Cobra – Sondereinheit der österreichischen Bundespolizei

Fedpol – schweizerisches Bundesamt für Polizei

gazda (serbisch) – Boss

Gestapo – Geheime Staatspolizei in Deutschland in der Zeit des Nationalsozialismus von 1933–1945

Gipfeli – Hörnchen, Croissant

Glüschteler – Lüstling, Lustmolch

Gopfverdami! (umgangssprachlich) – Fluchwort – übers. gottverdammt

ICTY – International Criminal Tribunal for the former Yugoslavia – Internationaler Strafgerichtshof für das ehemalige Jugoslawien

Insel (umgangssprachlich) oder Inselspital – Universitätsklinik Insel in Bern

Justizdepartement – hier: Justizministerium des Kantons Solothurn

Kägi fret – Schokoladenwaffel

Kanti (Abkürzung) – Kantonsschule, Gymnasium
Kapo (Abkürzung) – Kantonspolizei
Käsewähe – Käsequiche, Käsekuchen
Korps – Truppenverband, hier: Gesamtheit der Polizei Kanton Solothurn
KT – Kriminaltechnik
Mathi (Abkürzung) – Mathematik
Medis (Abkürzung) – Medikamente
Meitschibei (umgangssprachlich) – (übers.: Mädchenbeine) Nussgebäck in Hufeisenform
Nationalrat – Grosse Kammer des eidgenössischen Parlaments, Volksvertreter; entspricht dem deutschen Bundestag
nerdy (englisch) – Umschreibung für einzelgängerisch, streberisch
(Polizei-)Patrouille – (Polizei-)Streife
Pikett – Bereitschaft
Polizeikommando – Polizeipräsidium
Portemonnaie – Geldbeutel, Brieftasche
Psychi (Abkürzung) – Psychiatrische Klinik
RIPOL – Bundesweites Polizeiinformationssystem (Recherches Informatisées de la Police)
Schachen – hier: JVA Schachen – Justizvollzugsanstalt des Kantons Solothurn
Schanze – Solothurner Stadtbefestigung aus dem 17. Jahrhundert
Schmier – abfälliger Ausdruck für Polizei
Secondo – in der Schweiz geborener Immigrant der zweiten Generation
Seeland – Region südlich des Bieler-, Neuenburger- und Murtensees; eines der grössten Obst- und Gemüseanbaugebiete der Schweiz
SE Falk – Sondereinheit der Polizei Kanton Solothurn
Sion (franz.) – Hauptort des Kantons Wallis, deutsch: Sitten
SIS – Schengener Informationssystem

Ständerat – Kleine Kammer des eidgenössischen Parlaments, Vertreter der Kantone (Stände), entspricht dem deutschen Bundesrat

šupak (serbisch, bosnisch) – Arschloch

tata (serbisch, bosnisch) – Papa

Töff (schweizerisch) – Motorrad

Trottoir (schweizerisch) – Gehsteig

Tschetniks – Bezeichnung für serbische Milizen

Tschusche – österreichisches Schimpfwort für Menschen aus dem Balkan

Vaffanculo! (ital.) – Schimpfwort: «Fick dich!»

Weggli – Milchsemmel

Weichschnäbeler – Schlappschwanz

Weissenstein – Solothurner Hausberg, 1284 m. ü. M.

Wels – grösster in Europa vorkommender Süsswasserfisch

Welsche – Bewohner der französischen Schweiz, der Romandie

Anmerkungen und Dank

Mein erster Dank geht an die Schriftstellerin Petra Ivanov, die mir ihre Zürcher Staatsanwältin Regina Flint aus den Cavalli/Flint-Romanen, erschienen im Appenzeller Verlag, für einen Gastauftritt in dieser Geschichte ausborgte. Petra gab mir auch das erste umfassende Feedback zur Rohfassung und damit die entscheidenden wertvollen Hinweise und kollegialen Tipps, die ein Erstlingsautor braucht, damit er sein Buch auf die gerade Schiene zur Veröffentlichung stellen kann.

Der Krieg in Bosnien war einer der letzten bewaffneten Konflikte auf dem europäischen Kontinent. Er forderte zwischen 1992 und 1995 mehr als hunderttausend Tote und entwurzelte über zwei Millionen Menschen. Er stellt den realen tragischen Hintergrund dieser Geschichte dar.

Für meine Recherche zu den Themen Organspende, Transplantation und illegaler Organhandel stützte ich mich unter anderem auf im Internet publizierte Stellungnahmen des deutschen Ethikrates zum Hirntod und zur Entscheidung für die Organspende. Auch die ethischen Richtlinien zur Feststellung des Todes mit Bezug auf Organtransplantation der Schweizerischen Akademie der Medizinischen Wissenschaften (SAMW) waren sehr hilfreich. Zur Situation der Organspenden in der Schweiz und der im Jahr 2013 und 2015 gebodigten Gesetzesänderungen hin zur Widerspruchslösung finden sich Informationen des Bundesamtes für Statistik zur Transplantationsmedizin beziehungsweise des Vereins für Organspende Schweiz (www.organspendeschweiz.ch) sowie verschiedene Veröffentlichungen der Eidgenössischen Räte und der SAMW. Die These «Hirntod ist nicht gleich Tod» ist bei Wissenschaftlern umstritten und wird in verschiedenen Foren diskutiert. Viele Publikationen sind im Internet unter dem Stichwort Hirntod zusammengefasst. Weitere interessante Beiträge zu dieser Kontroverse finden sich auf der Webseite des Vereins für Kritische Aufklärung über Organtransplantation (KAO) unter www.initiative-kao.de. Die in dieser Geschichte geschilderten illegalen beziehungsweise unethischen Praktiken in der fiktiven Berner Privatklinik «Zur Matte» sind frei erfunden.

Schreiben ist wie eine Reise, die man alleine, jedoch keinesfalls einsam macht. Die nachstehenden Personen haben auf ihre Art und Weise bei der Entstehung dieses Buches mitgeholfen, indem sie mir wertvolle Informationen, Hinweise und Inspiration vermittelt oder gegeben haben.

Niklaus Büttiker, Urs Bartenschlager, Samuel Ris und Christoph Loser von der Polizei Kanton Solothurn danke ich für ihre Zeit, die Unterstützung, Informationen und Hinweise zur Arbeitsweise der Polizei. Damit sei noch einmal festgehalten, dass ich für sämtliche beschriebenen Verfahrensfehler und Fehlverhalten, beabsichtigte sowie unbeabsichtigte, allein verantwortlich bin.

Als ich eines Tages bei einer Tasse Kaffee und einem Meitschibei im Tea-Room «Trüssel» an der Solothurner Hauptbahnhofstrasse über mögliche Schauplätze für das Attentat auf Jana und Angela nachdachte, inspirierte mich die Lage und die familiäre Atmosphäre des Lokals, die Sequenz dort abzuhandeln. Ich danke Doris Oesch und ihren Kolleginnen, dass sie sich dafür zur Verfügung gestellt haben, und entschuldige mich an dieser Stelle für das zerschossene Schaufenster. Das war ursprünglich nicht so beabsichtigt.

Niklaus Bolliger, Astrid Weber und Niklaus Leuenberger und allen Standbetreibern des Solothurner Samstagmarkts bin ich verbunden, dass sie sich bereit erklärt haben, eine kleine Rolle in der Marktszene zu spielen. Es war mir wichtig, Jana Cranach und Pia Zenklusen die Verschnaufpause zu gönnen, bevor die Geschichte in die dramatische Endphase ging.

Meine Nichte Claire Frachebourg hat mit Skizzen und Zeichnungen dem Charakter Lilo ein Gesicht gegeben, das auf meiner Facebook-Seite zu sehen ist. Ich freue mich auf mehr.

Lucrezia Cadetg von der Buchhandlung Lüthi in Solothurn las meine ersten Entwürfe und brachte die ersten Kritiken an. Ihre Rückmeldungen machten mir mehr Mut, als sie ahnen kann.

Vor einigen Jahren, anlässlich eines Workshops, schärfte mir die Schriftstellerin Milena Moser auf ihre ganz prägnante Art und Weise ein, beim Schreiben ich selbst zu sein und nicht so, wie andere es von mir vielleicht erwarten. Sie lehrte mich auch, als Autor «dranzubleiben». Ich habe deine Worte nicht vergessen, Milena – *and here I am.*

Meine Lektorin Irène Kost verstand es, mit viel Einfühlungsvermögen ihre konstruktive und immer begründete Kritik anzubringen und mich damit zu motivieren, der Geschichte mehr Spannung und Tempo zu geben. Ein grosses Kompliment sowie der gebührende Dank für das grosse Vertrauen und den Glauben an mich und das Buch gehen auch an Dr. Michael Wenzel von der Editio Dialog Literary Agency in Lille sowie an Frau Stefanie Rahnfeld und die Mitarbeiter vom Emons Verlag in Köln.

An dieser Stelle ganz besonders erwähnen möchte ich einen Menschen, der mich mit seinem Wesen und seiner Ausstrahlung tief berührte und, ohne es zu wissen, meine Muse und die Inspiration für die Figur der Jana Cranach war: die österreichische Schauspielerin und Sprecherin Barbara Kaudelka, die ich im Sommer 2014 persönlich kennenlernen durfte. Ich habe ihr das erst gesagt, als ich wusste, dass das Buch publiziert wird, und bin glücklich, dass sie trotzdem noch mit mir spricht, zumindest online.

Mein grösster und liebster Dank gebührt schliesslich meiner Frau und Partnerin Catherine Frachebourg mit ihrer ureigenen Fähigkeit zum liebevollen Multitasking, bestehend aus Zuhören, Probelesen und Motivationscoaching, während sie nebenbei ihrer eigenen anspruchsvollen Arbeit nachging. Zu ihrem Verdienst gehört insbesondere die Tatsache, dass wir auch nach der Veröffentlichung dieses Buches immer noch zusammen sind.

Zuletzt danke ich Ihnen, liebe Leserinnen und Leser, die dieses Buch bis zur letzten Seite gelesen haben. Das ist das Höchste an Anerkennung und Ansporn, das ein Schriftsteller erhalten kann.

Christof Gasser